Für alle, die noch träumen können.
Und für die, die es wieder lernen wollen.
Glaubt an euch.

Hedy Loewe

Planspiel Beta-Atlantis

Die Jagd beginnt

HL UTOPIA EDITION

Bibliografische Information der Deutschen Nationalbibliothek:
Die Deutsche Nationalbibliothek verzeichnet diese Publikation in der
Deutschen Nationalbibliografie; detaillierte bibliografische Daten
sind im Internet über http://dnb.dnb.de abrufbar.

© 2020 Hedy Loewe
2. Auflage November 2020
Herausgeber: Hedy Loewe, Sabine Schöberl
Alle Rechte vorbehalten. Reproduktionen jeglicher Art bedürfen in je-
dem Fall der schriftlichen Zustimmung der Autorin.
Covergestaltung: Magicalcover.de / Giusy Ame
Bildquelle: Depositphoto
Lektorat: wortlogik.de, S.M. Heinrich
Illustrationen: Hedy Loewe
Kontakt: info@hedy-loewe.de
Herstellung und Verlag: BoD – Books on Demand, Norderstedt

ISBN: 978-3-7481-6880-5

.

Skye

Das jaulende Gekläff eines Bluthundes unterbrach jäh die Stille des beschaulichen Nachmittags. Captain Skye Collins hielt in der Bewegung inne und lauschte. Aus einer schmalen Gasse kam das Geräusch tappender, nackter Füße auf dem steinernen Pflaster. *Bisher schien mir der Ort so verschlafen. Vielleicht tut sich ja doch noch was Interessantes.* Der große Mann in der tadellosen Uniform eines Fregattenkapitäns der Föderationsflotte lehnte im Schatten eines Balkons an einer Hauswand und war dabei, sich eine dieser fantastischen dünnen Zigarren anzuzünden, für die der Ort berühmt war. Gerade kam Captain Collins von seinem Lieblingsladen in der kleinen Hafenstadt Albatrasca auf der Insel Solitude und hatte seinen Vorrat aufgefüllt. Der Tabak enthielt eine scharfe, würzige Note, die das Gehirn durchblies und deren Duft nach Vanille und Chili die Sinne anregte. Wichtiger noch als die Zigarren war der kurze Plausch mit dem alten Einheimischen, der diese Tabakwaren herstellte. Als die Schritte näherkamen, wich die entspannte Lässigkeit des jungen Captains einer hellwachen Aufmerksamkeit.

Etwas Lebendiges kam keuchend die schmale Gasse entlanggelaufen, die hinunter zum Hafen führten. Skye beobachtete die Kreuzung. Jeden Moment musste das rennende Wesen in sein Blickfeld laufen. *Ob es ein Mensch ist? Oder einer der Ichtyos?* Tatsächlich. Schwer atmend und hustend erschien ein abgerissen aussehender Schiffsjunge im tief stehenden Licht der Nachmittagssonne.

Wie kommt denn der hierher? Von meinem Schiff ist er jedenfalls nicht. Den hat es ja schwer erwischt. Der junge Kerl hatte ein zerschlagenes, blutendes Gesicht. Der linke Arm hing wie tot herab. Ein ziemlich dürres, mittelgroßes Kerlchen. Die verdreckte Seemannshose schlotterte um den Leib, ein einfaches Hemd hing darüber. Nein. Das Hemd hing nicht an ihm. *Es klebt von Blut. Sie haben ihn ausgepeitscht. Verdammt. Sie schlagen immer öfter über die Stränge.* Der Junge blickte sehnsüchtig in

Richtung Hafen, doch er konnte nicht mehr. *Gleich bricht er zusammen. Er braucht dringend ein Parley.«* Das Kläffen des Hundes kam näher.

Captain Skye stieß einen kurzen, leisen Pfiff aus. Der Junge zuckte und blickte erschrocken in seine Richtung. Oder er versuchte es zumindest. Seine Augen waren fast zugeschwollen und blutunterlaufen. *Das sieht übel aus.* Skye nickte in Richtung eines großen Haufens stinkender Fischernetze, die ein paar Schritte entfernt lagen. Der Junge verstand und schleppte sich mit letzter Kraft darauf zu. Skye hob ein paar der Netze an und half ihm, darunter zu verschwinden. Mit einem Seufzer sackte der magere Kerl zusammen.

Skye stellte sich in aller Ruhe zurück an die Hauswand und tat, was er ohnehin gerade vorgehabt hatte. Er zündete sich seine Zigarre an und wartete.

Zwei Kerle kamen mit dem Hund aus der Gasse.

»Dieser blöde Köter! Hätten wir ihn nicht mitgenommen, hätten wir die Kanaille erwischt!«

Der eine trat nach dem Hund, der wütend nach seinem schweren Stiefel schnappte. Der andere sah sich um. Der Hund witterte und knurrte.

»Der Rote Vadim zieht uns die Haut ab, wenn wir ihm seine Beute nicht zurückbringen«, jammerte der andere Mann. »Deshalb hab ich den Hund dabei. Such, mein Kleiner, hörst du? Such weiter!«

Der »Kleine« war ein massives Kalb. Einer dieser blutrünstigen Sucher, die die harten Kerle hier manchmal tief in den Schiffsbäuchen kämpfen ließen. Der Hund witterte und wandte sich zielstrebig in Richtung der Fischernetze. Skye trat aus dem Hausschatten und zog genüsslich an seiner Zigarre. Den Rauch blies er wie zufällig in Richtung Hundenase. Die beiden Kerle zuckten bei seinem Anblick zusammen und fassten an ihre Gürtel, um die Waffen zu ziehen. Skye hob sofort wie erstaunt die Hände.

»Nur die Ruhe, meine Herren. Ihr wisst doch, was das Ziehen einer Waffe gegen mich bedeutet?«

Der mit dem Hund riss den Köter zurück, der auf Skye zu - oder vielmehr an ihm vorbeidrängen wollte.

»Verzeihung Captain!«, knurrte der andere und verzog verärgert das Gesicht. In seinem schweren Uniformmantel mit den beiden goldfarbenen Epauletten auf den Schultern war Skye auf dem ersten Blick als Kapitän der hoch geachteten Flotte der Föderation zu erkennen. Diese hatte zusammen mit dem bunten Völkchen der Händler und Siedler vor ein paar Jahren begonnen, die Inselwelt der Ichtyos zu erforschen und zu besiedeln. Skye war weitgehend unbewaffnet, sah man von dem standesgemäßen, goldverzierten Säbel einmal ab, der eigentlich nur Eindruck machen sollte, aber wenig als effiziente Waffe taugte. Der Hundeführer starrte wie gebannt in Skyes Gesicht. Auf seine Wange, nicht in seine Augen. *Der Typ kennt mich also auch schon. Die beiden Kerle gehören offenbar zur direkten Umgebung des »Roten Vadim«. Schau an.*

Vadim Smalov, der sich gern »Der Rote Vadim« nennen ließ, war einer der berüchtigtsten Menschen, die sich auf diesem Planeten niedergelassen hatten und nicht zur Flotte gehörten. Skye interessierte sich schon lange für dessen Machenschaften, aber nun wollte er erst mal die beiden schäbig gekleideten Männer so schnell wie möglich loswerden und von dem verletzten Jungen ablenken. Er schob seinen eleganten Zweispitz ein Stück aus dem Gesicht und nickte in Richtung der Gasse, die vom Hafen weg in Richtung Dschungel führte. Wie beiläufig bückte er sich, um ein imaginäres Stäubchen von seinem glänzenden Stiefel wegzupolieren und blies dabei dem Hund eine zweite scharfe Rauchwolke vor die Nase. Der Köter nieste.

»So ein abgerissener junger Kerl ist gerade dort rein gelaufen. Was hat er denn angestellt?«

Die Kerle schauten irgendwie betreten. Der Größere von beiden antwortete rasch und sicher. »Er hat was geklaut. Wir werden ihn zurückbringen und dann wird er rausgeworfen.«

Das war genau die Antwort, die Skye normalerweise hätte hören wollen. Doch irgendetwas am Auftreten dieser beiden Halunken störte ihn ganz gewaltig. *Ganz sicher werde ich euch den Kleinen nicht überlassen,* dachte er. *Ich werde selber von ihm hören, was passiert ist und wer ihn so zugerichtet hat.* Der Captain wies lässig auf die Gasse. »Wenn ihr euch beeilt, kriegt ihr ihn, bevor er den Dschungel erreicht.«

»Aye, Captain Scar!«, sagte der mit dem Hund und hob die Hand dienstbeflissen zum Gruß, um sich gleich erschrocken zu korrigieren. »Verzeihung, Captain Collins!« *Aha. Sogar mein Spitzname hat sich schon bis zum Roten Vadim herumgesprochen.* Der Andere knurrte etwas Unverständliches. »Komm!«, befahl er seinem Kumpanen, der den Hund, der unwillig knurrte, von Skye fortzerrte. Dann rannten sie in die Gasse hinein. Sie war verwinkelt, schnell verschwanden die beiden außer Sichtweite. Ohne Hast hob Skye die Netze hoch und stieß den Jungen mit dem Fuß an. »Komm auf die Beine. Folg mir.« Doch der Junge lag da wie tot. Skye sah sich um. Neben den Netzen lagen ein paar alte Säcke. Er stülpte einen von oben und einen von unten über den bewusstlosen Jungen und warf sich das Bündel über die Schulter. Das Kerlchen war nicht schwer. *Ist doch mal ein Spaß, dem Roten Vadim ein bisschen auf den Zahn zu fühlen. Vielleicht kann der Junge ja was Interessantes erzählen.* Einen Moment dachte Skye an die strengen Spielregeln, die für ihn und sein Schiff galten. Ein Mitglied der Händler, sozusagen einen Zivilisten, einfach so mit an Bord zu nehmen, konnte ihm auch mächtig Ärger bringen. Aber Skye brachte es nicht übers Herz, den verletzten Jungen einfach so seinem Schicksal zu überlassen. Und wie es aussah, brauchte der Bursche dringend ärztliche Behandlung. *An Bord kann sich der Doktor um ihn kümmern. Und ich kann einen zusätzlichen Schiffsjungen gut gebrauchen. Bin außerdem gespannt, welche Geschichte dahintersteckt. Endlich habe ich einen losen Faden gefunden, der mich vielleicht ein Stück näher an den Roten Vadim heranbringt.* Skye machte sich mit seiner Last auf zu seinem Schiff.

In der Nähe des Hafens wurden die engen Gassen lebendiger. Die kleine Stadt Albatrasca, die überwiegend von Ichtyos, aber mittlerweile auch von einigen Händlern und einer Menge Siedler bewohnt wurde, erwachte aus dem Nachmittagsschlaf. Mit Wucht krachte neben Skye eine schwere Tür an die Wand und ein bulliger, dunkelhäutiger Mann trat lachend auf die Straße. Eine hübsche, dralle Schönheit mit der für diese Inseln typischen, mal grau, mal grünlich schimmernden Haut und einer Frisur aus wilden, langen Zöpfen drängte sich an ihn.

»Besuch mich bald wieder, du wilder Stier«, gurrte ihm die Ichtyofrau ins Ohr. Der Bulle küsste sie herzhaft und versenkte seine großen Hände gerade in ihrem ausladenden Hintern, als er über ihre Schulter hinweg seinen Captain sah. Als hätte er sich die Finger verbrannt, ließ er die Frau los und salutierte. Skye deutete eine Grußerwiderung an und grinste.

»Landgang beendet, Mr Small. Hier ist ein Auftrag. Nehmen Sie mir diesen Sack ab. Es sind ein paar Sachen für den Doktor drin. Bringen Sie sie an Bord.«

Skye legte seinem zuverlässigen ersten Maat den Sack über die Schulter. Dabei flüsterte er ihm zu:»Seien Sie vorsichtig mit dieser Fracht. Lassen Sie niemanden merken, was Sie da an Bord bringen, auch unsere Mannschaft nicht. Wenn der Doktor keinen Platz mehr hat, kann er den Jungen in meiner Kajüte verarzten.«

Nicht nur die Spione des einheimischen Inselgouverneurs, auch eine Menge Händler würden am Hafen ihre Augen und Ohren offen halten und aufpassen, dass die Männer der Kriegsfregatte keine andere als die vereinbarte Ware an Bord nahmen.

»Aye, Captain.« Smalls große Hände hielten den Sack und tasteten ihn unauffällig ab. Er hatte verstanden.

»Bis zum nächsten Mal, Süße!«, zwinkerte er dem Mädchen zu.»Der Captain hat gerufen!« Die Frau rief ihm zu:»Deinen Captain kannst du das nächste Mal gern mitbringen! So interessante Männer sind uns immer willkommen!«

Doch Skye ignorierte sie. Nie im Leben würde es ihm einfallen, die Liebesdienste dieser Ichtyofrauen in Anspruch zu nehmen. Und überhaupt. Auch von den Menschenfrauen hatte er die Nase gestrichen voll. Seine letzte Beziehung hatte sehr gründlich dafür gesorgt, dass sich Skye garantiert nicht mehr auf das andere Geschlecht einlassen würde. Obwohl diese böse Erfahrung jetzt schon einige Zeit her war, hielt sich Skye strikt an seine Vorsätze und verbat sich jeden Gedanken an Frauen und den Zeitvertreib mit ihnen. Und bis jetzt ging es ihm großartig damit. Skye nickte Mr Small zu und dieser ging mit seiner Last in Richtung Kai voraus. Es war auch für ihn Zeit, zum Schiff zurückzukehren und die Verladearbeiten zu überwachen. Mit dem letzten Tageslicht sollte die Fairbanks auslaufen und die Sonne war bereits deutlich gesunken.

Am Kai waren die Ladearbeiten noch in vollem Gange. Trinkwasserfässer, Säcke mit Lebensmitteln und Fässer mit den Früchten der Insel wurden auf Holzbohlen gefiert und an Bord gezogen. Es herrschte ein emsiges Treiben. Skye wunderte sich, dass er die Kutsche des Gouverneurs der Insel am Kai stehen sah. Den Gouverneur selbst entdeckte Skye nicht. Sie hatten sich erst vor zwei Stunden in seiner Residenz getroffen, wo Skye dem Ichtyoregenten der Insel pflichtgemäß seine Aufwartung machte und sich die Landungspapiere abzeichnen ließ. Er musste unter allen Umständen so tun, als ob das ein ganz normaler Proviantierungsaufenthalt war, so wie immer in den letzten Wochen. Doch diesmal war es anders. Skyes Fregatte war bis unter die letzten Spanten mit Männern vollgestopft, die ohne das Wissen der Händler und der Ichtyos auf die Hauptinsel Numinala verlegt werden sollten. Ein Teil dieser Männer wollte das Planspiel beenden und den nächsten Lumpensammler erreichen - eines der Schiffe, die die Menschen zurück an die Basisstation brachten, von wo sie den Planeten verlassen konnten. Der andere Teil bestand aus Soldaten. Der Admiral hatte das als eine reine Vorsichtsmaßnahme deklariert, weil die Händler besonders in der Hauptstadt anfingen, menschliches Gesindel um sich zu scharen, Menschen, die Unruhe schürten und die Gier nach Macht und Technologie in dem hier lebenden Volk wecken sollten. Die bequemen und harmlosen Zeiten der Anfangsjahre des Planspiels Beta-Atlantis waren definitiv vorbei. Auch wenn die Ichtyos ein naives Volk von Wassermenschen waren: Die Befehlshaber der Föderation − insbesondere der mit der Gesamtleitung betraute Admiral Percy Parker - waren vorsichtig und hatten von Anfang an klar gemacht, dass Übergriffe der Ichtyos auf die Menschen nicht geduldet werden würden. Die Aufgabe der Flottenkapitäne war es, die Ordnung zwischen den einheimischen Ichtyos und dem Händlervolk sicherzustellen und Rechtsübertretungen im Falle eines Falles zu verfolgen. Sollte irgendjemand auf dieser Insel es wagen, den Kapitänen, die eine Art Planspielpolizei darstellten, auch nur ein Haar zu krümmen, hätte dies ernsthafte Konsequenzen. Aber bisher waren alle um Frieden und guten Willen bemüht gewesen. Die Kapitäne der Föderationsflotte, die sich auch die Seefahrer nannten, nahmen sich nicht einfach, was sie sich mit ihren kriegstauglichen Schiffen holen konnten. Sie kauften ihren Proviant und das Wasser, das sie für die weiten Reisen benötigten und das Händlervolk war angehalten, mit den Einheimischen nach fairen Grundsätzen zu handeln und die Ichtyos nicht über Gebühr über den Tisch zu ziehen. Das gehörte zu den Richtlinien des Planspieles.

Skye war fast von Anfang an dabei und ging in seiner Rolle als Fregattenkapitän auf. Das Segeln der wunderbaren Schiffe, der Expeditionscharakter seines Auftrages, die herrliche Inselwelt, all das faszinierte ihn und half ihm, die Schatten seiner Vergangenheit und den, der auf seine Zukunft fiel, ein Stück weit zu vertreiben. Die Teilnahme an diesem gigantischen Rollenspiel brachte nicht nur Ablenkung, sondern echte Freude und sie wurde auch noch sehr gut bezahlt. In den letzten paar Wochen machte sich Skye allerdings immer häufiger Gedanken über die Entwicklung, die das Planspiel nahm. Der von Anfang an zwischen dem geschätzten Admiral der Föderation, den Händlern und den Ichtyos vereinbarte Frieden war irgendwie am Bröckeln, ohne dass er das genauer greifen konnte. Hier und da brandeten Spannungen auf, die es in den ersten Jahren seit der Ankunft der Menschen nie gegeben hatte. Die Föderationsflotte hatte nach wie vor den Auftrag, Frieden zu wahren und die Bewohner des Inselkontinents nicht zu verärgern.

Viele Männer grüßten den Captain, als er sich gemächlich dem Schiff näherte. Skye nickte ihnen zu, stellte sich mit auf dem Rücken verschränkten Händen hin und ließ seinen aufmerksamen Blick über das Durcheinander von Händlern, Matrosen und Ichtyos gleiten. Auf See war das Schlimmste die Langeweile. Deshalb hatte er in den letzten Wochen seine Mannschaft auf das Verladen und Verstauen des Proviants gedrillt und immer wieder die schwierigsten Segelmanöver geübt. Skye war stolz auf sein schönes Schiff und die gut eingespielte Mannschaft. Die diversen Beobachter, die seine Fregatte mit dem Namen Fairbanks nicht aus den Augen ließen, würden an der Schnelligkeit und Präzision, mit der Skyes Männer arbeiteten, nichts Ungewöhnliches finden. Heute kam es nur darauf an, dass sich die vielen Männer, die sich eingepfercht unter Deck aufhielten, nicht verrieten. Gern wäre Skye vorgestern weiträumig an dieser Insel vorbeigesegelt, der die Flotte den Namen Solitude gegeben hatte. Den ursprünglichen Namen in der seltsamen Sprache der Ichtyos konnte kein Mensch aussprechen. Doch jede Änderung der Route auf See wäre den Ichtyos sofort aufgefallen. Wenn seine schöne Fairbanks, ein nach jahrhundertealten Plänen gebauter Dreimaster mit 48 Geschützen, auch nur von einem kleinen Fischer außerhalb der vereinbarten Route gesehen werden würde, konnten die Manöver des Admirals und das ganze Planspiel auffliegen. Und ausnahmslos alle Menschen auf diesem Planeten hatten das Ziel, das zu verhindern.

Skye schlenderte zu einem der großen Holzfässer, ließ den Händler den Deckel öffnen und nahm sich eine der heimischen Früchte, die Äpfeln sehr ähnlich waren, aus dem Fass. Saft spritzte aus der Frucht, als er kräftig hineinbiss.

»Nur allererste Qualität!«, pries der Händler seine Ware an.

Skye nickte. »Sieht so aus. An Bord damit.« Er ging in die zweite Fässerreihe und deutete auf ein Fass. Auch dieses wurde geöffnet. Skye holte ein paar verfaulte Früchte heraus.

Der Händler machte große Augen.

»Ich weiß nicht, wie das Fass dazwischengeraten konnte!«

Bevor er weiterlamentieren konnte, unterbrach Skye ihn unwirsch. »Du hast fünf Minuten Zeit, die schlechten Fässer auszusortieren. Landet eines davon bei mir an Bord, hast du das letzte Mal an die Flotte geliefert.«

Dienernd nickte der Mann und wieselte zwischen seiner Ware herum. Vier von den zehn Fässern markierte er und winkte ein paar Männer heran, um sie abzutransportieren. Aus einer diskutierenden Gruppe von Händlern heraus kam der Gouverneur schließlich auf Skye zu. Er war klein und zierlich, die anderen hatten ihn gut verdeckt.

»Auf ein Wort, Captain.«

Skye verbeugte sich, wie es sich vor dem Gouverneur gehörte. »Was gibt es noch, Sir?«

Der spindelige Mann mit dem grauen Teint der Ichtyos und den verwelkt wirkenden grauen Haaren wedelte mit seinem Spitzentuch und spazierte in der Abendsonne den Kai entlang. Sein faltiges Gesicht hatte er sorgenvoll verzogen.

Der alte Fuchs will nicht, dass uns jemand zuhört. Er tut, als wollte er reine Konversation betreiben. Skye folgte ihm höflich, doch zu seiner Überraschung plauderte der Gouverneur nur über Belanglosigkeiten. Langsam wurde Skye nervös. Er blickte zurück zum Schiff und sah von Weitem, wie Mr Small den Sack mit dem Jungen auf den letzten Transport schnallte, der gleich über die Bordwand gezogen werden würde. Es war geschafft. Das Kerlchen war an Bord. Skye sah erleichtert, dass Mr Small schon an Bord war, um die Fracht dort abzuholen und wie befohlen zum Doktor unter Deck zu schaffen. Er hatte dem Geplauder des Gouverneurs nur mit halbem Ohr zugehört.

»Sir, es wird Zeit für mich, an Bord zu gehen. Wir laufen noch heute Abend aus«, unterbrach er diesen schließlich und verneigte sich.

Der Gouverneur blieb stehen und blickte versonnen hinaus auf das Meer, das prachtvoll und tiefblau vor ihnen lag.

»Wie gern würde ich einmal mit einem Ihrer herrlichen Schiffe nach Numinala segeln.«

Skye war hellwach. Niemand sollte wissen, dass das Ziel der Fairbanks Numinala hieß. Genauso unmöglich war es, dem Gouverneur diesen Wunsch jetzt zu erfüllen. »Unsere Reise geht nach Turtle Bay, Sir, nicht nach Numinala«, korrigierte er den Mann. »Im anderen Fall hätte ich Sie gern mitgenommen.«

»Ja, ich weiß, was in Ihren Papieren steht, Captain.« Zwinkernd sah der Gouverneur zu Skye auf, der ihn um mehr als einen Kopf überragte. »Turtle Bay ist um diese Zeit auch sehr schön. Wobei der Weg dorthin nicht immer einfach ist. Man spricht darüber, dass die Meere neue Kräfte sammeln. Die Stürme sind ungewöhnlich heftig für diese Jahreszeit. Ihr Schiff ist schnell und kann heute Nacht für gewöhnlich rasch am Cap Nouvelle vorbeiziehen, damit ein aufkommender Sturm Sie nicht an die Küste zurückwirft. Hätte ich daran irgendeinen Zweifel, zum Beispiel, weil Sie sehr viel Proviant geladen haben müssen, so tief, wie die Fairbanks im Wasser liegt, dann würde ich Ihnen zu einer Route raten, die nicht so nah entlang der Küstenlinie liegt.« Er sah in die Ferne. »Sogar wir Ichtyos sind besorgt über die Heftigkeit der Stürme in diesem Jahr.«

Skye folgte der Blickrichtung des Gouverneurs, konnte jedoch keinerlei Anzeichen für eine Wetteränderung ausmachen.

Versonnen sprach der Gouverneur weiter.

»Hüten Sie sich vor den großen Stürmen, mein lieber Captain. Sie sollten mit weniger Tiefgang segeln. Aber«, er schnupfte in sein Taschentuch, »Sie werden das schon richtig entscheiden. Ein bescheidener einheimischer Verwalter wie ich wird dem Kapitän einer Kriegsfregatte der verehrten Handelspartner natürlich niemals einen Ratschlag erteilen.«

Sie waren wieder bei Skyes Schiff angekommen.

Skyes erster Offizier trat auf ihn zu und grüßte. »Sir, die Ladung ist aufgenommen.«

»Danke, Mr Bonney. Ich komme an Bord«, antwortete Skye und wandte sich noch einmal an den Gouverneur. »Leben Sie wohl, Gouverneur Halfa, und danke für Ihren Rat. Wir werden die Stürme nicht unterschätzen. Ich freue mich auf unseren nächsten Besuch auf dieser schönen Insel. Ich denke, in einem Monat sind wir wieder hier. Vielleicht sind Sie dann einmal mein Gast auf dem Schiff, auch wenn ich Ihnen nicht viel Komfort bieten kann.«

Ein erfreutes Lächeln erhellte das Gesicht des Ichtyos. »Ich würde mich freuen, Ihr schönes Schiff einmal zu besichtigen«, antwortete er, und es klang ehrlich. »Es war wie immer eine Freude, mit Ihnen zu plaudern, Captain Collins.«

Skye schlug leicht die Hacken zusammen und verbeugte sich erneut. Nicht besonders ehrfurchtsvoll, aber eben so, dass die umstehenden Augen sehen konnten, dass die Föderationsflotte dem hiesigen Gouverneur gebührend Respekt zollte.

Der Gouverneur lächelte milde und stolzierte zu seiner Kutsche. Die Hufe des Pferdes klapperten davon. Pferde waren wertvolle Geschenke der Menschen und bei den Ichtyos besonders begehrt.

Skyes erster Offizier stand regungslos neben ihm, als hätten sie alle Zeit der Welt. Doch unauffällig flüsterte er ihm zu:

»Es wird wirklich Zeit, Skye, die alte Lady ächzt schon, so viel haben wir geladen. Wir sollten schleunigst von hier verschwinden.«

Skye hielt das Gesicht prüfend in den Wind. Am Himmel war keine Wolke zu sehen. »Der ablandige Wind steht günstig. Wir werden schnell aus dem Hafen kommen. Schiff klarmachen zum Ablegen, Mr Bonney, und Großsegel setzen!«, befahl er und stieg mit sicheren Schritten über die federnde Planke hinauf an Bord.

Skye und Jason hatten vor fast fünf Jahren gemeinsam ihren Dienst angetreten und sich schnell über die Leutnantshierarchie hochgearbeitet. So manches Manöver machten die beiden gemeinsam durch und eine glückliche Fügung hatte Jason bei diesem Kommando als ersten Offizier auf Skyes Schiff verschlagen. Skye hatte sich schon immer für die Seefahrt auf den alten Großseglern interessiert, Ozeane faszinierten ihn. Für ihn gab es damals nicht viel zu überlegen, als die Föderationsregierung für den Planeten Beta-Atlantis Männer für ein experimentelles Rollenspiel suchte, die auf äußerlich alten Schiffen mit einem modernen Equipment, das gut im Inneren der Schiffe verborgen war, die Meere, Inseln und Kontinente des Planeten Beta-Atlantis vermessen sollten.

Skyes Freund Jason hatte keine Ambitionen, selbst Kapitän zu werden. Er bewunderte Skye für sein Navigationsgeschick, seine Fähigkeit, diplomatisch mit schwierigsten Gegnern zu verhandeln und sein Draufgängertum, wenn es darauf ankam. Solang sie unter sich waren, wählte Jason Skyes Vornamen, was er im Rahmen der Bordroutine niemals getan hätte. Es gehörte zum Kontrakt, die Regeln des Rollenspiels einzuhalten, und zwar stilvollendet und genau. Skye nickte Jason bejahend zu und balancierte mit sicheren Schritten über das schmale Brett, das die Kaimauer noch mit einer Strickleiter an der Außenwand der Fairbanks verband. Geschickt enterte der Kapitän der Fairbanks auf und schwang sich über die Reling.

Die Wache trillerte mit ihren Pfeifen das Willkommen für den Kapitän. Jason folgte ihm auf dem Fuße.

»Klar zum Ablegen, Mr Bonney!«, befahl der Captain und Jason gab die Befehle, die die Fairbanks auf ihre nächtliche Reise senden sollten.

Beim Auslaufen stand Skye für alle Beobachter an Land gut sichtbar in aller Ruhe auf dem Achterdeck und gab seine Kommandos. Der ablandige Abendwind flaute auf, die Segel griffen, bauschten sich und die Fairbanks steuerte auf ruhiger See dem herrlichen Sonnenuntergang entgegen.

Die Decks der Fairbanks waren niedrig und die Ausstattung so wenig komfortabel, wie es auf dieser Art Schiff üblich war. So überladen, wie es derzeit zuging, war das Schiff für die Besatzung eine echte Zumutung. Captain Collins hatte einen guten Ruf als Kapitän und sorgte sich nach bestem Gewissen um seine Mannschaft. Bisher kam niemand auf die Idee, sich zu beklagen. Doch die Reise, die nun anbrach, sollte gut zwei Wochen dauern. Es würde nicht einfach sein, die Leute bei Laune zu halten. Schon gar nicht diejenigen, die das Planspiel beenden und so schnell wie möglich den Planeten verlassen wollten.

Skye rief seinen ersten Offizier zu sich und berichtete Jason, was Gouverneur Halfa ihm mitgegeben hatte.

»Was zum Teufel wollte er uns damit sagen?«, fragte Jason ratlos.

Wie immer, wenn er sich konzentrieren wollte, schaute Skye hinaus aufs Meer. »Er warnt uns vor den Stürmen. Als ob wir uns vor Stürmen fürchten müssten.«

Jason zuckte mit den Schultern und suchte mit seinem Fernrohr die langsam zurückweichende Küstenlinie ab. Linker Hand würden Sie bei normalem Kurs in circa drei Stunden Cap Nouvelle umrunden.

»Wir haben in diesen Gewässern schon einige schwere Wetter erlebt. Die alte Lady schafft das schon. Aber auf jeden Fall hat der Alte mitgekriegt, dass wir tiefer im Wasser liegen, als das mit der normalen Ladung der Fall wäre. Die vielen Männer machen doch einiges aus.« Jason drehte sich zu Skye um. »Ahnt der Gouverneur, dass wir so viele Männer an Bord haben? Und weiß er, weshalb?«

Für die Matrosen, die diesmal für den Landgang eingeteilt worden waren, legte Skye seine Hand ins Feuer. An Bord gelangte kaum eine Maus, ohne dass die Wachen etwas bemerkten, und schon gar kein Mann der Ichtyos oder sonst ein Individuum. »Ich denke nicht«, meinte er. »Vielleicht will er uns ganz einfach vor den Untiefen am Cap warnen, die uns bei schlechtem Wetter gefährlich werden könnten? Er weiß ja nicht, dass unser Navigationssystem längst jedes Riff zwischen hier und Numinala kennt.«

Jason schüttelte den Kopf. »Irgendwas steckt hinter seiner

Warnung. Er weiß, was wir an Bord haben, und wollte es uns wissen lassen. Fangen die Ichtyos an, uns zu misstrauen? Beginnen sie vielleicht sogar, sich zu bewaffnen?«

Skye zuckte fast unmerklich mit den Schultern. »Bisher haben wir nur von kleineren Protesten auf Numinala gehört. Es gibt immer wieder Reibereien zwischen den Händlern und den Ichtyos. Kein Wunder, da sind mittlerweile eine Menge Halsabschneider darunter. Deshalb verlagern wir ja auch die Männer dorthin. Aber eine Bewaffnung kann ich mir nicht vorstellen. Im Ernstfall rufen wir Verstärkung und sind ihnen waffentechnisch haushoch überlegen. Wo zum Beispiel sollen die Ichtyos denn Schiffe herhaben, die unseren gewachsen sind?«

Jason stimmte nickend zu. Keine der Fregatten des Admirals war so schnell und wendig wie die Fairbanks, und kaum einer der jüngeren Kapitäne konnte sie so großartig steuern wie Skye. Doch so träge, wie sie im Moment war, würden andere Schiffe gut aufholen können.

»Sie haben nur ihre einfachen Boote. Wenn sie uns angreifen wollen, dann müssten sie vorher schon ein paar Schiffe der Flotte klauen«, grinste sein Freund und erster Offizier.

Skye hatte einen Entschluss gefasst. »Wir korrigieren den Kurs. Es sieht zwar nicht nach Sturm aus, aber sollte uns doch einer überraschen, ist es besser, weiter draußen zu sein.« Dann überließ er Jason das Kommando auf Deck und machte sich auf den Weg in seine Kajüte. *Ich hab so ein komisches Gefühl. Vielleicht hängt Halfas Warnung mit den Gezeiten zusammen. Ich kann mir beim besten Willen nicht vorstellen, dass die Ichtyos uns angreifen. Eventuell habe ich auf den Seekarten etwas übersehen. Ich werde unten den Kurs überprüfen.*

Skye kam vor der Kapitänskajüte an und wunderte sich, warum Mr Small vor seiner Kajüte Wache stand.

»Warum bewachen Sie meine Kajüte, Mr Small?« Erst jetzt fiel ihm der verletzte Junge wieder ein.

Der große Maat machte ein grimmiges Gesicht. Eigentlich hatte er eher ein sonniges Gemüt. »Ich hab Ihren Befehl ausgeführt. Der Doktor musste mit dem Inhalt des Sackes in Ihre Kajüte ausweichen. Und Sie werden sehen, das war auch gut so. Unten in den Krankenkabinen ist wegen unserer Ladung alles überbelegt.«

»Ist der Doktor noch drin?«

Mr Small nickte und gab die Tür in die Kapitänskajüte frei. Der Schiffsarzt Dr. Kingsley stand mit dem Rücken zum Captain und war mit der Behandlung des Patienten beschäftigt, den er mangels anderweitigem Platz in der Schlafkoje des Kapitäns abgelegt hatte.

Der kleine Doktor legte viel Wert auf gute Umgangsformen. Doch diesmal grüßte er den Captain nicht, warf nur einen kurzen Seitenblick auf ihn und giftete:»Was haben Sie sich nur dabei gedacht?«

Skye grinste.»Ein Schiffsjunge mehr oder weniger, darauf kommt es doch nicht an, Doktor. Auch wenn wir vielleicht etwas überbelegt sind. Der Junge kann gern in meiner Kajüte bleiben, bis wir die Männer auf Numinala abgeliefert haben.«

Entrüstet drehte sich der Doktor zu ihm um und stützte die Hände in die Seiten.»Der Junge? Ich halte Ihnen zugute, dass man aus dem misshandelten Gesicht nicht viel erkennen konnte. Aber das da«, theatralisch deute er auf das halb nackte, stöhnende Bündel Mensch,»das da ist kein Junge!«

»Was?« Mit einem großen Schritt war Skye herangetreten. Der Doktor hatte dem Patienten das blutige Hemd ausgezogen, der Rücken sah böse aus, das Gesicht war blaugrün verschwollen. Die zerzausten blonden Haare klebten blutverschmiert am Kopf. Auch die Rippen hatten üble Schläge abbekommen. Doch die sanften Wölbungen über den Rippen waren eindeutig als die Brust eines Mädchens oder vielmehr einer jungen Frau erkennbar. *Und zwar ist das ein recht hübscher Busen,* spukte Skye durch den Kopf, bevor ihn die Konsequenz wie ein Hammer traf.

Ein Mädchen auf einem mit Männern überfüllten Schiff. Das ist eine Katastrophe.

»Genau das ist es!«, schimpfte der Doktor.»Eine Katastrophe.«

Hab ich grad laut gedacht? Skye war von der Erkenntnis, ein Mädchen in seiner Kajüte zu haben, noch viel zu perplex.

»Was können wir tun?«, murmelte er mehr zu sich selbst.

»Ich schätze mal, wir können nicht zurück, um sie an Land zu bringen. Und da wir sie auch nicht einfach über Bord werfen können und ersäufen, wie eine junge Katze - was vielleicht für alle Beteiligten sogar das Beste wäre - sollten Sie ganz schnell Pläne machen, wo wir sie absetzen können. Und gnade Ihnen Gott, wenn die Männer oder der Admiral das herausfinden. Hat sie denn nicht um Parley gebeten?«

Skye schüttelte den Kopf. »Sie war bewusstlos.« Er überlegte fieberhaft. Der Doktor sprach ein wahres Wort. Frauen an Bord waren tabu. *Das war's mit meiner Planspielkarriere. Zumindest gibt es einen ordentlichen Punktabzug, wenn das herauskommt. Verdammter Mist.* Aber das dermaßen übel zugerichtete Mädchen über Bord zu werfen war für ihn völlig undenkbar. Auch für den Doktor war das nur ein in seinem Zorn ausgespuckter Scherz. Doch nun lagen zwei Segelwochen vor ihnen, wenn der Wind und das Wetter mitspielten. Zwei Wochen, in denen weder die Crew noch die fast 300 Männer, die das Schiff gerade transportierte, davon mitbekommen durfte, dass sich in seiner Schlafkoje kein kranker Schiffsjunge, sondern eine junge Frau befand.

»Doktor, wir behalten sie an Bord«, befand Skye kurz. Der Doktor nickte ergeben. Er hat scheinbar nichts anderes erwartet.

»Können Sie sie hier behandeln?«

»Es geht ja nicht anders. Wir bleiben dabei, dass wir einen verletzten Schiffsjungen aufgegabelt haben. Sie können sich auf mich verlassen, Captain. Von mir erfährt niemand etwas. Und ich denke, auf den guten Small können Sie auch zählen. Aber wir müssen dafür sorgen, dass außer uns keiner diese Kajüte betritt.«

Normalerweise wird das auch niemand tun, ging es Skye durch den Kopf. Die Kajüte des Kapitäns war sozusagen heilig, es sei denn, der Kapitän befehligte jemanden dorthin, was Skye selten tat. Im Gefechtsfall wurde auch die Backbord-Kanone besetzt, die nach achtern ausgerichtet an der Außenwand festgezurrt war. Doch ein ernsthaftes Seegefecht schien Skye unmöglich, und bis zur nächsten Übung auf hoher See würde Skye das Mädchen längst irgendwo abgesetzt haben. Sein Freund Jason kam ab und zu in die Kajüte des Captains, um die Orders zu besprechen oder sich mit ihm beim Kartenspielen die Zeit zu vertreiben. *Jason wird der Einzige sein, den ich noch einweihe. Er*

wird mir dabei helfen, dieses Geheimnis zu bewahren.
Der Doktor unterbrach Skyes Gedanken.
»Captain, nun müssen Sie mir allerdings zur Hand gehen.
Das wird jetzt nicht besonders schön.«
Nein. Die Behandlung der Verletzungen des Mädchens war alles andere als schön. Skye war entsetzt, wie man einer Frau so etwas antun konnte. Noch dazu einem offensichtlich so zerbrechlichen Geschöpf wie diesem. Die Haut am Rücken hing in Fetzen. Der Doktor kugelte die linke Schulter wieder ein und meinte, es wäre ein Glück, dass nichts gebrochen wäre. Bei den Rippen war er sich nicht so sicher. Und als ihm der Doktor erklärte, was ein Mann der jungen Frau angetan hatte, wurde es Skye heiß vor Zorn. Gewalt dieser Art war auch im Rollenspiel verboten und wurde streng geahndet. Skye schwor sich, den Verantwortlichen aufzuspüren und zur Rechenschaft zu ziehen, sobald das Mädchen eine Aussage gemacht hatte. Endlich war Doktor Kingsley mit der Versorgung fertig. Die offenen Wunden am Rücken waren desinfiziert und verbunden, das Mädchen gewaschen und in eine Position gelegt, die ihr hoffentlich relativ wenig Schmerzen bereiten würde. Sie war kurzfristig zu Bewusstsein gekommen, als Doktor Kingsley ihr das Desinfektionsmittel über den Rücken tupfte, glücklicherweise fiel sie gleich wieder in Ohnmacht. Skye hatte ihr den Mund zugehalten, damit ihre Schmerzensschreie sie nicht verrieten, und fühlte sich dabei, als würde auch er sie foltern. Jetzt trug sie eines von Skyes Hemden als Nachthemd und schien zu schlafen.
»Ich bleibe bei ihr, bis sie zu sich kommt, und gebe ihr dann ein Beruhigungsmittel. Ich denke, das ist das Beste, damit sie die nächsten ein bis zwei Tage einigermaßen übersteht.«
Skye nickte.
»Doktor, Sie dürfen jederzeit zu ihr. Wann immer ich nicht hier sein kann, nehmen Sie Mr Small mit, um Wache zu stehen. Sollte keiner von uns hier sein, schließe ich die Kajüte ab. Ich muss jetzt an Deck und einiges regeln.«

Der Doktor nickte erschöpft und Skye verließ die enge Kajüte. Er musste dringend mit Jason reden.

Juniya

Juniya fühlte sich wie in einem Albtraum gefangen. *Irgend-wann wache ich auf. Die Instruktoren holen uns zum Frühstück ab und die Ausbildung im Institut geht weiter.* Doch seit einigen Tagen war nichts mehr in ihrem Leben, wie es einmal war. Sie wusste nicht, wo sie war und hatte ständig das Gefühl zu träumen. Denn alles um sie herum wirkte, als hätte sie einen Zeitsprung hinter sich. Dieses Gefühl der Unsicherheit empfand die kühle, analytische Juniya als furchtbar. Und das, was sie die letzten Tage am eigenen Leib erleben musste, war einfach nur entsetzlich. Im Moment war Juniya wach, doch sie hielt ihre Augen geschlossen und sie versuchte, sich keinen Millimeter zu rühren. Einfach alles an ihrem Körper verursachte Schmerzen. Juniya hörte gleichmäßige Atemzüge. *Es ist jemand hier.* Sie traute sich nicht, mit ihren telepathischen Fähigkeiten herauszufinden, wer das war und ob sie seine Gedanken lesen konnte. Bei dem Versuch, dieses menschliche Monster, das sich »Jacks« rufen ließ, zu beeinflussen, hatte dieser einen Tobsuchtsanfall bekommen. Das Ergebnis spürte sie an jedem einzelnen Knochen. *Er wollte mich totschlagen.* Juniya versuchte nun doch sehr vorsichtig, die Augen zu öffnen. Das funktionierte nur bei einem Auge. Das andere bekam sie nicht auf. Höllische Kopfschmerzen quälten ihr Gehirn und die Haut im Gesicht schien aufplatzen zu wollen. In ihrem Sichtfeld saß ein Mann auf einem hölzernen Stuhl mit gerundeter Lehne. Sein Kopf war vornüber gesunken, auf den Knien hielt er ein großes Buch. *Wie rückständig,* ging ihr durch den Kopf. Dunkle, lockige Haare hatte er zu einem Zopf im Nacken zusammengefasst. Ein weißes, weites Hemd war vorn offen und entblößte einen Teil seiner braun gebrannten, muskulösen Brust, die langen Beine steckten in hohen, schwarzen Stiefeln, die irgendwie altmodisch anmuteten. Sein Atem ging tief und gleichmäßig, er schlief. Juniyas Herz klopfte. Im Gegensatz zum letzten Mann, dem sie begegnet war, wirkte dieser gepflegt, nur war sein eigentlich ebenmäßiges Gesicht mit einer eigentümlich schimmernden Narbe versehen, die rötlich umrandet war und ihm einen unheimlichen Ausdruck verlieh. Sogar im

Schlaf. *Als ob hinter seinem Gesicht eine Maske läge. Wie seltsam.* Aber aus einem bloßen Gefühl heraus war Juniya sich sicher: *Vor ihm brauche ich keine Angst zu haben.*

In ihren einigermaßen wachen Phasen hatte sie mitbekommen, dass sich zwei Männer um sie gekümmert hatten. Ein alter Mann mit gütigem Gesicht, der ihr freundliche Worte zuflüsterte und ihr gleichzeitig etwas Bitteres einflößte. Und dieser Mann. *Er war es, der mich in den Fischernetzen versteckt und mich vor den Männern des Roten Vadim gerettet hat.*

Zum ersten Mal seit ihrer Bewusstlosigkeit nahm Juniya wahr, dass das enge Bett, auf dem sie lag, schwankte. *Wo bin ich? Wohin haben sie mich gebracht?* Ein sanftes Auf und Ab schaukelte ihr Lager, ein ihr unbekanntes Rauschen schwoll mit jedem Heben an und mit dem Senken wieder ab. Juniya versuchte, den Kopf zu heben. Sie sah durch ein kleines, offenes Fenster weiße Gischt aufspritzen und tiefblaues Wasser, soweit sie mit dem einen Auge sehen konnte, sobald das Schiff sich in ein Wellental senkte. *Ich bin also auf einem Schiff. Wie wunderschön,* dachte sie. *Wenn mir nur nicht so furchtbar elend wäre.*

Das sanfte Rauschen tat seinen monotonen Dienst. Juniya sank zurück auf ihr Lager, ihr Auge fiel zu, sie schlief wieder ein.

***

Als sie das nächste Mal erwachte und das funktionsfähige Auge öffnete, war sie allein. Auf einem Gestell am Bett standen eine Karaffe mit Wasser und ein Becher aus billigem Blech. Die Zunge klebte an ihrem Gaumen. Vorsichtig versuchte sie, sich aufzusetzen. Im Augenblick schwankte das Schiff kaum, das Rauschen des Wassers war leise, das kleines Fenster gegenüber ihrer Koje stand wieder weit offen. Die Schmerzen am Rücken waren entsetzlich. *Irgendwann räche ich mich, du menschlicher Abschaum,* dachte Juniya beim Gedanken an ihre Tortur. Sie sah an sich hinab. *Ich trage ein Männerhemd.* Siedend heiß fiel ihr ein, dass die beiden Männer sie komplett entkleidet und in diesem unwürdigen Zustand gesehen haben mussten. Juniya schämte sich, doch sie versuchte, sich zu beruhigen. *Sie haben mir nichts getan. Sie pflegen mich nur. Völlig egal, dass sie mich nackt gesehen haben.* Tränen der Scham liefen ihr über die Wangen, als sie sich daran erinnerte, was der Kerl namens Jacks mit ihr angestellt hatte, weil sie ihn beleidigt und sich geweigert hatte, seine Befehle zu erfüllen. *Jetzt bin ich für immer beschmutzt und wertlos in den Augen eines Ehrenwerten.* Diese Erkenntnis steigerte den Hass noch, den Juniya auf den Mann empfand, der ihr so viel Schmerz zugefügt hatte. Und nicht nur auf ihn. Was haben sie bloß mit mir gemacht? Und weshalb haben sie mich hergebracht? Mit Grauen erinnerte sie sich an den letzten Abend in ihrem sogenannten Zuhause und versuchte zu verstehen, was geschehen war. Der Schrecken begann, als das Tor zur großen Halle mit einem lauten Knall aufgeflogen war ...

»Wo ist sie?«, donnerte die Stimme des Offiziers durch das grazile Haus, dass man meinte, die fragilen Säulen, die die Decke des hohen Raumes trugen, erzittern zu sehen. Der künstliche Butler stellte sich den hereinpolternden Soldaten in den Weg.

»Was ist euer Begehr? Herr und Herrin sind außer Haus«, antwortete die Maschine in einem demütigen Tonfall.

»Wir suchen das Halbblut!« Brutal stieß der Offizier den Robot zur Seite. »Man hat uns gesagt, sie sei hier. Wenn ihr sie nicht herausgebt, werden das Haus und alle seine Bewohner vernichtet. Stellt ihr euch gegen das Gesetz?« Seine harte Stimme durchdrang den großen Saal mit Leichtigkeit.

Zitternd wich Juniya vom Treppenabsatz zurück, verbarg sich hinter einem der zahlreichen Kunstobjekte, und lauschte. Irgendwie hatte sie es kommen sehen. Sie ahnte schon lang, dass etwas geschehen würde. *Nun ist es so weit. Großvater hatte recht. Ich hätte auf ihn hören sollen.* Fast hätte sie aufgeschrien, als jemand sie am Arm packte und in das nächste Zimmer zog.

»Was wollen die von dir?«, flüsterte Themian ihr zu.

Hilflos zuckte Juniya mit den Schultern. »Ich habe nichts verbrochen. Ich übernachte doch nur in eurem Haus anstatt im Internat.« Juniya blickte in Themians nachtschwarze Augen. Ihr Herz schlug schneller in einer dunklen Ahnung. Mit einem Ruck zog sie der junge Mann in seine Arme und küsste sie unbeholfen. Das war eine unerwartete und unbeherrschte Reaktion, die Juniya völlig überrumpelte. Und das von einem Thon-Rhe der Familie Ambi. Juniyas Herz begann zu rasen. Warum jetzt?

»Ich werde dich nicht herausgeben. Wir fliehen und ich finde heraus, was sie von dir wollen«, flüsterte er ihr in einer Entschlossenheit zu, die sie von dem sonst sehr kühlen Mann gar nicht kannte.

Da hallte vom anderen Ende des großzügigen Flurs eine wohlklingende, dunkle Stimme zu ihnen herüber. »Themian, mein Sohn, du wirst dich den Gesetzen beugen. Es ist unsere Pflicht, Juniya den Wachen zu übergeben. Es gibt keine Alternative.« *Wo kommt Themians Vater auf einmal her? Er hätte gar nicht im Haus sein dürfen!* Juniya spürte heftige Widersprüche in Themian toben. Sie hatte eine feine Empfindung für die Gefühlslage ihrer Gegenüber. Das hier war nicht nur ein Konflikt zwischen Vater und Sohn, beide Telepathen in der den Menschen unbekannten Welt der Thon-Rhe. Der Anführer der Wache polterte die Treppe herauf. Juniya war dabei zurückzuweichen, doch Themians Hand hielt sie fest. *Lauf!*, schrie ihr eine innere Stimme zu. Aber es gab kein Entkommen. Juniyas telepathische Antennen spürten den heftigen Gedankenaustausch zwischen Vater und Sohn. Als der Offizier der Wache mit kalter Miene vor ihr stand, ließ Themian ihre Hand los, als hätte er sich verbrannt.

Keiner in dem Haus, dessen Gast sie so oft in den vergangenen Jahren gewesen war, kam ihr zu Hilfe, weder die Familienmitglieder, die aufgrund des Lärms herangeeilt waren, noch die Dienerschaft. Sie neigten sogar demütig ihre Häupter vor den Wachen, als diese Juniya in ihre Mitte nahmen und abführten.

Diese Art Polizei sah man in der Gesellschaft der Thon-Rhe selten. Mit ihrer pazifistischen Grundeinstellung und dem Reichtum des Planeten, auf dem es wenig Unterschiede zwischen Arm und Reich gab, war eine öffentlich sichtbare Polizei nicht erforderlich. Die Gesellschaft der Thon-Rhe war stolz auf ihren inneren Frieden, durchgesetzt von strengen Gesetzen und einer unbestechlichen Exekutive. Jedes Individuum wurde im Falle eines Verbrechensverdachtes fair behandelt. Dieses Wissen war der Grund, weshalb Juniya vor dem Haus ohne Widerstand in den bereitgestellten Sicherheitstransporter stieg. Das war ihr Verhängnis ...

Ich hab mich abführen lassen wie ein dummes Lamm. Aber was hätte ich denn tun können? Ein verzweifeltes Schluchzen kam aus ihrer Kehle, und die kleine Bewegung erinnerte sie wieder, dass ihr ganzer Körper aus nichts als Schmerz bestand. Und ihre Seele auch. *Wie ich wohl aussehe?* Vorsichtig betastete sie ihr Gesicht und die Augenpartie. Besonders um das rechte Auge, das sie noch immer keinen Spalt weit öffnen konnte, waren die Schmerzen schier unerträglich. Sie sah sich in der Kajüte um. Ein Tisch, zwei Regale, der Holzstuhl, eine große Kiste. Und eine sehr altmodische Kanone. *Ist das eine Art Museum?* Sonst gab es hier eigentlich nichts. Außer zwei Türen. Eine normale und eine schmalere seitlich. *Hoffentlich ist das ein Sanitärraum. Vielleicht gibt es da einen Spiegel.* Vorsichtig stand Juniya auf. Auch ihre Schulter schmerzte höllisch, als sie sich auf wackeligen Beinen mit den Händen an der Wand entlangtastete. *Immerhin funktionieren der Arm und die Schulter wieder.* Juniya probierte das Gelenk vorsichtig aus. Sie war mit viel Selbstbeherrschung bei der kleinen Tür angekommen. Das Schloss ließ sich leicht öffnen. Es war tatsächlich eine Art winziges Badezimmer mit einer simplen Waschgelegenheit, die aus nicht viel mehr als einer Waschschüssel bestand, und einer einfachen Toilette. Ein Wassereimer mit Deckel stand daneben. Dankbar für das kleine bisschen Privatsphäre erleichterte sich Juniya und wusch sich in dem winzigen Becken die Hände. Dann fielen ihre Augen auf den kleinen Spiegel, der bei den Waschutensilien und dem Rasierzeug des Kajüteninhabers lag. Sie nahm ihn und sah hinein. Mit einem klagenden Laut sank sie an Ort und Stelle in sich zusammen.

Aus dem Spiegel blickte Juniya ein unförmiges, blau unterlaufenes Monstergesicht entgegen.

Skye

Skye öffnete die Tür seiner Kajüte. Sein erster Blick fiel auf die Koje, die er dem verletzten Mädchen abgetreten hatte. Er erschrak. *Wo ist sie?* Da hörte er ein leises Schluchzen. Schnell schloss er die Eingangstür hinter sich und war mit zwei Schritten im kleinen Verschlag, der als Waschraum und Toilette diente. Das Häufchen Elend mit seinem Rasierspiegel in den Händen rührte ihn zutiefst.

Sanft nahm er ihr den Spiegel aus der Hand und legte ihn fort. *Ich Idiot. Da hätte ich dran denken können,* schalt er sich. So vorsichtig es in dem engen Raum möglich war, hob er das Mädchen auf und trug sie zur Koje. *Sie wiegt nicht mehr viel und sieht sehr schwach aus.. Wenigstens ist sie jetzt wieder wach. Sie muss etwas essen.*

»Der Doktor sagt, mit der Zeit vergehen die geschwollenen Stellen. Das wird wieder«, versuchte er sie zu trösten. Ungewollt kam er mit der Hand auf den Verband auf ihrem Rücken. Das Mädchen schnappte nach Luft. Sie wirkte so zerbrechlich, Skye wusste gar nicht, wohin mit seinen Händen.

»Es tut mir leid! Ich werde den Doktor holen. Er hat ein Schmerzmittel für dich.« Skye wollte sie auf die Koje legen, doch sie hielt ihn fest und klammerte sich an ihn. *Was mach ich jetzt nur?* Wie ein trauriges Kind schluchzte sie in seinen Armen. Es blieb ihm nichts anderes übrig, als sich mit ihr auf dem Schoß auf die Koje zu setzen. Vorsichtig streichelte er ihren Arm, eine der wenigen Stellen ohne blaue Flecke, und redete leise auf sie ein. Nach einer Weile beruhigte sie sich und ließ ihn los.

»Entschuldigung!«, murmelte sie und versuchte, Abstand von Skye zu gewinnen. Vorsichtig setzte er sie auf der Matratze ab und holte sich den Stuhl heran. Aus seiner Hosentasche zog er ein Taschentuch und hielt es ihr hin. Mit einem dankbaren Blick aus dem einen, halb offenen Auge nahm sie es. Zum ersten Mal konnte er ihre Augenfarbe erkennen.

Wie eigenartig. Sie hat silberfarbene Augen, die irgendwie glitzern. So was hab ich noch nie gesehen..

»Ich bin Captain Skye Collins«, stellte er sich vor. »Du befindest dich auf dem Föderationsschiff Fairbanks. Hier bist du in

Sicherheit. Willst du ein Parley? Meine Kajüte ist ein sicherer OT-Bereich. Wie ist dein Name? Und welche Rolle spielst du bei den Händlern?«

Das Mädchen starrte ihn an, als hätte sie kein Wort verstanden. Eine Veränderung schien in ihr vorzugehen. Stumm musterte sie ihn aus dem einen Auge, das noch immer tränte. Dann sagte sie mit erstickter Stimme:»Ich habe keinen Namen.« Ihr Flüstern klang erschrocken und verzweifelt. Skye versuchte, etwas mehr aus ihr herauszubringen. Woher sie kam, was ihr wohl passiert sei. Doch ab diesem Moment zog sich das Mädchen in sich zurück und sprach nicht mehr. Sie legte sich einfach hin und schloss die Augen. *Vielleicht eine Art Gedächtnisverlust. Wäre bei dem Trauma, das sie erlebt hat, auch kein Wunder.* Vorerst gab Skye auf. Er hätte ohnehin längst wieder an Deck sein müssen.

»Ich schicke dir den Doktor. Hab keine Angst, hier wird dir nichts passieren.« Eigentlich hatte er nur eines seiner Ferngläser holen wollen. Er griff in seine Seekiste und beeilte sich, wieder nach oben zu kommen. *Sie wird sich schon beruhigen. Zum Reden haben wir noch genug Zeit. Wir sind ja noch gut zwei Wochen unterwegs.* Mit der Hand strich er sich über das Gesicht. In der Kajüte kam es ihm auf einmal unendlich eng vor, obwohl er diese Enge seit Jahren gewohnt war. Ein unangenehmer Druck hatte sich in seinem Kopf aufgebaut. *Ich habe doch sonst nie Kopfschmerzen?* An der frischen Luft war der Druck sofort wieder verschwunden und Skye hatte die eigenartige Empfindung vergessen. Ein bedrohlich wirkendes Wolkengebilde nahm seine Aufmerksamkeit gefangen.

»Hat sich was getan?«, fragte er Jason.

»Die Wolkenwand baut sich weiter auf, Sir«, antwortete Jason formvollendet im Sinne seiner Rolle als Leutnant und erster Offizier vor den Rudergängern und den anderen Leutnants. »Vor ein paar Wochen haben wir das vor Blue Island schon einmal beobachtet.«

»Ja.« Fasziniert betrachtete Skye durch das Fernglas die eigenartige Wolkenformation, die sich in horizontalen Walzen auf sie zu bewegte.»Beim letzten Mal kam das Ding aber nicht von mehreren Seiten auf uns zu!«

Skye suchte mit dem Fernglas rundum den Horizont ab, an dem sich hohe Wolkentürme in unglaublicher Geschwindigkeit aufbauten. Die größten Wolkenmassen kamen aus dem Norden. Von allen Seiten schienen Wetter aufzuziehen, wie um die Fairbanks einzukesseln. Der Wind frischte bereits auf und kräuselte die Wellen.

»Macht das Schiff klar für den Sturm! Beeilt euch!«

Das brauchte er den Männern nicht zweimal zu sagen.

Die Fairbanks befand sich bereits in der weiten Passage zwischen Solitude Island und der großen Hauptinsel Numinala. Sie waren wie geplant an Cap Nouvelle vorbeigekommen und auf offener See. Skye fürchtete den Sturm nicht. Er war mittlerweile der Meinung, dass Gouverneur Halfa ihn aus irgendwelchen Gründen hatte aufmerksam machen wollen. Nur worauf? Doch für diese Gedanken war jetzt keine Zeit. Immerhin hatte der neue Kurs tatsächlich dafür gesorgt, dass die Fairbanks durch einen Sturm nicht irgendwo an eine Küste geschleudert werden konnte.

***

In den nächsten Stunden stand ihnen ein gewaltig ungemütliches Wetter bevor. Skye vertraute seinem Schiff, doch die Naturgewalten, denen er auf diesem Planeten schon begegnet war, machten ihn vorsichtig. *Wenn wir hier havarieren, dauert es eine Weile, bis uns jemand aus dem Wasser fischt.* Als wieder ein großer Brecher über das Deck fegte, ihm einen Schwall eisiges Wasser ins Gesicht klatschte und ihn fast von den Beinen holte, klopfte Skye seinem ersten Offizier auf die Schulter und machte ihm ein Zeichen. Der Wind brüllte mittlerweile so laut, dass man sich kaum mehr mit Worten verständigen konnte. Skye rannte in den kleinen, versteckten Kommandoraum tief im Inneren des Schiffs. Als er die Positionsdaten der Fairbanks an die Koordinationsstelle der Flotte durchgegeben hatte, war ihm wohler, obwohl ihn diese Vorsichtsmaßnahme einige Punkte kosten würde. Aber die Sicherheit seiner Mannschaft im Angesicht einer drohenden Gefahr war Skye wichtiger als sein Punktekonto. *Es wird zwar so schnell keiner zu Hilfe eilen, aber sie wissen dann wenigstens, wo wir in Seenot geraten sind,* dachte er grimmig.

Dann holte er sein Ölzeug aus der Kajüte, warf noch einen kurzen Blick auf das Mädchen, das eigenartigerweise weder ein Anzeichen von Seekrankheit noch von Angst zeigte, und nach ein paar aufmunternden Worten war Skye sofort wieder an Deck. Der Wasserschwall eines hohen Brechers traf ihn mit voller Wucht. Schwere Böen rissen an den bereits gerefften Segeln. Die Crew arbeitete schnell und diszipliniert, um die verbliebenen Segel einzuholen und alles festzuzurren, was sich auf dem Oberdeck befand. Skye stand direkt neben dem Mann am Ruder und hörte ihn fluchen.

»Das geht nicht mit rechten Dingen zu. Um diese Jahreszeit gibt es hier keine Stürme.«

Da hat er recht. Um diese Jahreszeit sollte es hier tatsächlich keinen solchen Sturm geben wie den, der ihnen jetzt bevorstand.

Die weißen Wolkenfetzen waren längst zu einer bleischweren, grauen Masse geworden, die jedes Leben zu erdrücken drohte, und obwohl es erst Mittag war, hatte sich der Himmel verdunkelt wie in einer mondlosen Nacht. Als sich seine Schleusen öffneten und der Regen laut auf die Decksplanken prasselte, peitschte der Wind die Wellen schon haushoch und so mancher der Männer hatte ein Gebet gesprochen.

Juniya

Als dieser Captain Skye sie nach ihrem Namen gefragt hatte, brach ohne Vorwarnung etwas in Juniya entzwei. Es war ihr unmöglich, ihm ihren Namen zu nennen. Seine Frage nach diesem Parley und den Begriff »OT-Bereich« kannte sie nicht. Sie, die noch niemals vor irgendetwas Angst gehabt hatte, war völlig verunsichert und hatte auf diesem Planeten gelernt, was das Wort Angst bedeutete. Sie würde ihm gar nichts sagen, beschloss sie. Nicht, wer und was sie war, und schon gar nichts darüber, woher sie kam. Und dann brach die Erkenntnis wie ein eiskalter Wasserschwall über sie herein. *Was ist mein Name noch wert? Wer bin ich überhaupt?* Voller Verzweiflung drehten sich ihre Gedanken im Kreis. *Ich bin nichts als ein Mischling. Ein Zufallsprodukt aus Mensch und einer fremden Rasse. Die wenigen Individuen meiner Wahlheimat, denen ich vertraute, haben mich verraten. Ich bin ein Niemand. Keiner wird nach mir suchen. Niemand wird mich je vermissen. Ich bin verloren.*

Diese traurige Erkenntnis gab ihr den Rest zu all den Schmerzen, die sie erlitten und mit denen sie noch immer schwer zu kämpfen hatte. Juniya wurde so zornig wie noch nie in ihrem Leben. Zorn kannte sie bisher nicht, sie, die immer kühle, immer überlegene, gelassene, hyperintelligente Telepathin, ein Kind zweier Welten, wie ihr Großvater sie einst stolz genannt hatte. *Nichts bin ich. Ich war euch nicht gut genug. Meinem Vater nicht, er hat mich verlassen. Meinem Großvater nicht, er hat zugelassen, dass sie mich hierher brachten. Und diesem Mann, dem ich mich versprochen hatte, auch nicht. Er hat nichts getan, um sie aufzuhalten.* Heiß rauschte das Blut durch ihre Adern, als sie an das hilflose Gesicht ihres Fast-Verlobten dachte. *Er hat tatsächlich keinen Finger gerührt, um die Wachen aufzuhalten. Noch nicht einmal einen Versuch war ich ihm wert. Alles nur schöne Worte. Und sein Vater und seine Schwester standen wie kalte Statuen daneben, als sie mich abgeführt haben.* Zornig schlug Juniya auf die Bettdecke und spürte nicht einmal, wie ihr der Schmerz wieder durch ihre Schulter jagte.

Ich bin ein Niemand. Aber ich werde kein Niemand bleiben.

Juniya fasste einen Entschluss. *Ich will hier überleben und meinen Platz finden. Dazu werde ich herausfinden, wo ich bin und wie ich überleben kann. Und vielleicht werde ich eines Tages zurückkehren an den Ort eures Verrats. Und dann werde ich mich rächen.*

Die Tür flog auf. Der Captain sprang herein und holte eine schwere Jacke aus einer Holzkiste. Dabei schüttelte er sein dunkles Haar, dass die Wassertropfen nur so spritzten. Er rief ihr zu:»Ein Sturm. Halt dich gut fest, es wird ordentlich schaukeln. Du brauchst keine Angst zu haben, das Schiff ist stabil. Wir werden das schon schaffen.«

Schnell hatte er die Luke vor der Kanone verriegelt, das kleine Fenster geschlossen und den Stuhl festgezurrt. Juniya hatte längst bemerkt, dass die Schiffsbewegungen stärker geworden waren.

»Kann sein, dass hier an der Stückpforte«, er deutete auf die Luke vor der Kanone,»ein bisschen Wasser hereindrückt. Aber mach dir keine Sorgen, das kann wieder ablaufen.«

Bevor er die Kajüte verließ, drehte er sich noch mal zu ihr um.

»Kannst du schwimmen?«

Sie schüttelte den Kopf.

»Egal, was passiert: Wenn es wirklich gefährlich wird, werde ich kommen und dich holen. Versprochen.«

Dann war er wieder verschwunden.

Er ist sich sehr sicher. Hoffentlich hat er recht. Sonst kann ich meinen Schwur nicht erfüllen. Aus irgendeinem Grund glaubte Juniya seinen Worten. *Er wirkt so stark. Ich werde ihm vertrauen und keine Angst haben.*

Sogar hier unter Deck war nun das unheimliche Heulen des Windes zu hören. Eigentlich war noch heller Tag, aber in der Kajüte war es finster geworden, die kleine Lampe an der Decke hatte der Captain gelöscht, bevor er in aller Eile wieder gegangen war. Alles war mittlerweile in Bewegung. Juniya fühlte sich wie in einem Aufzug, der sie alle paar Sekunden von oben nach unten und wieder zurück katapultierte. Doch im Gegensatz zum Aufzug kam hier noch eine unangenehme Seitenbewegung hinzu.

Nein. Angst habe ich nicht. Aber wie es wohl ist, wenn man ertrinkt?, fragte sie sich und klemmte ihren Körper so gut es ging zwischen der Rückwand und der hochgezogenen Bettkante der Koje ein, damit sie sich nicht viel bewegen musste und ihr Rücken nicht so schmerzte. Schwere Brecher knallten mit ohrenbetäubendem Donnern an die Bordwand, immer wieder drang etwas Wasser durch die Stückpforte ein und rann - genau, wie er gesagt hatte - durch eine Ablaufrinne wieder aus der Kajüte.

Ihre Rachegedanken lenkten Juniya ganz von der irren Schaukelei ab. *Ein Versprechen wird bindend, wenn man es mit Blut besiegelt,* schoss ihr durch den Kopf. Sie stemmte sich aus der Koje. Sich gegen die heftigen Schiffsbewegungen vorwärts hangelnd erreichte sie die winzige Toilette und holte sich das Rasiermesser des Captains. Da holte das Schiff weit über, Juniya konnte sich nicht halten, fiel auf die Knie und schlitterte durch die ganze Kajüte. Sie knallte ungebremst auf der anderen Seite unterhalb der leckenden Stückpforte an die Bordwand und hielt dabei das Messer so unglücklich, dass sie es sich halb in den Unterarm rammte. Genau an der Stelle, wo sie vor vielen Jahren die Tätowierung des Institutes getragen hatte. Eine Fontäne aus Blut schoss aus der Wunde. Das Blut vermischte sich mit dem eindringenden Wasser.

Juniya starrte der Blutspur hinterher. *Jetzt gilt mein Schwur,* dachte sie noch, dann wurde sie ohnmächtig.

Skye

Das war wirklich ein Höllenritt. Skye hatte eigentlich vorge-habt, die Fairbanks in den Wind zu drehen, um den Sturm Woge um Woge abzureiten. Aber die Windrichtung wechselte schnel-ler, als die Männer das Ruder umlegen konnten. Mehr als einmal legte sich die Fairbanks bedrohlich weit auf die Seite. *Wir hatten verdammtes Glück, dass uns in diesen Momenten nicht noch ein großer Brecher den Garaus gemacht hat. Keines der hölzernen Rettungsboote hätte in diesem Hexenkessel auch nur den Hauch einer Chance gehabt, über Wasser zu bleiben.* Dann war der Spuk von einer Minute auf die andere vorbei. Der Wind legte sich und die Fairbanks gehorchte wieder dem Ruder. Es klarte auf, die ersten Stellen blauen Himmels waren zu sehen. Nur die See rollte noch hohe Wellen heran. Doch die waren ein Klacks gegen das, was sie gerade hinter sich hatten. Die Wellen schlu-gen mittlerweile nicht mehr über die Reling, aber es würde noch eine Weile dauern, bis sich die Wassermassen beruhigt hatten.

Skye inspizierte das Schiff und war gerade unter Deck in ei-nem der Mannschaftsquartiere. Der Gestank nach Erbrochenem stieg ihm heftig in die Nase. Viele der Männer waren seekrank und spuckten, was der Magen hergab.

»Öffnet jede dritte Stückpforte und lasst Luft herein. Und fangt so schnell wie möglich an, die Decks zu spülen. Hier unten hält man es ja kaum aus,« befahl er grimmig.

Wie um seine Aussage zu bestätigen, kotzte ein junger Sol-dat Skye auf die Stiefel. Der Mann richtete sich mühsam auf, murmelte eine Entschuldigung und meinte:»Sie dürfen mich gern erschießen, Captain. Ich finde, das wäre sogar eine sehr gute Idee.«

Skye winkte grinsend ab.»Keine Sorge, das wird schon. Morgen Abend schmeckt dir das Essen schon wieder.«

Der Junge sackte zusammen und übergab sich erneut. Skye lachte. Er schnappte sich einen der Eimer, die an Seilen an der Bordwand befestigt waren, holte durch die Stückpforte Wasser an Bord und kippte es sich über seine Stiefel.

»Los, an die Arbeit, dann vergesst ihr die Seekrankheit. Nehmt Schrubber und Besen und macht die Decks sauber. Die

Kranken kotzen ab jetzt entweder oben von der Reling oder schnappt euch einen Eimer. Ihr wollt doch nicht in diesem Saustall übernachten.«

»Aye, Sir«, murmelten die Männer und machten sich tatsächlich ans Aufräumen. Skyes gute Laune gab ihnen wieder Zuversicht.

»Wir haben keinen Mann verloren, so wie es aussieht«, meldete ihm Jason auf dem Achterdeck.

»Gut so.« Skye war erleichtert. Es war leider keine Seltenheit, dass bei solchen Stürmen auch ab und zu ein Mann über Bord gespült wurde. Das Wohl der Männer hatte für Skye immer Vorrang vor dem Spielergebnis. Mit einem inneren Augenzwinkern ging im durch den Kopf: *Das hätte verdammt viel Abzug von meinem Punktekonto gegeben.* Der Kapitän suchte noch einmal mit scharfen Augen die Masten ab. »Wir hatten Glück. Scheint nichts gebrochen zu sein.«

Jason nickte. »Ich werde die Leutnants hinaufschicken, um die Takellage zu überprüfen.«

»Ich gehe hinunter und schaue mal, wie weit wir vom Kurs abgekommen sind. Das Deck gehört dir, Jason.«

Siedend heiß fiel Skye auf dem Weg nach unten ein, dass er ja noch jemanden an Bord hatte, um den er sich kümmern musste. Schnell sah er noch beim Schiffskoch in der Kombüse nach dem Rechten, doch auch hier war alles in Ordnung. Das Herdfeuer war rechtzeitig zu Beginn des Sturms gelöscht worden und hatte keinen Schaden angerichtet. Feuer auf einem Holzschiff war schließlich eine noch größere Gefahr als das Meer. Skye nahm einen Trinkschlauch mit frischem Wasser mit. Den Schlüssel zu seiner Kajüte trug er an einem Lederband um den Hals. Als seine Augen die Kajüte absuchten, fuhr ihm erneut der Schrecken in die Glieder. Trotz der vielen mittlerweile blauen und grünen Flecken im Gesicht lag das Mädchen totenbleich in einer Ecke der Kajüte, dort, wo das Ablaufwasser seinen Weg nach außen gefunden hatte. Ihre Hand umklammerte ein Messer und das Nachthemd war voller Blut. Skyes Herz war von einem zum anderen Augenblick erfroren.

Verdammt! Sie hat sich umgebracht. Was bin ich für ein Idiot, dass ich nicht an das Messer gedacht habe!

Er brüllte hinaus in den Gang: »Doktor Kingsley in die Kapitänskajüte! Sofort!« Ein Griff an ihre Halsschlagader ließ Skye erleichtert spüren, dass sie noch am Leben war. Hastig riss er einen Stoffstreifen aus dem Hemd, das ihr als Nachthemd diente, und band ihn über die Wunde. Aus seiner Seekiste holte Skye eine trockene Decke und hüllte das Mädchen darin ein. Als er sie in die Koje gelegt hatte, war Doktor Kingsley auch schon da.

»Was ist passiert?«

Skye deutete auf das Messer und zeigte dem Doktor die Wunde.

»Schöner Mist!«, schimpfte der alte Mann und überprüfte die Lebenszeichen des Mädchens. »Lagern Sie ihre Beine hoch. Fehlt uns noch, dass sie in einen Schock fällt. Und dann aufwärmen. Und wir müssen endlich etwas zu essen und zu trinken in sie reinbekommen.«

Der Arzt schimpfte weiter vor sich hin. »Ich bin hier so dermaßen miserabel ausgestattet. Außer mit ein paar Vitaminspritzen kann ich ihr kaum helfen.« Er gab ihr zwei Spritzen aus seiner Tasche, die nach außen einen uralten Eindruck machte, doch im Inneren erstaunlich modernes, wenn auch sehr überschaubares Equipment bereithielt.

»Meistens ist unsere Verkleidung hier ja einigermaßen spaßig. Aber es gibt Momente wie diesen, da wäre ich wieder gern in einem dieser langweiligen, aber optimal ausgestatteten Medicalcenter irgendwo in der zivilisierteren Welt.«

Der Doktor hielt dem Mädchen ein Fläschchen unter die Nase. Mit einem heftigen Niesen öffnete sie ihr weniger geschwollenes Auge.

»Hallo, meine Liebe!« Der Doktor tätschelte ihre Wange. »Du bist also noch bei uns. Und merk dir, das ist auch gut so. Wie fühlst du dich?«

Das Mädchen stöhnte.

»Ja, ja, ich verstehe«, redete der Doktor weiter. »Du kommst schon wieder auf die Beine. Und dein Gesichtchen wird auch wieder. Das dauert einfach eine kleine Weile. Könntest du vielleicht etwas mehr Geduld haben? Wegen ein paar blauer Flecken bringt man sich doch nicht gleich um!«

»Ich habe nicht versucht, mich umzubringen.«

Skye staunte, genau wie Dr. Kingsley. Ihre Stimme war klar und ruhig.

»Ich bin nur ausgerutscht.«

»Und was wolltest du mit dem Messer?«, entfuhr es ihm.

Sie sah ihn nur an und antwortete nicht.

Das Messer klauen und irgendwann als Waffe gegen mich oder den Doktor richten, wird dann wohl eher stimmen, spann er seinen Gedanken weiter. *Ich werde gut aufpassen müssen.*

»Ich tue niemandem etwas.«

Als hätte sie meine Gedanken erraten. Skye sah sie scharf an, dann nahm er die Hand mit der Wunde, an der sich der Doktor gerade mit einer Klammer zu schaffen machte.

»Was soll das, Captain? Ich bin noch nicht fertig mit der Wunde.«

»Sehen Sie mal genau hin, Doktor. Fällt Ihnen etwas auf?«

Der Doktor schob seine Brillengläser hoch und lehnte sich etwas zurück, um im Licht der Kajüte besser zu sehen. Seine Augen wanderten mehrmals zwischen der Wunde und ihrem Gesicht hin und her.

»Ich würde mal sagen, da wurde ein altes Tattoo überlasert. Schau an, schau an. Solche Kennungen habe ich schon seit vielen Jahren nicht mehr gesehen.«

Das Mädchen zog ihm den Arm weg.

Der Doktor krümmte seinen Zeigefinger. »Her mit dem Arm. Ist mir doch egal, wo du herkommst. Die Wunde muss versorgt werden. Und zwar jetzt. Eine Blutvergiftung wirst du in deinem Zustand garantiert nicht auch noch überleben.«

Zögerlich gab das Mädchen den Arm wieder her. Während der Doktor die Wunde versorgte - sie verzog dabei keine Miene - besah sich Skye den Arm noch einmal. Nur ein Schatten einer früheren Tätowierung war noch zu erkennen. *Eine Kennnummer. Man hat sie markiert. Ich werde bei Gelegenheit mal nachforschen, wo man diese alten Kennungen verwendet hat.* Bei allen Militäreinheiten und Berufssoldaten waren die Kennungstattoos üblich. *Doch das Mädchen ist zu jung für eine Soldatin. Oder täusche ich mich etwa?*

»Doktor, haben Sie in Ihrer Wundertasche einen Implantatscanner?«

Der Arzt nickte und beförderte ein stiftgroßes Lesegerät aus seiner Tasche, getarnt als eine alte Schreibfeder.

»Sie hat kein Identimplantat!«, rief er erstaunt aus.

Auch wenn Daten sendende Chips seit der letzten Revolution flächendeckend verboten waren, so war doch jeder Erwachsene mit seinen Ausweisdaten gechipt. Nun zog das Mädchen endgültig ihren Arm weg und drehte ihr Gesicht zur Bordwand. Sie lag auf dem verletzten Rücken.

Ich wette meinen Monatssold, dass ihr das höllisch wehtut. Und doch verzieht sie keine Miene und reißt sich zusammen. Wer ist sie?

»Captain, besorgen Sie unserem Gast am besten eine heiße Suppe, wenn die Kombüse nach diesem verdammten Sturm schon wieder etwas zustande bringt. Und sie muss viel trinken. Ich versorge in der Zwischenzeit noch ihren Rücken.«

Skye hörte Bewunderung in Dr. Kingsleys Stimme, als er zu ihr sagte:»Ich weiß zwar nicht, wie du es anstellst, aber vor deiner Selbstbeherrschung habe ich die allergrößte Hochachtung. Dann wird es dir ja auch nicht zu viel ausmachen, wenn ich jetzt noch nach deinem Rücken sehe. Schließlich möchte ich doch, dass nicht nur ein Gesicht bald wieder hübsch aussieht!«

Aus den Augenwinkeln sah Skye noch mit Befriedigung, dass sie kooperierte. Er zog los, um den Auftrag des Doktors zu erfüllen.

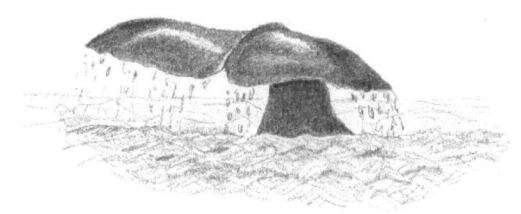

Ethleticon - der General

»Mein verehrter Sylvius! Es ist mir wie immer eine Freude, dich zu sehen.«
General Sylvius Beard zuckte zusammen. *Ich hasse es, wenn er das tut. Eines Tages werde ich vorbereitet sein. Eines Tages wird er mich nicht mehr überraschen können. Ich hole auf. Ich bin schon ganz nahe dran.*
Langsam drehte sich Sylvius um und versuchte lächelnd, gelassen zu wirken. Diesmal hatte der Gamemaster ihn nicht so lange warten lassen wie sonst. *Es gelingt diesem Mann immer, wie aus dem Nichts zu erscheinen. Wie zum Teufel stellt er das an?* Das Innere des Cubes, in dem die unregelmäßigen, geheimen Treffen auf dem vereisten Kontinent namens Ethleticon auf dem Planeten Beta-Atlantis stattfanden, machte es aus irgendeinem Grunde möglich, dass der Gamemaster auftauchte und verschwand, wann immer es ihm passte. Und Sylvius Beard konnte weder ein Kraftfeld noch irgendein Geräusch orten, das auf einen Transporter oder einen Raumgleiter schließen ließ.
Sylvius verneigte sich formvollendet.
»Wie schön, dich zu treffen, verehrter Gamemaster. Ich hoffe, du hattest eine angenehme Reise?«
Ein klein wenig Small Talk gehörte zu den Grundregeln ihrer Zusammenkünfte. Sylvius war es wichtig, stark und unabhängig zu erscheinen, keinesfalls sollte der Gamemaster merken, wie gespannt er war, das Spiel endlich fortzusetzen. Es war alles in allem eine grandiose Show und Sylvius hatte vor, sich den Sieg zu erkämpfen. So viel stand für ihn auf dem Spiel. Sylvius Beard war stolz darauf, einer der mächtigsten Männer in der Föderation der von Menschen besiedelten Planeten zu sein, doch der Gamemaster war noch mal ein anderes Kaliber. Er musste unermesslich reich sein, um all das hier aufzuziehen. Im Grunde wusste Sylvius nur sehr wenig über den Gamemaster, diesen ungewöhnlich hochgewachsenen und gut aussehenden Mann, den er in einer der teuersten Lounges auf dem Raumhafen von Alpha-Centauri kennengelernt hatte. Man verspielte dort Unsummen im legalen Glücksspiel, und niemand zuckte auch nur mit einer Wimper, wenn mittlere bis große Vermögen den Besitzer

wechselten. Noch niemals hatte sich der Gamemaster namentlich vorgestellt. Er ließ kein Wort über seine Herkunft fallen und jede von Sylvius' Fragen ignorierte er geschickt. Obwohl Sylvius die Macht hatte, auf alle Daten der Populationsdatenbanken zuzugreifen, war ihm dieser Mann ein Rätsel geblieben. Doch das war die erste Bedingung für das große Spiel: Würde Sylvius nachforschen, mit wem er zu tun hatte, würde der Gamemaster das Spiel umgehend beenden. Für Sylvius gab es keine Alternative. Die Neugier auf das Spiel innerhalb des Projektes Beta-Atlantis stand weit über der Neugier auf die Familienverhältnisse seiner neuen Bekanntschaft. Der Mann war stets hervorragend - außergewöhnlich und exzentrisch, doch exquisit - gekleidet, während Sylvius in der eleganten, aber schlichten Uniform der hochrangigen Föderationsminister steckte. Damals auf Alpha-Centauri war der Gamemaster jedes Mal von zwei ebenso fein, doch schwarz gekleideten Männern begleitet worden, die nicht von seiner Seite wichen. Hier in diesen Raum kam der Gamemaster allein. Sylvius Beard war jedoch sicher, dass seine Leibwache ganz in der Nähe war. Der Mann hatte ein gewinnendes Lächeln, das nicht einmal bei Sylvius seine Wirkung verfehlte.

»Ich hoffe, du hast diesmal ein wenig mehr Zeit mitgebracht. Du solltest eine Weile auf Beta-Atlantis bleiben und persönlich mitspielen. Ich habe da vielleicht eine kleine Überraschung für dich.«

Im Geheimen kribbelte es Sylvius schon in den Händen, sich endlich an seinen Platz am Spieltisch zu begeben. Der Gamemaster machte solche Bemerkungen nie zum Scherz, da war sich Sylvius sicher. Schon nach dem ersten Zusammentreffen mit ihm war Sylvius vom Charisma des Fremden fasziniert. Doch was der Mann ihm nach wenigen Stunden ihrer Bekanntschaft so beiläufig vorgeschlagen hatte, als spräche er über ein gemeinsames Dinner im Countryclub, hatte Sylvius die Gänsehaut auf die Arme getrieben und sein Gehirn aufgrund der Unglaublichkeit des Vorschlags in Hochspannung versetzt. Es ging um ein außergewöhnliches Spiel. Etwas nie da gewesenes. Nicht an einem stinknormalen Spieltisch. Nicht in einem Online-Netz. Nein. Diesmal ging es um mehr. Diesmal spielten sie in Echtzeit um einen ganzen Planeten. Und Sylvius' Siegprämie war nichts weniger als die Herrschaft über die Föderation, durch die finanzielle Unterstützung für die Wahl zum Ersten Minister. Der Mann, der gerade vor ihm stand, war offensichtlich in der Lage, ihm genug Geld, Informationen und Druckmittel zu verschaffen, sodass Sylvius wenige Monate vor der Erfüllung seines Lebenstraumes stand.

Noch einmal verbeugte sich Sylvius. Wie gebannt hing er am Gesicht des Gamemasters, ihm war klar, dass er seine Aufregung nun kaum mehr verbergen konnte.

»Du weißt, ich brenne darauf, die nächste Aufgabe kennenzulernen«, gab er zu. »Ich habe etwas Zeit mitgebracht, mein Gleiter wird mich in drei Stunden wieder abholen. Die Geschäfte rufen.«

Sylvius sah den Gamemaster nachsichtig lächeln.

»Sei ohne Sorge, mein Lieber. Aber du solltest überlegen, was dir die Anwesenheit hier wert ist. Nun lass uns keine Zeit verlieren. Alles ist vorbereitet.«

Etwas anderes hätte Sylvius auch gewundert. Seit sie sich kannten, hatte der Gamemaster alles eingehalten, was er versprochen hatte. Die Vorbereitungen für das Spiel um den Planeten Beta-Atlantis waren erstaunlich schnell erledigt gewesen. Noch heute staunte Sylvius Beard über die ungeheure Geschwindigkeit, mit der der Gamemaster für die Errichtung dieses Gebäudes und seiner Technik gesorgt hatte. Der Cube lag im Zentrum des Eiskontinents. Wenn man die Lagekoordinaten des Gebäudes nicht kannte, war er aufgrund seiner perfekten Tarnung kaum zu finden. Die Außenhülle des Gebäudes schimmerte und passte sich den Lichtverhältnissen im ewigen Eis so gut an, dass der Quader geradezu mit seiner Umgebung verschmolz. Sylvius ließ sich bei seinen Besuchen mit dem Raumgleiter auf dem Dach des Cubes absetzen. Hier befand sich, soweit es Sylvius bekannt war, der einzige Zugang in das Gebäude. Viel Zeit konnte er sich beim Aussteigen nicht lassen. Bei minus 40 Grad Celsius mussten Menschen innerhalb von wenigen Minuten im Inneren des Cubes angekommen und die Raumgleiter wieder durchgestartet sein, sonst war für die Plasmaantriebe Feierabend. Bei seinem ersten Besuch hatte der Gamemaster Sylvius in die Besonderheiten des Cubes eingeweiht.

Seitdem erkannten die Öffnungsmechanismen Sylvius an seiner Stimme. Das Innere des Gebäudes war luxuriös ausgestattet. Nicht nur mehrere Wohnsuiten, auch einige Conventionsäle waren darin untergebracht. Menschen arbeiteten hier nicht. Die komplette Logistik im Gebäude, die Nahrungszubereitung für die Gäste, sowie die Reinigung übernahmen Roboter. Trotz der eisigen Kälte draußen war das gesamte Gebäude angenehm temperiert. Es herrschte überall eine konstante Temperatur von 21,5 Grad Celsius. Tief im Inneren des Cubes befand sich der Raum, in dem Sylvius nun mit dem Gamemaster stand. Sie nannten ihn »den Saal des großen Spiels«.

Eine runde Projektionsplatte von über zehn Metern Durchmesser warf ein schimmerndes Licht in den Raum und zeigte das Spielfeld. Sylvius war vom ersten Anblick Feuer und Flamme. Die Sucht hatte ihn bei seinem Antrittsbesuch hier erfasst und brannte nun schon fast zwei Jahre in ihm. Das Spiel - und der Preis, den es zu gewinnen galt - wirkten wie ein Sog, dem sich Sylvius nicht entziehen konnte. Und auch gar nicht entziehen wollte. *Schließlich kann ich nur gewinnen. Was für eine aufregende Zeit,* dachte Sylvius gerade, als ihn die Stimme des Gamemasters, wie er sich überall, wo er auftauchte, nennen ließ, in die Gegenwart zurückholte.

»Nun, Sylvius, klär mich auf: Wie weit bist du mit deiner derzeitigen Aufgabe?«

Als ob er das nicht ganz genau wüsste. Die eigenartig tief vibrierende Stimme des Gamemasters empfand Sylvius trotz der mittlerweile zahlreichen Treffen noch immer als ungewöhnlich. Sie summte in Sylvius´ Ohren. Er ging zu einem der vier Schaltboards am großen Spieltisch. Aus dem diffusen Licht auf der Oberfläche der Glasplatte tauchten die Kontinente und Meere der hiesigen Welt als Projektion auf. Je nachdem, worauf sein Auge fokussierte, schien es, als zoomte die Projektionsfläche näher in das Spielfeld hinein. Die Oberfläche des Planeten bildete sich heraus, Berge erhoben sich und Meere bewegten sich. Sylvius betrachtete die ziemlich in der Mitte gelegenen großen Inseln.

»Meine Spieler haben ein wichtiges Ziel erreicht. Da unser werter Vadim heute nicht anwesend ist, kann ich Ihnen die derzeitigen Standorte meines Teams gern zeigen. Die Föderation hat keine der Regeln verletzt und es dennoch geschafft, wichtige strategische Punkte zu besetzen.«

Die auf dem Spielfeld sichtbaren Inseln wurden teilweise mit einer dunkelgrünen Farbe markiert.

»Du siehst, wir haben unseren Einflussbereich deutlich erweitert. Numinala wurde von uns besetzt und gesichert. Admiral Parker frisst mir aus der Hand.« Sylvius sagte dies mit hörbarem Stolz. Die Truppen der Föderation, die auf dem Planeten Beta-Atlantis lebten, waren »seine« Mannschaft, zu Lande und zu Wasser. Er fuhr fort.

»Die Händler haben nicht viel vorzuweisen. Obwohl ich, wie ich zugeben muss, eine deutliche Zunahme der Aktivitäten bemerke. Neulich haben sie versucht, einem meiner Schiffe eine Falle zu stellen. Doch Captain Collins hat den Braten gerochen und er konnte seinen Auftrag trotzdem ausfüllen. Dieser Punkt geht an mich!« Sylvius versuchte, sich genauso gelassen zu geben wie der Gamemaster. Doch in seiner Stimme schwang ein gewisser Triumph mit.

»Wo ist eigentlich unser verehrter Mr Smalov?«, rutschte es ihm heraus.

Der Gamemaster hatte sich ebenfalls an eines der Schaltpulte gestellt. Sein Platz lag an der oberen Tischseite, die anderen drei Schaltpulte waren gegenüber angelegt. Lässig legte er die Hand auf die hochsensible Platte. Das Szenario des Spielfeldes veränderte sich und zeigte Teile der großen Inseln nun in einer roten Farbe. »Mein lieber Sylvius«, meinte er, »wir kommen jetzt in ein Spielstadium, an dem es besser ist, euch beide ab und zu unabhängig voneinander berichten zu lassen.«

Gleichzeitig sahen die beiden Männer nun die Truppenverbände der Mannschaft der Föderation und die Ansammlung von Sylvius' Gegnern, den Händlern, die von Vadim Smalov gesteuert wurden.

Sylvius' Augen verengten sich, als sich eine der Inseln in ein tiefes Lila verfärbte.

»Was ist das? Ein Unentschieden? Diese Insel gehört längst mir!«, ereiferte er sich.

Der Gamemaster lächelte herablassend, was Sylvius jedes Mal wieder auf die Palme brachte. Nur schwer konnte er sich beherrschen, als der Gamemaster sagte:

»Du kannst dich genauso freuen wie unser Freund Vadim, mein lieber Sylvius. Es ist mir wieder einmal gelungen, unserem schönen Spiel einen neuen Aspekt hinzuzufügen. Es hat mir gefallen, diese kleine Abwechslung zunächst dem werten Vadim zukommen zu lassen.«

Noch immer konnte Sylvius dem Spielfeld keine weitere Information entnehmen. Er versuchte, sich zusammenzunehmen. Doch wie immer, wenn der Gamemaster ein neues Level ankündigte, wurden seine Handflächen feucht und sein Herz schlug schneller. *Es ist einfach ein geiles Spiel. Wenn der Gamemaster von einem neuen Aspekt redet, gehen wir ins nächste Level!*

»Was ist es?«, presste er hervor. »Was ist die Herausforderung des nächsten Levels? Gibt es eine neue Waffe?«

Der Gamemaster ließ das Arsenal auf dem Spielfeld erscheinen, eine Aufstellung aller im Spiel befindlichen und erlaubten Waffen. Angefangen bei den Fregatten und Galeonen mit ihrer antiken Bewaffnung, über die Hieb- und Stichwaffen, die die Spieler verwenden durften, bis zu den wenigen technischen Einrichtungen der Neuzeit war alles aufgeführt. Ein neues Symbol tauchte inmitten der anderen auf.

»Ein Joker?«

Sylvius lief es eiskalt über den Rücken, als er den Gamemaster lachen hörte.

»Genau!«

»Was genau soll das sein? Wie viele davon sind im Spiel? Wofür setzt man sie ein?« Gebannt starrte Sylvius auf das Spielfeld. Jetzt galt es, so viele Informationen wie möglich aus dem Gamemaster herauszubringen.

Der ging wie immer kaum auf Sylvius´ dringende Fragen ein. *Der Hund. Er wirft mir nicht mehr Informationen zu, als er tatsächlich will.* Sylvius bewunderte den Mann im Geheimen für seine ungeheure Souveränität.

Durch eine kleine Handbewegung des Gamemasters rotierte das neue Symbol mehrdimensional im Raum. Das Narrengesicht des Jokers lachte meckernd, während der spindeldürre Körper wilde Sprünge machte und die Narrenschellen an seiner Kleidung klingelten.

»Ich habe entschieden, diese Waffe zunächst den Händlern zu übergeben, denn schließlich wollen wir unser Spiel ja noch eine Weile genießen und deine Mannschaft«, nun las Sylvius durchaus Wohlwollen in seiner Mimik,»ist doch sehr stark geworden.«

Sylvius Hand ballte sich ungewollt zu einer Faust. *Er hat gleiche Bedingungen versprochen. Warum hat er die neue Waffe zuerst meinem Gegenspieler anvertraut?* Insgeheim gestand sich Sylvius jedoch ein, dass gerade Momente wie diese ihm beim Spielen den besonderen Kick gaben. Gespannt lauschte er weiter.

»Doch ich glaube, ich muss mit dem guten Smalov ein ernstes Wörtchen reden.«

Sylvius hörte nun tatsächlich beißenden Spott aus der Stimme des Gamemasters.

»Seine Männer haben diese kostbare Waffe verloren.«

Geduld war nicht Sylvius´ Stärke, mühevoll zwang er sich, abzuwarten. Wie würde die neue Aufgabe zu lösen sein? Welche Opfer müsste er bringen? Und was war tatsächlich zu gewinnen? *Der Gamemaster verlangt Beherrschung. Er hasst Emotionalität. Ich darf nicht aus der Rolle fallen!*, ermahnte er sich. Sonst konnte es vorkommen, dass ihm der Gamemaster Strafen aufbrummte, die seine taktischen und strategischen Erfolge torpedierten. Als hätte der Gamemaster seine Gedanken gelesen, kam es auch schon.

»Mein lieber Sylvius, du bist zu ungeduldig. Fast hätte ich dir eröffnet, was dein Gegenspieler schon weiß.«

Wieder lachte der Mann mit einem tiefen Vibrieren in der Stimme.

»Aber nun werde ich es dir doch ein wenig schwerer machen.«

Die Projektion des Jokers veränderte sich. Eine undefinierbare Gestalt war zu erkennen, sonst nichts.

»Ich kann nicht erkennen, was genau das sein soll. Es ist die Abbildung eines Menschen, keiner Waffe.«

»Mein Lieber, du solltest mich besser kennen«, hörte Sylvius den Gamemaster sagen.

Seine Spannung stieg ins Unermessliche. *Beherrsch dich,*

sonst gibt es keine Informationen mehr! Sylvius zwang seinen Geist zur Ruhe.

»So ist es brav«, sprach der Gamemaster weiter. »Du wirst nicht erfahren, um wen es sich bei dieser Waffe handelt.« Ruhig bleiben!

»Aber ich gebe dir einen Hinweis, worum es sich handelt. Ich habe den Händlern einen Spion zur Verfügung gestellt.« »Die Inseln wimmeln doch von seinen Spionen!«, entfuhr es Sylvius.

»Neues Level, mein Lieber!« Nun war der Stimme des Gamemasters die triefende Ironie deutlich anzuhören. Diese Stimme war für Sylvius wie ein Peitschenhieb. Ein äußerst erregender Peitschenhieb. »Ab jetzt gibt es in dieser Welt einen Menschen mit ausnehmend fähiger telepathischer Begabung.« Der Gamemaster ließ endlich die Bombe platzen. »Und einer von euch wird ihn finden und ihn für sich nutzen.«

Das ist es also! Ein begabter Telepath wäre tatsächlich ein hervorragender Spion!

»Freu dich nicht zu früh, werter Sylvius.«

Sylvius sog jedes Wort des Gamemasters wie ein Schwamm in sich auf. Jede Information, und hörte sie sich noch so unwichtig an, konnte über Sieg oder Niederlage im nächsten Spielzug entscheiden.

»Aus einem mir nicht bekannten Grund haben die Händler diesen Joker«, es schien, der Gamemaster suchte nach Worten und er zögerte kurz, »verloren.« Das letzte Wort zog er genüsslich in die Länge. »Sollte es dir gelingen, den Joker zu finden und in das eigene Team zu integrieren, könnte das einen wertvollen strategischen Vorsprung bringen und die nächste Runde würde an dich gehen.«

Fast hätte Sylvius erleichtert aufgelacht. Er sollte einen Telepathen aufspüren und für seine Zwecke nutzen. Das wird machbar sein! Es kribbelte Sylvius in den Händen. Er musste so schnell wie möglich mit Admiral Parker Kontakt aufnehmen. Die nächsten Schritte besprechen. Die Suche - nein, die Jagd - auf den einzigen Telepathen in dieser Welt eröffnen.

Den einzigen Telepathen außer ihm.

Skye

Skye saß in seinem Stuhl und las. Die See war ruhig und er würde erst zum Anbruch der Nacht wieder an Deck müssen und ein kleines Segelmanöver beaufsichtigen. Den fünften Tag war das Mädchen an Bord, sie lag apathisch und schwach in der Koje und schlief die meiste Zeit. Er hatte ihr erklärt, warum sie in der Kajüte bleiben musste und sie mehrmals gefragt, ob er ihr in ihrer Lage irgendwie behilflich sein könnte und dass sie das Recht hatte, gegen diejenigen vorzugehen, die ihr das angetan hatten. Doch sie schwieg beharrlich. Plötzlich fühlte er sich beobachtet und blickte auf.

Sie war wach und sah ihn an. Skye lächelte.

»Guten Abend! Lust auf ein kleines Abendessen?«

Ihr silbrig glitzerndes Auge musterte ihn still. Das eine Auge schloss sich kurz und öffnete sich wieder.

»Ich nehme das mal als ja!«

Skye nahm das kleine Tablett, das er vorbereitet hatte. Tee, Brot, Käse und etwas geschnittenes Obst. Diesmal fragte er sie nicht. Er hob sie einfach auf, setzte sie vorsichtig auf den Kojenrand und begann, sie zu füttern. Es war viel einfacher so. Der Doktor hatte ihr die eingerenkte Schulter ruhiggestellt, denn ihr schwerer Sturz während des Sturms hatte die Sache nicht besser gemacht. Den zweiten Arm brauchte sie dringend, um sich abzustützen und nicht mit dem Rücken irgendwo anzukommen. Die Wunden nässten. Heute hatte der Koch für den Captain ein Schüsselchen Pudding mitgegeben. Er nahm einen Löffel davon und hielt ihn ihr hin. Sie beugte sich vor, um den Pudding zu kosten - da zog er ihr den Löffel weg.

Sie sah ihn nur an.

»Entschuldige.« Skye fühlte sich eigenartig berührt. *Sie versteht keinen Spaß. War wohl auch albern.*

»Möchtest du lieber selber essen?«

Skye wollte ihr den Löffel in die Hand geben und hielt die Schüssel hin, doch sie schüttelte den Kopf.

Schweigend beendeten sie das kleine Abendessen. Sie stöhnt nur leise, als Skye ihr half, sich wieder auf die Seite zu legen, die am wenigsten abbekommen hatte.

Er bemerkte, dass sie ihn weiter beobachtete.

»Möchtest du, dass ich den Vorhang wieder anbringe?«

Sie schüttelte den Kopf. Das Mädchen kannte mittlerweile die Geschichte von dem Schiffsjungen, den Skye eigentlich dachte, an Bord genommen zu haben. Sie wusste, dass er sie nirgendwo anders auf dem Schiff unterbringen konnte, weil Frauen an Bord verboten waren und ihre Anwesenheit Unruhe in die Mannschaft bringen würde. Skye hatte ihr erzählt, dass seine Kajüte der sicherste Ort für sie war, weil es niemand wagte, die Kajüte des Captains ohne Aufforderung zu betreten. Er selbst hielt sich ohnehin selten hier auf und kam nur, um sich mit dem Doktor beim Verbandswechsel abzuwechseln oder um ein paar Stunden in der Hängematte zu schlafen. Damit sie beide wenigstens halbwegs den Eindruck von Privatsphäre hatten, hing nachts ein Tuch vor der Schlafkoje. Sie beobachtete ihn, als er sein Buch wieder zur Hand nahm und sich in den Stuhl setzte. Ihr Blick schien ihn direkt zu fragen.

»Soll ich dir etwas vorlesen?«

»Seit wann gibt es wieder Bücher?«, antwortete sie.

Er lächelte. »Sie waren nie verschwunden. In dieser Welt gehören sie sozusagen zur Grundausstattung. Aber du bist nicht von dieser Welt, nicht wahr?«

Sie zögerte. *Klar. Es hätte mich auch gewundert, wenn sie diesmal antwortet.* Umso mehr freute er sich, dass sie doch etwas sagte.

»Wo bin ich?«

»Meinst du den Quadranten, den Planeten oder den Ozean, auf dem wir uns befinden?«

»Planet würde schon einmal genügen. Wenigstens bin ich nicht in einer anderen Zeit gelandet, oder?«

Ihr offenes Auge schweifte über die karge Einrichtung der Kajüte und blieb an der Kanone hängen.

»Das könnte man auf den ersten Blick denken. Ein klein wenig stimmt es sogar.« Skye legte das Buch auf den Tisch und rückte ein wenig näher an ihr Lager heran. »Wir sind auf dem Planeten Beta-Atlantis. Er liegt im vierten Quadranten. Kennst du das Messier Cluster 107?«

Sie nickt, stellte Skye nicht ohne Erstaunen fest. *Nicht viele*

Menschen hätten diese Frage mit einem Ja beantwortet.

»Dieser Planet liegt ein Stück außerhalb des Clusters. Der Entschluss der Föderation, hierher zu kommen, wurde erst vor etwa drei Jahren gefasst. Seitdem sind wir hier.«

»Es gibt viel zu wenig Menschen für die derzeit besiedelten Planeten. Warum auch noch dieser? Und weshalb so?« Eine kleine Bewegung ihres Zeigefingers deutete auf die spärliche Ausstattung des Raumes.

»Es ist ein gigantisches soziologisches Experiment. Es stimmt, dass die Menschen keine weiteren Planeten benötigen. Doch dieser Planet hier hat nicht nur sehr gute Lebensbedingungen, sondern mit den Ichtyos auch eine Entwicklungsgeschichte, die derjenigen der Menschen sehr ähnlich ist. Abgesehen davon, dass eine Lebensform wie die Ichtyos uns bisher nicht bekannt war.«

»Was sind Ichtyos?«

»Wie lange bist du schon auf diesem Planeten?« Skye registrierte, dass sie sich sofort wieder zurückzog, und überspielte seine Frage.

»Ichtyosapiens.« Er redete weiter, als hätte er ihr Zögern nicht bemerkt. »Eine Lebensform, die bis auf die silbrig graue oder manchmal grünliche Hautfarbe und die Rasta-ähnlichen Haarsträhnen den Menschen in vielem gleicht, die aber einen Teil ihres Lebens im Wasser verbringt. Sie haben neben einer Lunge auch noch eine Art Kiemenhaut und können damit unter Wasser atmen. Scheinbar ist es noch gar nicht so viele Tausend Jahre her, dass sie begonnen haben, an Land zu leben. Die Ichtyos besitzen noch immer Schwimmhäute zwischen den Zehen und die Form ihrer Hände ist länglich und spitz zulaufend, sie bilden eine Art vordere Schwimmflossen nach. Du bist scheinbar noch keinem von ihnen hier begegnet?«

Sie schüttelte den Kopf.

»Du wirst sie sofort erkennen, auch wenn sie genauso aufrecht gehen und dem Körperbau der Menschen ansonsten recht ähnlich sind.«

»Und um welches Experiment handelt es sich?«

Skye wog ab, wie viel er ihr erzählen sollte. Er durfte ihr vielleicht gar nicht alles anvertrauen und hatte sich fast schon zu weit vorgewagt. *Ich habe keine Ahnung, wer sie ist und woher sie kommt. Die ganze Wahrheit darf diese Fremde nicht wissen. Wenn sie nicht freiwillig hier ist, fällt das unter die Geheimhaltungsklausel. Aber wie ist sie dann auf diesen Planeten gekommen?* Er wählte die einstudierte Variante für Drittinteressenten.

»Die Föderation kam auf diesen Planeten ohne die Absicht, diese Welt kriegerisch zu erobern. Wir haben uns dem Technologiestand der Ichtyos angepasst und wollen sie erforschen und kennenlernen. Sie befinden sich auf einem Entwicklungsniveau, wie es die Menschen auf dem Alten Planeten im siebzehnten, Anfang des achtzehnten Jahrhunderts hatten.«

»Und wie habt ihr erklärt, dass ihr auf einmal hier auftaucht? Eure Raumtransporter hat wohl keiner bemerkt?«

Sieh an. Spott kennt sie also, dachte Skye, amüsiert über ihren spitzen Tonfall.

»Dieser Planet hat ungefähr die vierfache Größe der Erde. Die Ichtyos leben überwiegend auf diesem Inselkontinent. Es gibt noch zwei weitere große Landmassen und zwei Eispole, doch auf diesen haben sie nicht Fuß gefasst, das wussten wir von Satellitenaufnahmen. Zwischen den Landmassen liegen gewaltige Ozeane. Wir behaupten einfach, wir sind Bewohner eines der Kontinente und haben die Inselwelt im Zuge unserer Forschungsreisen entdeckt.«

»Und das haben sie euch abgekauft? Ihr kommt aus einer modernen Welt, belügt eine ganze Rasse, behandelt sie wie ein Spielzeug und findet das fair?«

Sie sagte dies ohne jegliche Emotion in der Stimme. Und genau deshalb setzten sich ihre Worte so sehr in Skyes Gedächtnis fest. An dieser Stelle war es ihm unmöglich zu antworten. Er war, was Schlagfertigkeit anging, noch nie besonders gut gewesen. Irgendwie ärgerten ihn ihre Worte auch. Doch über seine wahren Beweggründe, warum er hier war, wollte er nicht sprechen.Ernst antwortete er:

»Nun, so könnte man es sehen. Wir erforschen diesen Planeten und seine Bewohner auf eine unaufdringliche Weise. Wir wollen die Fehler einer kriegerischen und rücksichtslosen Kolonialisierung wie damals auf dem Planeten Erde nicht wiederho-

len. Damals haben die Aktionen der angeblich modernen Menschen zur Unterdrückung und sogar Auslöschung ganzer Völker geführt. Unser Ziel heute ist die friedliche Koexistenz.«
»Ach so. Und deshalb auch diese Kanonen.«
»Selbstverteidigung?«
»Sind die Ichtyos denn ein kriegerisches Volk? Die Wassermenschen? Haben die Menschen der Föderation dieses Theater nötig?«

Ihre nüchtern gestellten Fragen begannen, Skye aufzuregen. Mit wenigen Sätzen stellte sie alles infrage, weswegen er die letzten Jahre hier verbracht hatte. Und das verursachte bei Skye ein verdammt unangenehmes Gefühl im Bauch. Wie immer, wenn er nicht spontan antworten wollte, sondern Zeit zum Nachdenken brauchte, stand er auf - heftiger als sonst - um in der kleinen Kajüte ein paar Schritte umherzuwandern. Sie zuckte zusammen und wich zurück. Skye blieb stehen. Sofort tat ihm seine heftige Reaktion leid.

»Du brauchst keine Angst haben. Ich werde dir nichts tun. Ich ...«

Das Anschlagen einer Glocke oben an Deck unterbrach ihn. Mit einem »Ich werde gerufen«, schnappte er sich seine Uniformjacke und flüchtete aus der Kajüte.

***

An Deck an der frischen Luft ärgerte er sich erst recht. *Ich Idiot. Da fasst sie ein wenig Vertrauen und ich erschrecke sie gleich wieder.* Skye stand auf dem Achterdeck, die Sonne war gerade untergegangen und das kleine Manöver, zu dem Jason ihn an Deck geholt hatte, war vorüber. Er blickte auf das Meer hinaus, doch ohne wie sonst die Schönheit der Muster wahrzunehmen, die die Gischt auf die Wasseroberfläche zauberte. Das kleine Streitgespräch zwischen ihm und dem Mädchen hatte etwas in ihm ausgelöst. Einerseits weckten ihre Fragen seinen Widerspruchsgeist. Andererseits musste er ihrer Sichtweise zustimmen. *Sind die Ichtyos tatsächlich nur ein Spielzeug? Rechtfertigt die friedliche Absicht unseres Rollenspiels den Umgang mit ihnen?* So ganz konnte er seine plötzlichen Zweifel an diesen

Gedanken nicht mehr beiseiteschieben. Bisher war das Ganze hier ja wirklich nur ein Spiel für ihn gewesen. Eine Ablenkung von seinem bisherigen Leben - und eine Verdrängung seiner nicht existierenden Zukunft. Trotzdem kam Skye zu dem Schluss, dass seine Rolle - er war ja nur ein winziger Teil des Ganzen - Sinn machte. Skye war einer der Kapitäne der Föderationsflotte, er erfüllte hier eine Aufgabe, die er sich selbst ausgesucht hatte und die ihm Spaß machte. In der Hauptsache erforschte und kartografierte er einen fremden Planeten. Und zwar ohne seine Bewohner maßgeblich zu beeinflussen, ohne deren Lebensraum einzuschränken und ohne ihnen eine technische Entwicklung aufzuzwingen, die ihr Leben von einer Generation zur nächsten komplett verändern würde. Wozu dies führte, hatte die Vernichtung zahlreicher Ethnien in den letzten Jahrhunderten bewiesen. Was sollte also so falsch sein an diesem Experiment, an dem er bisher so gern teilgenommen hatte?

Skye hatte sich wieder beruhigt und sich zurechtgelegt, was er auf die nächsten Fragen des Mädchens antworten würde. Er meldete sich für die Nacht ab und ging in seine Kajüte.

Leise öffnete er die Tür. Sie schien zu schlafen, den Vorhang vor dem Bett hatte sie offengelassen. Er zog Uniformjacke und Hemd aus, wusch sich mit dem Wasser im Eimer und wurde sich plötzlich bewusst, wie wenig komfortabel sie es hatte. *Ich sollte auch für unsere Männer für ein wenig mehr Komfort sorgen,* überlegte er sich, als er aus dem kleinen Abtritt herauskam und sich mit einem Tuch Brust und Haare trocknete. *Vielleicht übertreiben wir es ja auch mit der Authentizität,* spann er seine Gedanken weiter. Bisher hatte Skye seine Aufgabe als einziges großes Abenteuer in einer fremden Welt angesehen. Vor zwei Jahren hatte er das Kommando der Fairbanks übernommen und vorher durfte er beim Nachbau dieses Schiffs auf den riesigen Werften und schwimmenden Versorgungsstationen dabei sein, die die Menschen an der Küste des Kontinents im Westen errichtet hatten. Hier landeten die Raumschiffe, brachten Material, Arbeitskräfte und Nachschub, und in wenigen Monaten konnte mithilfe von Roboterwerften die erste Generation der Schiffe vom Stapel gelassen werden, von denen er nun eines befehligte. Skye liebte es, zur See zu fahren. *Ich kann mir hier einen Lebenstraum erfüllen*, dachte er. *Was soll falsch daran sein? Mehr kann ich mit meinem bisschen Leben wirklich nicht mehr anfangen. Um das Geld ging es mir nie. Aber das kann ich ihr nicht sagen.*

Er ignorierte das eiserne Band, das sich ihm bei diesem Gedanken gerade um sein Herz zu legen und es abzudrücken drohte. Schnell rubbelte er sich die dunklen, dichten Haare trocken, fuhr mit den Fingern hindurch, um seine widerspenstigen Locken zu bändigen und fasste sie mit einer Lederschnur zusammen. Das frische Hemd fühlte sich gut an auf seiner Haut. Leise zog er sich den Stuhl heran und wollte noch ein wenig lesen. Da spürte er wieder ihren Blick.

»Ich wollte dich nicht wecken.«

»Schon gut. Ich war wach. Was ist das für ein Buch?«

Sie hat also beschlossen, unseren Streit von vorhin nicht weiterzuführen. Fast war Skye erleichtert. Er suchte eine Stelle in seinem Buch und begann, ihr laut vorzulesen.

Nach einer Weile schaute er auf. Ihr Kopf lag auf ihrem Arm und sie hatte die Augen geschlossen. Leise klappte er das Buch zu.

»Du must nicht aufhören«, sagte sie. »Ich schlafe nicht. Ich habe zugehört. Was ist das?«

»Ein Roman von Sir Walter Scott. Er schreibt über den ehrenhaften Krieger Ivanhoe, sie nannten diese Männer damals Ritter. Scott war ein berühmter Poet der Erde. Vor 500 Jahren.«

»Das war sehr schön. Danke«, flüsterte sie noch, dann war sie tatsächlich eingeschlafen.

Eigenartiges Mädchen.

Juniya

Juniya ging es langsam etwas besser. Ab und zu sah der Doktor nach ihr und behandelte ihre Verletzungen. Tagsüber war Captain Skye meist nicht in der Kajüte, sie war die meiste Zeit allein. Der Doktor verabreichte ihr immer wieder einen Tee, auf den sie viel schlafen konnte und das war gut so. Eines Nachts erwachte Juniya vom Geräusch des sich drehenden Schlüssels in der Kajütentür. Sie blieb unbeweglich liegen und tat, als schliefe sie. Ihr unverletztes Auge öffnete sie nur einen winzigen Spalt. Sie beobachtete Captain Skye, wie er die Tür leise zu schließen versuchte und sich mit müden Bewegungen Uniformjacke und Hemd auszog. Sie landeten wie jeden Abend an einem Nagel an der Wand. Juniya machte schnell ihr Auge zu, als er sich zu ihr umdrehte, und atmete ruhig. Sie hörte, wie er kurz in der kleinen Toilette verschwand und kurz darauf wieder in die enge Kajüte trat. Vorsichtig spähte sie weiter. Er trocknete sich mit dem schäbigen Stück Stoff, das als Handtuch diente, die dichten, dunklen Haare und den Oberkörper ab. Zum ersten Mal musterte Juniya seine Gestalt ganz bewusst. Er war so groß, dass er in der Kajüte stets mit leicht gebeugtem Kopf ging, um nicht an die Querbalken zu stoßen. Auf seinem nackten Oberkörper waren nicht die deutlich ausgeprägten, gleichmäßig gestalteten Muskeln oder die braun gebrannte Haut das Auffälligste. Erst dachte Juniya, er wäre tätowiert. Doch es sah eher so aus, als hätte ihn jemand mit einer silbrigen Flüssigkeit bespritzt, die nun von der Schulter über seinen Rücken lief. Skye stand nahe der Lampe und drehte sich halb zu ihr hin. Die Ränder der eigenartigen Spuren schienen rot entzündet zu sein. Diese metallischen »Farbflecken« - anders wusste Juniya diese Besonderheit nicht zu benennen - verunstalteten ihn keineswegs. Juniya ertappte sich dabei, sie exotisch zu finden. Der Captain war ein sehr schöner Mann - und diese metallischen Verzierungen machten ihn noch interessanter, ließen ihn aber auch unheimlich wirken. *Er ist aber doch kein Robot mit einer Menschenhaut?,* fragte sie sich erschrocken. *Nein. Das kann nicht sein. Seine Augen haben eine viel zu starke Ausstrahlung und sein Körper ist warm. Außerdem schnarchen Robots nicht,* überlegte sie weiter. *Sie brauchen auch nicht zu essen.* Juniya musste lächeln. *Und dieser Mann isst gern.* In langen, spitzen, wie knochige Finger aussehenden Spuren wand sich diese Art Körperschmuck, die Juniya noch bei keinem Individuum gesehen hatte, über seine rechte Schulter. Am Rücken verliefen die Spuren bis zur Körpermitte und fast in den Hosenbund. *Er schien mir bisher nicht eitel zu sein. Weshalb trägt er so einen auffälligen Körperschmuck und versteckt ihn dann unter der Uniform?*

Skye legte das Handtuch weg und begann mit geübten Griffen, seine Hängematte zwischen zwei Decksbalken aufzuhängen. Dabei wendete der Captain Juniya seine nackte Brust zu. Fast hätte sie einen erschrockenen Laut ausgestoßen. Seine rechte Brustseite sah ähnlich aus wie der Rücken. *Trägt er das vielleicht gar nicht absichtlich? Ist ihm etwas zugestoßen? Was ist das für ein Material, das sich so in die Haut einätzt?*, überlegte Juniya und fühlte bei der Vorstellung, wie eine solche Verätzung vielleicht zustande gekommen war, fast selbst den grausamen Schmerz, den Skye ertragen haben musste. Skyes Gesicht wirkte heute sehr müde, er bemerkte diesmal nicht, dass sie ihn beobachtete. Die kleine Lampe an der Decke der Kajüte schaukelte sanft und warf ein flackerndes Licht. *Bald geht sie aus. Wenn ich nicht im Dunklen auf die Toilette will, muss ich mich beeilen.* Doch sie wollte ihn auf keinen Fall stören. Er legte sich gerade mit ruhigen und sicheren Bewegungen in die doch sehr stark schaukelnde Hängematte - so als hätte er niemals irgendwie anders geschlafen. Sonderlich bequem sah diese abgeknickte Schlafhaltung nicht aus, Juniya hatte ein schlechtes Gewissen, dass er es ihretwegen so unkomfortabel hatte. Sie bemerkte allerdings, dass die Hängematte schnell sehr ruhig hing und die Schiffsbewegungen viel besser ausglich als die starre Matratze der Koje. Bald war der erschöpfte Captain eingeschlafen. Als er leise schnarchte, stemmte sich Juniya mit vorsichtigen Bewegungen hoch. Sie erreichte den Toilettenraum, ohne Skye zu wecken. Auch als sie sich zu ihrer Schlafstelle zurücktastete, wachte er nicht auf, sondern schlief tief und fest. Juniya schlich auf Zehenspitzen zu ihm, immer darauf bedacht, weder ein Geräusch zu verursachen, noch in der Enge der Kajüte an die Hängematte zu stoßen. Sie lächelte. *Er schläft wirklich ganz fest.*

Sie musterte sein Gesicht. Es war attraktiv. Der Bartschatten und die Narbe ließen ihn grimmig erscheinen, doch sein Gesicht war ebenmäßig, die Nase leicht gebogen, die Lippen ... *Was denke ich da denn?* Juniya nahm ihre Hand zurück, die ohne ihr Zutun gerade dabei gewesen war, diese Lippen zu berühren und sein Gesicht zu streicheln. Sie erinnerte sich, was sie anschauen wollte und konzentrierte sich auf die silbrigen Spuren auf seiner Haut. *Es sieht aus wie flüssiges Metall. Oder eine Art Folie. Als wären da Narben mit einer Füllung ausgegossen worden, die sich mit der Haut verbunden hat. Das müssen höllische Schmerzen gewesen sein.* Die Ränder der silbrigen Flächen waren nicht glatt. Im Gegenteil. Sie zerfaserten in kleinste Ästchen, streckten winzige Ärmchen zum gesunden Gewebe als wüchsen sie weiter in dünnen, rötlichen Adern in Skyes Haut hinein. *Deshalb sieht sein Gesicht auch so unheimlich aus. Durch den rötlichen, dunklen Rand. Ohne den könnte man fast meinen, es ist eine Art Hautplastik. Doch auf der Schulter kann es keine Schönheitsplastik sein. Jedenfalls nicht in so einer zerfaserten Form.* Juniya spürte schon wieder das dringende Bedürfnis, Skyes Haut zu berühren, die Oberfläche des Metallgewebes abzutasten. Irgendwie hatte sie das Gefühl, er hätte dauernd Schmerzen und sie bildete sich ein, diese lindern zu können. *So ein Unsinn. Die Schmerzen sind lange vorbei. Er kommt wunderbar ohne mich aus. Wieso sollte ich ihm helfen können?* Sie verbot sich jeden Gedanken an eine körperliche Nähe und schalt sich eine neugierige Närrin. Vorsichtig zog sie sich zurück und kletterte in ihre Koje. Im letzten Flackern der kleinen Lampe schlief sie schließlich ein.

Viverrins Welt

Eine Herde mächtiger Tümmler durchpflügte in großer Geschwindigkeit das Meer. Die schönen Tiere schwammen kraftvoll, sie folgten ihrem Anführer in enger Formation, nutzten dessen Strömung, um Energie zu sparen und schneller vorwärtszukommen. Sie waren seit Wochen in den Weiten der Ozeane unterwegs und hatten Tausende von Seemeilen zurückgelegt. Nun strebten sie auf den Punkt zu, von dem aus sie vor langer Zeit auf diese große Reise geschickt worden waren. Das riesige Männchen, das die Herde führte, ließ sich etwas zur Seite fallen. Sofort war das rangnächste Tier zur Stelle und übernahm die Spitze. Viele Stunden waren sie ohne Pause unterwegs, nahmen sich kaum Zeit zum Fressen oder Schlafen. Heute war das Meer ruhig, sie kamen gut voran. Auch von den Stürmen, die sie ab und zu durchquerten, ließen sich die Tiere nicht vom Kurs abbringen.

Nach einiger Zeit übernahm das Leittier mit der dreieckigen Scharte in der Schwanzflosse erneut die Spitze der kleinen Herde. Sie waren ihrem Ziel endlich nahe.

Die Tümmler, die meistens dicht an der Wasseroberfläche gereist waren, tauchten hinab in die Tiefe. Korallen, deren bunte Farben sich ständig veränderten, wiesen ihnen den Weg. Eine Kette aus leuchtenden Steinkorallen markierte den Meeresgrund wie eine Einflugschneise. An ihrem Ende formten sich die Meeresgewächse zu einem großen Kreis. Die Tümmler formierten sich hintereinander. Immer schneller schwammen sie an der Außenseite des Korallenkreises, bis das Wasser einen Wirbel bildete. Die Wasserfarbe innerhalb des Kreises veränderte sich von dem tiefen Blau ringsum in ein glasfarbenes Grün. Der Meeresboden innerhalb der Korallenformation war nicht mehr zu erkennen. Als die Farbe des Wassers innerhalb des Kreises ein leuchtendes Smaragdgrün angenommen hatte, stieß der Anführer der Tümmler einen klappernden Ton aus. Dann schwamm er direkt in die leuchtende Wassersäule und verschwand in den Tiefen des sich darin auftuenden Zylinders. Ein Herdenmitglied nach dem anderen folgte ihm in die Tiefe, aus der nun Myriaden von Luftbläschen aufwallten und an die Wasseroberfläche strebten.

»Seid uns herzlich willkommen.«

Die acht Männer wurden mit allen Ehren namentlich von Genkor, dem Anführer des Volks der Ichtyos, und dessen Ehrengarde willkommen geheißen. Die Ankömmlinge verneigten sich, wie es sich vor den Mitgliedern der großen Versammlung der Vertreter aller Meere gehörte, und entboten den Gegengruß.

»Und nun sprich, Markolo, berichte uns, was ihr auf eurer Reise herausgefunden habt. Und warum ihr nicht vollzählig zurückgekommen seid. Wo sind Keano und Roko?«

»Genkor«, der größte der acht Ichtyomänner neigte den Kopf vor seinem Führer, »unsere Reise hat Opfer gefordert. Wir haben unsere Gefährten verloren. Keano und Roko sind tot.«

Die Versammlung der Anwesenden bestand aus fast 100 Männern und Frauen. Aus den hinteren Reihen war ein Wehklagen zu hören. Genkor gebot mit einer Handbewegung zu schweigen.

»Sag, Markolo, waren die Menschen die Ursache des Todes unserer werten Brüder?«

Markolo schüttelte den Kopf. »Wir haben die Küste von Grendara erkundet und das dortige Becken der Wandlung gefunden, genau wie es in unseren alten Aufzeichnungen geschrieben steht. In unserer Tkitameagestalt erforschten wir die Küsten. Die Vogelsaurier haben uns angegriffen. Keano und Roko haben sich geopfert, damit wir anderen entkommen konnten.«

Markolo fiel vor Genkor auf die Knie. »Ich hätte an ihrer statt sterben sollen. Ich habe den Hinterhalt der Vogelwesen nicht erkannt.«

Wie auf ein Zeichen traten die anderen sieben Männer vor. Einer von ihnen sprach.

»Markolo trifft keine Schuld am Tod unserer Freunde. Wir alle waren in den Kampf verwickelt, Markolo war verwundet.«

Genkor nickte bedächtig.

»Niemand beschuldigt euch. Wir sind froh, dass acht von zehn tapferen Männern zurückgekehrt sind. Bevor wir Keano und Roko betrauern, wollen wir jedoch von euch wissen, was ihr gefunden habt. Berichte, Markolo. Habt ihr herausgefunden, was wir wissen wollten?«

Man konnte fast das Seegras wachsen hören, so gespannt

warteten alle Anwesenden auf Markolos Antwort.

Der Angesprochene holte tief Luft.»Ja, Genkor. Und die Antwort wird euch nicht gefallen.«

Der Admiral

Admiral Percy Parker stapfte unzufrieden auf seinem Achterdeck herum und fand keine Ruhe. Die Ereignisse der letzten Wochen hatten ihn nachdenklich und unruhig werden lassen. Dass ihn dieser verdammte Husten immer öfter quälte, war nur Nebensache. Bisher war bei seinem großen Traum, dem Planspiel Beta-Atlantis, alles so hervorragend gelaufen. Das in seiner Dimension einzigartige soziologische Experiment, in einem gewaltigen Rollenspiel die Kolonisierung einer neuen Welt nachzustellen, wie sie im 16. Jahrhundert auf der Erde stattgefunden hatte, war auf dem besten Weg gewesen, ein voller Erfolg zu werden. Die Stiftung hatte enorme Summen für die Landung auf diesem Planeten bereitgestellt. Eine riesige Schar an Forschern und Studenten, Handwerkern und Ingenieuren war an den Vorbereitungen beteiligt gewesen. Die Zahl der Freiwilligen, die sich auf das größte Rollenspiel aller Zeiten einlassen wollten, überraschte das gesamte Stiftungsgremium. Und entgegen der Befürchtung, dem Planspiel mit Adventure-Charakter könnte das Geld ausgehen, waren sogar neue, anonyme Spender dazugestoßen und sicherten Transportwege und Nachschub. Also eigentlich konnte sich Professor Doktor Percy Louis Parker, außerhalb dieses ungewöhnlichen Rollenspiels der berühmteste Wissenschaftler in den Fachbereichen Geschichte, Anthropologie und Soziologie auf allen besiedelten Planeten, entspannen und seine eigene Rolle, die des Spieleadministrators in der Verkleidung eines Admirals der Seeflotte, in vollen Zügen genießen. Sein Flaggschiff, die Emerald, war die größte und prächtigste Fregatte der Föderationsflotte, die die hiesigen Meere besegelte. Das stolze Schiff war ein ziemlich detailgetreuer Nachbau des Kriegsschiffs»Duke of Wellington«, einem Dreidecker der einstigen Royal Navy des Königreichs Britannien.

Mit 130 Geschützen und über 1.000 Mann Besatzung besegelte der Dreimaster im 19. Jahrhundert die Ozeane der Erde. Hier auf Beta-Atlantis brauchte das Schiff nur etwa 300 Mann, um es zu segeln. Die Decks, die in früheren Zeiten für Kriegsbesatzung und Seesoldaten zur Verfügung standen, dienten heute anderen Zwecken. Percy Parker liebte jedes einzelne Schiff seiner Flotte, alles bis ins Kleinste liebevoll ausgestattete Nachbauten aus unterschiedlichen Zeiten und Flotten einer seit mehr als 500 Jahren vergangenen Zeit.

Die Männer, die er als Kapitäne für dieses ungewöhnliche Setting gewinnen konnte, waren größtenteils gestandene und erfahrene Führungskräfte aus Militär und Verwaltung und hatten sich teilweise monatelang auf das Segeln von antiken Schiffsmodellen schulen lassen. Gleichzeitig brachten sie wissenschaftliches Interesse und Forschungserfahrung auf unterschiedlichsten Gebieten mit. Die große Fragestellung des Planspiels lautete, ob eine Kolonisierung einer neuen Welt und das Zusammentreffen des »modernen Menschen« mit einer eingeborenen Spezies friedlich und in gegenseitigem Einvernehmen vonstattengehen konnte oder nicht. Die Unterdrückung, Ausbeutung und schließlich Ausrottung der Naturvölker auf der Erde dienten als schlechtes Beispiel der Geschichte. Die überlieferten Abenteuer von Männern mit Namen wie Kolumbus, Vespucci und Cook dienten als Vorlage für die Planspielentwickler um Professor Parker. Den Flottenkapitänen kam dabei eine bedeutende Rolle zu. Sie waren es, die auf den Prüfstand gestellt wurden. Würde es ihnen gelingen, sowohl die bunt zusammengewürfelten Mannschaften der Segelschiffe, als auch die Händler und Siedler mit unterschiedlichsten sozialen Hintergründen im Zaum zu halten? Oder würden sich Besitzgier und eine vermeintliche Überlegenheit der Rasse Mensch erneut durchsetzen, um die Einheimischen zu unterjochen und das, was die Entdecker vorfanden, gnadenlos auszubeuten?

Die Besiedelung der Inseln und die Zusammenarbeit mit der ungewöhnlichen Spezies der Ichtyos entwickelte sich mehr als zufriedenstellend. Bisher. Große Teile der Inselwelt waren bereits kartografiert, die Besatzungen der Fregatten und Galeonen hatten großen Spaß am Segeln der wunderbaren Schiffe, die

Gruppe der Händler und Siedler tat, was sie sollte - sie handelten mit den Ichtyos, gründeten Siedlungen und bauten kleine Städte. Percy Parker, der wusste, dass ihn die Männer mit dem Spitznamen »die Gräte - Fishbone Parker« bedacht hatten, hätte also mit der Entwicklung zufrieden sein können. Eigentlich. Wäre da nicht vor Kurzem General Sylvius Beard, Hauptbefehlshaber der interplanetarischen Verteidigungseinheiten, auf der Bildfläche erschienen.

Admiral Parker zupfte an seinem Spitzbärtchen am Kinn herum. *Warum zum Teufel will sich der General unbedingt selber in das Planspiel einklinken?*, fragte er sich zum wiederholten Mal und fand darauf keine Antwort. *Von der Seefahrt und vom Segeln der Großschiffe hat der geschniegelte Lackaffe doch nicht die geringste Ahnung. Für die Einheimischen interessiert sich so einer wie der doch auch nicht. Eigentlich sollte er doch Wichtigeres zu tun haben, als seine Zeit hier im Rollenspiel zu verschwenden?* Schließlich hatte General Beard eine der höchsten Führungspositionen innerhalb der politischen Organisation der gesamten Föderation inne. *Unser Planspiel ist doch kein Prestige-Experiment. Wir verarbeiten die Ergebnisse doch nicht einmal in den Medien. Der Gesamtbericht wird erst am Ende erstellt und wird ausschließlich dem antropologisch-soziologischen Wissenschaftskreis dienen. Und sonst niemandem.* Es war Admiral Percy Parker zutiefst verdächtig, dass sich der General, der damals in der Genehmigungsphase gegen das Planspiel gestimmt hatte, sich nun dermaßen dafür interessierte. *Was kommt nun als Nächstes? Will er uns immer noch torpedieren?*

Die Regeln des Rollenspiels waren eindeutig. Ausnahmslos alle Beteiligten tauchten zu einhundert Prozent in die der Royal Navy Großbritanniens nachempfundene maritime Welt des endenden 18. Jahrhunderts ein. So war das Spiel angelegt und darauf waren alle Spielteilnehmer eingeschworen, sowohl die Freiwilligen als auch die Männer und Frauen, die ansonsten in Resozialisierungsanstalten oder in Gefängnissen gelandet wären. Es gab weder Hochtechnologie an Bord der Schiffe noch Annehmlichkeiten aus der modernen Welt, aus der sie alle stammten. Die Schiffe wurden mit der Kraft der Seemannschaft gesegelt, der jeweilige Kapitän war der Herrscher über das Schiff und die Crew. Und bisher genossen die Menschen, überwiegend Männer, diese Auszeit von ihrem früheren Leben in vollen Zügen und ließen sich mit Begeisterung auf das Forschungsexperiment ein, das sich hinter dem einfachen Namen »Planspiel Beta-Atlantis« verbarg. Die einzige Sicherheitsmaßnahme, die aus der realen Welt stammte, war ein kleiner Kommandoraum im Inneren der Schiffe. Zugang hatten ausschließlich die jeweiligen Kapitäne und ihre ersten Offiziere. In diesen Räumen existierte eine Kommunikationseinrichtung für Notfälle sowie etwas technisches Equipment für die jeweilige Vermessungsaufgabe. Authentizität war gefragt, Führungsstärke und Wille der Kapitäne und ein Lebensmodell, welches außerhalb der hoch technisierten Welt eine Rückbesinnung auf alte Werte ermöglichen sollte. Und damit wollte die Föderation eine Inselwelt samt ihrer dort lebenden einheimischen Spezies in vollkommen friedlicher Art und Weise erforschen und eine kleine Kolonie gründen, die bei positivem Ausgang des Planspieles einigen von ihnen vielleicht eine dauerhafte Heimat geben würde.

Im Augenwinkel nahm Percy Parker eine Bewegung wahr und blickte auf. Sein junger Adjutant war respektvoll und formvollendet wie immer aus dem Niedergang auf ihn zu getreten.

»Sir!« Er grüßte, wie es sich für einen Marineoffizier seinem obersten Admiral gegenüber gehörte.

Ein kleines, wohlwollendes Lächeln zuckte über Admiral Parkers Gesicht. Er mochte diesen jungen Mann. »Was gibt es, Mr Evans? Machen Sie Meldung.«

»Das Postschiff hat sich angekündigt, Sir.«

Oh. Ich wusste es. Der Satz seines Adjutanten war ein Geheimcode. Die Emerald hatte eine Nachricht erhalten.

»Kommen Sie mit, Mr Evans«, befahl er und eilte in den Niedergang, der tief in den Bauch der Emerald führte.

Das Flaggschiff der Föderationsflotte besaß als einziges Schiff der gesamten Flotte eine komplette Kommunikationseinheit. Auf der Emerald liefen alle Fäden zusammen. Die Kapitäne übersendeten ihre Logbücher, der Admiral wertete sie aus und steuerte die Punktekonten der Kapitäne und Spieler. Darüber hinaus war sie das einzige Schiff, das direkt mit der Basis, ja sogar bei Bedarf mit den Raumstationen im Orbit von Beta-Atlantis kommunizieren konnte. Der Miniaturmonitor blinkte. Mit seinem Fingerabdruck entsperrte der Admiral die Übermittlung. Es war nur eine Aufzeichnung, keine Liveschaltung. Doch die Nachricht machte ihn nicht gerade glücklich.

Der Admiral seufzte, als General Sylvius Beards Nachricht beendet war. »Was halten Sie davon, mein guter Evans? Und bitte, sprechen Sie offen«, fragte er den Adjutanten, der schweigend neben ihm die Nachricht mit angesehen hatte.

»Sir, seit wann kann sich General Beard über die Stiftungskommission hinwegsetzen?«, antwortete der junge Mann mit Bedacht.

»Genau das frage ich mich auch«, murmelte der Admiral vor sich hin. »Genau das frage ich mich auch.«

Skye

Der Wind hatte aufgefrischt, die Fairbanks rauschte unter vollen Segeln über das tiefblaue Wasser. Skye liebte den Anblick des geblähten hellen Tuchs gegen den leuchtenden Himmel und die tanzenden weißen Schaumkronen auf den Wellen. Das Schiff lag auf der Backbordseite und machte gute Fahrt.

»Wenn wir weiter so gut vorankommen, sind wir trotz des Sturms früher an unserem Ziel als erwartet.«

Jason suchte den Horizont nach anderen Seglern und Booten ab. Er nahm das Fernglas vom Auge und wendete sich seinem Captain zu. »Obwohl uns der Sturm eine ganze Ecke vom Kurs abgetrieben hat. Unsere Fairbanks ist wirklich ein Prachtstück, wir holen das spielend wieder auf. Ich freue mich heute noch, dass sie dir dieses Kommando zugeteilt haben.«

Skye nickte. Obwohl er es sich bis heute nicht erklären konnte, warum ausgerechnet er, einer der jüngsten Kapitäne der Flotte, das schnellste und im Falle einer Seeschlacht kampfstarke Schiff zugeteilt bekam. Jason sprach aus, was Skye nur dachte. »Der Sohn des Admirals ist immer noch stinksauer, dass er mit der alten Galeone rumgurken muss und du die Fairbanks befehligst. Der Admiral mag ja ein zäher alter Knochen sein, aber seinen Dandy von Sohn bevorzugt er nicht.«

Das hatte Skye auch schon bemerkt. Zunächst hatte er sich auch riesig über das Kommando gefreut. Nur das arrogante Gesicht Clifford Parkers, des Sohns des Admirals, vergällte ihm die Freude etwas. Doch beim Antritt des Kommandos auf der Fairbanks war das vergessen gewesen. In den zwei Jahren auf diesem Schiff hatte er mit Jason und der Mannschaft einen guten Teil der Inselwelt zwischen den Meeren kartografiert, Buchten und Inseln verzeichnet, die Untiefen vermessen und die besten Naturhäfen ausgekundschaftet, in denen Schiffe wie die Fairbanks ankern konnten. Die Bewohner der Inseln waren gute Seefahrer, doch ihre kleinen Boote hatten wenig Tiefgang und Seekarten kannten sie nicht. Oder sie wollten sie den Flottenkapitänen nicht geben. Skye hatte immer wieder mit den Ichtyovertretern verhandelt, jedoch keine brauchbaren Informationen erhalten. Recht viel mehr als das Offensichtliche rückten sie nicht heraus. Ihre zierlichen Boote waren wendig und schnell und sie konnten praktisch überall auf den Inseln anlanden. Nur in einen großen Sturm durften sie nicht kommen. Den Naturgewalten hatten die Ichtyoboote nicht viel entgegenzusetzen. Aber es kam kaum zu Verlusten. Erstens liefen die Boote der Einwohner bei schlechtem Wetter kaum aus, und zweitens waren sie fantastische Schwimmer und konnten dank ihrer Hautbeschaffenheit auch problemlos unter Wasser atmen. Skye hatte bisher nichts darüber herausgefunden, ob die Ichtyos mit ihren Booten überhaupt weite Strecken zurücklegten.

»Schau mal!« Sogar der sonst eher unterkühlt agierende Jason lief aufgeregt an die Reling und vergaß, was sehr selten vorkam, die förmliche Anrede, zu der er eigentlich laut seiner Rolle verpflichtet war.

Skye ignorierte das, denn seitlich am Schiff war ein Fischschwarm aufgetaucht. Ein außergewöhnliches Phänomen, das wirklich interessant war. Innerhalb von Sekunden schwammen Tausende, nein, eher Millionen silbrig glänzender Rücken mit der Fairbanks.

»So eine Art Hering?«, fragte Skye, als einer der Seeleute auf ihn zugerannt kam und brüllte:»Festhalten Leute, gleich rumst es!«

Im gleichen Moment hob es den Seemann von den Beinen.

Skye und Jason griffen geistesgegenwärtig in den Wanten nach Halt. Ein Zittern lief durch das Schiff.

»Verdammt. Sind wir auf ein Riff gelaufen?« Skyes Sinne konzentrierten sich auf das Schiff. Über seine Füße nahm er jede Bewegung auf, spürte nach, wie es sich verhielt, lauschte. Er vermeinte, ein Ächzen zu bemerken. Die Mannschaft war in heller Aufregung. »Mr Morse, gehen Sie nach unten und sehen Sie nach, ob wir leckgeschlagen sind«, befahl Skye einem der Leutnants. Dann sprang er auf den Seemann zu, der mit Wucht an die Reling gekracht war, und zog ihn auf die Beine.

»Warum hast du uns nicht früher vor dem Riff gewarnt?«, fauchte er den Mann an, der Ruderwache hatte.

»Kein Riff!« Panisch schüttelte der Mann den Kopf. »Die Silberrücken sind Begleiter der Gigantos. Einer will uns in die Tiefe ziehen! Die Fairbanks ist verflucht!«

Ein paar der Seeleute, die das Gespräch mitbekommen hatten, blieben wie erstarrt stehen und glotzten den Mann mit großen Augen an.

»Was redest du da für dummes Zeug«, fuhr Skye den Mann an. »Niemand hat je einen dieser seltsamen Gigantos gesichtet. Was soll das Gefasel?«

Doch der Mann blieb dabei.

»Der Schwarm der Silberrücken jagt vor ihm her. Alle paar Jahre kommt ein Giganto aus der Tiefe, so erzählen es die Ichtyos in den Hafenkneipen. Dann holt er sich ein Opfer.« Er fiel vor Skye auf die Knie. »Einer muss über Bord! Einer muss das Blutgeld zahlen, damit die anderen sicher ankommen! Sonst wird er das ganze Schiff vernichten!«

Immer mehr Seeleute waren zusammengelaufen und lauschten den Worten des Seemanns mit zunehmender Panik.

»Abergläubiges Gewäsch. Du hältst ab sofort den Mund oder du landest in der Arrestzelle«, zischte Skye den Mann an. Da erschütterte die nächste Kollision das Schiff, das sich nach einem dumpfen Zittern behäbig zur Seite neigte. Irgendetwas war offenbar zum zweiten Mal mit großer Wucht gegen die Bordwand gekracht. Skye sprang auf die Reling, um einen Blick darauf zu erhaschen. Unter der Wasseroberfläche sah er einen mächtigen schwarzen Schatten in der Tiefe verschwinden.

»Mr Harper, Mr Pooth, an die Harpunen! Sie sichern das Schiff am Bug. Mr Bonney, lassen Sie die letzten zwei Geschütze achtern mit der Notfallmunition klarmachen, sie sollen bei Sichtkontakt feuern.«

Im nächsten Moment fiel Skye ein, was das bedeutete. Eines dieser Geschütze achtern befand sich in seiner Kajüte.

»Meine Kajüte übernimmt Mr Small!«, brüllte er hinterher. Doch nun war keine Zeit mehr zu verlieren.

Ein kollektiver Schrei gellte über das Schiff. Ein riesiges schwarz-glänzendes Ungetüm stieg aus der Tiefe empor und schälte sich dicht neben der Fairbanks aus dem Wasser. Höher und höher schraubte sich der gewaltige schwarze Leib. Myriaden von Wassertropfen stiegen mit dem gewaltigen Leib aus dem Wasser und gaben dem Ungetüm eine in allen Regenbogenfarben glitzernde Aura.

»Legt sie über den Bug!« Skye gab fieberhaft die Kommandos und die Fairbanks drehte sich - gefühlt viel zu langsam - von dem Monster fort. Das Manöver gelang im letzten Augenblick. Nur wenige Meter neben dem Schiff prallte der Körper des Tieres auf die Wasseroberfläche. Eine riesige Wasserfontäne prasselte auf das Deck.

»Es ist nur ein Wal!«, schrie Skye der erstarrten Mannschaft zu. »Alle Mann auf ihre Posten! Los Jungs, lasst uns diese schöne Beute zur Strecke bringen!« Skye hoffte inständig, die Männer mit der Aussicht auf Geld wieder aus ihrer Erstarrung zu locken. Und tatsächlich, sie rührten sich und rannten an ihre Positionen. Die Harpuniere standen rechts und links vom Bugspriet bereit und starrten gespannt auf das Wasser.

Jeden Augenblick taucht das Monster wieder auf. Skye war sich keinesfalls so sicher, dass es sich bei diesem Giganto nur um einen Wal handelte. *Das Vieh ist verdammt groß. Scheint länger als das Schiff zu sein. Die Flossen enden in einer Art Tentakelbündel.* Soviel hatte er zumindest von dem Tier erkennen können. Keiner an Bord hatte jemals einen Giganto des mittleren Ozeans, den die Ichtyos ›Meer der sieben Ahnen‹ nannten, mit eigenen Augen gesehen. Man hätte eine Stecknadel an Deck fallen hören, so still war es. Die Nerven der Männer waren zum Zerreißen gespannt. Jeder starrte von seiner Position aus auf die vermeintlich friedliche Wasseroberfläche. Noch immer blieb es still. Die ganze Mannschaft wartete grimmig auf den Angriff des Seemonsters.

Dann hörten alle das Splittern von Holz. Und das glockenhelle Lachen einer Frau.

Skye erstarrte zu Eis. *Wo ist sie? Ist ihr was passiert?* Die Männer um ihn herum waren in heller Aufregung.

»Das ist unser Untergang! Die Meerjungfrauen greifen uns an!«, schrie ein Seemann und fiel auf die Knie. Alle schrien wild durcheinander.

»Das ist doch nur Aberglaube«, fuhr Skye die Männer an. »Wo soll denn hier draußen auf See eine Frau herkommen«, log er. *Vielleicht gelingt es mir ja noch, sie zu täuschen.* »Achtet auf das Wasser. Der Giganto kann jeden Moment wieder auftauchen.«

Da flüsterte Mr Smalls tiefer Bass an Skyes Ohren.

»Nein, wird er nicht. Captain, Sie müssen in Ihre Kajüte kommen.«

»Warum sind sie nicht am Achtergeschütz, Mr Small!«

Die Männer hatten sich wieder der See zugewandt. Auch Skye suchte wie gebannt die Meeresoberfläche nach diesem riesigen Seewesen ab, das die Fairbanks tatsächlich einfach zerschmettern konnte.

»Den Grund dafür müssen, Sie selber sehen, Captain. Sie müssen.« Seine Stimme war so eindringlich, dass Skye ein Schauer über den Rücken jagte. Heftig drehte er sich zu Mr Small um. Das blutleere Gesicht des dunkelhäutigen Manns beunruhigte Skye zutiefst. Das Meer war noch immer ruhig. Mit einer schlimmen Vorahnung rannte Skye unter Deck.

Der Captain hatte Mühe, beim Anblick, der sich ihm in seiner Kajüte bot, die Fassung zu wahren. »Sorg dafür, dass keiner der Männer hier reinkommt«, raunte er Mr Small zu, der ihm nachgekommen war und nun mit seiner ganzen Größe im Türrahmen stand. Er hielt ein langes Messer in der Hand. Keiner der Seeleute war während des Dienstes bewaffnet. Nur die Leutnants und der erste Maat durften eine Waffe tragen. Mit einem raschen Nicken schickte Skye ihn hinaus.

»Bin vor der Tür, Captain, falls Sie mich brauchen.«

»Danke, Mr Small«, brachte Skye noch heraus. Völlig perplex starrte er auf eine Situation, die er sich mit logischem Denken nicht erklären konnte.

Die Stückpforte war mitsamt der dort festgezurrten Kanone fort, ein großes Loch klaffte in der Bordwand, die nach achtern aufs Meer hinaus zeigte, als hätte jemand die Kanone durch die Stückpforte hindurch einfach herausgerissen. Nur das Brooktau hing wie eine Reling vor dem Loch, und über dem Tau beugte sich das Mädchen weit aus dem Schiffsrumpf. Um ihren Arm wickelte sich eine schwarz glänzende Tentakel.

Skye riss sein Messer aus dem Gürtel.

»Gib mir deine Hand!« Er sprang auf das Mädchen zu, wollte sie zurückreißen und mit dem Entermesser die Tentakel durchtrennen. Doch sie sah ihn furchtlos an.

»Stopp. Sie ist nicht gefährlich.«

Wie angewurzelt blieb Skye stehen. Das Mädchen beugte sich weit vor, um mit der zweiten Hand das Untier zu berühren. Oder wenigstens einen Fangarm, denn mehr war von dem Seemonster nicht zu sehen.

»Ich habe sie gebeten, unter dem Schiff zu bleiben, damit ihr sie nicht verletzt.« Sie sah zu Skye auf. »Tötest du alles, was fremd ist?«

»Es hat uns angegriffen.«

»Sie ist groß und schwer. Für sie ist es eine Begrüßung von Artgenossen, sich gegenseitig anzustupsen.«

»Dieses Anstupsen hätte uns fast leckgeschlagen. Hat es vielleicht sogar.«

Skye versuchte, sich zu fassen. »Du kannst mit diesem Wesen kommunizieren?«

Das Mädchen nickte. »Kannst du befehlen, dass ihr niemand etwas tut?«, bat sie ihn. »Sie wird uns nicht angreifen.« Ihre Stimme klang ruhig und sicher.

»Wie kannst du so sicher sein? Es ist eine Sie?«

Sie nickte. »Du hast mich gerettet, Captain Skye Collins, ohne mich zu kennen. Dieses Wesen ist hier, weil sie mir helfen will. Ihr darf nichts geschehen. Sonst ist dieses Schiff verloren. Mit allen Menschen, die sich an Bord befinden. Ich weiß es nicht, warum, doch wenn ihr sie verletzt, wird ihr Schmerz einen

Sturm entfachen. Heftiger als alles, was ihr jemals mitgemacht habt. Dieser Sturm wird euch vernichten.«

Das ist alles nicht wahr. Skye rieb sich mit der Hand über die Augen. Doch das Loch in der Bordwand blieb, und das Mädchen, das die Tentakel des Untiers streichelte, schien so unwirklich wie eine Meerjungfrau.

»Die Männer haben dein Lachen gehört. Ich habe keine Ahnung, wie ich ihnen beibringen soll, dass sie erstens nicht auf das Wesen schießen und zweitens kann ich dich jetzt nicht mehr verstecken. Sie denken, eine Meerjungfrau bringt Unglück über das Schiff.«

Das Mädchen schien zu lauschen. Dann lächelte sie, und trotz der blauen Flecke, die ihr Gesicht noch immer verunzierten, sah sie wunderschön aus.

Mich hat sie nicht angelächelt, dachte Skye, und ein eigenartiges Sehnen machte sich in seinen Eingeweiden breit.

»Dann wirst du jetzt hinaufgehen zu deinen Männern und ihnen sagen, dass das Wesen gutmütig ist.«

Er wollte etwas erwidern, doch eine Handbewegung des Mädchens ließ ihn verstummen.

»Wenn du das für mich tust, Captain Skye Collins, dann verrate ich dir vielleicht meinen Namen.«

Skye sah ganz versunken zu, wie die Tentakel sanft über das verletzte Gesicht des Mädchens strich.

Da schlug die Alarmglocke der Fairbanks an.

»Das Schiff nimmt Wasser auf! Wir haben ein Leck!«, gellte es über das Deck.

Viverrin

»Natürlich will ich meinen Beitrag leisten! Genau wie du auch!« Die hübsche junge Frau schüttelte ihre Mähne aus rot glänzenden Zöpfen wild und stampfte mit dem Fuß auf, sodass der Sand zu ihren Füßen aufwirbelte. Viverrin lachte über ihren Trotz.

»Du siehst so süß aus, wenn du dich aufregst, Kerrali! Komm.« Der junge Tkitameamann nahm ihre Hand und zog sie in einen schmalen Durchgang zwischen zwei Wohngebäuden. Keineswegs widerwillig ließ sich die soeben noch Widerspenstige von ihm mitziehen. Nun waren sie von der Hauptstraße aus, auf der viele Tkitameawesen unterwegs waren, nicht mehr zu sehen.

»Hab ich dir eigentlich schon gesagt, dass du der hübscheste Hai bist, den ich kenne?« Seine schräg stehenden, großen Augen waren ganz nah vor ihrem Gesicht. Sanft berührte Viverrin die junge Frau an der Schulter, dort, wo ihr Gewand ein Stück ihrer Haut frei ließ.

»Lenk mich jetzt nicht ab, Viverrin. Das tust du immer, wenn ich mit dir reden will.«

Der junge Mann lächelte verwegen und merkte, wie sie erschauerte. Anstatt ihn wegzustoßen, legte sie ihre Hand auf seine.

»Ich habe mich für den Erkundungsdienst gemeldet. Ich gehe nach Numinala, sobald der Rat eine Aufgabe für mich definiert hat. Du weißt, ich bin alt genug. Reicht es nicht, dass mein Bruder so einen Aufstand macht? Du arbeitest doch auch für den Erkundungsdienst. Ich hätte nicht gedacht, dass du so sehr dagegen bist.« Ihre Stimme klang vorwurfsvoll.

Viverrin hätte am liebsten überhaupt nicht gesprochen. Die Verbindung ihrer Hände erregte ihn. Tkitameawesen wurden durch Hautberührung und Streichelbewegungen stimuliert und erregt. Bei seiner hübschen Freundin Kerrali genügte ihm schon ein kurzer Kontakt, und er hätte gern viel mehr mit ihr angestellt, als es schicklich war. Seine Stimme war sanft, als er ihr erklärte:

»Wir haben gehört, was Hauptmann Markolo berichtet hat.

Es sieht so aus, als müssten wir uns viel mehr vor diesen Menschen in Acht nehmen, als wir es bisher vermutet haben. Warum willst du dich unnötig in Gefahr begeben. Du kannst doch in unserer Zentrale genauso mitarbeiten und brauchst nicht in den Kontakt mit diesen Wesen treten.«

Nun nahm Kerrali Viverrins Hand von ihrer Schulter. Ihre schlanken Finger verschränkten sich mit seinen und begannen ein eigenes Spiel.

»Du erlebst so viel in Manatekas Hospital und bist immer solang weg. Ich will auch etwas erleben. Ich möchte selber sehen, wie sie sind und wie sie dort oben an der Luft leben. Gerade jetzt. Wer weiß, wie lange sie noch hier sind.« Sie hielt ein und eine ihrer Haarsträhnen kitzelte an Viverrins Hals.

Er schluckte. »Wir sehen uns doch fast jede Woche. Es ist doch nur für eine kurze Zeit.«

Sie blinzelte und weitere ihrer kupferroten Haarsträhnen verselbstständigten sich, streichelten den jungen Mann an Schultern und Nacken. Viverrin vergaß sich. Sein Körper drängte an ihre schlanke Gestalt, er legte seine Wange an ihr Gesicht und sein silberfarbenes Haar begann, sich mit ihren wilden Locken zu verflechten. Kerrali ließ es zu. Ja, weit mehr als das. Sie stöhnte leise und drehte ihm den Rücken zu. Viverrin war drauf und dran, sie genau hier, in einer der Seitenstraßen der Hauptstadt, zu verführen. Seine Hände wanderten an ihre Hüften und seine langen Finger spielten das Spiel, das seit Jahrtausenden die Tkitameafrauen für eine Empfängnis bereit machten.

»Kerrali, wo steckst du?«

»Shaka!«, schrie sie leise auf. Die beiden Verliebten sprangen auseinander, als hätten sie sich aneinander verbrannt. Kerrali fuhr sich mit den Händen über ihre Locken und versuchte mit rotem Kopf, sie zu einem Zopf zu schlingen. Da stand Kerralis Bruder auch schon vor ihnen. Böse musterte er das Liebespaar, seine Augen hefteten sich auf Viverrin.

»Ein Tümmler wird meine Schwester nicht auf offener Straße entehren.«

»Shaka! Es ist nichts passiert!« Kerrali wollte sich zwischen Viverrin und ihren Bruder stellen, doch der schob sie einfach beiseite.

Viverrin reckte sich. »Ich werde meine zukünftige Gefährtin nicht entehren. Niemals. Bei der Ehre der Tkitamea.« Kerralis strahlende Augen waren viel mehr wert als das Zornesfunkeln ihres Bruders.

»Ist das wahr?«, fragte der sie zischend, »Willst du dich mit einem Tümmler einlassen?« Sie nickte wild und stellte sich an Viverrins Seite.

»Ja. Und ich werde noch etwas tun. Ich werde bald meinen Dienst in der Beobachtung antreten, ob du das willst, mein lieber Bruder, oder nicht.«

Skye

Der durchdringende Ton der Alarmglocke gellte über das Schiff und drang bis in den hintersten Winkel. Der Giganto, der vor Sekunden noch alle in seinen Bann geschlagen hatte, war vergessen. Ein Leck so weit draußen auf See konnte das Todesurteil für die Fairbanks sein. Und damit für die ganze Besatzung. Skye spurtete über das Deck und befahl:

»Kanonen entladen und einfahren! Harpuniere zu mir, sofort! Mr Harper, Mr Pooth, legen Sie die Harpunen nieder und gehen Sie wieder auf Ihr Posten!«

Pooth zögerte. Der alte Seebär murrte. »Captain, egal wie groß das Vieh ist, wir packen das schon.«

»Darum geht es nicht. Nieder mit der Harpune, Mr Pooth! Niemand schießt auf das Tier! Wir müssen uns zuerst um das Leck kümmern. Das ist ein Befehl!«

Sichtlich missmutig gehorchte der Mann. Skye hastete zurück.

»Mr Small, Leutnant Williams, Sie sorgen bei Ihrem Leben dafür, dass kein Kanonenschuss fällt.«

Skye warf einen Blick auf Jason, doch der stand eisern am Ruder und behielt wie immer die Nerven. *Auf ihn ist einfach Verlass. Er fragt nicht einmal, was los ist.*

Dafür hüpfte der zweite Leutnant, Mr Morse, unruhig von einem Bein auf das andere, um Skye endlich Meldung zu machen.

»Wie ist die Lage, Mr Morse?«

»Sir, steuerbord mittschiffs sind knapp unterhalb der Wasserlinie ein paar Planken eingedrückt. Sie halten noch, aber das Schiff nimmt Wasser auf. Die Männer, die in diesem Bereich untergebracht sind, lenzen schon. Die Zimmerleute versuchen, die Stelle zu flicken.

»Gut, Mr Morse. Zeigen Sie mir das Leck.«

In Küstennähe hätte sich Skye weniger Sorgen gemacht. Als er mit dem Leutnant an der Leckstelle ankam, waren die Zimmerleute schon dabei. Planken von innen gegen die Schadstellen zu nageln, doch der Wasserdruck von außen war hoch. Das Wasser presste gegen die gesplitterten Planken, und obwohl die Männer an den Pumpen unablässig arbeiteten, suchte sich immer mehr Wasser den Weg in die tieferen Ebenen des Schiffs.

»Beaufsichtigen Sie die Arbeit der Zimmerleute, Mr Morse, und melden Sie mir jede Veränderung. Schicken Sie ein paar Männer nach unten und lenzen Sie auch dort. Wir legen das Schiff über den Bug. Vielleicht kriegen wir die Lady weit genug aus dem Wasser, um das Leck über der Wasseroberfläche zu haben.« Die Fairbanks segelte auf der Steuerbordseite. Skye beeilte sich, wieder an Deck zu kommen, und gab Jason seine Befehle. Der erste Offizier warf das Ruder herum, die Matrosen enterten auf und setzten die Segel um, sodass sich die Fairbanks wenige Minuten später aus dem Wasser hob, sich über den Bug auf die andere Seite legte und auf der Backbordseite weitersegelte. Skye und Jason beugten sich über die Reling, um nach der beschädigten Stelle zu sehen. Das Leck kam tatsächlich knapp aus dem Wasser und wurde nur noch ab und zu überspült.

»Sieht aus, als hätten wir Glück gehabt. Auf diese Weise drückt das Wasser nicht mehr dauerhaft rein.« Jason brachte es auf den Punkt.

»Ja. Den Rest sollten wir mit den Pumpen schaffen.«

Der zweite Leutnant trat auf Skye zu und machte Meldung.

»Das hat geholfen, Sir«, meinte er. »Das Leck liegt jetzt oberhalb der Wasserlinie und wir können es besser reparieren. Aber wenn wir wieder über den Bug müssen, ...« Er druckste herum.

»Klar. Die notdürftig geflickte Stelle wird nicht ewig halten.

Sehen Sie zu, wie weit sie mit der Reparatur unter diesen Umständen kommen, und melden Sie mir jede Verschlechterung der Situation.«

»Aye, Sir.«

Skye eilte zurück zum Steuermann. *Die Gefahr ist noch lange nicht gebannt. Und tief unter uns lauert noch immer dieses Wesen, das uns das Schiff schon halb zertrümmert hat.*

»Mr Bonney, halten Sie diesen Kurs und lassen Sie die Fairbanks hart auf der Backbordseite segeln, solang der Wind es zulässt.«

»Sir?«

»Was gibt es noch, Mr Bonney?«

Sein Freund rollte die Augen in Richtung Mannschaft. »Was ist mit dem Giganto? Ist er weg?«

Ach ja. Skye nickte Jason ein kurzes »Verstanden« zu und enterte eine kleine Plattform auf dem Achterdeck. Mit stoischer Ruhe trat Jason an seine Seite, sein unerschütterliches Vertrauen in die Befehle des Captains übertrugen sich auf die Mannschaft. Flüsternd wendeten sich die Männer ihrem Kapitän zu und kamen näher heran.

Skye blickte durch sein Fernglas hinaus auf das Meer, steuerbord voraus. Die Silberrücken waren noch immer um das Schiff, doch die Fairbanks segelte ruhig und zügig, das Wetter war gut und der Wind stetig. *Jetzt muss ich erst mal improvisieren.*

»Männer der Fairbanks!« Alle hingen inzwischen gebannt an seinen Lippen. »Durch den Giganto droht uns keine Gefahr mehr. Ich denke, er hat unser Schiff lediglich verwechselt. Dieses Springen aus dem Wasser ist ein ganz normales Verhalten beim Zusammentreffen mit seinen Artgenossen. Leider hat uns sein sanftes Liebeswerben«, der eine oder andere Seemann kicherte nun sogar, »ein Leck mittschiffs verpasst. Doch wenn wir auf diesem Kurs bleiben, ist unser Schiff nicht in Gefahr. Damit das auch so bleibt und wir die Fairbanks schnell repariert bekommen, werde ich jetzt einen neuen Kurs berechnen. Wir werden so schnell wie möglich an Land gehen und den Schaden in aller Ruhe beheben.«

»Und das Lachen der Frau? Was war das? Wo ist sie?« Ein

bärbeißiger alter Seemann mit gezwirbelten Bartspitzen trat grimmig hervor und baute sich breitbeinig vor dem Captain auf.

»Warum ist eine Frau an Bord?«

Mit einem breiten Grinsen trat Skye auf den Mann zu. Wheatly war groß und stämmig, doch Skye überragte ihn noch um einen halben Kopf. Sicher wie ein Fels in der Brandung antwortete er:»Mr Wheatly, ich weiß nicht, was Sie gehört haben. Ich jedenfalls habe keine Frau lachen hören. Und ich schätze, WENN ich eine Frau in der Nähe meiner Koje hätte, dann würde ich das wissen. Meinen Sie nicht auch?«

Wheatly kniff die Augen zusammen und beließ es bei einem gemurmelten»Aye, Sir!«, während ein paar andere Männer laut lachten. Skye setzte noch eines drauf.

»Unsere Nerven haben uns einen Streich gespielt. Es war der Wind in der Takelage und das Klappern der Taljen. Mr Bonney wird mit mir die Decks achtern überprüfen. Nicht, dass uns doch noch eine Meerjungfrau durch die Lappen geht.«

Jetzt setzte ein Lachen der Erleichterung bei vielen Männern ein.

»Und ihr anderen auf Deck: Beobachtet das Meer. Vielleicht lässt sich der Giganto noch einmal sehen, bevor er wieder in der Tiefe verschwindet. Soviel ich weiß, hat noch nie jemand von uns so ein Tier zu sehen bekommen. Genießt den Anblick, denn ihr werdet noch euren Enkeln davon erzählen. Und hier noch eine kleine Out-Time-Ansage: Ich schätze, für diese außergewöhnliche Begegnung bekommt jeder von uns ein paar Premiumpunkte!« Die Männer johlten. Skye hatte erreicht, was er wollte. Erleichtert befahl er:»Mr Bonney, gehen wir an die Arbeit. Begleiten Sie mich unter Deck.«

Jason sog hörbar die Luft ein, als er hinter Skye dessen Kajüte betrat. Der Anblick war noch immer derselbe. Das Mädchen lehnte an der aufgerissenen Stückpforte und hielt Händchen mit einer schwarz-bläulichen Tentakel.

»Teufel noch eins!«, fluchte Skyes Freund und seine unerschütterliche Ruhe war erst einmal dahin.

»Jason, darf ich vorstellen: ein weiblicher Giganto. Miss: Das ist Jason Bonney, mein erster Offizier.«

»Juniya.«

»Wie bitte?« Skye starrte sie entgeistert an. *Sie lächelt!*

»Mein Name ist Juniya. Ihr Name ist etwas kompliziert für menschliche Ohren. Er klingt wie »Mimoorii« und sie dankt dafür, dass ihr sie nicht mehr bedroht.«

Skye nickte, ganz versunken in ihren Anblick. *Juniya heißt sie also.* Das Mädchen lag neben der Stückpforte, das Spritzwasser hatte sein weißes Hemd, das sie als Nachthemd trug, völlig durchnässt. Es war fast durchsichtig und ließ ihre goldfarbene Haut hindurchschimmern. Und ihre weiblichen Konturen. Sie war wunderschön.«

Beim zweiten, heiseren »Teufel noch eins!« seines Freundes Jason kam Skye wieder zu Besinnung. Ein eifersüchtiger Stich durchfuhr ihm, als ihm bewusst wurde, dass Jason das Gleiche sah wie er. Er nahm seine Decke aus der Hängematte und legte sie ihr vorsichtig um. Dabei ertappte er sich, wie seine Augen ihren Körper abtasteten, den er in den letzten Tagen doch täglich vor sich gesehen hatte. *Aber auf eine andere Art. Auch ihr Gesicht hat sich schon erholt. Sie ist wunderschön,* wiederholte sein Gehirn in einer Endlosschleife. Er riss sich von ihrem Anblick los, wohl wissend, dass sie ihn durch das offene, silbrig glitzernde Auge die ganze Zeit stumm musterte.

Er beugte sich durch das Loch in der Bordwand und versuchte, einen Blick auf den Giganto zu erhaschen. Eine zweite Tentakel kam blitzschnell aus der Tiefe und wand sich um seinen Oberkörper. Jason sprang hinzu.

»Halt, stillhalten! Wehre dich nicht! Sie will nur Kontakt aufnehmen. Sie wird niemandem etwas tun!«

Skye sah fassungslos zu, wie ihn die Tentakel, die sich keinesfalls so glitschig anfühlte, wie sie aussah, mit ihm befasste. Das Ende tastete ihn ab, vorsichtig wie eine Kinderhand. *Der Rest könnte mich wahrscheinlich ohne Weiteres zerquetschen. Oder in die Tiefe ziehen.*

Das Mädchen hielt die Augen geschlossen.

»Was geschieht da gerade? Skye, wie geht es dir?« Der sonst so ruhige Jason hörte sich einigermaßen panisch an.

Auch Skye war alles andere als wohl. Gepresst antwortete er: »Alles okay, Jason. Das Wesen tastet mich nur ab. Noch.«

Juniyas Stimme hingegen klang ruhig und sicher, als wäre diese eigenartige Zwiesprache mit dem Monster aus der Tiefe ein völlig normaler Vorgang. »Sie hat bisher nur tote Menschen gesehen. Ertrunkene. Du, Captain Skye, bist der erste Mann, den sie kennenlernt. Was fühlst du? Schließ die Augen, bitte! Was fühlst du?«

Skye versuchte es. *Ich kann mir nicht helfen, ich vertraue ihr.* Als sich seine Lider schlossen, veränderte sich seine Welt. Skye war es, als tauchte er Tausende Fuß unter die Meeresoberfläche. Das Wasser schimmerte tiefblau und friedlich, es hüllte ihn ein, er spürte und schmeckte es und konnte doch atmen. Skye schwebte schwerelos und schwamm zwischen farbenfrohen Wesen aus anderen Zeiten und anderen Welten. Unendlich formenreiche Unterwassergebirge und verästelte Wälder aus Algen bauten sich in einer so gewaltigen Schönheit vor seinem inneren Auge auf, die er sich niemals hätte ausmalen können. Er schnappte überwältigt nach Luft.

»Sie zeigt mir ihre Welt!«

»Ja«, flüsterte das Mädchen. »Das tut sie. Und jetzt revanchiere dich. Zeig ihr deine Welt. Zeig ihr, wer du bist.«

***

»Skye, Junge, wach auf!«

Von weit her hörte Skye Jasons besorgte Stimme. Immer wieder klatschte etwas in sein Gesicht, bis er endlich mühsam die Augen öffnete.

»Was ist los?« Noch etwas benommen schüttelte er den Kopf. »Ich hab was Fantastisches geträumt.« Er blinzelte, fand sich auf dem Boden seiner Kajüte und sein Blick fiel auf das Loch in der Wand. Die schwarze Tentakel war verschwunden, dafür hielt das Mädchen seine Hand. *Juniya. Ihr Name ist Juniya.* Skye war mit einem Schlag wieder hellwach und setzte sich auf.

»Skye, bist du in Ordnung? Ich dachte, dieses Ding zerquetscht dich, als du auf einmal umgekippt bist.«

»Ich hab nicht geträumt!«

Jason sah wirklich besorgt aus. *Sie nicht. Sie weiß genau, was geschehen ist.* Skyes Augen hielten ihr eines, silberfarbenes, fest. *Wer bist du? WAS bist du?*

»Verdammt, Skye, wir brauchen einen Plan.« Jasons Stimme holte ihn endgültig in die Realität zurück. »Niemand darf Juniya hier sehen, dabei sollten wir bleiben. Dieser Giganto hat sich anscheinend zurückgezogen. Aber wir haben immer noch das Leck mittschiffs. Und das hier!« Skyes Freund wies auf das Loch in Skyes Kajüte. Jason hatte vollkommen recht mit dem, was er sagte.

»Wie lang war ich weggetreten?« Noch etwas benommen schüttelte Skye den Kopf, dann ließ er sich von Jason aufhelfen. »Nur ein, zwei Minuten. Wir müssen rauf, die Mannschaft muss dich sehen. Von dem Leck hier werden sie vielleicht nichts mitkriegen, das Achterdeck hängt ja ein Stück über deiner Kajüte und sie liegt weit genug über der Wasserlinie, dass kein Wasser eindringen kann. Aber was passiert mit dem Giganto?«

»Sie schwimmt schon fort. Sie wird zukünftig Abstand von den Schiffen halten und sie nicht mehr mit Artgenossen verwechseln.« Juniyas Stimme klang ruhig, fast unbeteiligt. Nun hatte sie Jason im Blick. »Ich werde mich ganz still verhalten«, versprach sie ihm. »Bitte verrate mich nicht.«

»Jason wusste von Anfang an, dass du an Bord bist.« Skye überrollte ein starkes Bedürfnis, sie vor Jason und dem Rest der Welt zu beschützen, sie in Sicherheit zu wissen. Er wollte, dass sie wusste, wem sie vertrauen konnte. *Ich will, dass sie mir vertraut.* Mit Erstaunen registrierte er, dass sein Herz bei diesem Gedanken schneller schlug. »Nur Jason, der Doktor und Mr Small wissen, dass du hier bist, sonst niemand. Auf alle drei kann ich mich verlassen. Ein paar der Männer haben vorhin dein Lachen gehört. Ich habe sie angelogen und behauptet, wir hätten keine Frau an Bord. Doch ewig können wir nicht verheimlichen, dass du hier bist.« Er stand auf und half ihr ebenfalls auf die Beine. Als sie etwas wackelig zur Schlafkoje wankte, stützte er sie. Sie zitterte vor Kälte, durchnässt, wie sie war. Skye ärgerte sich über Jasons neugierigen Blick. Der meldete sich prompt zu Wort.

»Damit keiner was merkt, müssen wir so weitermachen wie bisher und Skye wohnt weiterhin offiziell hier in seiner Kajüte.

Sie kann ohnehin nirgends hin«, sprach er in Juniyas Richtung. »Ich werde mit Mr Small unauffällig ein bisschen Werkzeug und Ölzeug herschaffen, damit wir das Loch provisorisch verschließen. Aber Skye, wir haben mit dem Mittschiffsleck ein größeres Problem.«

Skye nickte. Er holte eine der Seekarten aus dem Regal und breitete sie auf dem Tisch aus. »Wir müssen einen neuen Kurs anlegen. Lass uns überlegen, welchen Hafen wir anlaufen, um unser Leck zu reparieren. Dort muss Juniya von Bord.«

Skye bemerkte nicht, wie sich Juniyas eines, unverletztes Auge vor Schreck weitete.

Ethleticon - Ambiela

»Du weißt, dass Sylvius ein Telepath ist?«

Ambiela, eine schwarzhaarige Schönheit aus der den Menschen unbekannten Welt der Thon-Rhe, trat aus einem abgeschirmten Nebenraum, von dem aus sie das Spielfeld und die Spieler beobachten konnte, ohne selbst gesehen zu werden. Ihr Vater, Ambion, erwartete sie im Saal des großen Spiels. Sylvius Beard war bereits gegangen. Der Mensch hatte sie nicht bemerkt. Eigentlich war Ambielas Frage rein rhetorisch. Sie stellte nichts von dem, was ihr Vater Ambion tat oder sagte, infrage. Zum ersten Mal hatte Ambion seiner Tochter gestattet, ihn in eine Welt der Menschen zu begleiten. Ambiela war neugierig auf jede Kleinigkeit, die Abwechslung vom eintönigen Leben auf dem Planeten der Thon-Rhe versprach. Und dieser Ausflug war alles andere als langweilig. Sie hörte ihren Vater lachen.

»Deshalb habe ich ihn ja ausgewählt. Unter anderem. Seine telepathischen Fähigkeiten sind für einen von uns unterdurchschnittlich. Für einen Menschen sind sie jedoch ganz beachtlich. Und er weiß sich zu tarnen.«

»Warum tut er das? Warum darf niemand wissen, dass er Telepath ist?« Interessiert musterte sie das Spielfeld.

»Bei den Menschen hat seit der Rebellion vor ungefähr fünfzehn Jahren die Telepathie keinen bedeutsamen Stellenwert mehr. Diese Dummköpfe haben Gesetze geschaffen, um Telepathen in ihrer Macht zu begrenzen. Sylvius ist ehrgeizig. Er will

Macht. Doch als Telepath sind ihm hohe Ämter verwehrt. Er hat seine Fähigkeit vor seiner eigenen Rasse gut verborgen. Sonst hätten sie ihn niemals in das Amt gewählt, das er jetzt bekleidet.«

Ein kaltes Lächeln überzog Ambielas Gesicht.

»Wie rückständig diese Spezies Mensch doch ist. Aber für uns nicht unpraktisch. Du hast diesen Sylvius quasi in der Hand.«

»Genau, werte Tochter. Sylvius ist in der menschlichen Föderation sehr einflussreich. Eines Tages könnte uns das Wissen um seine telepathischen Fähigkeiten auch außerhalb dieses kleinen Spiels nützlich sein. Ich bin sogar ganz sicher, dass es das sein wird.«

Ihr Vater war hinter Ambiela getreten.

»Aber nun zu dir. Ich habe dich hergebeten, um dir ein wenig Zerstreuung zu bieten. Was hältst du davon, in das Spiel einzusteigen?«

Ambielas nachtschwarze Augen blitzten auf.

»Du errätst wie immer meine Gedanken, ehrenwerter Vater«, antwortete sie. »Ich langweile mich zu Hause. Es ist fantastisch, mal eine Weile von dort fort zu sein.«

Ambion nahm sie sanft bei den Schultern. Seine Tochter war fast so groß gewachsen wie er. Gertenschlank und kerzengerade stand sie vor ihm. Dann verstärkte er den Druck auf ihre Schultern

»Ich weiß, was du zu Hause anstellst, werte Tochter. Du musst vorsichtiger sein damit. Glaub mir, die Zeit für das, was du suchst, ist auf unserem Planeten noch nicht gekommen.«

Sie nickte. »Ich weiß. Ich bin dir dankbar, dass du mir hier etwas Abwechslung verschaffst. Aber Vater?«

Sie wusste, ihr Augenaufschlag wirkte sogar auf ihren Vater unwiderstehlich. Meistens jedenfalls.

»Ja?«

»Ich würde gern richtig spielen.«

»Wie meinst du das?«

»Nicht nur hier am Tisch. Nicht nur im Gespräch mit diesen anderen Männern. Ich will dort sein, wo sie sind. Ich will lernen, wer sie sind und was sie tun. Ich will wirklich spielen. Mit ihnen.«

Mit einer Handbewegung über dem Spielfeld ließ Ambion den Inselkontinent der Ichtyos auf der Projektionsfläche entstehen.

»Genau das habe ich erwartet, werte Tochter.«

So, wie die Lichter auf dem Spielfeld aufflackerten, schlug Ambielas Herz schneller vor Aufregung. Doch sie beherrschte sich. *Vater hasst es, wenn ich die Beherrschung verliere.* Das war nicht nach der Art der Thon-Rhe. Sie musste abwarten, was ihr Vater beschlossen hatte.

Ambion drehte sich wieder zu seiner Tochter um.

»Ich werde es arrangieren. Schon sehr bald wirst du in dieses Spiel integriert. Doch damit du gewappnet bist, musst du vorher einiges über diese Menschen wissen. Und wir werden dich so verändern, dass sie glauben, du wärst eine von ihnen.«

Mit einem triumphierenden Lächeln trat Ambiela an das Spielfeld. »Ich gehorche und lerne, ehrenwerter Vater.«

Skye

Skye musste endlich zu einer Entscheidung kommen. Was sollte mit Juniya geschehen? Er hatte sich immer für einen wenig temperamentvollen, vernunftbegabten Menschen gehalten. Doch die letzten gemeinsamen Tage in der notdürftig geflickten Kajüte waren die bislang seltsamsten in Skyes Leben und seine Gefühle spielten ihm üble Streiche. Er, dessen Pflichtbewusstsein ihn schon öfter fast das Leben gekostet hatte, war drauf und dran, für Juniya alle Regeln, die er bisher so streng eingehalten hatte und die seinem gesamten Leben nach den Vorfällen der letzten Jahre wieder Halt gegeben hatten, fast bedenkenlos über Bord zu werfen. Aber eben nur fast. Jeden Tag und jede Nacht quälte er sich mit Gedanken an die Zukunft, die er doch so erfolgreich eine Weile zu verdrängen vermocht hatte.

Skye, der niemals wieder einen anderen Menschen - und schon gar keine Frau - an sich heranlassen wollte, hatte sich an Juniyas Anwesenheit gewöhnt, ja, er freute sich jedes Mal mehr, sie zu sehen, wenn er vom Dienst zurückkam. Die Enge der Kajüte war plötzlich keine Belastung mehr, sondern wich einer eigenartigen Vertrautheit. Sein Herz schlug schneller, wenn sie mit ihm sprach, es zuließ, dass er ihre Wunden pflegte, ihm dankbar zublinzelte, wenn er ihr beim Essen half und sie auch jetzt noch manchmal vorsichtig fütterte, obwohl sie sich schon einigermaßen selbst helfen konnte. Einmal hatte sie dabei ihre Hand gehoben und seine Verwundung berührt, doch sie schnell wieder zurückgezogen, weil er zusammengezuckt war und sich abgewendet hatte.

Er traute sich nicht sie zu fragen, ob sie ihn abstoßend fand. Das setzte er voraus, und als er sich dessen bewusst wurde, was eines nicht allzu fernen Tages mit ihm geschehen würde, wurde sein Herz schwer.

Wenn Juniya noch wach war, las er ihr nachts ab und zu aus seinen Lieblingsbüchern vor. Er hatte das Gefühl, dass sie das sehr mochte. Aber sie war wieder in ihr Schweigen verfallen, sie redete nur das Notwendigste, verriet ihm nichts weiter über ihre Herkunft, beantwortete keine seiner Fragen. Es blieb bei ihrem Namen.

Juniya - wie wunderschön. Skye schalt sich einen Narren, weil er anfing zu träumen. Dummerweise ging es ihr gesundheitlich nicht besser, sondern ihr Zustand verschlechterte sich. Sie schlief viel, ihre Wunden am Rücken wollten im feuchten Klima des Schiffs nicht recht heilen und dann fing sie auch noch an zu fiebern. *Kein Wunder. Sie hat sich auch noch ordentlich erkältet.*

Sorgfältig und mit einem wehmütigen Lächeln deckte Skye sie gerade zu, nachdem er dafür gesorgt hatte, dass sie etwas von der Suppe gegessen hatte, die Mr Small aus der Kombüse gebracht hatte. *Morgen erreichen wir Belilla Bay. Was wird nun aus ihr? Soll ich sie wirklich dort lassen? Sie wird mir fehlen,* gestand er sich ein. Skye dachte, sie schliefe schon. Er konnte seine Augen nicht von ihr wenden. Wenn sie so still dalag, erkannte er ihre Schönheit immer deutlicher. Das Gesicht wäre noch eine Weile grün und blau, meinte der Doktor, aber Narben würden nicht zurückbleiben. *Und irgendwann wird sich auch ihr zweites Auge wieder öffnen.* Anders sah es bei ihrem Rücken aus. Ob die blutigen Striemen jemals gut verheilten, stand in den Sternen. *Ich müsste dich zur Basisstation bringen, um das mit den modernen Methoden zu heilen. Oder dich beim Admiral abliefern. Doch was wird dann aus dir, du seltsames, ungechiptes wesen?* Seit Tagen überlegte Skye hin und her. War ihr Rücken es wert, dass er seine gesamte Mission auf den Kopf stellte und einen Rausschmiss riskierte? Mit dem Manöver, das er gerade vorhatte, war Skye ohnehin drauf und dran, eine saftige Rechnung präsentiert zu bekommen, die mindestens in einer Degradierung bestand, wenn nicht sogar aus etwas Schlimmerem. Doch Skye wollte nicht fort von diesem Planeten. Es gab keinen Ort, zu dem es ihn zog, und schon gar keinen Menschen. Sein Schicksal war vorgezeichnet, und solang es ging, würde er hier auf dem Wasser leben wollen. *Ich will, dass du in Sicherheit bist,* dachte er wehmütig. *Aber hier auf dem Schiff kann ich dich nicht behalten.*

Das Mädchen fieberte und murmelte in einer Sprache, die Skye nicht kannte. Auf diesem Schiff hatte er keine Möglichkeit, ihre Stimme aufzuzeichnen, um den Sprachfetzen irgendwann später in der Zentrale mit den interplanetarischen Datenbanken abzugleichen. Skye war weit herumgekommen, bevor er sich diesem Planspiel anschloss, doch eine Sprache wie in Juniyas Albträumen hatte er noch nirgends gehört. Er streichelte sanft ihren Arm, sie beruhigte sich und schlief friedlich weiter.

Skye erlaubte es sich, weiter seinen Gedanken nachzuhängen. Die Begegnung mit dem Giganto, ihr Wesen und diese Sprache verleiteten ihn schließlich dazu, keinen der wenigen erlaubten Notrufe an den Admiral abzusetzen, um sie vom Flaggschiff abholen zu lassen. Und noch etwas hielt ihn davon ab. *Sie konnte mit dem Giganto kommunizieren. Ich bin mir nicht sicher, aber sie könnte eine echte Telepathin sein.* Wäre das der Fall ... Skye wollte diesen Gedanken lieber nicht zu Ende denken. Die Möglichkeit bestand. Und dann war Juniya auf diesem Planeten in echten Schwierigkeiten.

Ich will sie nicht den Befehlshabern der Basis überlassen, wenn ich nicht mitgehen und auf sie aufpassen kann. Ich weiß zu wenig über sie. Und sie hat keinen Ton darüber verlauten lassen, wie sie dem Roten Vadim in die Hände gefallen ist und was er von ihr wollte. Solang Skye diese Dinge nicht wusste, wollte er Juniya lieber an einem friedlichen Ort auf dieser Inselwelt gut aufgehoben wissen. Dann eben mit ein paar Narben auf dem Rücken, das tat ihrer Schönheit keinen Abbruch. Nur eines wusste er genau. Er wollte sie auf keinen Fall ganz aus den Augen verlieren. Denn ihre Gegenwart brachte eine Saite in ihm zum Klingen, die er verloren glaubte. Eine, von der er seit der letzten Begegnung mit Clodia nichts mehr wissen wollte. Dieses goldfarbene Wesen hatte Skyes Sehnsucht geweckt. Ein schmerzhafter Stich in seinem Herzen erinnerte ihn an das Unabänderliche. *Obwohl es sinnlos ist, an eine Zukunft zu denken. Wenn du wenigstens mit mir reden würdest ...* Nun endlich gab er sich einen Ruck und traf die längst notwendige Entscheidung. Verzweifelt fragte er sich, ob er gerade das Richtige tat. *Ich hoffe nur, es ist für dich so in Ordnung.*

Bei Sonnenaufgang würde die Insel Blue Island in Sicht kommen. Auf der Insel gab es zwei geeignete Häfen mit Handwerkern, die die Fairbanks hoffentlich wieder instand setzen konnten. Belilla Bay war ein quirliges, kleines Städtchen in einer romantischen Bucht, der kleine Hafen von Lamessa lag etwas näher. Den Ausschlag, Belilla Bay als Ziel zu wählen, gab Dr. Kingsley. Der kleine, alte Arzt schnippte mit seinen knochigen Fingern, als Skye mit Jason die Möglichkeiten durchging, wohin sie die Fairbanks segeln sollten, um die Reparaturen vorzunehmen.

»Ich kenne jemanden in Belilla Bay. Sie ist perfekt! Dorthin können wir das Mädchen bringen. Und es wird keine Nachfragen geben.«

Der Vorschlag des Doktors war vernünftig. Juniya musste von Bord, und zwar so schnell wie möglich. Sie sollte halbwegs sicher sein, dort, wo sie sich aufhielt - denn Skye würde wochen- oder sogar monatelang keine Möglichkeit haben, sie wiederzusehen. Noch immer stand er vor dem schlafenden Mädchen, hing seinen Gedanken nach und überprüfte noch einmal im Geiste, ob sein Plan wohl aufgehen könnte.

Die Logbucheinträge der letzten Tage klangen abenteuerlich genug und würden ihm höchstwahrscheinlich eine Menge unangenehme Fragen einbringen, auch wenn der alte Admiral bisher immer einigermaßen wohlwollend mit ihm umgegangen war. Das Loch in der hinteren Bordwand hatte Skye damit begründet, dass sich im Sturm eines der Taue gelockert hatte, mit dem die schwere Kanone festgezurrt war. Das tonnenschwere Kriegsgerät hatte sich losgerissen und war ins Rollen gekommen. Beim schweren Seegang mitten im Sturm hatte die Kanone dann die Bordwand durchschlagen. Das musste als Begründung für das Fehlen der Waffe reichen.

Auch das Auftauchen des Gigantos hatte Skye beschrieben, sowie einige Details, die ihm an dem riesigen Tier aufgefallen waren. *Das wird uns ein paar gute Forschungspunkte einbringen.* Die Crew hatte die Story, dass der Giganto die Fairbanks nur als Spielgefährten angesehen hatte und sich dann wieder trollte, ohne das Schiff in Gefahr zu bringen, ohne nachzufragen geschluckt. Die Männer hatten sogar gejubelt, als das gigantische Tier in sicherer Entfernung vom Schiff noch zweimal aus dem Wasser geschnellt war und sich mit einer gewaltigen Fontäne auf die Wasseroberfläche hatte zurückfallen lassen. Die Fluke schien ihnen vor dem letzten Abtauchen zuzuwinken, dann war der Giganto in der Tiefe des Ozeans verschwunden und mit ihm die Millionen der silbernen Fische, die ihn begleiteten.

Skye hatte sich mit seinem Kontrakt der Flotte verpflichtet und musste seine Orders erfüllen. Jede unbegründete Abweichung konnte vor dem Flottengericht landen und nicht nur seine Karriere mit einem Schlag beenden, sondern ihm sogar Strafmaßnahmen einbringen. Die im Wesentlichen darin bestanden, dass der schöne Batzen Geld, den er sich in seiner Rolle bisher erarbeitet hatte, deutlich zusammenschrumpfte. Wobei ihm das Geld völlig egal war, er würde sowieso nichts mehr damit anfangen können. Skye entfuhr ein leiser Seufzer. Anfangs war er dem Planspiel und seiner Rolle darin sehr kritisch gegenübergestanden. Doch Admiral Parker selbst war es gewesen, der ihn schließlich überzeugt hatte. Es war immerhin eine Alternative zu seinem bisherigen Leben und nicht die schlechteste.

Die Mitarbeit an der Basis dieser künstlichen Welt und vor allem das Segeln dieses fantastischen Schiffs lenkte Skyes Gedanken vom eigenen Schicksal ab und er schaffte es im Laufe der Monate, Frieden mit sich selbst zu machen, indem er sich auf diese neue Aufgabe konzentrierte und sich ihr voll und ganz verschrieb. Seine Zeit auf diesem Planeten war vorgezeichnet, und das war für Skye mittlerweile absolut in Ordnung. Die Flottenkapitäne wie er kartografierten die Inseln und Untiefen, sie sorgten dafür, dass die Ichtyos davon überzeugt waren, dass sie als Naturvolk im Falle einer kriegerischen Auseinandersetzung hoffnungslos unterlegen wären und sie sicherten die Aktionen der Händler ab. Und das mit einer Crew von Männern, von denen viele auch nichts mehr zu verlieren hatten und sich von diesem Planspiel ein neues, unbelastetes Leben versprachen. Im Grunde war das hier ein leichter Job, denn bei den Ichtyos dachte niemand an einen Aufstand. Sah man mal davon ab, dass sie sich quasi in einer anderen Zeit bewegten und keinerlei Annehmlichkeiten ihrer modernen Welt nutzen konnten. So friedlich hatte es bisher jedenfalls ausgesehen. Skye beobachtete erst in den letzten Wochen neue Schwierigkeiten, weil sich die wachsende Gruppe der Händler von den Flottenkapitänen nichts mehr sagen lassen wollten und mehr und mehr auf eigene Faust handelten.

Besonders, seit dieser »Rote Vadim« sich zum Kopf der Händler ausgerufen hatte. *Aber es wäre sonst auch zu einfach.* Bisher war Skye sehr zufrieden gewesen mit seiner Situation. Er hatte den bunten Haufen Männer, die er als Crew auf sein Schiff bekommen hatte, zu einer seetüchtigen Mannschaft gemacht und gut im Griff. Und sein eigenes Schicksal auch. Niemals zuvor war es ihm in den Sinn gekommen, seinen Planspielkontrakt vorzeitig aufzulösen. Er wüsste ja gar nicht, wo er hinsollte. Skye würde hier seinen Dienst tun. Bis zum Ende, und dass dieses kommen würde, daran war nicht zu rütteln. Da war kein Platz für romantische Gedanken, die sich beim Anblick des Mädchens in sein Gehirn schlichen. Es war Zeit für einen Abschied, besser jetzt als später. *Und was, wenn sie bliebe?* Er ertappte sich dabei, darüber nachzudenken, auf einem kleineren Schiff zu segeln. Mit einer anderen Crew. Mit ihr. *Doch das ist ja blanker Unsinn.* Er kam zurück auf das eigentliche Problem. *Wenn ich nur wüsste, ob du hierher gehörst oder nicht?* Wenn ja, konnte ihm das unter Umständen einige Bonuspunkte bringen. Skye hatte Juniya außer Gefahr gebracht. Der Ton auf See war rau und die Männer gingen nicht zimperlich miteinander um, aber es gab Grenzen. Unter den Matrosen und auch unter dem bunten Händlervolk waren Schlägereien keine Seltenheit, das war kein Problem. Aber Vergewaltigung und vielleicht sogar versuchter Mord, oder zumindest ein versuchter Totschlag gehörte vor das Gericht. *Und wenn Juniya keinen Planspielkontrakt hat, würde ich zu gern wissen, wie sie auf diesen Planeten gekommen ist. Aber wenn sie tatsächlich eine begabte Telepathin ist, dann stecken wir alle in der Klemme ...*

Alles in ihm wehrte sich dagegen, sie ganz einfach beim Admiral abzuliefern und sie seinem Urteil zu überlassen. Skye wollte einfach nicht mehr darüber nachdenken. Vielmehr hatte er das Bedürfnis, ihre mittlerweile grünblaue Wange zu streicheln und tat das unendlich vorsichtig. *Das, was ich jetzt tun muss, tut mir leid, Kleines.* Als er sich umdrehen wollte, fasste sie plötzlich nach seiner Hand.

Eine angenehme Wärme breitete sich in Skye aus.

»Hey, du solltest schlafen«, sagte er sanft. »Wie geht es dir?«

Einmal mehr antwortete sie nicht auf seine Frage. Stattdessen sagte sie nur ein Wort.

»Danke.«

Es zog gewaltig in Skyes Eingeweiden und er fühlte sich richtig mies, als er ihr jetzt aufhalf und ihr mit dem Tee das Schlafmittel einflößte, das der Doktor ihm extra für heute Abend zusammengemixt hatte. Denn Juniya hatte keine Ahnung, dass ihre Wege sich morgen früh trennen würden.

Juniya

Schwere Träume quälten Juniya immer wieder. Erinnerungsfetzen an ihre Qualen bei der Ankunft auf diesem Planeten wechselten sich ab mit Sequenzen der Stille und Kontemplation in der Akademie der Thon-Rhe, die sie besucht hatte, bevor sie aus deren Gemeinschaft ausgestoßen worden war. Immer wieder kamen fremde Gestalten zu ihr, berührten sie. Juniya wollte sich wehren, sie nahm nur undeutlich wahr, dass es sich nicht um Skye oder den Doktor handelte. Sie fühlte sich unendlich schwach. Ein paar Wortfetzen drangen an ihr Bewusstsein, doch meistens waren es nur seltsame Geräusche. Und immer, wenn sie sich bemühte wach zu werden, nahm sie einen unbekannten Geruch wahr und versank in tiefem Schlaf.

Irgendwann war es so weit. Juniya erwachte in einem sauberen, weiß bezogenen und duftenden Bett. *Es war alles nur ein Albtraum, ich bin wieder zu Hause!* Eine heiße Freude durchfuhr sie und wurde sofort durch einen unangenehmen Schmerz am Rücken zunichtegemacht. Sie fühlte sich benommen, noch immer nicht hellwach. *Wo bin ich? Alles hat sich verändert.* Angestrengt dachte sie nach. Starke Kopfschmerzen machten ihr die Erinnerung schwer. *Wo ist Skye?* Juniya wendete den Kopf und sah sich um. Der kleine, saubere Raum war fast leer. Ein einfacher Holzstuhl, ein Tisch. Vor einem winzigen Fenster wehte ein luftiger Vorhang im Luftzug. *Die Sonne scheint. Ich höre Vogelgezwitscher.* Das war ein Geräusch, das Juniya schon lange nicht mehr bewusst wahrgenommen hatte. Und noch etwas Wichtiges fiel ihr auf. Der Boden schwankte nicht mehr. *Ich bin nicht mehr auf dem Schiff!* Sie wollte aufstehen und richtete sich auf. Ein stechender Schmerz bohrte sich in ihren Kopf und ein Schwindelanfall nötigte sie, sich wieder hinzulegen. *Wo ist er?* Für einen Moment war Juniya so verzweifelt, dass sie am liebsten nach Skye gerufen hätte. *Warum ist er nicht hier bei mir? Wohin hat er mich gebracht?* Sie zwang sich, ruhig zu atmen. *Ganz ruhig. Es wird alles einen Grund haben. Er hat mein Leben gerettet und sich um mich gekümmert. Er wird das Richtige tun.* Erneut unternahm sie einen Versuch, aufzustehen. Diesmal war sie vorsichtiger. Das Bett knarrte, als sie ihre Beine nach draußen schwang. Da hörte sie vor der Tür das Lachen einer Frau. Schwungvoll wurde die Tür geöffnet.

»Guten Morgen, Herzchen! Endlich bist du wach! Na, wie geht es dir?«

Die Frau war groß und kräftig. Ihre grau-silbrige Hautfarbe bildete eine schöne Harmonie zu dem grünen Kleid aus fließendem Stoff, das sie trug. Schwarzes, schweres Haar, durchsetzt mit silbrigen Strähnen war kunstvoll auf ihrem Kopf festgesteckt. Die breiten Lippen öffneten sich zu einem strahlenden Lächeln. Ihre braunen Augen standen weit auseinander und blitzten ungewöhnlich rund aus dem hübschen, ebenmäßigen Gesicht.

»Ich bin Manateka. Und ich werde dich wieder aufpäppeln, damit du bald wieder so hübsch bist wie vor deiner Begegnung mit der Peitsche. Und jetzt komm!«

Schwungvoll streckte sie Juniya beide Hände entgegen.

Ich glaube, ich bin sehr unhöflich. Juniya war von der Herzlichkeit völlig überfahren. Sie hatte in ihrem Leben noch niemanden kennengelernt, der eine solche freundliche Wärme ausstrahlte. Die Thon-Rhe waren friedlich und über alle Maßen höflich. Jedoch auch immer distinguiert und zurückhaltend. Offenes Lachen oder das Zeigen von Gefühlen war ihnen fremd und ziemte sich höchstens innerhalb der Familie. Herzlichkeit unter Fremden gab es nicht. Juniya war das immer sehr angenehm gewesen. Sie hatte gelernt, ihre Gefühle zu verbergen. Gefühle machten verletzlich. Das hatte sie schon als kleines Mädchen lernen müssen und diese Erkenntnis zog sich durch ihr ganzes bisheriges Leben.

In der gefühlsmäßig kühlen Umgebung bei den Thon-Rhe

hatte sich Juniya geborgen gefühlt. Alles hatte seine Ordnung. Jede Kleinigkeit war geregelt. Gefühle störten nur in der Gemeinschaft der Wissenschaftler, die die Thon-Rhe waren. Nur ihr Großvater hatte ihr ein wenig über die Welt der Menschen erzählt, aus der sie eigentlich stammte. Doch an diese Welt hatte Juniya nur wenige Erinnerungen. Das Kinderheim. Ihr Bruder, der sie verlassen hatte, um bei seinen Freunden zu leben, der Familie des alten Volks, bei der sie eine Weile zu Gast gewesen war. Nur ein paar Bilder und Gedankenfetzen waren Juniya von ihrer biologischen Mutter im Gedächtnis geblieben, die sie nur ein paar Monate lang kennenlernen durfte. Und jetzt stand diese andersartige Frau vor ihr und strahlte etwas aus, was Juniya nicht einschätzen konnte. Vorsichtig streckte sie Manateka die Hände entgegen.

»Ja, gut so! Komm, stell dich vorsichtig auf. Dann sehen wir mal, ob du es bis zum Stuhl schaffst. Das wird gehen, glaub mir!«

Es war nicht leicht. Sobald Juniya auf ihren wackeligen Beinen stand, fühlte sie das Schiff unter sich schwanken. *Ich verliere den Halt!* Doch Manateka packte sie an den Schultern und hielt sie fest.

»Das geht noch ein paar Tage so, doch dann ist das Schwanken wieder weg. Du warst zu lange auf dem Schiff. Es ist ganz normal, dass du immer noch meinst, der Boden bewegt sich unter dir. Das geht vorbei. Und jetzt mach ein paar Schritte. Komm!«

Ihre Energie war ansteckend. Juniya ging mit ihr das kurze Stück bis zum Stuhl und ließ sich erleichtert auf dessen Kante nieder. Mit einer Hand hielt sie sich am Tisch fest, so sehr hatte sie noch den Eindruck, dass sich alles um sie herum bewegte.

Manateka war längst dabei, das Bett zu richten und das Laken abzuziehen, das von Juniyas Rückenverletzung hässliche Blut- und Eiterflecken zeigte. Mit wenigen Handgriffen hatte die Frau ein frisches Laken gespannt und wandte sich wieder an Juniya.

»Und jetzt runter mit dem alten Hemd. Ich komme gleich wieder und dann verarzten wir dich. Du wirst dich bald besser fühlen, glaub mir. Ich hab auch ein schönes Frühstück für dich.«

Als Manateka nach wenigen Minuten wiederkam, saß Juniya noch immer so auf dem Stuhl, wie sie sie verlassen hatte. »Herzchen, sei nicht schüchtern. Wir sind unter uns Frauen. Ich muss deine Verletzungen schon sehen, damit ich dir helfen kann.«

Das ist es nicht, dachte Juniya. Eine Faust umklammerte den Saum des langen Hemdes. *Es ist sein Hemd. Ich will es behalten.* »Wo ist Captain Skye?«

Manateka lachte. »Oh, du kannst ja doch sprechen!« Aus einer Glaskaraffe goss sie schwungvoll einen roten Saft in einen Becher und drückte ihn Juniya in die Hand. »Trink einen Schluck, das wird dir guttun.«

Doch Juniya hielt den Becher fest und wartete auf eine Antwort. Die Frau zuckte leicht mit den Schultern.

»Dr. Kingsley und sein Captain mussten aufbrechen. Sie wollten das Schiff hier reparieren lassen, doch das war nicht möglich. Gestern sind sie ausgelaufen in Richtung Lamessa.«

Der Becher fiel aus Juniyas Hand. Die rote Flüssigkeit verteilte sich wie Blut auf den schwarz-weißen Kacheln.

»Ach Herzchen, irgend so was hab ich mir schon gedacht, so besorgt, wie der junge Captain tat«, hörte Juniya Manateka murmeln, die sich bückte, um den Becher aufzuheben. Doch Juniya war gefangen in einem einzigen Gedanken:

Verlassen. Wieder verlassen. Ist das mein Schicksal? Verlässt und verrät mich jeder Mensch, dem ich vertraue?

In diesem Augenblick traf Juniya einen folgenschweren Entschluss. *Nie wieder. Ich werde nie wieder einem Menschen vertrauen. Ich werde mich mit allem wappnen, was ich finden kann, um mich zu schützen. Niemand wird mich mehr verletzen. Niemand. Das schwöre ich.*

Ambiela

Die Verwandlung von Ambiela, Tochter des Ambion, stolze Angehörige eines der mächtigsten Familienclans der Thon-Rhe, war komplett. Triumphierend besah sie sich im Spiegel und ging in Gedanken noch einmal ihren neuen Namen durch. Ambiela Halton. Alter: 25 Jahre. Nach Menschenjahren gerechnet. Herkunftsplanet: Erde. Ihre Rolle im Planspiel: Lady Ambiela. Tochter eines der Präsidenten der Föderation der Menschen. Mehr Informationen zu ihrer Person würden nicht notwendig sein. Das waren die Daten des Avatars, den sich Ambiela für dieses Spiel auf dem Planeten Beta-Atlantis zugelegt hatte. *Für diese Menschenspezies werde ich Lady Ambiela sein. Die Adelstitel dieser rückständigen Rasse sind genau das Richtige für mich. Diese minderwertigen Individuen auf diesem Planeten sind uns Herrscherfamilien der Thon-Rhe hoffnungslos unterlegen. Ihr dient lediglich unserer Zerstreuung.* Die Frauen der Spezies Mensch zog Ambiela in ihre Überlegungen zur Spielvorbereitung überhaupt nicht mit ein. Diese einfältigen und dummen Geschöpfe würden sich allenfalls als Dienerinnen eignen. Die Männer waren ihr Ziel.

Die neue Ambiela hatte großen Spaß daran, sich von ihrem Vater in die Aufgaben des Spiels einweisen zu lassen. Dank der ausgeprägten telepathischen Fähigkeiten der Thon-Rhe, die durch ein enges Verwandtschaftsverhältnis wie das zwischen Vater und Tochter noch verstärkt wurden, hatte Ambion seiner Tochter in kurzer Zeit alles in den Kopf gepflanzt, was sie über die Welt der Ichtyos, über das Planspiel »Friendly Colonisation« und über die anderen Spielteilnehmer wissen musste. Sie hatte sich glänzend über die simple Ideologie der gleichberechtigten Koexistenz amüsiert. Herausfordernd fand sie allerdings ihre Spielposition, als Ambion ihr erklärte:

»Ich gebe dir die Ichtyos als Spielmannschaft. Du bist ihnen bei Weitem überlegen. Gerade deshalb wird es eine Herausforderung sein. Du wirst dich mit ihnen arrangieren, dich mit ihnen abgeben. Erschleiche dir ihr Vertrauen. Du wirst deine Arroganz überwinden müssen, um dein Ziel zu erreichen. Und genau damit wirst du mir beweisen, ob du dich als meine Nachfolgerin eignest und den politischen Herausforderungen auf unserem Heimatplaneten gewachsen bist.«

Ambiela fühlte einen Stich des Zorns. Ihr Vater zog also immer noch in Betracht, ihren Schwächling von Bruder zu seinem Nachfolger zu machen. Diesmal hatte sie sich gut im Griff und fragte konzentriert:

»Wenn ich dich richtig verstanden habe, sind die Ichtyos ein äußerst friedliches Volk, werter Vater. Wie stellst du dir das Spielergebnis genau vor? Was soll ich erreichen?«

»BISHER waren die Ichtyos ein friedliches Volk. Genau das wird deine Herausforderung sein. Du wirst sie dazu bringen, gegen die Menschen zu kämpfen. Und zwar an beiden Fronten. Säe Zwietracht. Greife die Flotte an. Oder greife die Händler an. Oder beide!« Ihr Vater lachte erheitert und Ambiela fiel in sein Gelächter ein.

»Ich spiele eine Gruppe gegen die andere aus. Vater, das ist nicht wirklich eine Herausforderung. Die meisten von ihnen kann ich telepathisch beeinflussen. Sie werden reihenweise für mich in den Tod gehen.«

Ambions Lachen endete schlagartig. Ernst sah er seine Tochter an. Er hob seine rechte Hand und berührte Ambielas Schläfe mit zwei Fingerspitzen. Ambiela verspürte einen heftigen Stich.

»Was tust du, Vater?«, flüsterte sie, für den Moment schockiert über den Schmerz, den er ihr zufügte.

»Ich habe dich hierher geholt, damit du dich für höhere Aufgaben auf unserem Heimatplaneten qualifizieren kannst. Du bist schön und klug. Du hast alles, was eine Herrscherin unseres Planeten vorweisen muss. Doch du gehst zu unvorsichtig mit deinen Fähigkeiten um. Damals, bei der Todesgeburt, hättest du dich und unsere ganze Familie um ein Haar durch deine unüberlegte, emotionsgetriebene Handlungsweise ins Verderben gestürzt. Seitdem ist einige Zeit vergangen und ich hoffe, du hast dazugelernt. Zeig es mir, dass du würdig bist, an meiner Seite zu herrschen, wenn ich die Herrschaft über die Thon-Rhe übernehme. Du kannst mit diesen Menschen machen, was immer du willst, sofern du dein Ziel erreichst und dieses Spiel gegen die beiden anderen Spieler gewinnst. Doch du wirst ohne deine telepathischen Fähigkeiten spielen. Ich habe sie dir soeben blockiert. Beweise mir, wie gut du bist!«

Ambiela war ungehalten. Wie konnte er es wagen. Das also war der heftige Kopfschmerz!

»Aber werter Vater, warum bestrafst du mich?« Ihre Lippen zitterten vor unterdrücktem Zorn.

Sie sah ihren Vater dämonisch lächeln. Er konnte gemein sein. Sehr gemein.

»Mein Kind, du weißt, meine Strafen sehen anders aus«, antwortete Ambion ihr spöttisch. »Ich möchte nur für alle drei Spieler halbwegs gleiche Ausgangsbedingungen schaffen. Lass mir doch die Freude. Das Spiel wäre zu schnell zu Ende, wenn du einfach deine telepathischen Fähigkeiten einsetzen würdest!«

Ambiela rang sich ein Lächeln ab.

»Wie du es wünschst, werter Vater. Doch dann beschwere dich bitte nicht über meine Methoden. Schließlich will ich gewinnen.«

Er lachte wieder, und seine gute Laune versöhnte Ambiela ein wenig mit dem Schachzug, den er soeben in ihrem Kopf vollzogen hatte.

»Glaub mir, mein Kind, ich bin auf deiner Seite und du wirst deine Fähigkeiten zurückerhalten. Aber wir wollen doch alle eine Weile Spaß haben. Und jetzt suchst du dir noch eine schöne Augenfarbe aus. Die schwarzen Augen der Thon-Rhe würden nur unnötig Fragen aufwerfen. Wir werden dir spezielle Linsen einsetzen. Unsere Augenfarbe und das Familienzeichen sind das Einzige, was uns bei den Menschen verraten könnte. Also halte dein Mal bedeckt und lass es niemanden sehen und achte auf deine Augen. Das sind die einzigen Bedingungen, die du einhalten musst, werte Tochter.«

Ambiela senkte gehorsam den Kopf.

»Darf ich dich kontaktieren, Vater? Wird das trotz deiner Blockade meiner Fähigkeiten gehen?«

Die stolze Frau der Thon-Rhe konnte diesmal den Gesichtsausdruck ihres Vater nicht deuten.

»Es ist sicherer, du benutzt unser Familienzeichen nicht für unsere Kontaktaufnahme. Ich erlaube es dir nur im äußersten Notfall. Aber sei gewiss, dass ich gut über dich wachen werde, meine Tochter. Sei unbesorgt. Ich werde dir Nachrichten zukommen oder dich zu unseren Strategietreffen hier in Ethleticon abholen lassen. Bis dahin: Hab einfach deinen Spaß!«

Der Gamemaster gab seiner Tochter noch genug Zeit, sich zurechtzumachen und eine passende Garderobe auszusuchen, an der sie ihre Freude hatte, denn er hatte keine Kosten gescheut, um sie standes- und planspielgemäß auszustatten. Mit einem siegessicheren Lächeln und bereit für das Abenteuer ging die neugeborene Lady Ambiela in das Spiel.

Der Admiral

Die imposante Fregatte Emerald, das Flaggschiff der Flotte, war hervorragend platziert, um dem Spektakel auf See zu folgen. Eigentlich hätte alles ein großer Spaß sein können. Doch der Admiral zog seine dünnen Lippen über dem Spitzbärtchen noch säuerlicher zusammen als üblicherweise. Der Mann an seiner Seite dagegen lachte.

»Vier zu eins für mich, werter Admiral! Heute versenke ich Ihre Flotte, dass Ihnen Hören und Sehen vergeht. Und wenn Captain Collins verliert, erinnere ich Sie an Ihr Versprechen!«

Der alte Admiral Percy Parker hätte am liebsten mit seinem Säbel Kleinholz aus der Reling gemacht. Doch er musste gute Miene zu diesem bösen Spiel machen.

»Warten wir es mal ab, General«, quetschte er durch die Zähne. »Captain Collins ist ein schlauer Junge. Und genau deshalb werde ich ihm sein Schiff auch nicht einfach wegnehmen, so wie Sie sich das vorstellen. Ich an Ihrer Stelle würde mich nicht zu früh freuen!«

»Spielschulden sind Ehrenschulden, mein Lieber!«

Für einen Moment verengten sich die Augen von Sylvius Beard böse. »Das Kommando der Fairbanks geht an mich über, wenn Collins sein Duell verliert. Ich brauche Sie doch nicht etwa an unsere Abmachung erinnern?«

Admiral Parker murmelte etwas Unverständliches in seinen Spitzbart.

Beard lachte siegessicher. »Ich habe mir den ältesten und erfahrensten Haudegen in die Mannschaft gewählt. Er wird Collins aus dem Wasser blasen, noch bevor der bis drei zählen kann. Schauen sie mal genau hin!«

Um nichts in der Welt hätte Admiral Parker sein Fernglas von den Augen genommen.

Die Lage war tatsächlich verdammt ungünstig für den jungen Collins. Sein Gegner rauschte genau aus der Sonne auf ihn zu. Es sah fast so aus, als wolle der junge Kapitän kneifen und davon segeln. Doch das durfte er nach den Spielregeln nicht. Bewegte sich einer der Teilnehmer aus den festgelegten Längen- und Breitenpositionen hinaus, war das gleichbedeutend einer Kapitulation und der Sieg in diesem Gefecht ging an den Gegner. Dem Admiral entfuhr ein hässlicher Fluch. Auch General Beard war nicht entgangen, was den Admiral aufregte. Collins war nun weit genug ausgewichen. Er näherte sich gefährlich den Grenzen seines Gefechtsfeldes. Und jetzt auch noch das.

»Scheinbar zieht Ihr Zögling den Schwanz ein und kapituliert!«, feixte General Beard.

»Was zum Teufel macht er da!«, entfuhr es dem Admiral wütend. Teufel noch eins! Es sah so aus, als hätte Collins überhaupt keinen Plan, wie er sich seinem Angreifer stellen sollte. Fast könnte man glauben, er wolle tatsächlich einfach nur abhauen. Admiral Parker hätte anders reagiert. Trotz schwieriger Sicht gegen die Sonne hätte er sein Schiff in einen spitzen Winkel mit dem Bug zum Feind gedreht. Doch Collins machte nichts dergleichen. Die Fairbanks lag jetzt fast still im Wasser, die meisten Segel waren eingezogen, das Heck zum Angreifer gedreht. Wie eine Maus, die sich vor der Schlange duckt.

General Beards Stimme kippt vor Schadenfreude fast über.

»Anscheinend weiß Ihr Kapitän nicht, dass es um sein Schiff geht. Man könnte fast meinen, die schlafen alle auf der Fairbanks. Jetzt manövriert er sogar so ungeschickt, dass seine Segel zusammenfallen. Dieser Skye Collins ist wohl doch kein so toller Navigator, wie Sie es gern hätten!«

Die Knöchel seiner Hand traten weiß hervor, so gespannt umklammerte Admiral Parker sein Fernglas. Es war nicht zu leugnen. Ein paar der Segel der Fairbanks schlugen nutzlos an die Rahen. Das Schiff kam nicht mehr vom Fleck. Captain Harlow dagegen holte mächtig auf. Mit vollem Zeug segelte er auf das Heck der Fairbanks zu.

Die Schaukämpfe hatten bei Weitem nicht das Ergebnis gezeigt, das Admiral Parker erhofft hatte. Wie auch? General Beard hatte sich die erfahrensten Flottenkapitäne in seine Mannschaft gelost. *Er hat bei der Wahl garantiert beschissen. Ich kriege noch raus, wie er das gemacht hat.* Grimmig ließ Percy Parker die vergangenen Stunden Revue passieren. Die anderen Kapitäne waren zu unerfahren in den Seegefechten. Besonders seinen Sohn Clifford hatte es böse erwischt. Schon die erste Breitseite seines Gegners tauchte den Hauptmast der Clara in das schreiende Neon-Orange des Angreifers. Von da an war die Clara verloren. Immerhin hatte Cliff es geschafft, das Schiff zu wenden und wenigsten eine Breitseite auf seinen Gegner abzufeuern, bevor ihn die nächste Salve der Paintball-Kanonenkugeln traf, deren Hülle beim Aufprall auf feste Gegenstände platzte und weithin deutlich sichtbar die Treffer mit Farbe markierte. Percy Parker musste seinem Flaggenoffizier den Auftrag erteilen, die Clara als Verlierer anzuzeigen. Auch die anderen hatten sich tapfer geschlagen, im Grunde war es ein faires Match. Und so, wie es gerade aussah, würde Sylvius Beard auch dieses letzte Gefecht für sich entscheiden.

Die beiden Männer standen Seite an Seite an der Reling der Fregatte Emerald und nahmen die Ferngläser nicht mehr von den Augen.

»Tot ist tot«, kicherte General Beard albern, »da gibt es für den lieben Captain Collins keinen Respawn und sein schönes Schiff gehört in Zukunft mir. Vorwärts, Harlow!«

Warum hat Beard Captain Collins nur so auf dem Kieker? Geht es ihm nur um das schnelle Schiff oder hat er persönlich eine Rechnung mit Collins offen? Der Admiral ärgerte sich über die Wortwahl Beards genauso wie über dessen geckenhaften Aufzug in der Fantasieuniform, die nicht im Entferntesten einer historischen Vorlage glich. Er biss die Zähne zusammen, um den General nicht böse zurechtzuweisen und konzentrierte sich weiter auf das Gefecht zwischen Collins und Harlow. Seine Laune war auf dem Nullpunkt. Und das, was er gerade auf dem Wasser beobachtete, trug nicht zu einer Besserung bei. Überhaupt nicht. Noch immer rauschte Kapitän Harlows Schiff unter Vollzeug auf die Fairbanks zu. »Harlow lässt schon die Stückpforten öffnen«, rief Beard triumphierend, im nächsten Augenblick wurden die Geschütze ausgerannt. Im Grunde bot die bewaffnete Fregatte mit all ihrer Feuerkraft einen herrlichen Anblick. Von fern waren noch Fetzen der scharfen Kommandos zu hören. Harlows Mannschaft arbeitete perfekt und war bereit zu feuern. »Er wird nicht lange fackeln. Die erste Breitseite wird ihm genügen, sobald er an der Fairbanks längsseits ist!«, jubilierte der General.

Verdammt, da hat Beard recht. Warum hat Collins nicht einmal die Stückpforten offen? Harlow kommt von hinten angerauscht, ist voll einsatzfähig und donnert Collins die volle Breitseite rein. Bis der jetzt feuerbereit ist, ist Harlow in dem Tempo schon wieder an ihm vorbei und bekommt keinen einzigen Treffer ab. Was macht Collins da nur? Admiral Parker war enttäuscht und drauf und dran aufzugeben. Die Breitseite der Fregatte Hesitation von Kapitän Harlow würde die Fairbanks im Handumdrehen mit Farbtreffern einkleistern.

Jeden Moment musste es so weit sein. Die Hesitation war an die wie unbewaffnet da liegende Fairbanks herangekommen und schob sich parallel an ihr vorbei, jeden Moment musste eine volle Breitseite auf Captain Collins Schiff losdonnern. *Endlich tut sich was!* Plötzlich kam Bewegung in die Wanten und Rahen der Fairbanks.

»Er hat doch die Männer oben! Die haben sich im Segeltuch getarnt«, entfuhr es dem Admiral erfreut. Die Mannschaft der Fairbanks hatte bis zu diesem Moment in der Takelage gewartet. Blitzschnell wurden einige Segel gesetzt, sie blähten sich und nahmen den Winddruck auf. Und dann geschah alles gleichzeitig. Die Fairbanks öffnete die beiden Stückpforten achtern. Sie drehte sich elegant mit dem Bug von der Hesitation fort und bot mit ihrem schmalen Heck kaum eine Angriffsfläche, als Harlows Kanonen donnerten. Die meisten Paintkugeln klatschten neben der Fairbanks ins Wasser und bildeten dort orangefarbene Farbkleckse.

»Die Schüsse gehen vorbei!« Der alte Admiral konnte sich

den Jubel kaum verkneifen. Weder die Masten noch die Segel der Fairbanks zeigten auch nur einen Treffer, der das Schiff und seine Manövrierfähigkeit hätte gefährden können. Da Harlow an der Längsseite der Fairbanks vorbeistreichen wollte, zielte er unterhalb der Bordwand auf das Schiff, anstatt auf die Takelage. Nun fanden seine Farbkartuschen kein Ziel, ein lächerlicher kleiner Farbfleck zierte das Heck von Captain Collins´ Schiff. Dieser Treffer hätte nicht einmal mit echter Munition besonderen Schaden angerichtet. Dafür prangten am unteren Hauptmast und auf dem Steuerrad der Hesitation leuchtend neongrüne Farbflecken, die sich wie sich entfaltende Blumen ausbreiteten. Die Geschütze der Fairbanks hatten ihr Ziel getroffen. Mit nur zwei Kanonenschüssen hatte Captain Collins die Fregatte Hesitation komplett außer Gefecht gesetzt.

Die Beobachter auf dem Flaggschiff jubelten der Fairbanks zu. Die Männer erfassten sehr wohl, wie geschickt sich Captain Collins aus dieser fast aussichtslosen Lage herausmanövriert hatte.

»So ein eiskalter Hund!« Der alte Admiral konnte seine Begeisterung nicht unterdrücken und hüpfte fast auf der Stelle. »Damit haben wir wohl nicht gerechnet, was, General? Lässt Collins den alten Harlow doch glatt ins Leere rauschen. Mit nur zwei gezielten Treffern ausgeschaltet! Das muss ihm erst mal einer nachmachen!«

Er hieb Beard ordentlich auf den Rücken, sodass sich dieser verschluckte. Und bemerkte vor lauter Begeisterung nicht, wie sich das Gesicht von General Sylvius Beard vor Hass verzerrte.

Juniya

Juniya stand am Fenster und sah hinunter in den Garten. Ihr Zimmer lag im hinteren Teil des zweiflügeligen, einfach gebauten Gebäudes. Es schien nicht nur aus Mauern zu bestehen, manche Wände und Decken überzog ein Geflecht aus Ästen, an manchen wuchsen grüne Blätter. Im Garten wucherten riesige Pflanzen, Bäume spendeten exotische Früchte und zahllose Kräuter wuchsen entlang der engen Wege. Manatekas Haus war eine Art Krankenhaus in Belilla Bay. Nicht das, was Juniya von früher gewohnt war. Nichts machte hier den Eindruck von Nüchternheit und Sterilität. Alles, auch das Haus selbst, schien irgendwie lebendig. Manatekas Haus war die Anlaufstelle für alle Kranken und Verletzten der Insel. Eigentlich nur für Menschen, viel seltener kamen Ichtyos. Modernes Equipment, Instrumente aus Edelstahl oder Kunststoff hatte Juniya hier noch nicht entdeckt. Dafür kam Manateka mit einer Vielzahl an Cremes, Tiegelchen, Säften und Tees, um Juniyas äußerliche Verletzungen zu behandeln.

Es ging ihr schon viel besser. Die Wunden auf dem Rücken hatten sich geschlossen, ihr zweites Auge war abgeschwollen und Juniya konnte wieder normal sehen. Die Wunde in ihrer Seele fühlte sich jedoch mittlerweile wie der Einschlagkrater eines Meteoriten an. Juniyas Gedanken drehten sich immer wieder im Kreis. Und dass Skye sie hier einfach abgeladen hatte wie unnützen Ballast, war nur eine Seite der Medaille. *Warum hat Großvater es nur zugelassen, dass sie mich von Zuhause fortbrachten, rechtlos wie eine Sklavin? Gilt das Recht der Thon-Rhe denn nicht für mich?*

Juniya zermarterte sich den Kopf, nach welchen Gesetzen sie angeblich zur Verbannung verurteilt worden war und was sie wohl verbrochen hatte, dass die Sicherheitstruppen der Thon-Rhe sie aus Themians Haus geholt und vom Planeten entfernt hatten. Einer von ihnen hatte ihr eine Art Urteil verlesen, so schnell, dass sie gar nicht genau verstanden hatte, worum es ging. Rückfragen waren keine gestattet gewesen. Es war ihr auch nicht erlaubt worden, sich mit ihrem Großvater in Verbindung zu setzen. Verbittert lachte Juniya auf. *Ich wäre ein Sicherheits-risiko und eine Bedrohung für die Stabilität der Gemeinschaft.* So lautete zumindest die Begründung, die Juniya mitbekommen hatte, bevor sie auf das Raumschiff der Thon-Rhe gebracht worden war. Aufgewacht war Juniya erst wieder in dem Gebäude, in dem der Rote Vadim regierte, wie sie nun wusste. Beim Gedanken an die Stunden in diesem Haus begann sie zu zittern.

Es klopfte an der alten Holztür ihres Zimmers. Juniya war dankbar für diese Ablenkung. »Es ist offen.«

Manateka kam sonst immer mit viel Schwung einfach herein. Sie klopfte nie an. Diesmal wurde die Tür langsam geöffnet. Ein junger Mann stand im Türrahmen. Juniya hatte ihn schon mit Manateka im Garten gesehen. Seine hübsche, schlanke Gestalt und sein nettes Lachen waren ihr sofort aufgefallen. Er lächelte auch jetzt und hielt Juniya ein paar Kleidungsstücke entgegen. Seine langen Haare, die wie Rastazöpfe aussahen, schimmerten silbrig und fielen ihm bis weit auf die Brust. Die Augen standen schräg und weit auseinander. Seine grüngraue Haut glänzte, als käme er direkt aus dem Wasser. *Ein Ichtyo, wie Manateka.*

»Hallo Juniya, Manateka schickt mich mit ein paar Sachen. Ich bin Viverrin, ich arbeite hier ab und zu. Ich soll dir Gesellschaft leisten, wenn du es möchtest.«

Was für ein Lächeln. Seine Freundlichkeit und die offene Art, die Juniya schon von Manateka kannte, verfehlten ihre Wirkung nicht.

»Willst du mit hinunterkommen? Essen ist fertig«, fragte er. *Ich starre ihn an. Ich bin unhöflich.*

»Sind die Sachen für mich?«, brachte sie mühsam heraus.

»Siehst du hier noch jemanden«, grinste er schelmisch. »Zieh dich um und komm runter. Manateka meint, du bekommst das schon hin. Ich warte unten auf dich.«

Er drückte Juniya die Kleider in die Hand und war verschwunden.

Juniya schlüpfte aus ihrem Krankenhemd in das weite, leichte Kleid, das Manateka ihr geschickt hatte. Der weiche Stoff legte sich wie ein Windhauch um ihren Körper, hüllte sie ein, ohne ihr durch Druck Schmerzen zu bereiten. Das Gewand fühlte sich kühl an, wie Wasser auf der Haut. Juniya fühlte sich sofort wohl darin. *Ja, so kann ich unter Menschen.* *Oder Ichtyos.* Zum ersten Mal, seit sie hier war, verließ Juniya das Zimmer und ging in das Erdgeschoss des Hauses. Sie folgte den Geräuschen von klapperndem Geschirr.

»Hey, da bist du ja. Komm mit!«

Viverrin hatte am Fuß der Treppe auf sie gewartet. Er nahm ihre Hand und zog sie mit sich.

Skye

Der Abend senkte sich über den Flottenstützpunkt Numinala und ein verrückter Tag ging zu Ende. Die Seegefechte waren selten und deshalb für die Kapitäne und Mannschaften immer ein fantastischer Spaß. Nirgends im Universum außer hier im Planspiel Beta-Atlantis konnte man mit der Paintball-Technik Schiff gegen Schiff kämpfen und sein seemännisches Geschick ausprobieren, ohne die Gefahr von Toten und Verletzten zu riskieren. Skye war mit sich und seiner Mannschaft hochzufrieden. Sein Plan war aufgegangen. Jason und Mr Small waren die besten Richtkanoniere der Flotte. Ihre gezielten Schüsse an den Hauptmast und das große Ruder der Hesitation hatten gesessen.

Nun lag fast die Hälfte der gesamten Flotte im Hafen. Die herrlichen Schiffe boten einen fantastischen Anblick. Skyes Blick schweifte von seinem Platz auf dem Achterdeck der Fairbanks über die Wimpel der Kapitäne. Doch heute hatte er für diese Schönheit keinen Blick. Die letzten Tage hatte er Tag und Nacht mit der Crew geschuftet und exerziert, um für das Seegefecht fit zu sein, und es hatte sich gelohnt. Die Plackerei lenkte Skye wenigstens für eine Weile von seinen Gedanken an Juniya ab. Doch nun waren sie wieder da und er fühlte sich schlecht. *Ich hab sie einfach zurückgelassen. Sie wird mich hassen.* Von hinten schlug ihm jemand auf die Schulter. Das konnte nur Jason sein. Keiner der anderen Männer würde sich beim Captain eine solche Vertraulichkeit erlauben.

»Los jetzt. Ich wette, du wirst erwartet!«

Jason hatte wie immer recht. Skye ging und schmiss sich in seine Ausgehuniform. Er grüßte die Wache und verließ das Schiff.

***

Die meisten Männer seiner Crew waren längst in den Hafenkneipen gelandet und feierten ihren Sieg. Heute war das Hafenviertel von Numinala überfüllt mit den Seeleuten der Flotte. Normalerweise freute sich Skye über die Ausgelassenheit und die Gelegenheit, über die Stränge zu schlagen und der Borddisziplin für eine Nacht zu entkommen. Noch dazu, wo er und seine Männer heute als Gefechtssieger alle Annehmlichkeiten der Hauptstadt kostenlos genießen konnten. Ein Kurier hatte schon am Nachmittag die beliebten, aus Kokosfasern geflochtenen Armbänder an Bord gebracht, die jeder Seemann hütete wie seinen Augapfel und die nicht nur Bonuspunkte auf dem Planspielkonto bedeuteten, sondern auch eine kostenlose Nacht mit allem Drum und Dran, was es im jeweiligen Hafen gab, und zwar wirklich allem. Die Wirte wussten, wo sie ihre Rechnung hinterher einlösen konnten, der Admiral stand für alles gerade.

Skye war an den Sieben Muscheln angekommen, dem größten Gasthaus am Hafen, in dem sich die Kapitäne mit dem Admiral trafen. Skyes Manöver beim Paintball-Seegefecht und sein grandioser Sieg über die Hesitation waren DAS Gesprächsthema unter ihnen. Viele seiner Kollegen schüttelten ihm die Hand und beglückwünschten ihn. Kapitän Harlow, sein Gegner, der so leichtfertig in Skyes Falle getappt war, war ein guter Verlierer, hieb ihm anerkennend auf die Schulter und lachte dröhnend.

Im Hinterzimmer der Sieben Muscheln sah Skye den alten Admiral neben General Beard stehen und ein säuerliches Gesicht ziehen. Skye versuchte, sich seine trübe Laune nicht anmerken zu lassen und plauderte mit seinen Kollegen, denen allen die Aufregung anzusehen war, denn gleich würden sie ihre nächsten Orders überreicht bekommen. Bisher war die Rolle im Planspiel Beta-Atlantis für Skye ein Spaß gewesen. Doch heute war es anders. Trotz der Anerkennung wollte keine Feierstimmung bei ihm aufkommen. Er saß am Tisch und ließ die Rede des Admirals an sich vorüberziehen. Als Sylvius Beard sprach, hörte er kaum hin. Bis ihn sein Nachbar in die Seite stieß.

»Sie sind gemeint, Collins. Los jetzt.«

Skye schreckte aus seinen Gedanken. Ein paar der Männer um ihn herum lachten amüsiert, aber wohlwollend.

Vorn bei Sylvius Beard standen schon die vier Kapitäne, die heute ihr Seeduell gewonnen hatten. Skye stand auf und reihte sich ein. Anstatt des Admirals nahm heute Abend der General persönlich die Übergabe der Siegerabzeichen vor. Als er Skye das vergoldete Abzeichen an die Uniformjacke heftete, verzog er das Gesicht.

»Nun, Captain Collins, Sie haben es geschafft, mir heute meinen makellosen Sieg zu nehmen. Beim nächsten Mal sollte ich wohl besser Sie in meine Mannschaft wählen.«

Skye fand die Stimme des Generals unangenehm quäkend. Überhaupt war ihm der Typ, ob höchster General der gesamten Raumflotte oder nicht, einfach unsympathisch. Nach Skyes Meinung hatte Beard in dieser Welt des Planspiels einfach nichts verloren.

»Das steht Ihnen frei, Sir«, antwortete Skye ohne viel Enthusiasmus. Es war ihm im Moment einfach egal. Doch das Zucken um das rechte Auge des Generals bemerkte er sehr wohl. *Ich sollte vorsichtig sein. Der General kann mich nicht leiden. Immerhin kann er hier machen, was immer er will.*

Eigentlich wollte Skye die Feierlichkeit, die nun folgte, so schnell wie möglich verlassen. Doch es wartete noch eine gewaltige Überraschung auf die Männer. Sylvius Beard kündigte einen Gast an. Er ging in ein Nebenzimmer und kam mit einer Frau an seiner Seite zurück, deren Anblick das kleinste Geräusch im Saal auf einen Schlag zum Verstummen brachte.

Beard stellte die schwarzhaarige Schönheit mit den leuchtend hellblauen Augen an seiner Seite als Ambiela Halton vor. Eine Tochter aus sehr reichem Hause offensichtlich. Sie stammte von einem Planeten, der für seine alteingesessenen und steinreichen Familien berühmt war. Angeblich war sie von den Projektleitern des Beta-Atlantis-Projekts ausgewählt worden, sich in der größten Ansiedlung der Ichtyos und Menschen auf Numinala niederzulassen und den hiesigen »Eingeborenen« Stil und »menschliche, gehobene Lebensart« als »Lady Ambiela«

näherzubringen. *Wer zum Teufel braucht so was hier?*, ging es Skye durch den Kopf. *Wahrscheinlich glaubt sie, das hier ist so eine Art Freizeitvergnügen.* Skye ertappte sich dabei, dass sich diese Beweggründe nicht sehr von denen der meisten Menschen hier unterschieden. Es WAR ja schließlich so etwas wie ein Freizeitvergnügen, dieses überdimensional angelegte Rollenspiel. Doch irgendetwas störte ihn an der Frau. Sie war schöner als jede menschliche Frau, die Skye bisher unter den Händlern gesehen hatte. Außer Juniya. Die war eine Kategorie für sich. Und sie unterschied sich in allem dermaßen von den Ichtyos, insbesondere von den Ichtyofrauen, dass Skye sich fragte, was man mit einem solchen Gegensatz bezwecken wollte. *Das hat nichts mehr mit Forschung zu tun. Nicht mal mit Soziologie. Es wird nichts Gutes bringen.*

Diese Lady Ambiela war fast so groß wie Skye. Gertenschlank und mit den richtigen Kurven an den perfekten Stellen. Ihre Lippen glänzten den Männern voll und sinnlich dunkelrot entgegen. Das lange, schwarze Kleid mit der Schnürung in der Taille bedeckte ihren Körper, war hochgeschlossen und hatte sogar lange Ärmel, und doch war es die reinste Sünde. Skye wettete, dass es keinen Mann im Raum gab, der sich nicht gerade überlegte, ob die durchbrochene Spitze des Kleides einen Blick auf die Haut der Schönheit freigab, oder ob das Auge nur auf einen hautfarbenen Stoff traf. Es gab keinen der Kapitäne, die nicht auf ihren Anblick reagierten. Teilweise hatten die Männer ja auch wochenlang keine Frau gesehen, geschweige denn eine in den Armen gehabt. Lady Ambielas Stimme war ungewöhnlich voll und vibrierend.

Skye bekam eine Gänsehaut, als sie sich vorstellte und ein paar Worte zu ihrem Teil der Mission sagte. Es war unmöglich, sich ihrem Zauber zu entziehen. *Wäre ich abergläubisch, würde ich auf eine Art Liebeszauber wetten. Oder Hypnose. Das ist doch nicht normal.* Nach Meinung seiner Kollegen schien Captain Clifford Parker besonderes Glück zu haben, denn diese ominöse Lady Ambiela würde auf seinem Schiff, der Clara, eine kleine Rundreise machen, um die wichtigsten Orte und Inseln kennenzulernen. Die Galeone Clara war zwar nicht das schnellste Schiff der Flotte, doch immerhin hatte sie die komfortabelsten Gästekajüten.

Zunächst hatte Skye mit Belustigung festgestellt, wie die anderen neidvolle Sprüche losließen als feststand, dass der gut aussehende, blonde Clifford mit der schönen Lady eine Vergnügungsfahrt machen sollte. Doch als sie alle Lady Ambiela einzeln vorgestellt wurden, stieß ihn die Buhlerei um ihre Gunst ab, die jeder Mann an den Tag legte, der ihre behandschuhte Hand küssen durfte. Und jeden bedachte sie mit einem Lächeln, das Eiswände zum Schmelzen bringen konnte. Skye war der Einzige, der ihre Hand nicht nahm, sich nur vor ihr verbeugte. Sie quittierte das mit einem fragenden Augenaufschlag, nahm ihre Hand elegant zurück, als wäre nichts geschehen, musterte einen winzigen Moment lang sein Gesicht und wendete sich dem nächsten Kapitän in der Reihe zu.

Nach dem Defilee der Kapitäne vor der schönen Frau und dem General, der bei dieser Gelegenheit die Kuverts mit den neuen Orders an die Kapitäne verteilte, war der offizielle Teil vorbei. Da sich ohnehin alle um diese Lady Ambiela scharten, in deren Glanz sich Sylvius Beard geradezu sonnte, nahm Skye seinen Hut und wollte gehen.

»Hey, Collins, was ist denn mit dir los?«

Skye sah Clifford Parkers höhnischen Blick.

»Du hast doch gewonnen? Machst aber ein Gesicht wie ein Verlierer. Du lässt doch sonst keine Feier aus?«

Cliff hatte heute die spanische Variante der Uniformen gewählt. Prunkvoll und geckenhaft, urteilte Skye. Die luftige Federboa, die Cliffs Hut verzierte, fand Skye einfach nur albern. Er beschloss, nicht auf die Stichelei des anderen einzugehen.

»Hab heute keine Lust zum Feiern.« Skye tippte grüßend an seinen Hut. »Wir sehen uns. Viel Spaß auf der Vergnügungsreise.«

Cliffs giftigen Blick bekam Skye nur am Rande mit. Er interessierte ihn nicht, ihm war einfach nicht nach Feiern zumute und schon gar keine Lust hatte er auf ein Besäufnis. Er schlenderte in Richtung Anlegestelle. Die Gassen waren mit Fackeln spärlich erleuchtet, aus allen Hafenkneipen drang Lärm. Musik und grölende Männer, dazwischen ein paar lachende Mädchen.

Die Nacht war lau und sternenklar. *Ich will zu ihr zurück. Ich will zu Juniya.* Das waren die einzigen Gedanken, die Skye interessierten.

Ein paar betrunkene Seeleute balgten sich vor einem Kneipeneingang. Skye trat in einen Durchgang, um den beiden auszuweichen und zündete sich ein Zigarillo an. Er hörte zwischen all dem Lärm ein schmerzvolles Stöhnen. Woher kam das? Ein paar Schritte weiter öffnete sich ein Durchgang zu einem Hinterhof. Die Szene war eindeutig. Ein paar abgerissene Gestalten hielten einen Ichtyo fest und zwei andere prügelten auf ihn ein.

»Was soll das? Was hat der Junge getan?« Harsch ging Skye dazwischen.

Die Männer ließen den Misshandelten los und wichen lauernd zurück. Skye hörte einen von ihnen zischen: »Das ist Captain Scar. Das passt.«

Skye ignorierte das Geschwätz und konzentrierte sich auf das Opfer. Der Ichtyojunge lag schmerzverkrümmt und aus einer Bauchwunde blutend im Staub. Skye sah auf den ersten Blick, dass dies eine lebensbedrohliche Verletzung war. Zornig brüllte er die vier Männer an.

»Föderationssondergesetz Paragraf 3: Gewaltanwendung ist keine Option. Ihr kennt die Gesetze und Regeln. Ihr seid draußen! Los, her mit euren Namen.«

Als Kapitän der Flotte hatte Skye nicht nur das Recht, sondern auch die Pflicht, einzuschreiten, wenn gegen Ichtyos Gewalt angewendet wurde.

Einer der Männer wagte es, ihn anzupöbeln. »Halten Sie sich da raus, Captain. Das hier ist nicht ihre Sache. Der Junge wollte uns beklauen. Ist doch nur ein Ichtyo. Gehen sie doch lieber mit den anderen feiern.«

Skye traute seinen Ohren nicht und taxierte die Vier. Widerstand hatte er bisher noch nicht erlebt. Einer hatte ein blutiges Messer in der Hand, ein anderer eine Peitsche, die er wohl gerade an dem Jungen ausprobiert hatte. *Vielleicht genauso, wie es Juniya ergangen war.* Skye sah rot und zog seinen Säbel.

»Zeigt mir eure Kennung. Hier haben wir zwei eindeutige Tatbestände. Gewalt gegen einen Ichtyo und Widerstand gegen Befehlshaber. Runter mit den Waffen!«

Die Männer dachten nicht daran. Skye hörte nur:»Zeigen wir´s ihm!« Alle vier griffen gleichzeitig an. In wenigen Augenblicken entspann sich nicht nur eine der üblichen Raufereien, sondern ein Kampf auf Leben und Tod..

Skye hätte nie erwartet, in einen solchen Hinterhalt zu geraten und hatte nichts als seinen Säbel zur Verteidigung. Doch er war nicht erst seit gestern Soldat und schmiss sich mit all seiner Erfahrung und Kraft in den ungleichen Kampf. Der Drill seiner damaligen Eliteeinheit war alles andere als umsonst. Dem ersten Angreifer brach er mit der Säbelfaust die Nase, dem Zweiten stieß er die Spitze seiner Waffe in den Arm und dann hebelte er ihm das Schultergelenk aus der Verankerung. Der Mann schrie wie am Spieß und sackte zusammen. Dem Messer des dritten Manns konnte er gerade noch ausweichen und den Mann als Schutzschild vor seinen Körper ziehen, sodass die Peitsche des Vierten auf seinen Kumpan niedersauste, anstatt auf Skyes Gesicht. Mit einem schnellen Tritt brach Skye dem Messerstecher das Knie. Drei Männer lagen stöhnend am Boden, der Vierte mit der Peitsche suchte das Weite. Skye trat dem am Boden liegenden Mann gegen das verletzte Knie. Er jaulte auf, doch hatte er noch genug Kraft, um mit dem Messer nach Skye zu stechen. Mit einem schnellen Griff wand ihm Skye das Messer aus der Hand.

»Zu wem gehört ihr? Welche Insel? Welche Händlereinheit?«

Doch anstatt Skye seine Kennung zu verraten, begann der Mann wie am Spieß um Hilfe zu schreien. Skye donnerte ihm seine Faust ans Kinn und es war Ruhe. Der mit der gebrochenen Nase suchte ebenfalls sein Heil in der Flucht.

»Dich erkenne ich überall wieder!«, rief Skye ihm hinterher. Dann beugte er sich über den Ichtyojungen.

»Was ist passiert? Kannst du es mir sagen?«

Als Skye versuchte, die Blutung am Bauch zu stillen, stöhnte der Junge laut auf.

»Ich habe nichts gestohlen«, flüsterte er.»Sie wollten mich nicht nach Hause lassen.«

Beruhigend nickte Skye.»Du blutest stark. Es war der mit dem Messer, nicht wahr?«

Mit letzter Kraft nickte der Junge.»Ich muss zum Wasser!«
Seine Stimme war kaum noch zu verstehen.
»Ins Meer? Würde dir das helfen?«
Sogar das Nicken fiel ihm schwer.
Skye zögerte keine Sekunde. Er hob den Jungen auf und
wollte mit ihm zu der kleinen Sandbucht direkt am Hafen. Doch
plötzlich sah er sich umringt von Männern. Der Halunke mit der
Peitsche war zurück und hatte Verstärkung mitgebracht. Ein
paar Neugierige waren außerdem mitgekommen.
Skye knurrte:»Lasst mich durch. Der Junge ist schwer ver-
letzt und braucht Hilfe.«
Der Peitschenschwinger dachte nicht daran und verstellte
Skye den Weg.»Der feine Kapitän fängt mit uns unschuldigen
Händlern einen Streit an und spießt den Ichtyo mit seinem Säbel
auf. Und jetzt tut er so, als wäre er der Retter! Diese Hochwohl-
geborenen meinen immer, sie kommen mit jeder Schandtat davon! Er ist ein Lügner!«
Skye bemerkte eine Bewegung am Fenster gegenüber und
sah die Silhouette eines großen, schweren Manns. *Der Rote
Vadim?* Doch er hatte keine Zeit, darüber nachzudenken. Er
spürte, dass das Leben des Jungen unaufhaltsam aus ihm heraus-
lief. Die Händlerhalunken um ihn herum murrten.
»Ich lüge nicht! Geht mir aus dem Weg«, befahl er barsch.
Doch die Männer kamen drohend näher. Skye erkannte einige
seiner Matrosen im Hintergrund.»Männer der Fairbanks, zeigt
es diesen Landkanaillen und macht mir den Weg frei!«
So angetrunken, wie die Männer waren, ließen sie sich das
nicht zweimal sagen. Sofort war eine ordentliche Schlägerei im
Gange. Skye nutzte den Tumult und floh mit dem Verletzten in
Richtung Hafen. Plötzlich war Jason neben ihm.
»Was ist passiert?«
»Erzähl ich dir später. Wo ist der nächste Zugang zum Wasser?«
Jason deutete auf eine niedrige Stelle an der Mole. Ohne zu
zögern lief Skye darauf zu und stieg mit dem Verletzten hinunter
in das schwarze Wasser. Skye konnte an dieser Stelle gerade
noch stehen und hielt den Jungen mit dem Kopf über Wasser. Er
stöhnte.

Jason kam mit einer Fackel. Die Gesichtszüge des Jungen waren verkrampft.

»Was soll ich jetzt tun? Wohin soll ich dich bringen?«, fragte Skye den Ichtyo. Er schien noch sehr jung. Skye sah ein sachtes Kopfschütteln.

»Es geht mir besser hier. Du kannst jetzt nichts mehr für mich tun, Mensch. Lass mich einfach los. Mein Volk wird mich holen.« Er krümmte sich vor Schmerzen und atmete keuchend. Skye spürte, dass der Junge starb.

»Halt noch ein wenig durch. Sicher kommen deine Leute gleich und dann kann dir jemand helfen. Ich werde dich nicht allein lassen« Skye fragte sich, wie die Ichtyos den Jungen wohl so schnell finden sollten. Er versuchte, den Jungen wach zu halten. »Ich bin Skye. Sag mir deinen Namen!«

»Ich heiße Sangee«, flüsterte der Junge. »Danke, dass du mir geholfen hast, Mensch. Und sei ohne Sorge. Mein Volk wird es wissen, wenn sie dich falsch beschuldigen.«

Der Ichtyojunge sah Skye in die Augen, als versuchte er, sich Skyes Gesicht einzuprägen. Skye presste die Lippen aufeinander. Er versuchte, Sangee so sanft wie möglich zu halten, um ihm nicht noch mehr Schmerzen zu verursachen.

Der Gesichtsausdruck des Verletzten veränderte sich. Im Schein von Jasons Fackel konnte Skye sehen, wie sich die Augen des Ichtyos mit einer glasartigen Schicht überzogen. Dann fiel sein Kopf zur Seite. Er war tot.

»Verdammter Mist. Was machen wir jetzt mit einem toten Ichtyojungen?« Jason hatte die Szene von der Mole aus beobachtet und jedes Wort mitbekommen.

Skye hatte keine Antwort auf Jasons Frage. Der Tod des Jungen ging ihm nahe und der Knoten in seinem Hals verhinderte im Moment jede Antwort. Skye versuchte, wie bei einem toten Menschen die Augenlider des Jungen zu schließen. Es gelang. *Er muss wirklich noch sehr jung sein,* dachte Skye schwermütig. *Und es ist der erste Ichtyo, der durch unsere Hand getötet wurde.*

Das Wasser, das bis vor kurzen noch spiegelglatt im Mondlicht geschimmert hatte, begann um ihn herum zu brodeln. Skye sah einige Rückenflossen. Haie, Delfine und ihm unbekannte

Meerestiere schwammen ganz nah heran. Skye erschrak. *Wo kommen die auf einmal her?*

Jason sprang mit gezücktem Säbel neben Skye ins Wasser. »Los, raus hier!«, rief er Skye zu und wartete mit seiner Waffe auf den Angriff eines der Haie. Doch Skye rührte sich nicht. Die Leiche des Jungen wog schwer in seinen Armen. Etwas Geheimnisvolles ging um sie herum vor.

»Halt still, Jason«, flüsterte er. »Nimm die Waffe runter. Irgendetwas geschieht hier. Ich denke nicht, dass wir in Gefahr sind.« Unmittelbar vor ihm tauchte eine Ichtyofrau aus dem Wasser. Ihre Haut und ihr Haar schimmerten so silbrig wie das Mondlicht. Im Schein der Fackel, die Jason an der Mole befestigt hatte, wirkte sie durchsichtig wie ein Geist. Ihr Gesicht zeigte Kummer und Schmerz.

»Sangee, Herz von unseren Herzen, komm heim!«, sang sie mit silberheller Stimme und streckte die Arme nach dem Toten aus. Vorsichtig legte Skye den toten Jungen auf ihre ausgestreckten Arme.

»Es tut mir leid, was sie ihm angetan haben. Ich habe die Männer gesehen. Ich werde dafür sorgen, dass sie bestraft werden.« Skye versuchte, seine Stimme fest und glaubwürdig klingen zu lassen.

Mit eigenartig schwarzen Augen, in denen sich der Mond spiegelte, starrte die Frau Skye an, als wolle sie ihn durchbohren. Sie zog den Ichtyojungen an ihre Brust. Ihre Worte waren voller Trauer. »Vielleicht ist es, wie du sagst, Mensch. Vielleicht auch nicht. Ein Herz unserer Herzen ist tot. Es wiegt schwer vor Gericht.« Ihre schwarzen Augen senkten sich auf Sangee, ihr Blick ruhte liebevoll auf dem Gesicht des toten Jungen. Sie wiegte ihn wie ein Baby und sang mit anrührender Stimme: »Sangee, Herz von unseren Herzen, wir bringen dich nach Hause.«

Ohne Skye oder Jason noch einen Blick zu schenken, schwamm sie - Skye hatte eher den Eindruck, sie schwebte - an der Wasseroberfläche mit dem toten Jungen in Richtung der offenen See. Die anderen Meereswesen reihten sich hinter ihr ein. So bildeten sie eine ungewöhnlichen, feierlichen Zug aus silbernen Rücken, die im Mondlicht glitzerten. Als der Mond kurz hinter einer Wolke verschwand, tauchten die Wesen in die Tiefe.

Das Meer war spiegelglatt wie zuvor, als hätte es die gespenstische Prozession und die geisterhafte Ichtyofrau nie gegeben. Jason stieg aus dem Wasser und half Skye hinauf auf die Mole. Dort hatte sich bereits eine Menge Männer versammelt. Ihren Gesichtern war das Staunen über das gerade gesehene Schauspiel anzumerken. Der alte Admiral war einer von ihnen. »Captain Collins, Sie begleiten mich sofort auf die Emerald. Ich muss eine Untersuchung einberufen. Man beschuldigt Sie, einen Ichtyojungen umgebracht zu haben.«

Skye sackte das Herz in die Kniekehlen. *Das ist das Aus. Ich werde das Spiel verlassen müssen und Juniya niemals wiedersehen.*

Ambiela

Die Robots zu Hause sind zwar geschickter, was meine Frisuren angeht, aber bei Weitem nicht so unterhaltsam. Ambiela saß an einem einfachen Schminktischchen mit einem ovalen Spiegel, durch den ein großer Sprung lief. Ihre beiden Zofen plapperten unaufhaltsam.

»Mylady, Sie sollten in ein schöneres Haus umziehen.«

Das war ihre Zofe Eleni. Ambiela hatte das Mädchen am Hafen aufgegabelt, als sie dieses altmodische Schiff namens Clara endlich verlassen konnte. *Vater hat wirklich an alles gedacht. Diese alten Münzen, mit denen hier bezahlt wird, sind scheinbar ein echter Anreiz für die Mädchen.*

Eleni hatte auf Ambielas Wunsch noch ein Ichtyomädchen mitgebracht. Abwechselnd kümmerten sich die beiden darum, dass Ambiela alles hatte, was sie brauchte. Im Moment bürstete das Ichtyomädchen Ambielas langes, nachtschwarzes Haar.

»Mylady wird sicher bald umziehen. Am besten gleich in den Palast des Gouverneurs«, kicherte Eleni. »Dem fallen ja jedes Mal fast die Glupschaugen raus, wenn er Sie sieht! Wir müssen ihm einfach einflüstern, dass es seinem Ansehen guttut, wenn er sein Haus mit einer schönen Menschenfrau schmückt.«

Menschenfrau! Schon war Ambiela versucht, das Mädchen scharf zurechtzuweisen. *Ich und eine Menschenfrau? Was erlaubt sie sich!* Doch im letzten Moment beherrschte sie sich, wie schon so oft in den letzten Tagen. Ambiela hatte ihrem Vater geschworen, niemandem hier auf diesem Planeten etwas über die Thon-Rhe und ihren Herkunftsplaneten zu verraten. Die Existenz der Thon-Rhe war der menschlichen Rasse nicht bekannt. Und das sollte nach dem Wunsch ihres Vaters auch noch bis in alle Ewigkeit so bleiben. Zumindest aber solang, bis diese rückständigen Menschen als unterhaltsame Spielzeuge ausgedient hatten. Genau wie die noch rückständigere Spezies der Ichtyos auf Beta-Atlantis.

Ambiela hatte sehr schnell in das Spiel hineingefunden. Auch ohne ihre telepathischen Fähigkeiten konnte sie diese naiven Menschen um die Finger wickeln. Sie ließ sich jede Kleinigkeit von ihren Zofen berichten, beobachtete alles um sie herum und speicherte Sprache, Namen und Verhaltensweisen in ihrem Gedächtnis ab. Das Ichtyomädchen trug den Namen Kerrali. Sie stellte sich als weit interessanter heraus, als Ambiela zunächst dachte. Das Mädchen war mindestens so interessiert daran, die Gewohnheiten der Menschen zu studieren, wie Ambiela an ihrer Herkunft. Oft versuchte sie, Kerrali auszufragen. Doch das Mädchen war schüchtern, oder sie tat zumindest so und antwortete knapp und nichtssagend. *Nun ja, ich vermute, das Ichtyoleben ist stinklangweilig. Was soll sie mir schon groß erzählen.* Zweimal täglich ging Ambiela, begleitet von den Mädchen, spazieren und führte eines der teuren Kleider aus, mit denen ihr Vater sie reichlich versorgt hatte. *An diesen Verkleidungen habe ich meinen Spaß. Vieles an diesen Kleidungsstücken ist zwar reichlich unpraktisch, aber ich komme gut zur Geltung.* Wie gut, zeigten ihr die Pfiffe der Arbeiter und die Komplimente des Gouverneurs, mit dem sie im kleinen Park hinter dem Gouverneurspalast - wenn man dieses antiquierte, kleine Gebäude mit dem sauberen, weißen Anstrich denn so nennen wollte - ins Gespräch gekommen war.

Ambiela war zum Ausgehen bereit. Zum Tee. Welch langweilige Tradition. Doch heute würde sie einen weiteren Schritt in ihrem eigenen Spiel gehen. Ein bisschen schade fand sie es anfangs ja schon, dass ihr Vater ihr die Ichtyos als Spielmannschaft zugewiesen hatte. *Aber was soll's. Diese niedrigen Kreaturen zu manipulieren wird vielleicht eine viel spannendere Herausforderung sein, als diese leicht beeinflussbaren Menschen.*

Ambiela fuhr die Linie ihrer Hüften vor dem Spiegel nach. *Es hat keine 24 Stunden gedauert, da lag mir der gute Cliff schon zu Füßen.* Und einen Tag später hatte sie den gut aussehenden blonden Kapitän verführt. Siegessicher lächelte Ambiela ihrem Spiegelbild zu. *Das ist wirklich die interessanteste Erfahrung, die ich mit den Menschen machen kann. Sie haben Spaß am Sex. Besonders die männlichen Exemplare.* Mit Bedauern dachte Ambiela diesbezüglich an ihren Heimatplaneten. Sexuelle Begegnungen dienten zur Zeugung von Kindern und waren eine ziemlich fade, da streng reglementierte Angelegenheit. Sie versprach sich: *Erstens will ich gewinnen. Ich werde die Ichtyos gegen die Menschen aufwiegeln und einen Krieg anzetteln.* Ambiela drehte sich einmal um ihre eigene Achse und lachte. *Und zweitens werde ich mir jeden Mann nehmen, der mir gefällt.*

Vor dem kleinen Gästehaus, in dem sie sich eingemietet hatte, war Hufgetrappel zu hören.

»Die Kutsche des Gouverneurs ist da!«

Kerrali klatschte in die Hände und sprang ans Fenster. Eleni band den großen Hut um Ambielas schön geflochtenen und hochgesteckten Haare.

»Fertig, Mylady! Ihr seid wunderschön!«

Geschmeichelt betrachtete sich Ambiela in dem leicht angelaufenen Spiegel auf der Schminkkommode. Ja, sie gefiel sich in dieser Verkleidung. Das cremefarbene Kleid mit dem hochgeschlossenen Kragen brachte ihre Formen und den bronzefarbenen Teint perfekt zur Geltung. Das leuchtende Rot auf ihren Lippen und die nachtschwarzen Haare bildeten einen verführerischen Kontrast. Nur die von den farbigen Linsen in ein leuchtendes Blau verwandelten Augen störten Ambiela ein wenig. Ihre eigenen, nachtschwarzen Augen mit den Sternenpunkten waren das Schönheitsideal bei den Thon-Rhe-Frauen schlechthin. *Irgendwann werdet ihr wissen, wer ich wirklich bin. Und ihr werdet mich noch mehr bewundern. Nein*, korrigierte sie sich. *Ihr werdet mich anbeten.* Dann machte sich Ambiela auf den Weg nach unten und bestieg elegant die Kutsche, als hätte sie dies schon Hunderte Male in ihrem Leben getan.

Es wird Zeit, hier etwas in Bewegung zu bringen.

Juniya

»Halt den Arm höher! Schneller drehen! Jetzt den Ausfallschritt!«

Die Waffen klirrten aufeinander. Juniya keuchte vor Anstrengung. Eine halbe Drehung mehr und sie hatte es geschafft. Viverrins Waffe flog aus seiner Hand, er verlor das Gleichgewicht und stürzte hintenüber ins Gras. Mit einem Satz war Juniya über ihm und hielt den Degen an seine Kehle.

»Gibst du jetzt auf?«

Er lachte. »Was bleibt mir denn anderes übrig?«

Sie nahm die Waffe weg und hielt ihm die Hand hin. Er schlug ein und ließ sich auf die Beine helfen. Anerkennung lag in seinem Blick. »Du hast das Kämpfen sehr schnell gelernt.«

Juniya steckte den Degen zurück in die Scheide an ihrem Gürtel. Sie hatte sich verändert. Ihre Kleidung war die eines Manns. Viverrin hatte ihr dabei geholfen, die richtigen Stücke zusammenzusuchen, und Manateka hatte die Sachen geändert, sodass sie perfekt saßen. Die braune Hose schmiegte sich an ihre Beine und ließ perfekte Bewegungsfreiheit. Über einer hellgrünen Bluse trug Juniya eine Art Mieder, das aus feinsten Ästchen gewebt zu sein schien, und ihre Haare waren mit einer Schnur zusammengehalten.

»Ich lerne von einem guten Lehrer.«

Viverrins schräg stehenden, großen Mandelaugen wurden ernst. »Warum willst du lernen zu töten?«

»Ich will lernen, mich zu verteidigen.« Sie sah nach dem Sonnenstand. »Wir könnten noch mit den Pistolen üben, bevor es dunkel wird«, schlug sie vor.

Er lachte wieder dieses charmante Lachen und schüttelte dabei den Kopf, dass seine silbernen Haare flogen. »Nein, heute nicht mehr. Ich muss erst wieder Munition beschaffen. Mit dem Bogen können wir üben. Dabei machen wir wenigstens keinen Lärm und verschrecken die Vögel nicht.«

Juniya machten die Waffenübungen langsam richtig Spaß. Am Anfang übte sie mit Verbissenheit und Zorn. Doch durch Viverrins spielerische Art, ihr alles beizubringen, was er wusste, empfand sie mehr und mehr Freude an der Bewegung und der

Waffenkunst. Sie bekam eine bessere Kondition und war mittlerweile sogar eine passable Bogenschützin. Den Abschluss ihres Trainings bildete seit einigen Tagen ein Wettlauf. Noch war Viverrin ihr in dieser Disziplin weit überlegen, aber Juniya holte auf. Ihre Laufstrecke endete am Strand.

Viverrin lag bereits im Schatten einer Palme und tat so, als würde er schlafen. Juniya ließ sich neben ihn fallen.

»Tu nicht so, als wärst du schon ewig hier«, keuchte sie.

Er öffnete die Augen und grinste. »Höre ich da ein bisschen Neid? Schön, dass du auch schon da bist.«

Sie versuchte ein Lächeln. »In ein paar Tagen hole ich dich ein.«

»Davon träumst du.« Er setzte sich auf und lehnte sich mit dem Rücken entspannt an den Baum. Juniya hatte Viverrin noch niemals Schuhe tragen sehen. Sie betrachtete seine schlanken, nackten Füße mit den Schwimmhäuten zwischen den Zehen.

»Warum kämpfst du eigentlich so gut mit diesen Waffen?«, fragte sie ihn. Sie wusste aus den Geschichtsunterweisungen der Menschen und der Thon-Rhe, dass die Waffen, die er ihr zeigte, von den Völkern der alten Erde stammten. Doch Skye hatte ihr ja erzählt, dass die Föderation die Ichtyos glauben lassen wollten, sie wären ebenfalls Bewohner dieses Planeten. »Benutzt ihr Ichtyos denn die gleichen Waffen wie die Menschen?«, fragte sie deshalb etwas beklommen und war gespannt auf seine Antwort.

»Du weißt genau, dass das die Waffen der Seefahrer sind, nicht die unseren.«

Manchmal schlossen und öffneten sich seine Augen auf eine ungewöhnliche Art und Weise. Eine Zwischenhaut, die durchsichtig sein musste, schob sich vor die Pupillen. Seine Augen sahen dann aus wie grünes, geschmolzenes Glas.

Nicht wie Skyes strahlendes, warmes Grün, ging Juniya durch den Kopf.

Viverrins »andere« Augen lagen auf ihr.

»Woher kommst du? Was ist dir passiert? Wird es nicht Zeit, mir ein bisschen von dir zu erzählen?«

Juniyas Selbstverteidigungsalarm sprang an. *Was will er von mir? Was sage ich jetzt?* Sie hatte bei Manateka kaum etwas über diesen Planeten herausfinden können. Es gab keine Bücher mit Informationen und schon gar keine Datenbanken, in denen sie sich über die Beschaffenheit des Planeten oder die Geschichte seiner Bewohner hätte schlaumachen können. Geschweige denn eine Informationstechnologie, die ihr sagen konnte, wie sie von hier wegkam.

In der kleinen Stadt Belilla Bay war Juniya nicht oft. Viverrin und Manateka meinten, sie solle sich nicht so häufig sehen lassen, um nicht unnötig einen der Seefahrer oder Händler auf sich aufmerksam zu machen, die vielleicht für den Roten Vadim spionierten und immer Ausschau nach hübschen Mädchen hielten. Auch das war ein Grund, warum Juniya, seit sie aus dem Haus ging, immer ein Messer bei sich trug.

Juniya sah Viverrin gerade in die Augen. »Ich kann es dir nicht sagen.«

»Weshalb?«

»Weil ich nicht weiß, wie ich hierhergekommen bin.«

Das war zumindest zum Teil keine Lüge.

»Ich bin aufgewacht und befand mich in der Gewalt eines Manns, den sie Jacks nennen. Der Mann gehört wohl zu diesem Roten Vadim. Ich bin von dort geflohen und Skye«, sie verbesserte sich, »Captain Collins brachte mich hierher. Ich weiß nichts von diesem Planeten, nichts über euch Ichtyos und nichts über die Seefahrer.«

Seine Augen aus geschmolzenem Glas hatten sich geschlossen. Es sah aus, als lauschte Viverrin hinaus auf das Meer.

»Du sagst die Wahrheit. Du weißt nichts über uns. Aber du sprichst die Sprache der Seefahrer und du benutzt das Wort Planet. Sie sagen, sie kommen von den Kontinenten jenseits der großen Ozeane. Es bleiben nur zwei Antworten übrig. Und eine davon bestätigt, was ich schon lange vermute.«

»Was meinst du?« Unbeirrt sah sie in sein Gesicht.

Viverrin beugte sich zu ihr und seine Augen sprangen so plötzlich auf, dass sie zusammenzuckte.

»Entweder, deine Seele hat alles vergessen, weil sie dich so gequält haben. Was durchaus möglich wäre, aber dann würdest du dich wahrscheinlich gar nicht an diesen Mann und den Ort, wo er dich gefangen gehalten hat, erinnern. Oder«, er machte eine bedeutungsschwere Pause,»du stammst nicht von dieser Welt.«

Juniya bemühte sich, sich ihre Betroffenheit nicht anmerken zu lassen. Viverrin hatte sie mit seiner Scharfsinnigkeit überrascht. Sie ging zum Gegenangriff über.»Und wenn es so wäre? Hilf mir doch! Warum erzählst du mir nicht etwas über euch und diesen Planeten? Wie ist eure Geschichte? Wie zeichnet ihr sie auf für die Nachwelt? Welche Berufe gibt es bei euch? Habt ihr Wissenschaftler, Forscher, Gelehrte? Was lehrt ihr euren Kindern über diese Welt? Und wie viel wisst ihr von anderen Welten?«

Mit einem Mal schossen ihr Tausend Fragen durch den Kopf. Und sie stellte sie nicht nur, um Viverrin von ihrer eigenen Geschichte abzulenken.

Viverrin schien weder verwirrt noch überfordert von Juniyas plötzlichem Redeschwall. Gänzlich gelassen hörte er ihr zu.

»Mir scheint fast, dich interessiert das alles wirklich.«

Sein Ton war freundlich. *Er setzt mich nicht unter Druck. Er meint es doch gut mit mir?* Juniya blickte hinaus aufs Meer. Die Sonne war bereits ein blutroter Ball, der sich im Wasser spiegelte. Vögel zogen vorbei. Sie wusste, Viverrin beobachtete jede ihrer Regungen. *Was soll ich antworten? Ist er mein Freund oder auch nur ein Fremder?*

»Ihr habt mich aufgenommen und gesund gepflegt. Ihr seid freundlich zu mir. Natürlich interessiere ich mich für euch. Ich bin allein. Ich habe niemanden. Ich weiß nicht, wohin ich gehöre. Ich weiß ja nicht einmal, wohin ich gehen sollte, wenn ich von hier fortmüsste.« Diese Erkenntnis traf Juniya wie ein Schlag.»Ich bin hier nichts als eine Gefangene.« Traurig senkte sie ihren Kopf.

Da sprang Viverrin unvermittelt auf und lief ins Wasser.»Komm mit! Ich zeige dir was. Komm schon! Das bringt dich auf andere Gedanken!«

Sie schüttelte den Kopf.»Ich kann nicht schwimmen.«

Viverrin legte den Kopf in den Nacken und lachte laut. Seine Haarsträhnen tanzten um seinen Kopf, er kriegte sich gar nicht wieder ein.»Das gibt´s nicht! Sie kann nicht schwimmen!«

Juniya stand trotzig auf. Sein Ton verletzte sie. Doch ihre

Antwort kam ruhig und emotionslos wie immer.

»Du weißt, ich bin kein Ichtyo. Können alle anderen automatisch schwimmen? Müsst ihr Ichtyos es nicht auch erst lernen?«

Viverrin wurde wieder ernst. »Nein. Wir werden im Wasser geboren. Wir können von der ersten Sekunde unseres Lebens schwimmen.«

Juniya fand den Gedanken faszinierend.

»Willst du mir nicht ein bisschen über dein Volk erzählen? Du hast recht. Ich weiß so wenig.«

Sie ließ sich wieder in den Sand fallen. »Bitte!« Sie klopfte mit der Hand auf den warmen Sand. Viverrin kam zurück und ließ sich neben ihr nieder. Sehr nah. Er spielte mit dem Sand um ihre aufgestützte Hand. Nur Millimeter, und er würde Juniya berühren.

»Was willst du wissen?«

Kam es Juniya nur so vor, oder hörte sich seine Stimme dunkler an als vorhin? Sie widerstand dem Impuls, ein wenig zur Seite zu rutschen. Es wäre unhöflich gewesen.

»Wieso sprecht ihr dieselbe Sprache wie die Seefahrer? Wie klingt eure eigene Sprache?«

Er antwortete in einer Reihe von klappernden, schnatternden und klickenden Geräuschen. Juniya starrte ihn an. Viverrin lächelte.

»Das ist unsere Sprache. Sie funktioniert über und unter Wasser. Wir Ichtyos haben ein feines Gehör. Wir hören Schallwellen. Wir verstehen die Klickgeräusche der Meerestiere. Die Seefahrer sind schon seit ein paar Jahren auf unseren Inseln. Ihre Sprache ist einfach. Wir hörten ihnen gut zu. Es war für uns leicht, diese Sprache zu lernen.«

Juniya wollte ihre nächste Frage stellen, doch Viverrin unterbrach sie.

»Jetzt musst du mir eine Frage beantworten.«

Ihr wurde mulmig. Nervös wartete sie ab.

»Es sind deine Augen. Sie sind anders als die der Seefahrer, und ich habe mittlerweile schon eine Menge von ihnen gesehen. In deinen Augen glitzert ein eigenartiges Feuer. Warum?«

»Es sind die Augen meines Vaters«, rutschte Juniya heraus.

Plötzlich dachte sie an ihn. Und an die Geschichten, die man über den großen Commander erzählte. Erneut erfasste sie eine tiefe Traurigkeit und umschloss ihr Herz wie eine dunkle Nebelwolke. »In meiner Familie war diese Augenfarbe nicht selten.« Viverrin berührte ihre Haut mit seinen schlanken Fingern. Juniya bemerkte, dass sich einige seiner Haarsträhne bewegten, und das nicht vom Wind. Eine dieser Strähnen strich sanft ihren Unterarm entlang. Die Haarspitzen fühlten sich rau an und verursachten ein Kribbeln auf ihrer Haut, die feinen Härchen stellten sich auf.

»Das Mädchen ohne Gefühle zeigt sie also doch«, sagte er leise. »Was ist mit deiner Familie geschehen?«

Juniya zog ihren Arm zurück. *Er spürt meine Traurigkeit, ich habe nicht aufgepasst.* Sie holte tief Luft.

»Ich hab deine Frage beantworten, das ist schon die zweite«, fuhr sie ihn forsch an, sein Mitleid fürchtend. Juniya konnte den Ausdruck nicht deuten, mit dem er sie ansah. Sie überspielte die Situation mit ihrer nächsten Frage.

»Das, was ich hier sehe, die kleine Stadt, die Häuser, ist das euer ursprüngliches Leben? Wie viel davon stammt von denen, die ihr Seefahrer nennt?«

»Wie sollen wir sie sonst nennen?« Er legte seinen Kopf schräg.

»Vielleicht Menschen? Homo sapiens?«, plapperte sie weiter.

»Ist das die Rassebezeichnung, die sie sich geben?«

Juniya nickte. Sie beobachtete, dass Viverrin sich seinen nächsten Satz gut überlegte. Mit Bedacht antwortete der junge Ichtyo:

»Wir haben von den Seefahrern viel gelernt. Doch wir sind auch ohne ihre Kultur lebensfähig. Unsere Häuser und unsere Kleider bestehen aus Blättern und Pflanzen. Unsere Boote sind schnell und wendig, obgleich einfacher als die der Seefahrer. Unsere Nahrung stammt aus dem Meer und von den Gewächsen dieser Inseln. Die Seefahrer, die du Menschen nennst, haben viele Dinge und Tiere mitgebracht. Manches ist wertvoll und macht das Leben«, er suchte nach dem passenden Wort, »ich sage mal luxuriöser. Wobei uns Ichtyos zu keiner Zeit etwas gefehlt hat.«

Nachdenklich sah Viverrin Juniya an. »Sag mir, bist du wirklich eine Frau der Seefahrer?«

»Wie lange gibt es die Ichtyos? Seid ihr ein sehr altes Volk?«, versuchte sie erneut, ihn abzulenken.

Viverrin wandte sich von ihr ab. *Er ist enttäuscht, dass ich nicht antworte.*

Er stand geschmeidig auf, ging ein paar Schritte und kniete sich an der Wasserlinie nieder, sodass die Wellen seine Knie umspülten und er seine Hand ins Wasser halten konnte. Juniya hörte ihn wieder etwas in seiner Sprache sagen. Dann stand er langsam auf, als hätte er ein zentnerschweres Gewicht auf den Schultern. Mit trauriger Miene drehte er sich zu ihr um. Er stand im Wasser und Juniya beobachtete, wie sich seine Kleidung, die Kontakt mit dem Wasser bekam, veränderte und sich wie eine zweite Haut an seinen Körper legte. Jeder Muskel zeichnete sich ab. Viverrins Körper war athletischer, als die Kleider im trockenen Zustand zeigten. Juniya starrte ihn an. Der Anzug hatte eine dunkelgrüne Farbe und doch wirkte Viverrin fast nackt. Seine Schönheit berührte sie.

Mit seinen Armen machte er eine weit ausholende Bewegung und sprach laut und stolz.

»Ich bin Viverrin, Teil des Meeres und Teil der Luft. Wir Wesen sind eins mit dem Wasser und wir waren schon hier, bevor die erste Sonne verlosch. Unsere Gemeinschaft wird weiterleben und wir werden unsere Welt schützen, wie wir es immer getan haben. Niemand wird daran etwas ändern. Denn im Gegensatz zu euch sind wir eins.«

Mit seinen letzten Worten hatten sich Viverrins Augen wieder verändert. Abrupt drehte er sich um und mit einem eleganten Satz verschwand sein Körper unter der Wasseroberfläche.

Juniya blickte ihm eine ganze Weile nach und wartete, dass er wieder auftauchte. Doch Viverrin blieb verschwunden.

Skye

Skye saß seit Stunden in der winzigen Offiziersmesse der Admiralsfregatte Emerald fest. Der alte Admiral hatte nicht lange gefackelt und Skye sofort verhört, nachdem dessen Adjutant, Leutnant Evans, Skye mit trockenen Kleidern versorgt hatte. Beim Verhör waren nicht etwa General Beard oder der erste Offizier der Emerald Zeugen, sondern lediglich der persönliche Adjutant des Admirals.

Skye hörte verwundert zu, als der Admiral seinen Adjutanten vor dem Verhör zur Seite nahm und ihm zuflüsterte: »Es ist schon spät. Der werte General Beard ist noch mit der jungen Lady unterwegs und wünscht, heute nicht mehr gestört zu werden. Wir respektieren diesen Wunsch und verhören Kapitän Collins aufgrund der Dringlichkeit zunächst allein.«

Skye berichtete dem Admiral detailliert, was vorgefallen war.

»Ich habe den Jungen nicht verletzt. Allerdings habe ich drei von den vier Männern, die für den Tod des Ichtyos verantwortlich sind, Verletzungen zugefügt. Wir sollten sie schnellstens ausfindig machen. Sie haben mich angegriffen, als ich sie wegen der unerlaubten Gewalt festnehmen wollte.«

Der alte Admiral hatte ein paar Mal dazwischengefragt, aber Skye ernst und aufmerksam zugehört.

»Können Sie die Männer identifizieren, die Sie angegriffen haben?«

»Selbstverständlich, Sir.«

»Was sagen Sie dazu, dass genau diese Männer behaupten, dass Sie, Captain Collins, den Ichtyo getötet hätten?«

Skyes Blut kochte hoch, er wollte aufspringen.

Mit einer gelassenen Handbewegung sorgte der Admiral dafür, dass Skye sich wieder setzte.

»Beruhigen Sie sich. Man hat mir zugetragen, dass Sie die Drei in blinder Wut angegriffen haben. Also, was sagen Sie dazu.«

Skye fuhr sich mit der Hand über das Gesicht.

»Es waren vier Männer, nicht drei. Dann stehen bei der Aussage von vier zu eins meine Karten ja nicht besonders gut.«

Der Admiral nickte ernst. »Das können Sie laut sagen. Besonders, da es für die entscheidenden Momente wohl keine Zeugen gibt.«

»Sir, lassen Sie mich die Männer suchen! Wenn wir sie einzeln verhören, dann knicken sie vielleicht ein und sie haben den Beweis, dass ich unschuldig bin!«

Der Alte stand auf und blickte aus dem Fenster der Kajüte. »Mein erster Offizier ist schon mit einem Trupp unterwegs. Sie bleiben hier auf dem Schiff, bis wir die Kerle gefunden haben. Glauben Sie mir, Collins, das ist das Beste für Sie.«

Seitdem waren einige Stunden vergangen. Die Nacht wich schon langsam dem Bleigrau der nahenden Dämmerung, als es heftig an der Tür der Offiziersmesse klopfte. Skye schrak hoch. Er war endlich in unbequemer Sitzhaltung ein wenig eingenickt.

Leutnant Evans brachte ihn in die Kajüte des Admirals. Der alte Herr war allein.

»Setzen Sie sich, Kapitän Collins!«

Skye blieb stehen. Er war viel zu nervös, was wohl jetzt mit ihm geschehen würde. *Wenn der Admiral den Halunken mehr glaubt als mir, schickt er mich umgehend auf den nächsten Lumpensammler. Und eine Verhandlung wegen Mord an einem Ichtyo und Verletzung mehrerer Planspielteilnehmer steht mir außerdem bevor.* Nie im Leben hätte Skye sich jetzt setzen können.

Der Admiral musterte Skye scharf, dann begann er zu reden, leise und bedächtig. »Ihr Glück, Kapitän Collins, ist es, dass ich an der Mole war, als die Ichtyos in diesem erstaunlichen Spektakel ihren toten Angehörigen abgeholt haben. Ich habe Sie direkt hierher bringen lassen und Sie konnten die Emerald nicht verlassen. Das heißt, für alles, was geschehen ist, seitdem Sie hier an Bord sind, trifft Sie keinerlei Verantwortung.«

Skye trat unruhig auf der Stelle.

»Sir, bei allem Respekt: Was ist denn geschehen?«

»Ich kann ihre Ungeduld verstehen.«

Skye sah ein gewisses Wohlwollen in den Augen des alten Manns und war begierig auf jedes weitere Wort.

»Meine Suchmannschaft ist vor wenigen Minuten zurückgekehrt. Sie haben drei der vier Männer gefunden.«

»Dann wird sich jetzt alles aufklären!«, stöhnte Skye erleichtert.

»Nun, so einfach ist die Sache nicht. Anstatt mit einem Ichtyomord haben wir es jetzt zusätzlich mit drei Morden an Planspielteilnehmern zu tun.«

»Was?« Skye hätte den alten Admiral am liebsten am Revers gepackt und geschüttelt, damit der schneller redete.

»Meine Männer haben die Leichen in einer Abfallgrube gefunden. Einer der Ichtyos, die hier leben, gab uns den entscheidenden Hinweis. Die Männer wurden brutal ermordet.«

»Glauben Sie, es waren die Ichtyos, Sir?«

Der Admiral zuckte mit den Schultern.

»Ich habe dieses Volk bisher nur als freundlich und bedacht kennengelernt. Ich glaube nie im Leben, dass die sofort losrennen und drei Männer töten, ohne zu wissen, was tatsächlich geschehen ist. Auch wenn irgendjemand es wohl gerade so aussehen lässt.«

Skye sah, wie sich die Schultern des Admirals strafften.

»Und genau aus diesem Grund, Captain Collins, spreche ich Sie hiermit frei. Sie waren hier und können nicht für den Tod der drei Männer verantwortlich sein. Ich glaube Ihnen Ihre Version. Begeben Sie sich umgehend auf Ihr Schiff und verlassen Sie den Hafen. Erledigen Sie ihren Auftrag so, wie sie ihn in den neuen Orders vorfinden. Und machen Sie schnell. Das ist ein Befehl.«

Skye war viel zu perplex, um zu glauben, was er da gerade gehört hatte.

Der Admiral, der mehr als einen Kopf kleiner war als Skye, stand auf und trat nahe an ihn heran. Der alte Mann musste zu Skye aufschauen, als er ihm zuflüsterte:»Sehen Sie zu, dass Sie Abstand gewinnen, Collins. General Beard hat von dem Vorfall scheinbar noch nichts mitbekommen und ich werde dafür sorgen, dass das noch möglichst lange so bleibt. Und jetzt verschwinden Sie! Ich hatte nicht den Eindruck, dass Sie unser schönes Planspiel schon verlassen wollen. Helfen Sie mir lieber dabei, es anständig zu Ende zu führen.«

»Aye, Sir!«

Ohne weitere Verzögerung tat Skye genau das, was der Admiral ihm befohlen hatte. Keine Stunde später, im ersten Morgenlicht, als der ganze Hafen noch ruhig und verschlafen da lag, lief die Fairbanks aus.

Nachdenklich stand Skye an der Heckreling und blickte auf die kleine Ansiedlung zurück, deren Häuser schon im Morgendunst verschwammen. *Drei tote Händler, ein toter Ichtyo, und der Admiral lässt mich gehen. Da hab ich verdammtes Glück gehabt.* Eigentlich hätte Skye erleichtert sein müssen. Er bekam die Chance, Juniya noch einmal zu sehen.

Doch er war auch sicher: Mit dieser Tat und den drei ermordeten Halunken hatten die Welt der Ichtyos und das Planspiel Beta-Atlantis ihre Unschuld verloren.

Ambiela

Ambielas Audienz beim Gouverneur der Ichtyos war unterhaltsam. Der zierliche alte Herr hatte wenigstens gute Manieren, womit sie bei dieser eigenartigen, schwimmenden Spezies gar nicht gerechnet hatte. *Und er hat tatsächlich mit mir geflirtet!* Bei dem Gedanken, wie lächerlich ihr eine Paarung mit ihm vorkam, lachte sie böse auf.

»Was erheitert Sie so, Mylady?«

Ach ja, ich bin ja nicht allein.

»Setz dich zu mir, Kerrali!«

Ambiela tat sehr zugänglich. Sie war blendend gelaunt. Schließlich hatte ihr der Gouverneur mit diesem Schachzug einen hervorragenden Ansatzpunkt für ihre Intrigen geliefert, die sie nun endlich würde spinnen können.

Der Gouverneur hatte ihr beim Tee ausdrücklich dafür gedankt, dass sie Kerrali in ihren Haushalt aufgenommen hatte. Sie schien aus einer guten Familie zu stammen, wenn es so etwas bei den Ichtyos überhaupt gab. Der alte Mann betonte immer wieder, wie wichtig es wäre, voneinander zu lernen. *Wenn ihr wüsstet*, lachte Ambiela in sich hinein. Kerrali wurde immer interessanter. Sie war zurückhaltend und höflich, aber schüchtern war sie sicher nicht, und das gefiel Ambiela.

»Kerrali, nun komm schon her!«, befahl Ambiela dem

Ichtyomädchen. »Du hast den Gouverneur gehört. Erzähl mir, was möchtest du bei mir lernen?«

Sie wies auf den freien Sessel gegenüber und das Mädchen nahm anmutig Platz. *Sehr hübsch für eine niedrige Spezies. Ihr Haar glänzt wie Kupfer. Nur der Grünstich ihrer Haut stört mich etwas.* »Ich möchte erfahren, wie die bessere Gesellschaft bei euch Menschen lebt. Eure Sitten und Bräuche kennenlernen. Mehr darüber erfahren, wie ihr euch kleidet, was euch amüsiert.«

»Und du hast kein Problem damit, mir zu dienen?«

Ambielas Frage klang heiter, doch sie war sehr gespannt auf die Antwort. Sollten diese Ichtyos doch sehr freiheitsliebend und unabhängig sein.

Kerrali schüttelte den Kopf. »Es wird mir eine Freude sein, wenn ich etwas lernen kann.«

Ambiela lachte. »Nun«, sagte sie, »hier im Haus sind wir unter uns Frauen. Du wirst lernen, dass es auch Männer in meinem Leben gibt, ohne dass ich mich an einen bestimmten binde. Ich bin gern bereit, dir alles anzuvertrauen, was du wissen willst. Aber das Thema Männer bleibt unter uns, hast du mich verstanden?«

»Weshalb?« Die Frage kam so arglos, dass Ambiela lachen musste.

»Männer, Kindchen, sind in der Öffentlichkeit ein Tabuthema. In dieser Gesellschaft verliert man schnell den guten Ruf, wenn eine Frau mit ihrer Gunst zu freizügig umgeht. Aber die Liebe ist nun einmal ein Spaß, den ich mir nicht entgehen lasse. Und deshalb«, sie beugte sich zu der jungen Ichtyofrau hinüber und war mit einem Mal bitterernst, »wirst du über alles, was du über meine Freundschaften erfährst, den Mund halten.«

Offen sah ihr Kerrali in die Augen. »Selbstverständlich, Mylady.«

»Gut!« Ambiela lachte erneut. »Vielleicht kannst du ja auch auf diesem Gebiet etwas lernen.« Diese Kerrali lernte für eine Ichtyo tatsächlich erstaunlich schnell. Mit Eleni verstand sie sich gut. Obwohl diese das Ichtyomädchen anfangs dauernd herumkommandierte, hielt sie durch, schluckte das eine oder andere

Mal ihren Stolz hinunter und blieb freundlich und gelassen. Schließlich gab Eleni ihre kleinen Bosheiten auf und nahm Kerrali wie eine Freundin auf.

Ambiela hatte Kerrali mehrmals getestet. Sie war keine Diebin, nicht boshaft oder nachtragend, und immer zuverlässig. Sogar, als Cliff neulich auf einen Abstecher ins Haus kam und einige Stunden in Ambielas Schlafraum verweilte, verlor Kerrali darüber kein Wort, obwohl Ambiela sicher war, dass das junge Mädchen viele Fragen zum Thema Mann und Frau stellen wollte. Andererseits war aus Kerrali über die Ichtyos und ihre Lebensweise fast nichts herauszubringen. Beim Frisieren bewies Kerrali mittlerweile ein besonderes Geschick. Sie war gerade dabei, Ambiela für den Abend herzurichten, als sich endlich ein Ansatz für Ambielas Intrigen ergab.

»Kindchen, du hast doch was. Du wirkst heute so traurig. Hat dich Eleni wieder geärgert?«

»Nein, Mylady. Es ist alles in Ordnung.«

Kerralis Bewegungen waren fahrig und unkonzentriert. *Da will jemand nicht mit der Sprache heraus.* Ambiela griff nach Kerralis Hand. Sofort zog diese ihre Hand zurück.

»Mädchen, ich sehe doch, dass dich etwas beschäftigt. Wie kann ich dir helfen? Sprich mit mir!«

Da brach es aus Kerrali heraus:

»Mein Freund, wie ihr das nennt, wendet sich einer anderen zu. Er hat keine Zeit mehr für mich. Ich glaube fast, er will mich loswerden!«

Innerlich lachte Ambiela in sich hinein. *Naives Häschen. Das ist alles?* Doch sie spielte mit großem Geschick die mütterliche Freundin.

»Vielleicht irrst du dich und hast ihn falsch verstanden. Männer sind schwierig. Erzähl mal von deinem Freund. Sieht er gut aus?«

Ein Lächeln huschte über Kerralis Gesicht.

»Er ist groß und sehr schlank. Seine Augen stehen ein wenig schräger als bei den meisten von uns. Er trägt die Haare sehr lang und ich schmelze, wenn er mich anlächelt. Er ist so wunderbar, freundlich, hilfsbereit und klug.«

Versonnen blickte Kerrali aus dem Fenster und schwieg. Nur

kurz ließ Ambiela ihr Zeit, dann bohrte sie gemein nach.
»Und warum denkst du, hat er eine andere?«
»Er hat ständig Entschuldigungen, wenn wir uns treffen wollen. Und wenn er kommt, dann redet er nur von seiner Arbeit. Und von ihr.«
»Das klingt wirklich nicht besonders spannend. Woher kennt er sie denn?«
»Viverrin arbeitet im Hospital von Manateka in Belilla Bay. Sie ist dort in Behandlung.«
»Belilla Bay ist doch mehr als zwei Tagesreisen von hier entfernt. Dann seht ihr euch wohl sehr selten?« Ambiela wunderte sich über Kerralis Reaktion. *Das Mädchen ist erschrocken. Doch wovor?*
»Ja, wir sehen uns selten«, antwortete sie lang gezogen. Ihre Augen suchten die Decke ab.
Was hat sie mir gerade gesagt, was ich nicht wissen sollte?
Ambiela war auf der Hut.
»Hast du deine angebliche Konkurrentin denn schon mal gesehen? Es wird deinem Viverrin schwerfallen, jemanden zu finden, der hübscher ist als du.«
Mich natürlich ausgeschlossen.
»Nicht unter uns Ichtyos vielleicht«, sagte das Mädchen leise.
»Wie? Hat er eine Menschenfrau im Blick? Dann leidet er an Geschmacksverirrung, denn was ich bisher gesehen habe, gibt es keine außergewöhnlichen Schönheiten unter den Menschenfrauen, die hier leben. Da brauchst du dir keine Sorgen zu machen. Dein Viverrin wird bald wieder zu dir zurückkommen.«
Ein tiefer Seufzer kam aus der Kehle des Mädchens.
»Das stimmt nicht, Mylady. Ich habe sie gesehen. Sie ist wunderschön.«
Was? Schöner als ich?, wäre Ambiela fast herausgerutscht. Interessiert richtete sie sich auf. »Erzähl mir, was du von ihr weißt.«
»Sie gehörte wohl zu den Händlern und wurde dort sehr misshandelt. Viverrin und Manateka haben sie im Hospital gesund gepflegt. Sie ist ein bisschen größer als ich. Sehr graziös und schlank. Ihre Haut schimmert in einem hellen Goldton, ihr

Haar ist von einem sehr hellen Blond, fast weiß. Und ihre silbernen Augen strahlen ein Glitzern aus, wie ich es noch nie bei einem Menschen gesehen habe.«

»WELCHE Farbe haben diese Augen? Kennst du den Namen der Frau?«

Ambielas Stimme hatte in einer Vorahnung einen eisigen Klang angenommen.

»Ihre Augen strahlen silberfarben, Mylady. Und ihr Name ist Juniya.«

Der Griff des Handspiegels zerbrach splitternd in Ambielas Faust.

Juniya

Juniya half Manateka bei vielen Kleinigkeiten im Haus, lernte einiges über die zahlreichen Heilpflanzen und streifte oft durch den Dschungel. Viverrin war schon zwei Wochen nicht mehr im Haus von Manateka aufgetaucht. Sie zerbrach sich den Kopf darüber, was er ihr wohl im Wasser hatte zeigen wollen und dachte ständig an seine kleine Berührung und ihre eigenartige Reaktion darauf. Immer, wenn Juniya am Strand war, hielt sie Ausschau, ob sie ihn nicht irgendwo entdeckte. Sie hoffte, er würde einfach wieder an der Stelle am Strand unter der Palme auf sie warten, wo sie sich das letzte Mal gesehen hatten. Doch auch heute blieb Viverrin verschwunden. Juniya stand nahe am Wasser. Das Rauschen der kleinen Wellen hatte einen eigenartigen Klang. Ihr war, als hörte sie eine innere Stimme, die sie warnen wollte. Es war nur ein Gefühl, das ihr sagte, auf keinen Fall ins Meer zu gehen, so verlockend die Wellen auch auf den weißen Sand plätscherten. Den ganzen Rückweg dachte Juniya über ihre Zukunft nach. *Ich kann nicht ewig hier bleiben. Doch wohin soll ich gehen? Gibt es einen Weg, wie ich von diesem Planeten fortkomme? Wenn ja, wie? Wenn Viverrin mir nicht hilft, wer dann?* Die Antwort stand ihr klar vor Augen. Der Einzige, der Juniya helfen konnte, war Captain Skye. *Ich muss ihn finden. Ich muss ihn dazu bringen, dass er mich mitnimmt. Aber wie kann ich mit ihm Kontakt aufnehmen?* Juniya kickte einen kleinen

Stein aus dem Weg. *Es muss einfach einen Weg geben!*

Im Garten des Minihospitals traf Juniya Manateka. Sie ritzte mit einem dünnen Messer die Rinde eines Baumes an. Eine hellblaue Flüssigkeit trat aus, die Manateka geschickt in einer kleinen Schüssel auffing. Sorgfältig verschloss die Heilerin danach die kleine Wunde des Baumes mit einer Paste, die nach Erde roch, und murmelte etwas in ihrer Sprache. Als sie fertig war, drehte sie sich zu Juniya um.

»Warum fragst du nicht einfach, was du wissen willst?«

Kann sie Gedanken lesen? Juniya hatte noch nie versucht, Manateka mit ihren telepathischen Fähigkeiten zu scannen, um herauszufinden, was sie dachte. Sie hatte sich vorgenommen, niemanden wissen zu lassen, dass sie diese Fähigkeit besaß. Es war einfach ein Reflex, dass sie es jetzt versuchte. Um so erstaunter war sie von Manatekas heftiger Reaktion. Manatekas Augen veränderten sich. Sie hatten plötzlich den gleichen Überzug von geschmolzenem Glas wie Viverrins Augen. Doch Manatekas Augen waren nicht freundlich, wie Viverrins, sondern zornig.

»Was soll das? Welche Information willst du von mir, nach der du mich nicht fragen kannst? Wovor hast du Angst, Juniya, Fremde unter Fremden? Haben wir dir nicht nur Gutes getan? Warum vertraust du uns nicht? Dein Gesicht ist abweisend. Du zeigst weder Freude noch Leid. Ich kenne niemanden unter den Seefahrern und auch keinen von meinem eigenen Volk, der Schmerzen so ertragen kann, wie du. Ich denke, es würde dir besser gehen, wenn du deinen Zorn und deinen Schmerz nicht für dich behalten würdest. Und uns allen - und damit meine ich auch den armen Viverrin - würde es besser gehen, wenn wir wüssten, woran wir mit dir sind. Weißt du, wie er dich nennt? Katajesta. Das bedeutet ›Mädchen ohne Gefühle‹. Du bist kalt und herzlos, fürchtet er. Sag mir, hat Viverrin recht?«

Völlig überfahren von Manatekas Ausbruch fragte Juniya entsetzt: »Ist er deshalb gegangen? Glaubt er, dass ich nichts fühlen kann? Glaubst du das auch?« Ihr Herz klopfte bis zum Hals. *Was soll ich ihnen nur sagen?* Voller Verzweiflung drehte sie sich um und ging fort. Auf Manatekas Ruf: »Mädchen, bleib! Sprich doch einfach mit uns«, reagierte sie nicht.

Juniya lief wie ein Roboter. Sie nahm nichts mehr um sich herum wahr. Sie verließ den Garten und lief am Haus entlang in den nahen Dschungel. Ihre Schritte wurden schneller. Sie fiel zuerst in einen lockeren Lauf, dann rannte sie, bis ihre Lungen brannten. Sie war schon weit im Dschungel, als sie endlich anhielt, weil ein Bach ihr den Weg versperrte. Juniya ging an seinem Ufer entlang und stand nur ein paar Schritte später an einem Wasserfall, der ein ganzes Stück unter ihr in einen jadegrünen, kreisrunden Teich mündete. Lianen rankten ringsum in das Wasser, die Oberfläche glitzerte wie tausend Spiegel, das Wasser aus dem Bach stürzte hinunter und zerstob in Myriaden feinster Tropfen, einem zarten Nebelhauch, der bis zu Juniya heraufstieg und herrliche Abkühlung im heißen Dampf des Dschungels verhieß.

Nach ein paar Augenblicken kam Juniya ein wenig zu Atem. Sie kämpfte an gegen das Verlangen, dem Leben nur eine tote Maske zu zeigen. *Ich will leben! Ich bin kein totes Stück Holz.* Am liebsten hätte sie geschrien, aber sie hatte nicht gelernt zu schreien. Tränen brannten in ihren Augen, doch sie liefen nicht. Juniya schlug die Hände vors Gesicht, sie fühlte sich wie in einer eisernen Maske gefangen. *Ich kann nichts empfinden! Nie mehr. Für niemanden! Viverrin hat recht. Ich bin kalt und herzlos. Ich danke ihnen ihre Hilfe schlecht. Was soll ich nur tun?*

Der Anblick des Wassers inmitten des grünen Urwaldes hatte etwas ungemein Tröstliches. Juniya spürte mit einem Mal alle Demütigungen, die sie in der letzten Zeit erlitten hatte, und alle Wunden wie eiternde Geschwüre auf ihrem Körper, die aufbrachen. Ihre Haut fühlte sich an, als würde Blut und Eiter an ihr herunterlaufen. Entsetzt sah Juniya an sich herunter. Sie zog sich aus, um festzustellen, ob sie tatsächlich blutete. Ihre Gedanken kreisten um die Menschen, die sie gedemütigt hatten. *Sie haben mich beschmutzt! Mit ihrem Verrat, ihren Verdächtigungen, ihren Schlägen, ihren Gemeinheiten.* Ein Zittern vor Ekel ließ ihren Körper erbeben. Sie riss sich die letzten Kleider vom Leib und sprang ohne weitere Überlegung nackt in den Teich.

Als Juniya in das grüne Wasser eintauchte, waren ihre letzten Gedanken: *Es ist eiskalt - so wie ich.* Dann wurde es Nacht um sie.

Viverrin

Weit unter der Wasseroberfläche des kreisrunden Sees, dessen Wände zylinderförmig steil in die Tiefe fielen, beobachteten mehrere Ichtyos in einer großen, seitlich eingelassenen Höhle, was im Wasser geschah.

»Ich muss ihr helfen! Sie wird ertrinken. Sie kann nicht schwimmen.«

»Du bleibst!« Die Stimme des Anführers der Ichtyos schmerzte in Viverrins empfindlichen Ohren. »Du wirst nicht wegen dieses Seefahrerwesens das Gesetz brechen.«

»Aber dann wird sie sterben.« Panik hatte nach Viverrins Herz gegriffen. »Glaubt mir doch, sie wird uns nützlich sein. Lasst mich sie retten!«

»In welcher Gestalt?«, donnerte der Anführer der kleinen Gruppe, die sich hier unten versammelt hatte. »Du rührst dich nicht von der Stelle!«

Sie alle sahen zu, wie das wunderschöne, nackte Geschöpf im Wasser schwebte und langsam immer tiefer sank. Ihre Augen waren geschlossen, weißblondes Haar umspielte das Gesicht, sie wehrte sich nicht, sie kämpfte nicht.

»Sie ist bewusstlos. Bitte!«, Viverrins Stimme flüsterte nur noch. »Zuzusehen, wie sie stirbt, ist auch gegen unser Gesetz.«

Da hörten die feinen Ohren der Meereswesen einen heftigen Aufprall auf das Wasser. Als sich Tausende Luftblasen verzogen hatten, beobachteten sie einen der Seefahrer, wie er in die Grotte tauchte. Der Mann schwamm für einen Oberflächenbewohner erstaunlich behände, er sah sich schnell um und entdeckte das Geschöpf. Mit wenigen, kräftigen Schwimmzügen war er bei ihr, packte sie um die Taille und zog sie an die Oberfläche.

Viverrin stieß einen Seufzer der Erleichterung aus. Er war drauf und dran gewesen, für Juniya das Gesetz zu brechen.

Genkor, der Anführer seines Volks, drehte sich zu ihm um. »Du kannst dich beruhigen, Viverrin, dein Problem hat sich gelöst, sie ist gerettet«, knurrte der Mann, der ungefähr viermal so viel Gewicht auf die Waage brachte wie Viverrin, diesen ungehalten an. »Aber du hast deine Aufgabe schlecht erfüllt. Um ein Haar hätte sie es herausgefunden. Natürlich hätten wir dieses

Geschöpf gerettet, wäre es diesem Seefahrer nicht gelungen, sie aus dem Wasser der Wandlung herauszuziehen. Aber warum kam sie hierher? Du hast ihr zu viel verraten!« Genkor war wütend.

»Ich habe ihr diese Stelle nicht gezeigt! Es ist ein Zufall, dass sie hierher kam!«, verteidigte sich Viverrin und vergaß dabei, dem älteren und hochgestellten Wesen seinen Respekt zu zollen. Genkor verursachte mit einer Handbewegung eine Unterwasserwoge, die Viverrin von den Beinen riss und ihn auf die Knie zwang.

Doch Viverrin beugte sich nicht.

»Lasst mich zu ihr zurück! Sie ist etwas Besonderes. Genkor, Führer der Wasserwesen,« endlich erinnerte sich Viverrin, was sich gehörte und neigte leicht seinen Kopf, »lass mich herausfinden, was es ist. Ich weiß einfach, dass sie Fähigkeiten hat, die uns nützlich sein können! Sie wird uns helfen herauszufinden, was die Seefahrer tatsächlich vorhaben.«

Eine weiße Seekuh kam in die Höhle geschwommen. Sie sprach in der klickernden Sprache, die den Seewesen gemein war.

Genkor hörte, was sie zu sagen hatte. Auch Viverrin lauschte gespannt. Bedächtig nickte Genkor der weißen Seekuh zu. Er drehte sich wieder um zu Viverrin, reichte ihm die Hand und zog ihn auf die Beine. Dabei blickte er ihn eindringlich an.

»Geh, du hast die Erlaubnis. Sie hat für dich gesprochen und wird dir helfen. Unter einer Bedingung.«

»Ja?« Hoffnung keimte in Viverrin. Hoffnung, Juniya wiederzusehen.

»Du darfst ihr deine Wassergestalt und unser Geheimnis unter keinen Umständen preisgeben. Du weißt, welchen Preis du dafür bezahlen müsstest!«

Viverrin nickte. »So soll es sein.« Er freute sich so sehr, zu Juniya zurück zu dürfen, dass er die anderen Wasserwesen ungehobelt zur Seite drängte. Aus der Grotte schwamm er hinein in das grüne Wasser des Sees. Er drehte sich einmal um die eigene Achse, Myriaden von Luftblasen hüllten seinen Ichtyokörper ein, und in der Gestalt eines großen Tümmlers raste er schnell wie ein Pfeil durch die unterirdische Verbindung der

Grotte in Richtung Ozean.

Genkor schüttelte sein mächtiges Haupt. Die anderen hochrangigen Ichtyos, die mit ihrem Herrscher für die Zusammenkunft in die Grotte der Verwandlung gekommen waren, warteten gespannt, wie Genkor entscheiden würde. Auch die weiße Seekuh war noch da und wartete im grünen Wasser. Genkor zeigte auf einen großen Mann, der mit ihm in der Höhle war.

»Shaka, du wirst überprüfen, was Viverrin berichtet hat. Mach dich auf den Weg.«

Der Angesprochene verneigte sich höflich, schwamm mit einem eleganten Armstoß an Genkor vorbei, hinein in das grüne Wasser des Sees. Mit einer blitzartigen Körperdrehung hatte er sich verwandelt. Als mächtiger Hai, gezeichnet mit zahlreichen Narben, schoss er davon.

Genkor wendete sich an die weiße Seekuh.

»Ich fürchte, wir werden Viverrin gut im Auge behalten müssen. Die Dinge nehmen eine Wendung, die unserem Volk nicht guttut.«

Die Seekuh nickte und folgte Viverrin bedächtig.

Juniya

Juniya hatte einen irren Traum. Sie träumte, sie war zu Eis erstarrt und sah Bilder von Wasserwesen, die sich vor ihren Augen verwandelten. Ströme aus hellgrünem Wasser umgaben sie und ließen sie schweben. Ein Prickeln hatte ihren Körper erfasst, ihr war, als wollte er jeden Moment in Tausende kleinster Eissplitter zerspringen. So seltsam es war, alles fühlte sich gut an. Und richtig. So, wie es in diese grüne Welt gehörte. Doch das Beste war das Kribbeln auf ihren Lippen, das Wärme versprach. Juniya spürte einen leichten Druck auf ihrem Mund und ihre Zunge verselbstständigte sich. Sie öffnete ihre Lippen und ließ eine ungekannte Energie ein, ein unbekanntes Wesen. *Wasser? Kann ich Wasser atmen?* Ein Summen ging von ihren Lippen aus, sie tasteten mit den Händen nach dem, was sie mit ihren Lippen fühlte, ihre Zunge half dabei und ihr Körper reagierte auf eine Weise, die Juniya gänzlich neu war. Juniya spürte die Gegenwart eines Körpers, eines warmen Körpers, der ihr Lebensenergie spendete. Dieses Wesen im unendlichen Grün ihrer Traumwelt kam ihr mit Vorsicht und Kraft, Unsicherheit und Verlangen gleichzeitig entgegen. Juniya fühlte sich geborgen. Sie war erfüllt von einem einzigen Gedanken: Diese Verbindung sollte niemals enden! Sie schlang ihre Arme um dieses Wesen, schmiegte sich an seine Wärme und erwiderte seinen Kuss.

»Juniya!«
Etwas klatschte in ihr Gesicht.
»Juniya, wach auf!«
»Viverrin«, flüsterte sie. Ihre Augen öffneten sich und Juniya schnappte nach Luft. Es war nicht Viverrin, den sie über sich gebeugt sah. Es waren die grünen, warm leuchtenden Augen von Captain Skye Collins. Er sah sie mit einem eigenartig verschlossenen Gesichtsausdruck an. Juniya kam zu sich. *Ich liege in seinen Armen. Und ich habe nichts am Leib.* Sie sah, wie er schluckte.

»Juniya! Ich bin so froh, dass ich dich gerade noch erwischt habe!« Seine Stimme klang ziemlich kratzig.

Er drückte sie sanft an sich. Wassertropfen perlten von seinem dunklen Haar. Glitzernd tropften sie auf ihr Gesicht. Er war klatschnass. Juniya versuchte verzweifelt, sich zu erinnern, was geschehen war. Ihre Augen huschten umher.

»Wo bin ich?«
»Im Dschungel. Kannst du mir verraten, warum du in einen See springst, ohne schwimmen zu können?« Captain Skye ließ ihr Gesicht nicht aus den Augen.

»Etwas hat mich gerufen«, antwortete sie leise. »Es war, als zöge mich eine unbekannte Macht hinein.«

Wenn er ihre Antwort nicht ganz ernst nahm, so ließ er es sich wenigstens nicht anmerken.

»Dann müssen wir dafür sorgen, dass du beim nächsten Mal wenigstens in der Lage bist zu schwimmen«, meinte er nur und sein Mund, den Juniya plötzlich als schön und sinnlich registrierte, verzog sich zu einem gequälten Lächeln.

Für einen kurzen Moment streiften die Augen des jungen

Captains über ihren nackten Körper.

Er sieht mich nicht so gierig an wie die anderen. Obwohl sie wusste, dass Skye sie auf dem Schiff in einer viel schlimmeren Lage nackt gesehen hatte, schämte sie sich und schmiegte ihr Gesicht in seinen Arm.

»Ist schon gut.« Seine Stimme war sanft und leise. »Niemand sieht dich hier im hohen Gras. Wir sind allein. Bleib hier. Ich hole dir deine Sachen.« Unendlich vorsichtig ließ er Juniya auf den Boden gleiten und stand auf. Juniya setzte sich auf und schlang die Arme um die Knie. Der Kontakt zu seiner Wärme war unterbrochen und schlagartig war ihr kalt und sie fühlte sich verlassen. Als er mit ihren Sachen wiederkam, ruhten seine Augen auf ihr, er zögerte, als wollte er noch etwas sagen.

Doch dann reichte er ihr nur die Kleider, drehte er sich um und ging voraus.

Skye

Feuer pulsierte durch Skyes Adern, ein Verlangen hatte von ihm Besitz ergriffen, wie er es noch nie in dieser Intensität gespürt hatte. Skye hielt eine Frau in seinen Armen, wie er bisher noch keine kannte. Ihre Haut schimmerte wie helles Gold, die Lippen waren die pure Versuchung. Ihr hemmungsloser Kuss brachte ihn aus der Fassung, so wild und ungezügelt warf sie sich an ihn, presste ihren nackten Körper an seine Brust. Skye erwiderte den Kuss, er konnte nicht anders, getrieben von wildem Begehren wanderten seine Hände über ihre Haut, die sich anfühlte wie weichste Seide. Ihre schlanken Finger auf seinen Lenden trieben Skye an den Rand des Wahnsinns. Überall streichelte sie ihn, forderte ihn auf, sie zu nehmen, sie wand sich in seinen Armen und stöhnte vor Begierde. Skye beugte sich über sie, bereitwillig spreizte sie die Beine, hob das Becken lockend an. Skye umfasste ihre Hüften, hob sie an, war kurz davor, in sie einzudringen.

Da öffnete sie die Augen und sah ihn an. Ihre Pupillen glänzten wie flüssiges Silber, ihr Anblick brannte sich direkt in Skyes

Netzhaut ein. Dann veränderte sich das Bild. Der Gesichtsausdruck der Frau verwandelte sich von Ekstase zu Erstaunen. Skye wollte gerade zustoßen, endlich in sie eindringen, er sehnte sich so sehr danach, dass sie ihn in sich aufnahm, dass es schmerzte. Doch da verfärbten sich ihre Augen, wurden hellgrün wie das Wasser des Sees, ihr Körper, den er gerade noch heiß unter sich gespürt hatte, schmolz, er zerrann unter seinen Fingern, löste sich auf in einem Schwall jadegrünen Wassers, und war verschwunden.

Schweißgebadet wachte Skye auf. Jede Nacht hatte er diesen Traum. *Die Träume von Juniya bringen mich um.*

Skye schwang sich aus seiner Koje, trank einen Schluck Wasser und wischte sich den Schweiß vom Oberkörper. Das kleine Kajütenfenster brachte etwas Erleichterung und ließ frischen Wind in den stickigen Raum. Skye starrte in die Dunkelheit. Wieder und wieder dachte er über seine letzte Begegnung mit Juniya nach ...

Unter einem Vorwand hatte er den Befehl des Admirals ein wenig uminterpretiert, um doch noch einmal in Belilla Bay anzulegen. Dr. Kingsleys Studien der Naturheilkunde bei Manateka dienten Skye als willkommene Ausrede, den Abstecher in den kleinen Hafen zu machen, obwohl das mehr als gefährlich war. Nach dem Vorfall mit dem Ichtyojungen durfte sich Skye nichts mehr erlauben. Dennoch konnte er nicht anders. Seine Sinne richteten sich an Juniya aus wie eine Eisennadel an einem Magneten.

Endlich am Haus von Manateka angekommen, bekam er gerade noch mit, wie Juniya davonlief. Etwas hinderte ihn daran, ihr einfach nachzurufen. Er beschloss, ihr nachzugehen, ließ ihr etwas Vorsprung. Den ganzen Weg suchte er nach einer Ausrede, warum er ihr einfach nachlief, und kam sich dabei vor wie ein Idiot.

Als Juniya schließlich an dem kleinen Wasserfall stehen blieb und begann, sich die Kleider vom Leib zu reißen, hatte Skye die richtige Gelegenheit sie auf sich aufmerksam zu machen verpasst. Fasziniert stand er da und beobachtete sie, verborgen von den Bäumen des Dschungels. Er schalt sich selbst einen miesen Spanner, doch er blieb, wo er war. Der Anblick ihrer makellosen Haut erregte ihn, Skye war unfähig, sich zu rühren. Erst, als sie ins Wasser sprang, kam wieder Leben in ihn. Er wusste sofort, dass sie in größter Lebensgefahr schwebte, und sprang ihr ohne zu zögern hinterher.

Das Wasser war eigenartig getrübt, doch Skye hatte sie schnell gefunden und herausgezogen. Für die Außentemperatur war der kleine See erstaunlich kalt. Skye fühlte nach Juniyas Herzschlag und bemerkte, dass sie nicht atmete. Sofort begann er, ihr Luft in die Lunge zu pusten. Mit ihrer heftigen Reaktion hatte er nicht gerechnet. Schon bei der zweiten Berührung ihrer Lippen schlang sie die Arme um ihn und küsste Skye mit einer Heftigkeit, wie er es noch nie bei einer seiner bisherigen Geliebten erlebt hatte. Sein Körper reagierte umgehend, heftiger, härter, als der Kuss einer Frau ihn vorher jemals gefordert hatte. Es hätte nicht viel gefehlt, und er hätte Juniya dort, wo sie lag, im hohen Gras neben dem kleinen See, genommen. Trotz der heftigen Reaktion schaltete sein Gehirn glücklicherweise noch. Irgendwas lief da ab, das weder er noch Juniya steuern konnten. Er löste ihre Arme von seinem Hals und hielt sie vor seiner Brust fest, löste mit gewaltiger Anstrengung seine Lippen von ihren und versuchte, sie wieder zu Bewusstsein zu bekommen. Mit niederschmetterndem Ergebnis. Sie öffnete die Augen und flüsterte den Namen eines Anderen.

***

Stumm hatte Juniya sich angezogen, als er ihre Sachen gebracht hatte. Den Weg zurück zu Manatekas Haus gingen sie schweigend. Juniyas Antworten auf seine Fragen, wie es ihr ging, fielen nur kurz aus. Sie fragte ihn nichts, hatte sich wieder ganz in sich zurückgezogen, wie Skye es schon vom Schiff kannte. Erst beim Abschied nahm sie kurz seine Hand.

»Danke. Du bist offenbar der Wächter über mein bisschen Leben.« Mit ihren schönen, ungewöhnlichen Augen sah sie ihn traurig an. Es war Skye fast, als übertrug ihre Hand eine leichte Vibration auf seine, die ihn erneut aus der Fassung brachte und unruhig werden ließ. Bevor er noch etwas sagen konnte, war sie im Haus verschwunden. Und nun war Skye wieder an Bord, fühlte sich wie ein dummer Tölpel, fragte sich, warum er überhaupt hergekommen war, wäre am liebsten sofort zu ihr zurückgekehrt, doch seine Aufgaben ließen ihm eigentlich nicht einmal Zeit, an sie zu denken. Und ihre Ablehnung war ja wirklich mehr als offensichtlich gewesen. *Es war bescheuert, diesen Abstecher zu machen,* warf er sich immer wieder vor. *Aber wäre ich nicht dort gewesen, wäre sie vielleicht ertrunken.* Die Vorstellung, Juniya tot zu wissen, quälte ihn unsäglich.

Skye hörte die Schiffsglocke. Noch zwei Stunden, bis er wieder an Deck sein musste. Es machte keinen Sinn, sich noch mal hinzulegen. Der Traum würde wiederkommen, so wie er jede Nacht kam. Und jede Nacht endete er auf die gleiche unbefriedigende Weise. Skye beschloss, aufzubleiben und zündete die Lampe an. Er holte die in Wachspapier eingeschlagenen letzten Befehle des Admirals aus seiner Seekiste und breitete sie auf dem Tisch aus. Dann vertiefte er sich in die bevorstehende Mission. Er versuchte es zumindest. Und endlich bei Morgengrauen ging er hinauf an Deck, um den Tag mit der üblichen Routine zu beginnen.

»Verdammt, Skye, was ist los mit dir?«

Skyes erster Offizier war von hinten an seinen Captain herangetreten, der auf dem Achterdeck stand und aufs Meer hinaus starrte. Das war an und für sich nichts Ungewöhnliches. Nur dass sich Skye die ganze Wache lang nicht vom Fleck bewegte und die Wachablösung verpasste, das war ungewöhnlich.

Skye schüttelte den Kopf. »'tschuldigung. Bin schon da.« Dann gab er seine Befehle zum Kurswechsel.

Am Abend saßen die beiden in Skyes Kajüte. Die Fairbanks segelte herrlich vor dem Wind und sie machten gute Fahrt auf ihr neues Ziel zu.

Jason goss seinem Freund und Captain einen ordentlichen Schluck Rum ein.

»Es hat dich ganz schön erwischt.«

Skyes Arm fuhr fahrig durch die Luft. »Was redest du?«

Doch Jasons breites Grinsen sagte ihm, dass sein Freund

nicht locker lassen würde.

»Gib´s zu. Du bist total verschossen in die kleine Meerjungfrau. Die, wie wir wissen, eigentlich gar keine Jungfrau mehr ist.«

Es war ein Reflex. Bevor Jason auch nur reagieren konnte, krachte Skyes Faust auf seine Nase, er kippte rückwärts vom Stuhl.

»Hey, hast du sie noch alle?« Das kam etwas nuschelnd. Blut schoss aus Jasons Nase.

Sofort war Skye da, um Jason aufzuhelfen. Der nahm auch seine Hand.

»Genau das meine ich.« Jason tastete an seine Nase und stöhnte. »Die Kleine geht dir verdammt tief unter die Haut.«

Skye zog ein Tuch aus seiner Seekiste und reichte es Jason. Der stopfte sich einen Zipfel davon in das blutende Nasenloch. Dann sprach er weiter. »So kenne ich dich ja gar nicht. Ihretwegen riskierst du sogar unsere Mission. Dass sie uns bei der ersten Begegnung nicht draufgekommen sind, warum wir eigentlich vom Kurs abgewichen sind, war Glück. Die Landung in Belilla Bay diese Woche mit dem Vorwand, Dr. Kingsley würde Hilfe bei seinen Forschungen benötigen, werden sie wohl auch noch schlucken. Aber jetzt sollten wir uns erst mal um unsere Befehle kümmern.«

Skye hatte sich umgedreht und starrte aus dem längst wieder instand gesetzten Fenster seiner Kajüte. Die Sonne ging gerade blutrot unter.

»Du kannst drauf wetten, dass mir das schon klar ist. Und es sind genau diese Befehle, die mir im Moment gewaltig zu schaffen machen.«

Jason setzte sich aufrechter hin. »Weshalb?«

»Es ist dieser letzte Befehl der Admiralität. Hast du nicht auch das Gefühl, unser Einsatz verändert sich? Wir fahren nicht mehr ein bisschen zur See mit einem fantastischen Segler und vermessen den Ozean. Es geht nicht mehr nur darum, den Ichtyos vorzumachen, dass wir genau wie sie Bewohner dieses Planeten sind, um sie davon abzulenken, unsere Aktivitäten zu entdecken. Immer mehr Unruhe kommt auf. Der Mord an dem Ichtyojungen war der Gipfel. Und wer hat die drei Händler auf

139

dem Gewissen? Ich frage mich, wohin das führt.«

Skye zeigte auf einen Punkt auf der Seekarte. »Ich darf dir das eigentlich gar nicht mitteilen. Aber wir sind zu einem Punkt mitten im Ozean beordert. Wozu? Eigentlich ist da draußen nichts als Wasser. Es sei denn, sie haben einen neuen Stützpunkt gebaut. So nahe an den Ichtyoinseln. So hätte ich die Gräte nicht eingeschätzt. Der Admiral legt doch immer den größten Wert auf die Einhaltung unserer Richtlinien? Oder hat er gar nicht mehr das Sagen?«

Jason teilte Skyes Bedenken anscheinend nicht. »Skye, wir haben hier angeheuert und bekommen ein Heidengeld dafür, einfach wie diese britische Navy im 18. Jahrhundert auf dem Alten Planeten ihren Befehlen zu gehorchen. Nebenbei vermessen wir ein bisschen den Meeresboden und sammeln Daten für die Erforschung von Meeresgetier. Und wenn es zum Streit zwischen den Händlern kommt, dürfen wir ein bisschen Polizei spielen. Was stört dich auf einmal an unserer Rolle?«

Skye fuhr zu Jason herum. »Was mich stört? Jason, mir gefällt die Entwicklung nicht. Schau dir an, was die, die sich hier Zivilisten nennen, alles anstellen. Der Rote Vadim rüstet auf. Und ich frage mich, woher die Boote und Schiffe auf einmal kommen, mit denen er unter dem Fähnchen einer ehrlichen Kaufmannschaft auf einmal unterwegs ist. Anfangs befehligte er nur wenige Frachtschiffe, und jetzt hat er Schiffe, die es mit uns aufnehmen könnten. Der Zuwachs an Leuten ist auch erstaunlich. Wo kommen die auf einmal her? Wer steckt dahinter? Ich hatte sogar das Gefühl, das es der Rote Vadim selbst war, der vom Fenster aus zugesehen hat, was mit dem Ichtyojungen passiert ist.«

Jason pfiff durch die Zähne.

»Hast du das dem Admiral gesteckt?«

Ein Schulterzucken antwortete ihm.

»Diese Silhouette am Fenster ist mir erst viel später wieder eingefallen. Irgendwann muss ich es dem Admiral sagen. Aber wer weiß, welche Rolle er mittlerweile spielt? Jason, glaub mir, ich kenne unsere Aufgabe. Ich bin verdammt gespannt darauf, wie unser nächster Befehl lautet. Und welche Antworten der Admiral auf meine Fragen hat.«

Jason versuchte vorsichtig, sich zu schnäuzen. Das Taschentuch war blutdurchtränkt. Skye hatte schon ein schlechtes Gewissen. Er reichte seinem Freund die Hand. »Tut mir leid«, murmelte er. »Ich weiß auch nicht, wie das passieren konnte.«

»Ich schon!« Jason grinste verwegen und schlug ein. »Du bist in die kleine Schönheit verknallt bis über beide Ohren. Und ich werde verdammt aufpassen, was ich in Zukunft über sie sage.«

Skye versuchte auch ein Lächeln. Wie gut, dass Jason nie nachtragend war.

»Wir werden uns jetzt ganz entspannt zusammen mit allen anderen anhören, welche neuen Befehle es gibt. Du weißt, ich werde dich unterstützen, wo ich kann, damit wir bald wieder in diese Gegend zurückkommen.«

Jason hatte es ganz richtig erkannt. Skye dachte Tag und Nacht daran, wie er am schnellsten zu Juniya zurück konnte. Obwohl sie offenkundig in einen anderen Kerl verliebt war. Skye musste ihr einfach helfen, dieses Bedürfnis hatte sich in ihm festgefressen. Dabei wusste er genau, vorläufig war es unmöglich. Seine Order erlaubte ihm keine weitere Kursabweichung oder er riskierte den Rauswurf. Und damit die umgehende Entfernung von diesem Planeten. Doch nicht nur um Juniya machte Skye sich Gedanken. Ein Gefühl sagte ihm, dass vom Roten Vadim und seinen angeblichen Kaufleuten mittlerweile eine beträchtliche Gefahr ausging. Und das machte ihm fast so sehr zu schaffen, wie der Name Viverrin, den Juniya ausgesprochen hatte, nachdem sie ihn so überraschenderweise und wild geküsst hatte. Skyes Lippen brannten noch immer, wenn er an diesen Kuss und die nackte Schönheit in seinen Armen zurückdachte. Ihm wurde heiß bei dem Gedanken, wie sich ihre Brüste an ihn gedrückt und er die zarte Haut ihres Rückens gestreichelt hatte. Keine einzige Narbe konnte er dank Manatekas Heilmitteln mehr spüren.

Und jedes Mal krampfte sich sein Magen vor Eifersucht bei dem Gedanken zusammen, dass sie ihn nur geküsst hatte, weil sie ihn mit einem anderen Mann verwechselte.

Wer zum Teufel ist dieser Viverrin?

»Juniya ist HIER? Das hättest du mir sagen müssen!«
Ambielas Stimme zitterte vor mühsam unterdrückter Wut.
Dröhnend lachte ihr Vater. »Genau so habe ich mir deine Reaktion vorgestellt, meine
werte Tochter. In Sachen Selbstbeherrschung musst du noch einiges lernen, bevor du mir nachfolgen kannst. Weshalb bist du
so aufgebracht? Juniya ist doch eine nette kleine Spielfigur in
unserem Projekt, findest du nicht auch?«
»Dann ist sie also der telepathisch begabte Joker, von dem
du geredet hast?« Ein Zahnrädchen rastete in Ambielas Gedanken ein. *So muss es sein!*
»Nun, allzu viele Telepathen gibt es leider nicht, derer ich
mich ohne aufzufallen bedienen konnte. Das Halbblut ist doch
ideal! Wochenlang wird niemand sie vermissen. Niemand wird
nach ihr suchen, schon gar nicht hier. Und sie kann diesen Planeten nicht mehr verlassen. Besser kann es doch gar nicht laufen.
Spiel mit ihr, Tochter!«
Vater ist wirklich genial! Während der Gamemaster sich königlich zu amüsieren schien, dachte Ambiela fieberhaft nach.
Wie kann ich dieses Wissen für mich nutzen?
»Weiß irgendjemand hier auf dem Planeten, woher Juniya
kommt und was für ein Bastard sie ist?«
»Wo denkst du hin? Das Mädchen ist quasi vom Himmel
gefallen, und keiner der Menschen hat danach gefragt, wie sie
hierher kam. Für die ist sie Teil des Experiments. Und für die
Ichtyos ist sie ein gewöhnlicher Mensch. Wir werden sehen,
welche Mannschaft sie zuerst identifiziert. Ich bin sehr neugierig, ob irgendjemand diesen kleinen Bastard zu einer Kooperation bewegen kann. Und mit welchen Mitteln.« Sein Lächeln
nahm einen grausamen Zug an. »Und ich bin gespannt, wie
lange sie überlebt, wenn sie ihre telepathischen Fähigkeiten einsetzt.«
»Nicht sehr lange, wenn ich sie zuerst in die Finger kriege«,
rutschte es Ambiela heraus. Sie verspürte einen unangenehmen
Stich im Gehirn. Der Gesichtsausdruck des Vaters gefror zu Eis.

»Genau das ist es, Tochter, was dich eines Tages disqualifizieren wird. Beherrsche dich. Deine Gefühle sind dem Erfolg nicht zuträglich. Was hast du von Junijas schnellem Tod? Du solltest besser darüber nachdenken, wie du sie benutzt. Wie du alle Lebewesen in diesem Spiel benutzt. Denke daran. Dies ist deine letzte Chance. Sonst werde ich mich endgültig für deinen Bruder als meinen Nachfolger entscheiden!«

Ambion verließ grußlos den Raum. Ambiela ballte die Hand so stark zur Faust, dass sich ihre Fingernägel in die Handflächen bohrten. *Das wird er niemals wagen. Themian wird nicht sein Nachfolger. Er ist nicht klug genug. Dieser Idiot ist zu sanft. Er taugt nicht dazu, eine neue Herrschaft bei den Thon-Rhe zu implementieren. Nicht mein Bruder. Ich bin es, die mein Vater als seine Nachfolgerin erwählen wird. Ich und sonst niemand.*

Ambiela starrte auf das Spielfeld. Die Inseln der Ichtyos leuchteten geheimnisvoll aus dem Dunkeln, sonst war nichts zu erkennen. Sie hörte, wie sich eine Tür öffnete. Schwungvoll drehte sie sich um.

»Ehrenwerter Va...«, erschrocken hielt sie inne. Es war nicht ihr Vater, der hereinkam. Ein Mann wie ein Fels trat mit sicheren Schritten in den Raum. Er war schwer gebaut. Breitschultrig, trotz seiner Größe wirkte er gedrungen. Sein Gesicht war von vielen Narben entstellt. Nicht schön, aber markant. Er trug ein kostbares Gewand, wie es die Händler trugen. Jede Pore an ihm strahlte Macht aus. Und Gewalt. Der Mann trat ohne sichtliches Erstaunen auf sie zu.

»Du bist das also. Ist ja interessant. Ich hätte niemals darauf gewettet, dass der Gamemaster eine Frau ins Spiel holt.«

Ambielas Nackenhärchen stellten sich auf, als er sie abschätzig von oben bis unten musterte. Ohne auch nur die Spur eines Grußes ging er nach dieser kurzen Prüfung an ihr vorbei und wendete sich der Spielkonsole zu.

WAS?

Seine Ignoranz machte Ambiela, die sonst nicht auf den Mund gefallen war, sprachlos. Sie stand da und starrte ihm hinterher. Der Mann bewegte sich breitbeinig, als wäre er auf einem Schiff. Dabei wirkte er jedoch lässig, lauernd, jederzeit sprungbereit. Trotz seiner Größe, die Unbedarfte schnell als behäbig einstufen konnten, hielt ihn Ambiela für gefährlich.

In ihren Fingern begann es zu kribbeln. Am liebsten wäre sie ihm nachgesprungen, hätte ihn am Ärmel gepackt und herumgerissen. *Wie kann er es wagen, mich so zu ignorieren?* Doch sie beherrschte sich. *Sicher wird Vater gleich kommen. Ist auch das eine seiner Prüfungen?* Ambiela atmete tief durch. *Das ist also mein zweiter Gegner. Sylvius Beard ist ein Schwächling, aber unberechenbar. Dieser Mann hingegen ist stark.* Sie musterte jeden Zentimeter seiner Gestalt. Witterte seinen Geruch, wie eine Löwin die Beute. Und plötzlich lachte sie laut auf.

Da drehte er sich zu ihr um.

»Weshalb dieser Heiterkeitsausbruch?«, fragte er trocken.

Jetzt ignorierte sie ihn.

Wortlos ging sie mit vorgerecktem Kinn zu ihrem Platz am Spieltisch. *Ja, Vater, ich nehme dein Spiel an. Dieser Mann wird eine echte Herausforderung sein. Nicht wie dieser hündische Emporkömmling Sylvius Beard, der vom ersten Augenblick an wie Wasser in meinen Händen war. Das Spiel beginnt.* Ambielas Hand fiel auf ihre Spielkonsole. Die Ichtyoinseln stiegen dreidimensional als Hologramm aus dem Wasser. Mit wenigen Bewegungen ihrer schlanken Finger färbte sie die Insel Numinala in einem dunklen Lila ein. Nach und nach färbten sich in einer Wellenbewegung alle Inseln im Umkreis, bis der gesamte Inselkontinent Ambielas Spielfarbe aufwies.

»Was soll das?«, fragte der Mann. Er stellte sich an seine Spielkonsole. Die Standorte, an denen die Händler lebten und ihre Flotte unterhielten, leuchteten grün auf. Da Ambiela die Bereiche jedoch vor ihm markiert hatte, waren die grünen Marker schwach.

»Ich zeige dir meinen Einflussbereich.«

»Davon träumst du, Weib«, knurrte er. »Du bist erst wenige Wochen im Spiel. Warum bildest du dir ein, du hättest solchen Einfluss auf den Inseln? Lächerlich.«

»Ein paar ungebildete Händler. Ein paar Schiffe. Gegen ein ganzes Volk.«

»Die Ichtyos als ernst zu nehmendes Volk zu bezeichnen, erklärt schon mal einen deiner Denkfehler, Weib.«

Seine herablassende Stimme reizte Ambiela zum Widerspruch.

»Du darfst gern Lady Ambiela zu mir sagen«, feuerte sie ihm entgegen. »Warum glaubst du, die Ichtyos nicht ernst nehmen zu müssen?«

»Fische?« Er lachte dröhnend. »Fische ziehen wir aus dem Wasser!« Er neigte seinen Kopf nur um ein paar Millimeter. »Vadim Smalov.« Sogar das Zusammenklacken seiner Absätze klang spöttisch.

Ambiela riss sich von seinem zerfurchten Gesicht los. Ihre Augen suchten das Spielfeld nach Hinweisen ab. *Ich muss herausfinden, welches Ziel er verfolgt. Welche Aufgabe hat Vater ihm zugewiesen?*

Doch irgendetwas störte ihre Konzentrationsfähigkeit. Sie sah zu ihm hin. *Warum glotzt er mich so an? Er starrt jedenfalls nicht auf mein Gesicht.* Provozierend drehte sie sich zu ihm um, straffte die Schultern, sodass ihre Brüste unter dem engen Kleid noch besser zur Geltung kamen. Seine Zunge fuhr über die aufgesprungenen Lippen, die Augen waren zu schmalen Schlitzen geworden. Das Kribbeln auf Ambielas Haut wanderte in ihren Unterleib.

Ja, dachte sie sich siegessicher. *Lass uns spielen!*

Skye

»Die Männer fangen an zu murren.«

Jason hatte gerade seine Meldung gemacht und war dann bei Skye auf dem Achterdeck stehen geblieben. Skye sah mit einem Fernglas hinaus auf die See.

»Und du? Wolltest du nicht auch schon die ganze Zeit was fragen?« Skye klappte das Fernrohr zusammen und drehte sich zu seinem Freund um.

Der grinste entwaffnend.

»Nun ja, bisher wusstest du immer, was du tust. Aber es wäre nicht schlecht, mit der Mannschaft zu reden. Sie kennen dich nicht so stumm. Wir haben seit vier Tagen die letzte Insel hinter uns gelassen und vor uns liegen bei diesem Kurs mindestens drei Monate auf See, bevor wir wieder auf Land stoßen. Ein paar der Männer wissen das. Und es spricht sich herum. Sie fragen sich, wo wir hinwollen. Und ob der Rumvorrat solang reicht.«

Damit hatte Jason untertrieben. Für eine so weite Reise würden auch die Lebensmittelvorräte nicht reichen, und das machte den Männern Angst.

»Sorg dafür, dass sie noch ein paar Stunden Geduld haben. Wenn ich mich nicht verrechnet habe, werden wir spätestens morgen am Ziel sein.«

»Ich bin gespannt, ob du recht hast und da draußen wirklich irgendwas auf uns wartet.«

»Wir sind genau auf Kurs. Innerhalb der nächsten 24 Stunden haben wir die Zielkoordinaten erreicht. Wenn da nichts ist, kehren wir um.«

Da gellte ein Alarm über das Deck.

»Segel hart steuerbord voraus!«

Skye und Jason liefen nach vorn und blickten durch ihre Fernrohre.

»Ausguck, können Sie eine Kennung ausmachen?«

Skye wartete gespannt auf die Antwort des Manns, der angestrengt durch sein Fernrohr sah.

»Noch nicht, Sir!«, meldete er.

»Welchen Kurs segelt das Schiff?«

»So, wie es aussieht, liegt er auf unserem Kurs. Schätze, wir holen auf, Sir.«

Das war die Gelegenheit. Skye prüfte den Wind. Seine Sinne erfassten jede Bewegung des Schiffs, schätzten ab, was er der Fairbanks abverlangen konnte.

»Mr Morse, lassen Sie alles Tuch setzen, das Sie finden können. Wir wollen doch mal sehen, wann wir den Burschen einholen!«

Ein Rennen war das Beste, um die Männer von ihren düsteren Gedanken abzulenken. Sofort waren alle mit Feuereifer dabei, alles aus der Fairbanks herauszuholen.

»Jetzt kann ich die Wimpel erkennen, Sir!«, schrie der Mann im Ausguck.

»Ja nun, Mr White, lassen Sie uns teilhaben!«, befahl Skye.

»Es ist die Clara, Sir!«

Jason pfiff durch die Zähne.

»Schau an. Der Bengel des Admirals ist auch unterwegs. Hast du das gewusst?«

»Hab´s vermutet. Schätze, wir sind alle dorthin beordert. Jetzt, wo wir unserem Ziel langsam näherkommen, müssten wir auf weitere Schiffe treffen.« Skye sah durch sein Fernrohr und schätzte die Entfernung zur Clara. »Wir sind um Einiges schneller als die Clara. Wenn der Wind so stetig bleibt, haben wir den schönen Clifford Parker eingeholt, bevor wir beim Zielpunkt ankommen.«

Jason lachte laut, sodass einige der Männer ihn hören konnten, und meinte: »Ein Rennen! Sie haben uns auf eine schöne Aufholjagd geschickt und wir haben unser Ziel fast erreicht!«

Dankbar nickte Skye ihm zu. Das war eine gute Information für die Männer. Wenn er ehrlich war, hatte Skye schon an seinen Navigationskünsten gezweifelt, was den Kurs anbelangte. Natürlich hatte er die Sorge, dass sie am Zielpunkt nichts vorfinden würden als Wasser, doch mit dem Auftauchen der Clara verschwand seine Befürchtung. Wenn andere Kapitäne auch in der Nähe waren, mussten seine Berechnungen richtig sein. Wieder und wieder hatte er nämlich die Koordinaten überprüft, die in dem geheimen Umschlag vermerkt waren, den er erst öffnen durfte, als ein Bote des Admirals die Erlaubnis dazu überbrachte.

Sogar die Tageszeit für seinen Aufbruch von Numinala war ihm genauestens vorgegeben worden. Skye war sofort klar gewesen, dass die Zielkoordinaten mitten im Ozean lagen. Er rechnete mit einer Art Zusammenkunft und fragte sich, warum der Admiral die Fairbanks und die anderen Schiffe nicht einfach zum Flottenstützpunkt Numinala beordert hatte. Wen oder was traf man denn so weit draußen? Jedenfalls weit außerhalb jeder Reichweite der Boote der Ichtyos. Geheimnisvoll war die Botschaft des Admirals allemal. *Diesmal habe ich keine Ahnung, was das für eine Prüfung werden wird.* Normalerweise hätte er sich auf das nächste Abenteuer gefreut, das ihn erwartete. Aber diesmal war es anders. Jeder Tag der Seereise entfernte ihn weiter von Juniya und es würde jetzt schon über eine Woche dauern, bis er überhaupt wieder in ihre Nähe gelangen konnte, und dazu müsste er sofort den Befehl zum Wenden geben. Das war natürlich völlig ausgeschlossen. Skye wurde von Tag zu Tag unruhiger und war schlecht gelaunt. Das kannte seine Crew tatsächlich nicht von ihm. Und Jason auch nicht. Skye war auf sich selbst sauer, weil er sich partout nicht auf seine Aufgabe konzentrieren konnte. Er brauchte seine Ruhe. Die Fairbanks war gut unterwegs.

»Ich bin in meiner Kajüte. Du kannst ihnen jetzt sagen, dass wir sicher morgen am Ziel sind.« Skye ließ Jason einfach stehen und ging unter Deck.

Beim nächsten Tagesanbruch war Skye längst wach und an Deck, als der Mann im Ausguck ein erstauntes »Objekt in Sicht!« ausrief.

Ambiela

Ambiela trommelte mit den schlanken Fingern auf dem schmalen Fensterbrett herum. Der Gamemaster hatte sie per Zelltransfer zurück nach Numinala gebracht und sie langweilte sich. *Ich muss einen Weg finden, diesen Vadim Smalov näher kennenzulernen. Doch wo steckt er und wie komme ich hier weg?* Die Teestunden mit dem Gouverneur der Ichtyos brachten nicht viel Neues. Und Männer gab es auch keine mehr, die Ambiela hier in der Hauptstadt interessierten. Cliff war mit seiner Galeone auf See, um irgendeinen dieser stupiden Aufträge zu erfüllen. *Mir fehlt ein Plan!*
Sie stieß das kleine Fenster auf, um die kühlende Nachtluft in das Zimmer zu lassen. Unter dem Fenster hörte sie Stimmen.
»Du wirst nirgends hinschwimmen!«
Das war eine unbekannte männliche Stimme.
»Ich kann genauso meinen Beitrag leisten wie du oder Viverrin!«, tönte es in ärgerlichem Ton zurück.
Das ist Kerrali! Mit wem spricht sie da?
»Du hast einen anderen Auftrag und wirst dich daran halten!«
»Schreib mir nicht immer vor, was ich zu tun oder zu lassen habe! Ich bin erwachsen.«
Ambiela grinste. *Kerrali kann ja richtig wütend werden.*
»Wenn du nicht auf mich als deinen Bruder hörst, dann erinnere ich dich als Hauptmann der Kikrokka an deine Aufgabe, liebe Schwester. Und komm mir bloß nicht mit deinem Viverrin. Wie kommst du nur auf die Idee, dich mit diesem elenden Helifa zu verbinden? Du solltest einen Kikrokka wählen, wie es deiner Familie bestimmt ist!«
»Ich wähle zum Gefährten, wenn ich will. Du hast mir da überhaupt nichts zu sagen. Und hör bloß auf mit deinen Befehlen als Hauptmann. Du bist mein Bruder. Ich dachte, in der Familie unterstützen wir uns!«
Hehehe. Überall scheinbar das gleiche Spiel. Aber das ist ja ganz interessant. Ambiela beschloss, ihren Horchposten aufzugeben. Geräuschvoll bewegte sie den Fensterflügel.

»Hallo? Ist da jemand?«, fragte sie mit fester Stimme in die Nacht. »Kerrali, bist du das?«

Sie beugte sich vor und sah, wie jemand von Kerrali wegtrat und in den abendlichen Schatten verschwand. Kerrali blieb stehen, wo sie war, und blickte zu ihr auf.

»Ja, Herrin. Es tut mir leid, wenn wir zu laut waren.«

»Wie wäre es denn, wenn du mir deinen Besuch einmal vorstellst? Seid nicht unhöflich und kommt doch rein. Ich würde so gern Freunde von dir kennenlernen.«

Ambielas Freundlichkeit verfehlte ihre Wirkung nicht. Sie hörte unten ein Getuschel, schloss das Fenster und wartete.

Ambiela war tatsächlich beeindruckt. Kerrali schob einen großen, massigen Ichtyomann, dem das sichtlich unangenehm war, in den kleinen Salon. Aus einem scharfkantig geschnittenen Gesicht blickten ihr harte, dunkle Augen entgegen. Sein Kopf ging über einen gewaltigen Nacken fast ansatzlos in den Rücken über. Das Haar des Manns war ähnlich kupferfarben wie das von Kerrali und zu einem Gebilde geflochten, das wie ein flacher Helm, der nach vorn und hinten spitz zulief, um dem massigen Schädel lag. Seine Kleidung war schwarz, anders als die sanften Grüntöne, in die sich Kerrali kleidete. Er war Ambiela von der Größe ebenbürtig, doch seine breiten Schultern und die langen Arme ließen ihn wie einen Riesen erscheinen. Kerrali wirkte geradezu winzig neben ihm.

»Mein Name ist Shaka«, stellte sich der Riese reserviert vor. »Ich bin Kerralis Bruder.«

Ambiela tat so, als würde sie sich über den Besuch uralter Freunde freuen und bat die beiden, Platz zu nehmen.

Der zierliche Sessel knarzte hörbar, als sich der große Ichtyomann wiederstrebend setzte.

»Wir wollten Sie nicht stören. Ich sehe ab und zu nach meiner Schwester, das ist alles.«

Nun, besonders gesprächig scheint er mir nicht. Ambiela zeigte ihm ihr offenstes Lächeln.

»Kerrali ist mir eine große Hilfe. Fürchten Sie denn, es könnte ihr bei mir etwas passieren?« *Er mustert mich wie einen Feind,* fiel Ambiela auf.

»Ich kann ganz gut allein auf mich aufpassen«, giftete Kerrali dazwischen. *Die beiden müssen sich ganz ordentlich gestritten haben. Da ist Diplomatie gefragt. Er scheint mir ein gutes Exemplar für meine nächsten Schritte zu sein.* »Ich kann Ihnen versichern, das Kerrali bei mir in guten Händen ist. Wir verstehen uns, nicht wahr?«

Kerrali nickte eifriger, als Ambiela es erwartet hatte.

»Ich will Ihnen ja nichts unterstellen.« Der Ichtyomann erhob sich. »Ich muss weiter.«

»Kerrali, sei so gut und hole mir meine Stola. Ich werde noch ein paar Schritte spazieren und du kannst schlafen gehen. Vielleicht begleitet mich dein Bruder ja bis zum Hafen.«

Seine Gesichtszüge zeigten wenig Begeisterung, doch Kerrali war schon aufgesprungen, um Ambielas Wunsch zu erfüllen.

»Keine Sorge«, flüsterte Ambiela dem Ichtyo zu. »Ich werde Ihnen nicht lästig. Kerrali ist mir sehr lieb. Vielleicht kann ich im Streit zwischen euch ein wenig vermitteln?«

Finster starrte er sie an.

»Kerrali muss gehorchen, das ist alles.«

Dieser Shaka ist scheinbar ein harter Knochen. Na warte, dich knacke ich schon noch. Draußen auf der Straße nahm Ambiela den Faden wieder auf.

»Shaka! Kerrali ist verliebt. Da sind junge Frauen oft ein wenig störrisch. Sie hat mir von diesem Viverrin erzählt. Ist das nicht die schönste Zeit im Leben eines ...«, Ambiela lachte, »... jetzt wollte ich schon sagen im Leben eines Menschen. Wie ist das bei den Ichtyos?«

»Natürlich gibt es zwischen Gefährten eine romantische Phase. Aber der Erhalt unserer Art ist wichtiger als solche Belanglosigkeiten.«

Da sagt er wahre Worte.

»Oh, hat sich Kerrali wohl in den falschen Mann verliebt?«

Shaka blieb stehen und starrte sie an. *Seine Augen versuchen, mich zu durchbohren. Wenn ich ihn auf meine Seite ziehen könnte ...*

»Shaka, ich will Sie nicht aushorchen«, versuchte Ambiela den Ichtyo zu beschwichtigen. »Aber lassen Sie es mich wissen, wenn ich etwas für Kerrali tun kann. Sie ist ein kluges Wesen. Glauben Sie mir, ich möchte euch Ichtyos besser verstehen. Helfen Sie mir doch dabei. Vielleicht kann ich im Gegenzug Ihnen helfen und Kerrali ein bisschen auf andere Gedanken bringen.«

»Welche guten Gedanken sollte eine Menschenfrau einer Ichtyo wohl beibringen?«

Seine Stimme hatte einen höhnischen Klang angenommen. Ambiela empfand bei diesem Ichtyo zum ersten Mal eine deutliche Feindseligkeit den Menschen gegenüber. Noch keiner der Ichtyos, mit denen sie bisher Kontakt gehabt hatte, ließ auch nur den Hauch von Antipathie gegen die Menschen spüren. Immer waren sie höflich und freundlich. Nicht so aggressiv wie dieses Exemplar. Sie beobachtete Shakas breite Kieferknochen, die er fest aufeinandergepresst hatte. *Es arbeitet in ihm. Gut so!* Sie setzte nach.

»Auch bei uns ist es so, dass manche Familien stärker sind, wenn sie sich nicht mit bestimmten anderen Menschen«, Ambiela zog das Wort ›anderen‹ absichtlich in die Länge, »zusammentun. Obwohl wir natürlich viel Wert auf unsere Freiheit legen. Aber Blut ist eben nicht gleich Blut!«

»Genau!«

Werden seine Gesichtszüge weicher? Gleich hab ich ihn.
Ambiela spazierte weiter, ohne auf Shaka zu warten. Wie im Selbstgespräch fuhr sie fort.

»Nehmen wir einmal an, ich würde Kerrali ein wenig darin bestärken, dass ihr Freund vielleicht doch nicht die allererste Wahl für sie wäre ... Und nehmen wir weiter an, ich hätte Informationen über die Menschen, die dem Volk der Ichtyos hilfreich sein könnten ...«

Shaka war längst wieder an ihrer Seite und musterte sie aufmerksam. »Welche Art Informationen sollten das sein, die wir nicht selbst haben?«

Ambiela blieb stehen. Shakas Stimme klang überheblich, doch Ambiela spürte genau, wie interessiert er war. Sie überlegte sich jedes ihrer Worte genau.

»Sind die Ichtyos mit allem einverstanden, was die Menschen hier so treiben? Das hier sind eure Inseln. Mich würde es jedenfalls nicht wundern, wenn es - nun sagen wir mal - Strömungen gäbe, die dafür sorgen möchten, dass die Ichtyos unabhängig bleiben.«

»Wir werden uns niemals euch Menschen unterwerfen!«, spuckte ihr Shaka hasserfüllt entgegen.

Da hab ich seinen Nerv getroffen.

»Dann hoffe ich, ihr seid gewappnet, wenn die Menschen euch zeigen, wie sie wirklich sind.«

»Und warum interessiert Sie das Wohl unseres Volks? Sie sind doch eine von ihnen!«

Shakas Kiefer schnappten aufeinander, als würde er nach Beute schnappen. *Sehr interessantes Exemplar. Und so wundervoll von Hass getrieben!*

Ambiela nickte langsam, auch wenn ihr das gewaltig gegen den Strich ging, dass er sie für einen Menschen hielt.

»Unter uns gibt es auch Strömungen. Dabei geht es um Freiheit und Erhalt des alten Blutes.« Sie machte eine bedeutungsschwere Pause. »Aber mein Lieber, wir kennen uns kaum. Geben Sie unserer kurzen Bekanntschaft doch etwas mehr Zeit und besuchen Sie mich bald. Ich glaube, es könnte sich für uns beide lohnen!«

Mit einem entwaffnenden Lächeln drehte sie sich um und eilte zurück zum Haus.

Shaka kam ihr nicht nach. Doch Ambiela wusste, dass er angebissen hatte. *Ein Fisch eben*, lachte sie in sich hinein. *Ich schätze, ich werde diesen Ichtyo bald wiedersehen.*

Skye

Was Skye und Jason da sahen, übertraf die kühnsten Erwartungen. Aus dem Dunst des Horizontes stieg eine Insel auf. Allerdings eine Insel rein technischer Art. Mit voller Fahrt und gebauschten Segeln rauschte die Fairbanks darauf zu. Alle Männer, die nicht gerade Dienst hatten, hingen an der Reling und betrachteten die glänzenden Aufbauten, denen ihr Schiff nun immer näherkam.

»Die haben doch tatsächlich eine Versorgungsstation hierher verlegt. So nahe an den Inseln.«

Jason hatte ausgesprochen, was Skye dachte.

»Schätze, das wird ein Flottenkonvent außerhalb der Inselwelt. Bin mal gespannt, wer noch alles da ist.« Skye enterte behände ein Stück in die Wanten, um mehr zu sehen und nahm oben sein Fernrohr nicht mehr vom Auge. Je näher sie kamen, desto deutlicher wurden die immensen Ausmaße. Glänzendes Metall spiegelte sich in der Sonne. Nach und nach konnten die Männer der Fairbanks weitere Einzelheiten erkennen.

»Sieht nach einer künstlichen Hafenanlage aus. Ich kann schon mehrere Masten ausmachen. Ein Teil unserer Flotte ist also schon da.«

Skye rief den Mann im Ausguck an.

»Mr Hatfield, können Sie schon die Wimpel der festgemachten Schiffe erkennen?«

»Teilweise, Sir! Auf jeden Fall liegt die Emerald dort am Kai. Den Wimpel der Gräte erkenne ich auch nachts mit geschlossenen Augen.«

Jason pfiff durch die Zähne. »Die Gräte ist auch schon da. Es wird also doch was Größeres, wenn sich der Admiral hierher bequemt.«

Skye richtete sein Fernglas nach hinten und suchte nach der Galeone Clara, die sie in der Nacht unter dem schadenfreudigen Gejohle der Mannschaft passiert hatten. Er entschloss sich zu einem offiziellen Befehl an Jason.

»Mr Bonney, lassen Sie die Segel reffen. Wir sind pünktlich genug und werden ohne Eile anlegen.« Er sprang hinunter an Deck und fügte leise hinzu, sodass nur Jason es hören konnte:

»Und wir lassen Cliff die Chance, etwas aufzuholen.«

»Du bist zu gut für die Welt.« Jason zuckte mit den Achseln und gab die Befehle des Captains weiter. Die Matrosen enterten flink wie die Wiesel die Rahen und steckten die Reffs in die Segel. Schnell verringerte das Schiff seine Geschwindigkeit und segelte jetzt elegant mit halber Segelfläche auf die künstliche Insel zu.

Skye hatte mit Clifford Parker, denn Sohn des Admirals, schon ab und zu bei den offiziellen Convents zu tun gehabt. Er fand Cliffs übertriebene Ausstattung in Sachen »Kostüm« zwar etwas affig, aber schließlich spielten sie hier alle ein Spiel. Cliff konnte ein arrogantes Arschloch sein. Aber Skye war nicht der Typ, jemanden vorzuführen. *Wer weiß, wofür ich noch mal einen Verbündeten brauche. Clifford Parker will ich jedenfalls nicht zum Feind haben. Wenn er hart am Wind bleibt, holt er auf und wir laufen zusammen ein. Dann ist er wenigstens nicht vor seinem Vater gedemütigt.*

Je näher sie herankamen, desto gewaltiger erschienen die Ausmaße, die die künstliche Insel annahm. Die Männer konnten lange Kais ausmachen und hohe Kuppeln, die dem Wasser wenig Angriffsfläche boten. Und es wurde immer noch an der Station gebaut. Ein gutes Stück entfernt von dem künstlichen Hafen richteten Schwimmkräne weitere Bauteile auf, Roboter schweißten Funken schlagend an der Anlage herum. Ein modernes Schnellboot kam längsseits und brachte einen Lotsen an Bord. Auch wenn Skye mehr als verwundert war, denn diese Insel widersprach allen bisher geltenden Regeln für seine Aufgabe auf dem Planeten Beta-Atlantis, begrüßte er den Lotsen mit militärischem Gruß und nahm dessen Anweisungen für die Landung am schwimmenden Kai entgegen.

Skye konnte mittlerweile fast alle Schiffe der Flotte ausmachen. Sie gaben ein prächtiges Bild ab, doch wirkten sie neben den technischen Gebäuden der Neuzeit plötzlich wie Spielzeuge. Die Fairbanks kam mit mittlerweile eingeholten Segeln langsam an ihren Liegeplatz heran und die Sicht auf die Bautätigkeit war weg. Skye konzentrierte sich auf das Anlegemanöver. Die Galeone Clara war ebenfalls hereingelotst worden und nicht weit von der Fairbanks entfernt mit dem Anlegemanöver beschäftigt.

Endlich war Skyes Schiff an den Pollern vertäut. Jason deutete auf schier endlose Ausleger, die an den Seiten der Kais ins Meer ragten.

»Wellenbrecher«, meinte er. »Glaubst du, dass diese Kais einen Sturm wie unseren letzten überstehen? Mir wäre fast lieber, wir würden weiter draußen liegen und mit den Beibooten übersetzen, als hier festzumachen.«

Skye nickte. »Das war gerade auch mein Gedanke. Diese Anlage sieht technisch einwandfrei aus, die Gebäude werden einen Sturm sicher überstehen. Doch unsere Schiffe werden zu Kleinholz zerschlagen, wenn der Sturm diese schwimmenden Kais herumwirft.«

Mit seinem Fernglas suchte Skye noch einmal den Horizont ab. »Das Wetter scheint stabil zu bleiben. Ich bin gespannt, was uns der Admiral zu dieser Entwicklung hier erzählt. Du weißt, was du zu tun hast, wenn ich von Bord bin.«

Skye konnte sich auf Jason verlassen. Sein erster Offizier hatte die Befehlsgewalt, sobald der Captain von Bord war. Sein oberstes Ziel war es, Mannschaft und Schiff in Sicherheit zu bringen - sofern nicht andere Befehle der Admiralität vorlagen. Jason würde auslaufen, sobald sich ein Sturm am Horizont ausmachen ließ.

Der Lotse hatte seinen Job erfüllt und trat nun an Skye heran. Förmlich übergab er dem Captain der Fairbanks einen Umschlag.

»Der Admiral bittet Sie an Land, Captain Collins.« Der Mann grinste. »Sofern wir diese schwimmende Hightech-Station als Land bezeichnen möchten. Sie können gern mein Schnellboot benutzen, ich habe den Befehl, Sie zu tendern und auch den Kapitän der Clara abzuholen. Über die Kais ist der Weg zum Hauptgebäude ziemlich weit.«

Mit einem unheilvollen Knacken zerbrach das Siegel zwischen seinen Fingern. Blitzschnell überflog Skye die Order. Sein Blick wanderte noch einmal nachdenklich über die friedlich da liegende Flotte, dann zum Schnellboot des Lotsen. Es war Zeit, Jason das Schiff zu übergeben. »Mr Bonney, ich gehe mit dem Lotsen von Bord. Ich werde zurück sein, sobald es die Befehle der Admiralität zulassen. Im Moment ist noch nicht abzusehen, wann das sein wird.« Skye war während des Anlegemanövers kurz in seiner Kajüte gewesen und hatte sich umgezogen. Die Ausgeh-Uniform mit dem feinen, dunkelblauen Mantel, verziert mit den goldglänzenden Epauletten, sein federbesetzter Zweispitz und der Säbel mit dem vergoldeten Griff betonten seine große Gestalt eindrucksvoll. Die blütenweiße, anliegende Hose steckte in frisch gewichsten, glänzenden Stiefeln. Kurz hatte Skye den Sitz der ebenfalls reinweißen, seidenen Halsbinde im Rasierspiegel kontrolliert. Sein Blick war an der Narbe hängen geblieben. *Die schöne Uniform macht auch nicht wett, dass mich das Ding abstoßend wirken lässt*, dachte er deprimiert und seine Gedanken wanderten wie schon so oft zu Juniya. Von Deck hörte er einen Pfiff und riss sich von seinen trüben Gedanken los. Es war Zeit mit dem Lotsen von Bord zu gehen. *Mal sehen, was da drüben auf mich wartet.*

Das Schnellboot war in wenigen Minuten bei der Clara, wo Captain Clifford Parker schon auf sie wartete. Die Begrüßung zwischen Skye und Cliff war nichts als der vorgeschriebene förmliche Gruß, die rechte Hand an die Hutkrempe erhoben. Sofort startete der Lotse durch, umrundete mehrere Kais und bog in eine schmale Wasserstraße ein, die tief in das Innere der künstlichen Insel reichte. An einer breiten Treppe legte er an.

»Gehen Sie bitte hier von Bord, werte Captains. Oben befindet sich der Eingang in die Conventionsäle. Sie werden erwartet.«

Das Wasser war ruhig. Skye und Captain Clifford Parker hatten keine Mühe, mit trockenen Füßen auf die Treppe zu gelangen. Sie stiegen auf gleicher Höhe die Treppen hinauf. Nur wenige Arbeiter waren hier unterwegs und würdigten die beiden Kapitäne in ihren aufwendigen Uniformen aus längst vergangenen Tagen keines Blickes. Skye kam sich auf dem Weg zum Flottenkonvent zwischen den modern ausgestatteten Arbeitern wie eine verkleidete Witzfigur vor. Irgendwie beschlich ihn ein sehr ungutes Gefühl.

»Hast du eine Ahnung, was das hier auf einmal soll?«, fragte Skye leise in Cliffs Richtung.

Cliff zuckte mit den Schultern. »Glaubst du vielleicht, mein

Vater erzählt mir mehr als euch?«, kam es bitterböse zurück. »Ich bin doch hier immer der Letzte, der was erfährt.«

Skye zuckte unmerklich mit den Schultern und gab es auf. *Dann eben nicht.* Sie betraten die riesige Kuppel durch einen hochmodernen automatisch sich öffnenden Eingang und wurden von einem elektronischen Leitsignal in einen Saal geführt, in dem schon die meisten Kapitäne der Föderationsflotte versammelt waren. Unruhig trat Skye von einem Fuß auf den anderen. Insgesamt bestand ihre kleine Armada aus 16 Schiffen. Mindestens 12 der Kapitäne konnte Skye ausmachen. Sie kannten sich alle, hatten teilweise die Preparatorys miteinander absolviert oder einige Zeit auf der Basis verbracht. Grüppchenweise standen die Männer zusammen und tauschten sich lebhaft über ihre Vermutungen aus. Skye hatte sich zum alten Haudegen John Harlow gesellt. Das war ein Mann der klaren Worte. Der schwätzte nie unnötig rum.

»Was meinst du, John. Wozu rücken wir den Ichtyos auf einmal so nah auf den Pelz? Das ist eine Entfernung, die sie sogar mit ihren kleinen Booten schaffen würden«, fing Skye das Gespräch an.

»Aber nur bei schönem Wetter und dem Wind im Rücken, mein Junge.« Harlow hatte die Niederlage in der Paintballseeschlacht gegen Skye längst vergessen. Er war einer der wenigen Menschen, dem Skye die Anrede »mein Junge« nicht übel nahm. »Außerdem fahren die Ichtyos nicht auf die offene See. Sie bleiben ausschließlich zwischen den Inseln. Aber natürlich bin ich wie du darauf gespannt, welche Begründung der Admiral dabei hat. Es muss etwas Außergewöhnliches sein. Sonst hätte sich dieser Schwachkopf General Beard niemals selbst hierher begeben.«

»Der General ist hier?«

Captain Harlow nickte. »Ich schätze mal, dies hier ist so eine Art Out-Time-Einweihungsfeier für sein neuestes technisches Baby. Ich weiß zwar nicht, wo sie die Kohle herhaben. Aber hier werden keine Kosten und Mühen gescheut. Ich bin schon seit gestern hier. Unterbringung perfekt. Verpflegung perfekt. Sie schaffen alles mit großen Flugtransportern hierher, als ob es die Überflugverbote nie gegeben hätte. Hol´s der Teufel. Ich bin froh, dass meine Dienstzeit in ein paar Monaten vorbei ist. Es gefällt mir nämlich gar nicht, wie sich die Sache hier entwickelt.«

Skye wollte gerade noch eine Frage stellen, die ihm unter den Nägeln brannte, da öffnete sich mit einem Gongschlag eine breite Tür. An der Seite von Admiral Percy Parker erschien General Sylvius Beard höchstpersönlich. *Seine Kostümierung wird auch immer schriller*, dachte Skye bei seinem Anblick. *Der alte Admiral sieht mit seiner schlichten Uniform dagegen geradezu unscheinbar aus.* Beard strahlte selbstgefällig in die Runde. Er beachtete den Admiral kaum mehr und betrat ein Podest. Die Rede, die General Sylvius Beard nun vor versammelter Kapitänsriege hielt, schlug ein wie eine Bombe.

»Werte Kapitäne«, sprach Beard, nachdem er die bisherigen Errungenschaften des Planspiels, was die Erforschung des Inselkontinents betraf, und die friedliche Koexistenz mit den Ichtyos mit salbungsvollen Worten gelobt hatte, »unser Ziel ist es nach wie vor, mit den Ichtyos Frieden zu halten. Wir werden sie nach und nach, Schritt für Schritt, sozusagen in homöopathischen Dosen«, er sonnte sich in seinem schlechten Witz, »an die Neuzeit heranführen. Doch«, hier machte er eine dramatische Pause, »es gibt eine Bewegung, die unsere pazifistischen Absichten torpedieren will. Es ist uns zu Ohren gekommen, dass eine bisher noch unbekannte Gruppe an kriminellen Elementen jemanden auf diesen Planeten eingeschleust hat, der unsere friedlichen Absichten untergraben und die Ichtyos gegen die Föderation aufbringen soll. Wer wäre besser dazu geeignet, als ein Telepath?«

Skye durchfuhr ein heftiger Schreck. Sofort waren seine Gedanken bei Juniya und mit gespannter Aufmerksamkeit und aufgestellten Nackenhaaren hörte er zu, was General Sylvius Beard weiter zu sagen hatte.

»Aus gutem Grund hat die Regierung zu Beginn unserer Mission beschlossen, auf diesem Planeten keine Telepathen zuzulassen. Sie sind Spione, hinterhältig in ihrem Denken und Tun. Telepathen bringen Unfrieden in die Gesellschaft. Das war bei uns Menschen bis zum Tag der großen Revolution der Fall und würde bei den naiven Ichtyos noch weitaus verheerender wirken.

Wir werden es nicht zulassen, dass diese verbrecherischen Subjekte unser mühsam errichtetes und mit viel Aufwand verbundenes Vertrauensverhältnis zu den Einheimischen zunichtemachen.«

»General, Sir«, meldete sich Captain Harlow zu Wort, »wie soll der Telepath denn unentdeckt auf den Planeten gekommen sein?«

Beard rümpfte ein klein wenig die Nase, er war von der Zwischenfrage nicht begeistert und das ließ er sich auch anmerken. Immerhin antwortete er, wenn auch mit deutlich überheblichem Unterton. »Tatsache ist, dass unsere Nachrichtendienste einen unangemeldeten Kontakt mit diesem Planeten gemeldet haben. Wir gehen davon aus, dass man die Schutzschilde und Zugänge auf irgendeine Weise umgangen hat und dass sich jetzt ein hochrangiger Telepath auf einer der Inseln befindet. Deshalb haben Sie von jetzt an einen neuen, zusätzlichen Einsatzbefehl. Finden Sie diesen Telepathen. Gehen Sie dabei - was die Ichtyos betrifft - so behutsam wie möglich vor. Aber machen Sie diesen Telepathen dingfest, bevor er unsere Mission ernsthaft gefährdet. Und zwar so schnell wie möglich. Wir werden herausfinden, welche Fähigkeiten der Telepath mitgebracht hat und ob wir ihn für die eigene Mission gebrauchen können, sobald wir ihn gefunden haben. Ich zähle auf Sie!«

Und in einem kleinen Nachsatz ließ er eine weitere Bombe platzen.

»Ich habe im Übrigen noch eine zweite, bahnbrechende Neuigkeit für Sie. In der Zeit, in der wir uns hier versammeln, werden Ihre Schiffe nicht nur mit zusätzlichem Proviant, sondern auch mit neuer Munition beliefert. Unsere Paintball-Gefechte waren eine sehr schöne Übung. Wir wollen es ja nicht hoffen, aber die weitere Entwicklung ist schwer vorhersehbar. Deshalb habe ich entschieden, dass neben ihrer Notfallbewaffnung eine vollständige Bewaffnung der Schiffe zum jetzigen Zeitpunkt die richtige Maßnahme darstellt. In einem Ernstfall sollen unsere Kanonen schließlich nicht nur Farbe, sondern - falls notwendig - Tod und Verderben ausspucken. Und nun: Planen Sie die Jagd auf den Telepathen. Aber vergessen Sie dabei nicht, die Annehmlichkeiten dieses Aufenthalts zu genießen!«

Damit stolzierte General Beard aus dem Raum. Admiral Parker wackelte mit verkniffenem Gesicht hinterher. Die Tür hatte sich noch gar nicht ganz hinter den beiden geschlossen, da setzten heftige Diskussionen ein. Skye wurde es heiß und kalt. Doch nicht in erster Linie wegen der Bewaffnung. Er war sich sicher: *Juniya ist der Telepath, nach dem wir suchen sollen!* Bevor Skye noch einen klaren Gedanken fassen konnte, kam Admiral Parker, sein Spitznamen »die Gräte« passte heute zu seinem ausgemergelten Aussehen wie die Faust aufs Auge - zurück und nahm den Faden auf.

»Nun, werte Kapitäne der Föderationsflotte, ihr habt gehört, was der General befohlen hat. Ich rechne nicht damit, dass wir die scharfe Bewaffnung ernsthaft benötigen. Es wäre eine Schande für unseren Auftrag, würden wir sie gegen die Ichtyos oder wen auch immer einsetzen. Doch die Sache mit dem unangemeldeten Eindringling ist nicht ganz von der Hand zu weisen. Und es scheint mir, dass unsere lieben Freunde, die Händler, ebenfalls ihre Schiffe nachrüsten - auf welchen Wegen auch immer ihnen das gelingt. Es wird meine Aufgabe sein, dies herauszufinden und zu unterbinden. Aber konzentrieren wir uns erst einmal auf unseren soeben vernommenen Auftrag. Ist zufällig einem von Ihnen bereits etwas aufgefallen? Reden die Händler oder die Ichtyos von einem Fremden? Gab es irgendwelche außergewöhnlichen Vorfälle?«

Skye wusste genau, dass er sich an dieser Stelle hätte zu Wort melden müssen. Die Auspeitschung einer jungen Frau durch die Männer des Roten Vadim war schließlich ein ernst zu nehmender außergewöhnlicher Vorfall. Doch Skyes Lippen waren wie zugeklebt.

Kapitän Harlow murrte. »Sir, es kommen mittlerweile so viele Neue an. Besonders bei den Händlern. Woher sollen wir wissen, wer legal eingereist ist. Und ob ein Telepath dabei ist?«

Ein anderer Kapitän meldete sich diensteifrig zu Wort. »Sir, ist es immer noch so, dass sowohl unsere Männer, als auch alle Händler per Identimplantat registriert werden? Es gibt doch ziemlich strenge Zugangsregeln für diesen Planeten und unsere Mission?«

Admiral Parker nickte. »Das ist auch so geblieben.«

»Dann sollten wir großflächige Personenkontrollen durchführen und eine komplette Erfassung machen.«

»Das ist doch bei all den Inseln viel zu aufwendig und würde Wochen dauern«, rutschte es Skye heraus.

Sofort lagen die kleinen, klugen Augen der Gräte auf ihm. »Haben Sie einen besseren Vorschlag als Captain Smith, Captain Collins?«

Skye hätte sich am liebsten geohrfeigt. *Warum ziehe ich jetzt unnötig seine Aufmerksamkeit auf mich?*

»Nein, Sir. Trotzdem halte ich den Vorschlag von Captain Smith für nicht zielführend.«

Der kleine Smith plusterte sich schon auf, um zu einer Gegenrede anzusetzen. Da kam aus einer ganz anderen Richtung Unterstützung. Cliff sprang Skye bei. Wenn auch anders, als erwartet.

»Sir, der Vorschlag von Captain Smith ist auf anderen Planeten sicher richtig und einfach durchführbar. Über die Kommunikatoren erreicht man alle Bürger und kann sie zur Kooperation verpflichten. Diese Möglichkeiten haben wir hier nicht. Das bitte ich Captain Smith bei allem Respekt zu bedenken.«

Skye musste sich eingestehen, Cliff fand immer diplomatische Worte. Diplomatischere jedenfalls als er selbst.

»Aber ich hätte einen anderen Vorschlag«, redete Cliff weiter, bevor Captain Smith, der selbstgefällig lächelte und schon wieder ansetzte etwas zu sagen, sich äußern konnte. »Allerdings kommt es darauf an, welche Befehle jeder von uns in der nächsten Zeit hat.«

»Nun, sprechen Sie weiter, Captain!«

Bei den offiziellen Treffen der Kapitäne wäre niemandem aufgefallen, dass Clifford und der Admiral Vater und Sohn waren. Äußerlich hätten sie nicht verschiedener sein können. Cliff mit wallender, blonder Mähne, groß und breitschultrig, die Gräte dagegen war ein geradezu zierlicher alter Herr mit verkniffenem Gesicht. Sie behandelten sich vor Publikum mit großem Respekt. Man munkelte jedoch, dass hinter verschlossenen Türen durchaus die Fetzen zwischen Vater und Sohn flogen. Cliff fuhr geradezu unterwürfig höflich fort.

»Wir sind sechzehn Kapitäne und Schiffe. Und wir kennen

auf dem Inselkontinent bisher etwas über dreißig Küstenorte.«

»Dreiunddreißig..«

Das konnte nur von Captain Smith kommen.

»Das wissen wir, Captain Smith«, meinte die Gräte mit dem für ihn typischen, säuerlichen Gesichtsausdruck. Geradezu aufmunternd freundlich nickte er seinem Sohn zu, fortzufahren.

»Ganz einfach. Jeder von uns klappert zwei bis drei Häfen ab. Ein paar verlässliche Männer bekommen Landgang und hören sich um. Lange kann der Telepath ja noch nicht auf den Inseln sein. Wir überprüfen die Neuen, die uns auffallen. Und zwar so unauffällig wie möglich.«

»Unlesbare«, murmelte Skye vor sich hin.

»Sie wollten etwas sagen, Captain Collins?« Dem alten Admiral entging aber auch nichts.

»Sir, sicher hatten Sie alle bereits im Kopf, dass die Erkundungstrupps nur aus unlesbaren Männern bestehen können.«

Das Gemurmel hinter ihm sagte Skye, dass einige noch nicht daran gedacht hatten. Er gratulierte sich im Geheimen zu der diplomatischen Redewendung, die ihm im letzten Moment eingefallen war. Einer der Kapitäne fragte nach.

»Unlesbare? Ich hatte noch nie mit Telepathen zu tun. Wie erkennt man die, wenn man einen vor sich hat?«

Die Gräte antwortete höchstpersönlich.

»Eine berechtigte Frage. Seit der großen Revolution sind die Telepathen weitgehend aus dem öffentlichen Leben verschwunden und meist in Forschungszentren und Akademien tätig. Glücklicherweise gibt es Menschen, deren Gedanken auch der fähigste Telepath nicht lesen kann. Unlesbare eben. Und es gibt den Rest. Unsere Gedanken sind diesen Menschen in der Regel zugänglich. Es sei denn, man kennt einige Abwehrmechanismen.«

Damit hat er sich öffentlich als Lesbarer geoutet. Nicht gerade geschickt. Skye nahm sich vor, sich von jetzt an unauffälliger zu benehmen. Clifford meldete sich wieder zu Wort. Mit seiner sanftesten Stimme flößte er den anderen seinen Plan ein.

»Da ist mein Vorschlag vielleicht doch nicht so abwegig. Jedes Schiff stellt einen Suchtrupp zusammen. Die Flotte schwärmt aus und legt in den nächsten sagen wir mal drei Wochen bei allen Häfen an, die wir kennen. Die schnellsten Segler peilen die von hier am weitesten entfernten Ziele an. Bei gutem Wind können sie die entlegeneren Inseln in gut sieben Segeltagen erreichen. Verdächtige Personen kassieren wir ein und bringen sie zum Flottenstützpunkt.« Er machte eine ausladende Geste. »Oder hierher. Es wird nicht lange dauern, bis wir den Telepathen gefunden haben.«

»Oder die Telepathin.«

Skyes Magen krampfte sich beim durchaus berechtigten Einwurf des alten Harlow schmerzhaft zusammen und er musste aufpassen, dass sein Gesicht so unbeweglich blieb wie bisher.

Nach dem gemeinsamen Essen wollte Skye so bald wie möglich den Saal verlassen. Auf dem Weg zum Ausgang lagen bereits die am Vormittag zugeteilten Einsatzbefehle für die Kapitäne bereit. Skye holte sich die Papiere mit der Aufschrift »Fairbanks« und wollte gehen. Wie zufällig ging der alte Admiral in die gleiche Richtung und sprach ihn an. »Auf ein kurzes Wort, Captain Collins. Begleiten Sie mich doch auf die Terrasse.«

Niemand folgte ihnen, auch nicht der Adjutant des Admirals, der normalerweise dienstbeflissen nicht von dessen Seite wich. Dieser stellte sich viel mehr so hin, dass er jedem weiteren Menschen den Zutritt zu der Terrasse versperrte. Draußen war herrliches Wetter. Der Admiral schaute eine Weile in die Ferne, wie um sich zu sammeln. Dann überraschte er Skye mit der Frage: »Sie haben nicht zufällig eine dieser wunderbaren Zigarren für mich?«

Skye traute seinen Ohren nicht. »Doch, Sir.« Verblüfft zog er sein Etui aus der Innentasche der Uniformjacke und bot es dem Admiral an. Der nahm sich eine mit sichtlichem Vergnügen, entzündete sie und qualmte genussvoll ein paar heftige Züge.

»Ich habe erst vor Kurzem die Zeit gefunden, um Einsicht in Ihren Bericht zu nehmen. Welcher kleine Fisch war das, der Sie da auf hoher See leckgeschlagen hat? Erzählen Sie mal!«

Skye berichtete über den Zusammenstoß mit dem Giganto. Natürlich ließ er - wie auch in seinem Bericht - die Story von

Juniya und der herausgerissenen Kanone aus.

»Sie hätten als nächstgelegenen Hafen die Insel Kapote anlaufen können. Müssen«, fügte er hinzu. »Warum haben Sie Belilla Bay gewählt?«

»Sir, das Leck lag unterhalb der Wasserlinie. Bei dem herrschenden Wind habe ich die Fairbanks auf die Steuerbordseite gelegt, um das Leck weiter aus dem Wasser zu bringen. Wir wären sonst langsam vollgelaufen, da hätten die besten Pumpen nichts genützt. Und auf diesem Kurs landeten wir genau auf Blue Island. Ich wollte die Fairbanks im Dock von Belilla Bay reparieren lassen. Doch es gab dort kaum Handwerker. Wir mussten weiter nach Lamessa.«

»Dennoch haben Sie Zeit verschwendet. Sie hätten von vornherein Kapote anlaufen können.« Die kleinen, scharfen Augen mit dem wachen Blick ließen Skye nicht los. Genussvoll zog der Alte wieder am Zigarillo.

»Sir, bei allem Respekt: Wir hatten gerade einen gewaltigen Sturm hinter uns und waren ein ganzes Stück vom Kurs abgekommen. Ich konnte mit dem Leck nicht riskieren, noch einmal in das schwere Wetter zu geraten, das in Richtung Kapote abzog. Ich habe entschieden, mit dem Wind zu segeln und Schiff und Mannschaft in Sicherheit zu bringen, statt auf dem Weg nach Kapote zu riskieren, mit Mann und Maus abzusaufen.«

Noch einmal nahm die Gräte einen tiefen Zug und sog den Rauch tief in die Lunge. Röchelnd begann er zu husten.

Mit wenigen Schritten kam sein Adjutant aus dem Gebäude. Der Admiral schnippte schnell den Rest des Zigarillos hinunter auf das Wasser.

»Alles in Ordnung, Evans!« Sein angestrengtes Krächzen hörte sich anders an, doch auf den Wink des Admirals zog sich der Adjutant wieder zurück. Der Admiral hustete in ein altmodisches Stofftaschentuch.

»Captain Collins, ich bin geneigt, Ihrem Handeln zuzustimmen.« Der Alte lächelte sogar, als er wieder etwas Luft bekam. Skye war erleichtert. Die Gräte entschied als Spielführer über das Wohl und Wehe der Kapitäne und konnte jede Person im Projekt ohne Begründung ausweisen. Er fuhr fort: »Ich beglückwünsche Sie zur Sichtung des ersten Gigantos. Keiner von uns hatte bisher das Glück, eines dieser Fabelwesen der Ichtyos zu Gesicht zu bekommen. Aber ich muss Sie hoffentlich nicht daran erinnern, sich in Acht zu nehmen. Der General hat irgendwas mit uns vor. Die Bedingungen unseres Projektes verändern sich. Und wir wollen doch vor unseren Auftraggebern gut dastehen. Also sehen Sie zu, dass wir die Ersten sind, die diesen Telepathen finden und halten Sie sich zukünftig an die Befehle, die Sie von mir erhalten, so eigenartig diese vielleicht auch klingen mögen.«

»Aye, aye, Sir.« Skye salutierte vor seinem Vorgesetzten. Irgendwie hatte er das Gefühl, das war noch nicht alles. Wieso kramte der Admiral die alte Geschichte mit dem Giganto heraus? Zwischenzeitlich gab es doch schon ganz andere Situationen, die er mit Skye hätte besprechen können.

Der Admiral ging an Skye vorbei als wollte er zurück in das Gebäude, doch er blieb dicht bei ihm stehen. Skyes breite Schultern verdeckten den kleinen Mann für einen eventuellen Zuschauer von innen recht gut, fiel ihm auf.

»Und, Captain Collins, noch etwas.«

»Ja, Sir?« *Jetzt kommt es.*

Der Admiral zog wie beiläufig ein in Leder verpacktes Päckchen aus der weiten Innentasche seines Admiralumhangs und drückte es in Skyes Hände. Mit einer kleinen Handbewegung bedeutete er ihm schweigend, dieses wegzustecken. Skye steckte das Päckchen in die Innentasche seiner Uniformjacke und wartete gespannt.

»Der General hat Sie auf dem Kieker, weiß der Teufel, weshalb. Sie wissen, dass Sie auf mich zählen können.«

Zwinkert mir die Gräte gerade zu? »Jawohl, Sir!«, antwortet er leise.

»Collins, unser erstes Ansinnen ist es, unsere eigenen Leute zu schützen. Aber genauso haben wir uns verpflichtet, das Leben der Ichtyos zu respektieren und zu schützen. Das ist die oberste Bedingung unseres Planspiels und genau das werden wir tun. Vielleicht brauchen wir dazu allerdings drastischere Mittel, als wir beide es uns gerade vorstellen.« Fast flüsternd fuhr er fort. »Sie haben mein vollstes Vertrauen. Ziehen Sie Ihre eigenen Schlüsse und handeln Sie danach.« Dabei tippte er auf Skyes

Uniform, dorthin, wo Skye das Päckchen verstaut hatte. Es knisterte leise. »Keiner von uns soll sich für Einsätze missbrauchen lassen, die so in dieser Welt nie angedacht waren. Haben Sie mich verstanden?«

»Aye, Sir«, antwortete Skye.

»Und nun schenken sie mir noch eine von den Zigarren. Aber so, dass Evans das nicht mitkriegt.«

Skye musste herzlich grinsen, als der Admiral die angebotene Zigarre vorsichtig in einer seiner Taschen verstaute und dabei nach seinem Adjutanten linste. In normaler Lautstärke fuhr er fort. »Und unterstehen Sie sich, mich bei meinem Adjutanten zu verraten. Sie haben mich nie rauchen sehen! Mit meinem guten Evans ist da nicht zu spaßen. Der ist da schlimmer, als meine Mutter es je war. Und jetzt sehen Sie zu, dass Sie auf Ihr Schiff kommen. Ich befehle Ihnen, so schnell wie möglich abzulegen. Ich an Ihrer Stelle würde mich keine Minute länger als nötig hier aufhalten.« Die Gräte zwinkerte noch einmal mit dem linken Auge. *Das ist doch Absicht?* Dann spazierte er zurück zur Gesellschaft der Kapitäne.

Skye war froh, endlich loszukommen. Auf dem Weg zum Liegeplatz der Fairbanks raschelte das Päckchen leise in seiner Manteltasche. Die Art des ledernen Umschlags sah nicht nach einer offiziellen Order aus und trug den Vermerk »Captain R. C. persönlich«. So hatte es Skye in dem kurzen Moment erkannt, in dem das Päckchen in seinen Besitz überging. Das hieß, er durfte diesen Einsatzbefehl nur öffnen und lesen, wenn er allein war. Die Order hatte eindeutig Vorrang, obwohl Skye nichts dringender wollte, als sich mit Jason zu beraten, wie sie es schaffen konnten, nach Belilla Bay zu Juniya zu kommen, um sie in Sicherheit zu bringen.

»Captain an Bord!«

Jason stand längst bereit, Skyes Befehle entgegenzunehmen. Er schien wieder die Ruhe selbst zu sein, doch Skye war sicher, auch Jason war neugierig, was es mit dieser neuen Versorgungsplattform auf sich hatte und welche Befehle auf die Mannschaft warteten. Aber noch musste er sich in Geduld fassen, denn Skye verzog keine Miene und befahl lediglich: »Wir legen ab, Mr

Bonney, und zwar sofort. Klar zum Auslaufen. Bringen Sie das Schiff in südliche Richtung aus diesen Kaianlagen. Den neuen Kurs legen wir an, wenn wir draußen sind. Sie übernehmen das Schiff, Mr Bonney.«

»Sir?«

»Was gibt es noch, Mr Bonney?«

Jason erstattete Bericht, wie es seine Aufgabe war. »Sir, ich muss Sie darüber informieren, dass wir aufgefordert waren, echte Munition an Bord zu nehmen, als die Kapitäne sich auf der Convention aufhielten. Alle Schiffe mit Kanonen an Bord wurden mit Schießpulver, Zündmaterial und Kanonenkugeln für alle Geschütze ausgestattet.«

Skye nickte. »Ich bin darüber im Bilde. Wir sprechen später darüber und informieren die Mannschaft. Mit Schießpulver in solchen Mengen an Bord gelten neue Sicherheitsbedingungen. Bitte machen Sie das Schiff jetzt klar zum Ablegen.«

»Aye, Sir!« Jason grüßte förmlich und widmete sich seiner Aufgabe. Nicht einmal eine Viertelstunde später gellte sein Befehl über das Deck: »Schiff klar zum Auslaufen!« Absolut korrekt befahl er den Toppsgästen, welche Segel zu setzen waren und den Rudergängern, wie sie das Schiff schön sachte vom Kai wegbewegen sollten. *Gut so. Ich hätte es auch nicht anders gemacht.* Das Segeln der Großschiffe war eine Kunst und Skye war mit Jasons Befehlen mehr als zufrieden. Dennoch beobachtete er unruhig seine Männer, die routiniert alle Maßnahmen für das Ablegen ergriffen. Mittlerweile brannte er vor Neugierde, was das schwarze Päckchen für ihn bereithalten würde. *Und ob mich der Befehl noch weiter von Juniya entfernt.*

»Leinen los!«

Die Fairbanks schwenkte elegant herum und nahm mit wenigen Segeln langsam Fahrt auf. Der wunderbare Sonnenuntergang, der die Gebäudekuppeln aus Stahl und Glas sowie die Kais in goldene Farbe tauchte, beruhigte Skye nicht im Geringsten. Er war aufgewühlt wie schon seit Langem nicht mehr. Das Ablegemanöver war abgeschlossen, Skye konnte endlich unter Deck. Auf dem Weg zum Niedergang blickte er beiläufig über die Reling zu ein paar johlenden Männern an einer Baustelle, die die Fairbanks gerade passierte. Sie hatten es geschafft, eine

Schlinge um die Schwanzflosse eines großen Hais zu legen und hievten ihn aus dem Wasser. *Das schöne Tier zappelte verzweifelt, bis ihm einer der Männer mit einem Messer den Bauch aufschlitzte.* Eine Fontäne von schwarzem Blut sprudelte über den Kai. Der Hai gehörte zu einer Art, die Skye noch nicht kannte. Seine Bauchseite war nicht weiß, sondern regelmäßig gefleckt. *Schade um das schöne Tier.* Skye ging unter Deck. Zwei Minuten später hatte er den Hai vergessen.

Ambiela

Ambiela hatte keinen Blick für die Schönheit des Gartens bei Nacht. Das Mondlicht reichte ihr völlig aus, um sich im Ort zurechtzufinden. Sie durchquerte ihr Grundstück und trat auf der anderen Seite durch eine niedrige Pforte hinaus. Die kleine Straße endete am Hafen. Obwohl Numinala die Hauptstadt der Inselwelt war, konnte man sich hier nicht verlaufen. *Alles rückständig und winzig. Was mache ich hier bloß?*, ging es Ambiela durch den Kopf. *Vielleicht sollte ich Vater einfach bitten, mich wieder nach Hause zu bringen. Diese unterentwickelte Provinz ödet mich langsam an.*

Die große, schwarzhaarige Schönheit straffte ihre Schultern unter dem dunklen Cape. *Nein, diese Genugtuung werde ich ihm nicht geben. Er würde nur sagen, dass ich mich nicht würdig erwiesen habe. Mir muss nur endlich das Richtige einfallen.*

Wie schon die letzten Nächte zuvor lief Ambiela nicht zum Flottenhafen der Föderation, sondern zu dem kleinen Fischerviertel. Niedrige Häuschen standen so nahe am Wasser, dass an jedes ein kleiner Steg gebaut war, von dem aus die Ichtyos, die hier lebten, direkt in ihre schmalen Boote steigen konnten. In keiner der Hütten brannte Licht. Ambiela verlangsamte ihre Schritte. Niemand sollte merken, dass sie es eilig hatte. An einer Mole aus Holz türmten sich Fischernetze. Ambiela hielt Ausschau nach den Fischern, die sie in den letzten Tagen immer mal wieder unauffällig nach Kerralis Bruder gefragt hatte. Die Ichtyos waren höflich gewesen wie immer, hatten Ambiela aber nicht weiterhelfen können. Angeblich wusste niemand, wo dieser Shaka zu finden war.

Enttäuscht drehte Ambiela um und lief zurück. Im Mondlicht schimmerten weiße Rosen im Garten. Nicht einmal ihr köstlicher Duft, der ihr sonst recht angenehm war, konnte sie besänftigen. Wütend hieb sie mit der Hand auf den Rosenbusch, die Dornen verhakten sich in ihrem Handschuh und zerkratzten ihre Haut. Der Schmerz war Ambiela egal.

»Warum zur Hölle gelingt es mir nicht, einen Schritt weiterzukommen?«, zischte sie wütend.

»Wohin willst du denn, Menschenfrau?«, antwortete eine männliche, wütend klingende Stimme.

Vor Schreck stand Ambiela stocksteif. Als sie sich langsam umdrehte, konnte sie ein Zittern nicht gänzlich verhindern. Der Mann hatte sie eiskalt erwischt.

»Shaka!« Schnell hatte sich Ambiela wieder gefasst. »Ist es Sitte bei den Ichtyos, eine Dame mitten in der Nacht so zu erschrecken?«

Ambiela verstellte sich gut, doch ihr Herz schlug heftig.

»Wer den Wind ruft, darf sich nicht vor dem Sturm fürchten«, antwortete er geheimnisvoll.

Ambiela musterte den großen Ichtyo. Er stand im Schatten zweier Büsche, keine zwei Schritte von ihr entfernt, und verschmolz fast mit der Dunkelheit der Nacht. Ambiela hatte ihn nicht wahrgenommen. *Vater, hättest du mir nicht meine telepathischen Fähigkeiten genommen, er hätte mich nicht überraschen können.* In diesem Moment hasste Ambiela ihren Vater für die Schwierigkeiten, die er ihr machte. *Mir als seiner Tochter!* Sie riss sich zusammen und konzentrierte sich auf Shaka, der sie regungslos musterte.

»Gehen wir doch ins Haus. Meine Zofen sind nicht da. Wir sind allein.«

»Dann hat die Dame keine Angst um ihren guten Ruf?«

Ambiela lachte spöttisch auf.

»Da hat Kerrali wohl doch geplaudert?« Sie trat nahe an Shaka heran. *Er soll gleich mal wissen, dass ich vor ihm keine Angst habe!* Sie starrte ihm in die Augen, ohne zu blinzeln. »Ich denke, wir müssen beide noch viel voneinander lernen. Verschwenden wir keine Zeit und fangen wir damit an.« Sie drehte sich um und ging ins Haus. Er folgte ihr lautlos.

Im kleinen Salon erschien ihr Shaka noch gewaltiger als neulich Nacht. Der Mann strotzte nur so vor Kraft. Ambiela musterte seine Uniform. Das Schwarz kleidete ihn ausgezeichnet. Shaka blieb im Raum stehen und sah sich um. Ambiela sank auf ein niedriges Sofa und ließ ihn nicht aus den Augen. Shaka hatte lange, schlanke Hände in der typischen Rautenform der Ichtyos. Er bewegte sich trotz seiner Körpermasse sehr elegant. *Wärst du nicht eine niedrige Kreatur, sondern ein Mensch, du könntest mir gefallen. Ob die Ichtyomänner wohl ...*

»Nun, warum hast du mich gesucht, Mensch?« Shakas harte Frage unterbrach Ambielas gedanklichen Ausflug. Sie schenkte ihm einen lasziven Augenaufschlag und den Hauch eines Lächelns.

»Ist das nicht offensichtlich?«

Auf seiner Stirn erschien eine Zornesfalte.

»Willst du meine Zeit verschwenden? Sag mir lieber, wo meine Schwester ist.«

Ambiela erhob sich und ging auf ihn zu. *Er braucht Respekt. Also bekommt er Respekt.* Sie senkte minimal ihren Kopf und schlug die Augen nieder.

»Werter Shaka, deine Schwester hat seit drei Tagen frei. Eigentlich hätte sie heute zurück sein müssen. Da sie sonst sehr zuverlässig ist, mache ich mir langsam Sorgen.«

Shaka reagierte nicht auf ihre besorgt klingende Stimme, sondern antwortete unwirsch.

»Du suchst mich schon länger. Also willst du mir nicht nur mitteilen, dass du meine Schwester vermisst. Worum geht es noch?«

»Du scheinst dir keine Sorgen um Kerrali zu machen.« *Ein bisschen künstliche Empörung kann nicht schaden.* Ambiela gefiel dieses kleine Schauspiel erstaunlich gut. Doch Shaka ging nicht weiter auf ihren Einwurf ein. *Nun, dann muss ich etwas konkreter werden.*

»Ich glaube, sie hat etwas über diesen Viverrin erzählt.«

»Was hat Kerrali gesagt?« Mit einer blitzartigen Bewegung stand Shaka direkt vor ihr. Keine Handbreit passte zwischen ihre Gesichter.

Ah, also doch eine Reaktion. Ambiela legte die Hände auf

seine breite Brust und vergrößerte den Abstand auf eine Armlänge. Dabei achtete sie darauf, ihrem Gesichtsausdruck Bewunderung zu geben, als sie ihre Augen über Shakas Körper wandern ließ.

»Shaka, ich fürchte, dieser Viverrin hat unsere kleine Kerrali verletzt.«

Seine Hände packten ihre Oberarme.

»Sprich, Frau. Was hat ihr dieser Hund getan?«

Ambiela blickte auf seine Hand auf ihrem Oberarm. Er ließ sie los. Ein Kribbeln blieb zurück. Ambiela tat verunsichert.

»Ich möchte Kerralis Vertrauen nicht verlieren. Ihr wäre es sicher nicht recht, wenn ich diese vertrauliche Mitteilung an ihren Bruder weitergebe.« Wieder folgte ein sorgenvoller Augenaufschlag. »Doch ich mache mir Sorgen.«

Insgeheim lachte Ambiela. *Er sieht aus, als ob er gleich vor Ungeduld platzt! Gut so!* Vorsichtig legte sie wieder eine Hand auf seine Brust und streichelte gedankenverloren darüber. Dabei blickte sie Hilfe suchend in Richtung der Tür.

»Ich weiß einfach nicht, was ich tun soll.«

Nun nahm Shaka ihre Hand von seiner Brust, doch er hielt Ambiela fest.

»Meine Schwester ist mir sehr wertvoll. Sag mir, was du denkst, Frau. Ein Geheimnis ist bei mir gut aufgehoben. Kerrali muss nicht wissen, was du mir erzählst. Doch sicher kann ich ihr dann besser helfen.«

Seine Stimme war viel sanfter geworden. *Sieh mal an. Spielt er mit oder wird er jetzt tatsächlich weich?*

»Einen Bruder wie dich wünschte ich mir auch!«, seufzte Ambiela und ertappte sich dabei, dass sie das durchaus ernst meinte. *Themian ist ein Weichei gegen diesen Kerl hier.*

Shaka drehte ihre Handfläche nach oben und betrachtete ihre Finger. Dabei strich er mit dem Daumen über ihre Handfläche. Ambiela bekam eine Gänsehaut. Er hörte nicht mit der zarten Berührung auf.

»Sag mir, was du weißt, schöne Menschenlady!«

Er kann ja ganz sanft sein!

Ambiela probte ihren größten Augenaufschlag. Ihren biegsamen Körper lehnte sie wie zufällig gegen ihn. Der Ichtyomann

nahm es mit einem winzigen Augenzucken zur Kenntnis.
»Nun, dann wage ich es«, antwortete sie ihm. »Kerrali ist
unglücklich. Sie hat herausgefunden, dass dieser Viverrin sie be-
trügt. Mit einer Menschenfrau, die ihr in keiner Weise ebenbürtig ist. Das verletzt sie sehr.«
Shaka ließ ihre Hand nicht los. Sein Gesicht war wieder hart
geworden. »Ich werde mich darum kümmern. Es ist gut, dass du es mir
gesagt hast.«
Er zog seine Hand zurück und wollte zur Tür. Doch Ambiela
klammerte sich an ihn und schmiegte sich an seine Schultern.
»Warte, starker Mann.« Sie streichelte seinen Oberarm. Dabei rieb sie ihre Brüste an seinen Rücken. *Ob ein Ichtyo auf mich
reagiert? Cliff würde sich nicht lange bitten lassen.* Shaka stand
da wie versteinert. Ambiela sah, wie sich eine Strähne aus seiner
helmartigen Flechtfrisur löste und nach ihrem Hals tastete. Die
Berührung versetzte ihr einen winzigen Stromschlag.
Wow. Was ist das denn?
»Geh noch nicht, Shaka«, seufzte sie. »Ich kenne mich selbst
nicht mehr, aber ich wünsche mir so sehr, dass du bleibst! Ich
bin einsam. Mein Körper sehnt sich nach einem Mann, der dieses Wort verdient.«
Ihre Hand wanderte über seine schlanke Taille auf seine
Hüften. Sanft streichelnd bewegte sie sich weiter in Richtung
Bauch. Nun konnte Ambiela genau spüren, wie der Körper des
Ichtyos auf sie reagierte. Seine harten Muskeln spielten unter ihren Händen. Als sie über seine Lenden tastete, zog er scharf die
Luft ein. *Einen Versuch ist es wert!* Ihre Stimme umschmei-
chelte den Muskelkoloss. »Wir sind erwachsen und ungebun-
den. Ich zwinge dich zu nichts. Du hast keine Verpflichtung.
Zwischen uns gibt es eine Anziehung, du kannst es nicht leugnen! Lass uns doch einfach ausprobieren, was unsere Körper
sich sagen wollen.« Schamlos rieb Ambiela nun ihr Becken an
sein Hinterteil.
Tatsächlich drehte sich Shaka zu ihr um. Seine Augen hatten
sich verändern, sie sahen aus wie geschmolzenes Glas. Die lose
Haarsträhne streichelte über Ambielas Hals und bewegte sich
auf ihr Dekolleté zu. Nadelstiche wäre zu viel gesagt, doch diese

Berührungen, wie kurze elektrische Impulse, erregten Ambiela aufs Äußerste. Er zog ihren Körper an seinen, seine Hand tastete nach Ambielas Hintern und sie spürte durch den Stoff ihres Kleides, wie sich sein Geschlechtsteil aufrichtete. Sie drückte sich fester an ihn.

Er starrte sie mit diesen unheimlichen Augen an.

»Sag es jetzt, wenn du Angst hast, Frau. Dann gehe ich. Doch wenn du es ernst meinst, dann beschwere dich nicht, wenn du etwas anderes erlebst, als du dir vielleicht jetzt vorstellst.«

Ambiela sagte nichts. Ihr Körper schrie vor Begierde und wurde weich in Shakas Armen. Ihre Lider schlugen in erotischer Erwartung. Shaka, der Ichtyo, senkte seine harten Lippen auf ihren Mund. Was er dann in dieser Nacht mit ihr machte, raubte Ambiela fast den Verstand.

Am nächsten Morgen brachte Eleni Ambiela das Frühstück ans Bett. Sie rekelte sich in den Laken und hätte am liebsten wie eine Katze geschnurrt. Sie war sicher, Shaka würde auch in den folgenden Nächten nach ihrer ersten, heftigen Vereinigung wiedergekommen.

»Ist er fort?«

Eleni nickte.

»Er muss schon vor Sonnenaufgang gegangen sein, Mylady. Ich war früh auf, aber ich habe ihn nicht mehr gesehen.«

Eleni lächelte schüchtern.

»Was ist?«, fragte Ambiela unwirsch.

»Ich weiß, ich sollte schweigen. Aber ist es wirklich so, wie man sagt?« Sie plapperte weiter, weil sie ahnte, dass Ambiela ihr jeden Moment das Wort abschneiden würde. »Ist es mit einem Ichtyomann genauso wie mit unseren?«

Heute war Ambiela gut gelaunt. Sie amüsierte sich prächtig, weil Elenis Gesicht rosig anlief. Ambiela erhob sich und schlüpfte in den luftigen Traum eines Morgenmantels aus weißem Chiffon. Sie lachte dunkel. »Es ist besser, Eleni. Viel besser. Am besten, du schnappst dir einen und probierst es einmal aus.«

Lasziv setzte sie sich an das Spiegeltischchen und ließ sich von Eleni die Haare kämmen. »Was gibt es Neues im Hafen?«

»Das Flaggschiff des Admirals ist wieder da. Und die Clara läuft auch gerade ein, haben sie erzählt. Sonst weiß ich nichts Neues.«

Oh, dann muss ich damit rechnen, dass der gute Cliff hier vorbeischaut.

»Hast du schon etwas von Kerrali gehört?«

Eleni schüttelte den Kopf.

»Niemand hat sie gesehen. Ich hoffe, es ist ihr nichts passiert. Sie war doch noch nie unpünktlich.«

Elenis Betroffenheit nervte Ambiela.

»Shaka wird sein Schwesterchen schon noch finden. Vielleicht ist sie ja mit ihrem Freund durchgebrannt.«

»Das würde Shaka aber verdammt wütend machen«, kicherte Eleni.

»Was würde mich verdammt wütend machen?«

Finster stand Shaka in der Tür. Weder Ambiela noch Eleni hatten ihn ins Haus kommen hören.

Ambiela sprang auf und eilte ihm entgegen, als wäre sie freudig überrascht. Sie lachte ihn an und warf sich an seine Brust.

»Wenn wir den Ichtyos nicht den Respekt erweisen, der ihnen zusteht!«, schnurrte sie. »Warum bist du wieder hier? Hast du gute Nachrichten von Kerrali?«

Shaka schüttelte den Kopf. »Nein. Langsam mache ich mir doch Sorgen. Aber ich werde sie finden. Ich bin hier, weil ich dich um einen Gefallen bitten will.«

Ambiela wedelte mit der Hand. »Eleni, bring uns eine Erfrischung und dann lass uns allein.« Egal, welche Spezialitäten Ambiela auch auftragen ließ, Shaka trank nichts anderes als Wasser. Er nippte nur an dem Glas.

»Du hast es eilig. Was kann ich für dich tun?« Ambiela entwickelte schnell ein gutes Gespür dafür, wann sie ihn umgarnen konnte und wann nicht. Im Moment war nicht die Zeit dazu.

»Was weißt du über die Bewaffnung der Schiffe? Wie gefährlich sind diese Kanonen, die sie an Bord haben und welche Feuerkraft können sie entwickeln?«, fragte er sie.

Ambiela war nun tatsächlich überrascht. Wollte er, dass sie für ihn die Flotte ausspionierte? Sie brauchte Bedenkzeit.

»Warum fragst du? Hat eines der Schiffe die Ichtyos angegriffen?« *Das wäre ja großartig. Rache ist ein sehr gutes Motiv,
um die Ichtyos aufzustacheln.* Shaka winkte ab. »Wir wissen nur, dass sich die Bewaffnung
geändert hat. Sie schießen nicht mehr mit Farbkugeln aufeinan-
der. Wobei ich mir nie vorstellen konnte, was euch das eigentlich bringt.« Ihr Lachen war die Antwort. »Es sind Männer. Sie spielen
gern und messen ihre Kräfte. Und damit ihnen und den teuren
Schiffen dabei nichts passiert, schießen sie mit Farbkugeln. Die
sind völlig ungefährlich.« Shaka nickte. »Diese schon. Aber was ist mit den Kugeln
aus Eisen und den Pulverladungen, um die die Föderation ein so
großes Geheimnis macht?«

Es war Ambiela schlagartig klar, dass dies fast so etwas wie
ein Verhör war. Sie war auf der Hut. »Du weißt, ich stehe dieser Flotte nicht unbedingt sehr nahe.
Aber ich bin mir nicht sicher, ob ich über ihre militärischen Ein-
richtungen reden sollte. Abgesehen davon, dass ich gar nicht genug über ihre Waffen weiß.« Ambiela wusste genau, dass sie
Shaka nicht ohne Weiteres antworten durfte. Sie musste zögern,
um glaubwürdig zu bleiben.

»Ihr Menschen seid doch angeblich in Frieden in unsere
Welt gekommen. Was ist schon dabei, wenn du mir etwas über
eure Kultur erzählst? Auch die Kunst der Waffen gehört schließlich zur Kultur. Und bist du nicht hierhergekommen um uns vorzumachen, wie ihr lebt?«

Entwaffnend lächelte sie ihn nach seiner höhnisch klingen-
den kleinen Ansprache an. »Du hast recht. Ich zeige dir offenbar
noch nicht genug von mir.«

Shaka lachte! Sein Lachen klang eher wie ein Donnergrol-
len. Er sprang auf und zog sie an sich. Seine Miene war grimmi-
ger als die Worte, die er zu Ambiela sprach. »Frau, ich weiß
nicht, warum du hier bist. Du passt nicht zu den anderen. Du
zeigst mir eine Seite an euch Menschen, die ich nicht kannte. Du
bist klug, geschickt und gebildet und ich fürchte, ich bin jetzt
schon vernarrt in deinen Körper, der mir mehr gibt, als die
Frauen meiner Rasse bereit sind zu geben. Gleichzeitig sehe ich

die Veränderungen, die auf den Inseln vorgehen. Dieses Händlervolk nimmt überhand. Die Flotte rüstet auf. Es geschehen immer mehr Auseinandersetzungen zwischen euch und uns. Ich muss das verstehen. Ich muss mein Volk beschützen. Du willst doch, dass Frieden herrscht zwischen uns?«

»Natürlich! Wenn das alles wahr ist, was du sagst, bist du zu Recht besorgt!«

Und du bist verrückt nach mir, stellte sie befriedigt fest und beglückwünschte sich wieder einmal zu ihrem schauspielerischen Talent. Shakas Augen waren eindringlich auf Ambiela gerichtet und seine Worte ernst. Und doch spürte sie, wie sein Körper wieder auf sie reagierte. Noch heftiger, als sie mit der Hand über seinen Arm strich, der vor ihr auf der Tischplatte lag. Dass sich seine Haarsträhnen lösten und nach ihrer Haut tasteten, war das beste Zeichen dafür, dass Shaka Sex haben wollte. Das hatte Ambiela sehr schnell herausgefunden. Und er wollte harten, schnellen Sex, so wie er Ambiela gefiel.

»Komm«, lockte sie ihn, zog ihn hoch und presste ihren unter dem Chiffon-Morgenmantel nackten Körper an ihn. Ohne Scham streichelte sie über seine Genitalien. »Dein Körper macht mich wahnsinnig. Gib mir das, was mir guttut, und ich besorge dir die Informationen, die du brauchst.«

Hemmungslos fiel Shaka über Ambiela her. Der leichte, weiße Stoff war kein Hindernis, dennoch riss ihn Shaka mit einem Ruck entzwei. Die beiden hielten sich nicht mit einem Vorspiel auf. Shaka zwang Ambielas Oberkörper auf den Tisch und brauchte zwei heftige Stöße, um von hinten in sie einzudringen. Laut und lustvoll stöhnte sie auf, genoss seine heftigen, unbeherrschten Stöße. Klirrend fiel das Geschirr zu Boden und zersprang in Tausend Teile. Shaka zischte etwas Unverständliches, als er sich zuckend in sie ergoss. Ambiela schloss die Augen und genoss die Macht, die sie über den Ichtyo hatte, als sie das Geräusch eines Säbels vernahm, der aus seiner Scheide gezogen wurde.

»Weg von der Lady, oder du bist tot, du Ichtyohund!«

Ambiela riss die Augen auf und starrte auf einen völlig konsternierten Clifford Parker.

Skye

In seiner Kajüte öffnete Skye hastig die lederne Mappe. Sie enthielt ein weiches Päckchen, eingeschlagen in Wachspapier, und einen Umschlag. Er trug kein Siegel. Was er da in den Händen hielt, war keine offizielle Order. Skye schwante nichts Gutes. In einer zierlichen Handschrift, die in ihrer Ebenmäßigkeit die einer Frau hätte sein können, las er, von Zeile zu Zeile elektrisierter:

»Mein lieber Collins,
ich weiß sowohl Ihre seemännischen als auch ihre menschlichen Qualitäten sehr zu schätzen, ich hoffe, Sie wissen das. Die Dinge in unserem Planspiel, das ich mit Herzblut und Begeisterung mit ins Leben gerufen und bis jetzt begleitet habe, bewegen sich in eine falsche Richtung. Mit Beweisen kann ich nicht dienen. Doch ich verlasse mich auf mein Gespür, und das hat mich bisher selten getrogen. Unser hoher Besuch bringt Absichten in unsere neue Welt, die wir - die Gründer und Entwickler - immer vermeiden wollten. Deshalb sehe ich mich gezwungen zu reagieren. Und genau aus diesem Grund möchte ich Ihnen als meinem - derzeit einzigen - geheimen Verbündeten, eine neue Aufgabe zuteilen.
S.B. hat sich - aus unerfindlichen Gründen - in unser Planspiel eingeklinkt. Als General der Föderationsflotte ist er unser oberster Dienstherr, und ihm zu widersprechen wäre nicht ratsam - insbesondere, da nicht einmal ich vor einer Ausweisung sicher bin. Natürlich werde ich solang wie möglich dafür sorgen, dass unser Planspiel das bleibt, was es ursprünglich einmal war - eine friedliche Mission. S.B. wird sich in nächster Zeit öfter in unseren Reihen aufhalten und er beginnt, die Regeln unserer Mission zu ändern. Er erwartet von mir das schnellste Schiff der Flotte als sein Flaggschiff - und das ist Ihre Fairbanks.«
Skye wurde heiß. *Ist das hier dann meine sofortige Entlassung? Aber dann hätte mich der Admiral doch nicht mehr auslaufen lassen?* Mit klopfendem Herzen las Skye weiter.

*»S.B. verlangt von mir, Sie abzusetzen. Als Begründung soll-
ten Ihre kleinen Kursabweichungen und die unwesentlichen
Vorfälle der letzten Wochen dienen. Noch dazu haben Sie die
Fairbanks beim Paintball so exzellent präsentiert, dass er kaum
noch ein Auge für eines der anderen Schiffe hatte. Diesmal habe
ich ihm das ausreden können und die Fairbanks für Sie gerettet.
S.B. wird auf meinem Schiff eine Weile zu Gast sein und sich mit
der Seemannschaft, von der er im Grunde nicht den leisesten
Schimmer hat, vertraut machen. Aber er wartet auf den kleinsten
Fehler von Ihnen, dann wird er Ihnen die Fairbanks wegnehmen
und das Planspiel ist für Skye Collins auf alle Zeit verloren. Kennen Sie einen Grund, warum er ausgerechnet Sie so auf dem Radar hat? Ich rate Ihnen, sehen Sie zu, dass Sie ihre drei Inseln
absegeln, wie es Ihrem Einsatzbefehl entspricht. Ich brauche
Ihnen nicht zu sagen, dass Sie diese Zeilen umgehend zu vernichten? Viel Glück, Captain. Und finden Sie diesen Telepathen.
Das wird Ihnen beim General garantiert Pluspunkte bringen
und er wird es sich gut überlegen, einen seiner besten Kapitäne
vor allen anderen zu brüskieren. Allerdings sollten Sie dann damit rechnen, dass er trotzdem zu Ihnen auf die Fairbanks kommt
- günstigstenfalls als Passagier.«*

Der Brief trug keine Unterschrift. Nur die Zeichnung einer
winzigen, abgenagten Fischgräte.

Zum Teufel! Trotz der verdammt ernsten Lage musste Skye
lächeln. *Der Alte kennt seinen Spitznamen!* Aber das änderte
nichts an der schwierigen Situation. Befolgte Skye seine Befehle
nicht, würde man ihn ratzfatz aus dieser Welt hinauskatapultie-
ren. Er konnte dann froh sein, auf den Versorgungsstationen einen Job als Hilfsarbeiter zu finden. *Aber die Inseln kann ich
dann auf ewig vergessen. Ich muss Juniya finden und sie warnen! Verflucht.* Skye war aufgebracht. Am liebsten hätte er irgendetwas in seiner Kajüte kurz und klein geschlagen. *Jetzt bin
ich für zwei Wochen an diesen Befehl gekettet. Und danach ist
unklar, ob ich das Schiff verliere. Wenn ich Glück habe und irgendwo einer der Offiziere ausfällt, kann ich vielleicht auf ein
anderes Schiff und hierbleiben. Wie komme ich nur in Juniyas
Nähe? Wie kann ich sie nur warnen?*

Nachdenklich betrachtete Skye das weiche Päckchen und wog es in der Hand. Ein mehrfach zusammengefalteter Zettel fiel aus einem Schlitz.

In der gleichen Handschrift waren offensichtlich hastig ein paar Zeilen hingeschrieben worden.

»Neue Aufgabe für S.C.. Ich werde alles tun, um Sie und diejenigen der Mannschaft, die Sie in diesem Projektauftrag begleiten, vor dem Verwaltungsrat des Planspiels zu akkreditieren. Versprechen kann ich es nicht. Entscheiden Sie selbst, wann und wo Sie in den Projektauftrag einsteigen. In früheren Zeiten nannte man das, was Sie gerade in der Hand halten, einen Kaperbrief. Tun Sie, was Sie für richtig halten, um die ursprünglichen Ideen unseres Planspiels - friedliche Kolonisation, Fairness und Koexistenz - zu bewahren. Achten Sie dabei auch auf die Händler. Die Beschwerden der Ichtyos häufen sich. Auch wenn wir längst eine Zivilisation von Atheisten sind, bin ich geneigt mit den Worten zu schließen: »Gott helfe uns«.

Was meint er nur mit einem neuen Projektauftrag? Es gibt die Händler, die Flotte und die Ichtyos. Unsere Rollen sind doch klar?

Das Wachspapier knisterte, als Skye die Verpackung öffnete. Zum Vorschein kamen zwei schwarze Tücher. Eines war einfarbig schwarz. Heftig pochte sein Herz gegen die Rippen, als Skye das zweite entfaltet hatte und erkannte, was es war. Skye hielt nicht nur eine simple Schiffsflagge in den Händen. Es war der Jolly Roger, die Piratenflagge.

Ambiela

Eleni heulte. Der Abdruck einer Hand zeichnete sich leuchtend rot auf ihrer Wange ab.

»Ich hab ihn nicht reinkommen hören!«

»Du hast uns belauscht! Wärst du in der Küche gewesen, wo du hingehörst, hättest du ihn gehört und aufgehalten! Voyeuristisches kleines Miststück!«

Eleni duckte sich, doch Ambielas Hand war schneller. Klatschend traf sie die zweite Wange.

»Geh mir aus den Augen. Und wenn ich je erfahre, dass du über das Geschehen von soeben irgendjemandem auch nur ein Sterbenswörtchen erzählst, bist du tot.«

Grob packte sie Eleni an den Haaren und zischte ihr ins Ohr: »Hast du mich verstanden?«

Schluchzend nickte Eleni, dann schleuderte Ambiela die junge Dienerin grob gegen die Wand.

»Mach, dass du fortkommst«, schrie sie der Flüchtenden noch nach. Eleni ließ sich das nicht zweimal sagen und war blitzschnell verschwunden.

Ambiela ließ sich auf das niedrige Sofa fallen. Noch immer trug sie die Fetzen des Chiffon-Morgenmantels, in dem Shaka sie genommen hatte. Sie ließ die letzte halbe Stunde noch einmal Revue passieren. Alles war einfach zu schnell gegangen. Ambiela hasste es, wenn die Dinge nicht ihren Plänen folgten. Doch plötzlich fing sie aus vollem Halse an zu lachen.

Sie lachte, bis ihr die Tränen über das Gesicht liefen. *Besser hätte es gar nicht kommen können! Was für eine hervorragende Wendung. Über Cliffs entsetztes Gesicht werde ich mich noch wochenlang amüsieren. Herr Hochwohlgeboren erwischt mich beim Sex mit einem Ichtyo. Etwas Schlimmeres hätte ich dem Schönling Clifford Parker kaum antun können.*

Ambiela strampelte vor Übermut mit den Beinen. Sie amüsierte sich königlich, als sie an die Szene zurückdachte. Cliff stand in der Tür und sah, wie Shaka Ambiela von hinten bearbeitete. In der Annahme, Shaka würde Ambiela vergewaltigen, war Cliff sofort mit dem Säbel auf den Ichtyo losgegangen. Doch Shaka dachte gar nicht daran, davonzurennen und hatte

Cliff im Handumdrehen entwaffnet. Dann hatte Ambiela zugesehen, wie die beiden sich prügelten. Das Mobiliar des kleinen
Salons war nur noch Kleinholz. Nach einer angemessenen Weile
hatte sie es dann für richtig gehalten, dazwischen zu gehen. Sie
hatte verdammt laut schreien müssen, um die beiden Kampf-
hähne zu trennen und auf sich aufmerksam zu machen.

Es dauerte eine ganze Weile, bis es bei Cliff Klick gemacht
und er begriffen hatte, dass das, was auf dem Tisch des Salons
geschehen war, durchaus mit Ambielas Einverständnis stattgefunden hatte. *Sein ungläubiger Gesichtsausdruck war zum Schreien! Und
als ich ihn aufgefordert habe, sich bei Shaka für seine rassisti-
schen Äußerungen zu entschuldigen, ist er ganz bleich geworden!* Ambielas Wut auf Eleni war verraucht. *Eigentlich hat sie
mir einen großen Gefallen getan, dass sie Cliff hereingelassen
und er diese Szene gesehen hat. Das ist die Eskalation, die ich
brauche. Ein Ichtyo und ein Kapitän der Föderationsflotte sind
sich von jetzt an spinnefeind. Hervorragend!*

Das war im Grunde genau das, was Ambiela half, ihr Ziel zu
erreichen. Der Anfangspunkt für die Revolte der Ichtyos gegen
die Föderationsflotte war gelegt. *Shaka wird wiederkommen. Er
wird mir mehr und mehr vertrauen, besonders, weil ich vor Cliff
zu ihm gestanden habe. Jetzt ist die Saat gesät.*

Ambiela zog sich die fast unsichtbare Folie von der Haut
über ihrer linken Brust. Ein Zeichen, ähnlich einer Tätowierung,
kam zum Vorschein. Es hatte die Form eines Medaillons und
bestand aus einer Vielzahl von ineinander verschlungenen Linien und Kreisen. Diese spezielle Form kennzeichnete sie als
hohe Tochter der uralten Familie der Ambi, eine der ersten Familien der Thon-Rhe.

Heute waren die Linien dunkel. *Vater ist nicht auf diesem
Planeten. Ich hoffe, er kommt bald wieder. Ich muss meine Spiel-
punkte bei ihm einfordern. Mit diesem Schachzug liege ich ganz
weit vorn!* Sie brauchte nur zu warten und darauf zu achten, ob
sich die Linien in den Farben rot und gelb verfärbten. Wenn sich
die Linien wie Schlangen ineinander wanden, dann war ein na-
her Familienangehöriger in telepathischer Reichweite. *Doch darauf werde ich nicht warten. Es gibt in der Zwischenzeit noch*

eine Menge zu tun. Ambiela riss sich den kaputten Morgenmantel vom Leib und klebte die hautfarbene Folie wieder sorgfältig über das Mal.

»Eleni, wo steckst du? Mach mich zurecht, wir gehen aus!«

Kurz darauf spazierte sie mit ihrer Zofe die Kais entlang und sah sich die Schiffe und das quirlige Treiben an Land an. Ambiela war in aufgekratzter Stimmung. Keck bewegte sie das Sonnenschirmchen, das genau zur Spitze ihres Kleides passte, und winkte zu den Männern der Clara hinauf, die an der Reling zu sehen waren. Sofort versammelte sich eine Traube von Matrosen, die zu ihr hinunter johlten und winkten. Jeder an Bord hatte mitbekommen, wie sehr es zwischen dem schönen Captain und der ungewöhnlichen Frau während ihrer Reise zwischen den Inseln zur Sache gegangen war. Sie hatte vom Kapitän bis zum Schiffsjungen so ziemlich jedem den Kopf verdreht und alle beneideten Captain Cliff um seine Bettgefährtin. Cliffs erster Offizier erschien an der Reling.

Ausgelassen winkte Ambiela ihm zu.

»Guten Tag, Mylady«, grüßte sie der Mann charmant. »Kommen Sie wieder zu uns an Bord?«

»Das würde ich nur zu gern!«, flötete Ambiela hinauf. »Ist Captain Cliff da? Ich würde ihn sehr gern mal wieder«, sie zögerte einen winzigen Moment, »mit ihm plaudern!«

Die Männer quittierten diesen zweideutigen Satz mit wildem Gelächter und neidischen Bemerkungen.

»Captain Parker ist derzeit nicht an Bord, Mylady. Sie finden ihn drüben auf dem Flaggschiff.« Er wies auf die Emerald, die ein Stückchen weiter unten an der Mole festgemacht hatte. »Sie dürfen aber gern an Bord kommen und mit mir vorlieb nehmen. Ich vertreibe Ihnen die Zeit, bis Captain Parker zurückkommt.«

Das könnte dir so passen, du eingebildeter Pfau. Ambiela lächelte kokett. »Das nächste Mal vielleicht, mein Lieber. Ich werde erst mal sehen, ob ich nicht doch besser Ihren Captain finde!«

Sie tänzelte elegant über die Mole und die Männer der Clara pfiffen und johlten hinter ihr her, sodass auch die Händler und Ichtyos am Kai auf Ambiela aufmerksam wurden. *Ich genieße dieses Spiel. Es hat auch seine Vorzüge.*

»Mylady, ist das da hinten nicht Captain Cliff?«

Eleni deutete auf die Häuser am Ende der Mole. Ein Mann mit Kapitänsuniform und Cliffs Statur verschwand gerade in einer Taverne.

»Gut möglich. Wir werden da mal vorbeigehen.« Ambielas scharfe Augen hatten ihn auch erspäht. Und noch jemanden. Ihr Herz pochte schneller. Das könnte interessant werden.

»Eleni, geh einkaufen.« Eine Goldmünze wanderte in die Hand der Zofe. Eleni machte große Augen.

»Dafür kann ich den halben Laden kaufen«, flüsterte sie.

»Geh schon.« Ambiela wedelte mit den Händen. »Du weißt, was wir fürs Haus brauchen und kauf dir was Schönes. Aber geh jetzt. Ich habe zu tun.«

Während Eleni zum Krämerladen unterwegs war, schlenderte Ambiela auf die Taverne zu und inspizierte das Haus, in dem Cliff verschwunden war. Doch sie ging nicht hinein. Die Häuser hier standen einzeln, sie bildeten keine Fronten, sodass Ambiela möglichst unauffällig einmal um die Taverne herumspazieren wollte. Den Hinterhof umgab eine dichte Hecke. Sie hörte zwei Männer leise sprechen. Ambiela blieb stehen und lauschte.

»Das ist vorläufig die letzte Lieferung.«

»Was?« Das war Cliff.

»Was glauben Sie, werter Captain, wo wir hier sind? Diese Art Luxusartikel«, der Mann betonte das Wort höhnisch, »ist nicht ohne Weiteres aufzutreiben. Deshalb ist der Preis auch gestiegen. Ich bekomme vier Golddublonen.«

»Oder einen Schuldschein?«

»Mein lieber Captain. Wie viele Schuldscheine habe ich schon von Ihnen?« Höhnisches Lachen erklang. Ambiela durchfuhr es heiß. Sie kannte dieses Lachen.

»Die Clara gehört schon zur Hälfte mir, schätze ich«, sagte der zweite Mann boshaft. »Aber beim Sohn des Admirals will ich mal nicht so sein.«

Es klang, als hieb Cliff die Faust auf den Tisch. Er zischte etwas Wütendes, das Ambiela nicht verstand. Sie wagte sich nicht näher heran, um ja nicht entdeckt zu werden.

Ein schnappendes Geräusch war zu hören.

»Mein lieber Captain, es steht jemandem mit so viel Schulden, wie Sie sie haben, nicht zu, unhöflich zu mir zu sein. Wäre es Ihnen lieber, wenn ich mich auf das Flaggschiff begebe und dem Herrn Papa die Schuldscheine präsentiere? Na?«

»Nehmen Sie Ihre dreckigen Hände weg!«

Ambielas Vermutung war bestätigt. Gerangel war zu hören. »Sie haben den Schuldschein«, zischte Cliff. »Ich werde meine Schulden begleichen. Und jetzt her mit der Ware!«

Etwas fiel dumpf auf den Tisch. Drohend antwortete der andere Mann: »Sie wissen genau, was es bedeutet, seine Schulden nicht zu begleichen. Das wussten Sie von Anfang an. Halten Sie unseren Deal ein. Sie kennen die Konsequenzen!«

Ein Stuhl oder eine Bank fiel um. Ambiela hörte ein leises Rascheln, das sie nicht deuten konnte. Dann entfernten sich Schritte. Sie beschloss, leise zur Straße zurückzukehren und drehte sich um.

Der Schreck fuhr ihr durch Mark und Bein. *Sie haben mich erwischt!* Ein zerlumpter Matrose hatte sich so nah hinter ihr aufgebaut, dass sie fast mit ihm zusammengestoßen wäre. *Ich hätte ihn riechen müssen. So wie der stinkt. Verdammt! Mit meinen Telepathensinnen wäre mir das nicht passiert.*

Ambiela richtete sich stolz auf und tat, als ob nichts gewesen wäre. »Geh mir aus dem Weg. Ich will mein Kleid nicht an dir schmutzig machen.«

»Hihihi.« Der widerwärtige Mann stieß einen durchdringenden Pfiff aus. Als Ambiela ihn zur Seite schieben wollte, standen auf einmal zwei weitere Kerle vor ihr und bedrängten sie.

Sie holte mit dem Sonnenschirmchen aus und schlug zu.

»Geht mir sofort aus dem Weg, ihr Gesindel!«

Über ihren Köpfen öffnete sich ein Fenster.

»Welch eine Freude und Überraschung, dich hier zu sehen, meine Liebe. Komm doch bitte einen Augenblick zu mir ins Haus. Meine Diener werden dich gern begleiten.«

Im Fenster stand der Rote Vadim.

Das Gespräch begann freundlich. Mit keinem Wort ging Vadim Smalov darauf ein, dass einer seiner Leute Ambiela beim

Lauschen ertappt hatte. Ambiela konnte ihr Staunen nur mühsam verbergen. Ihr Vater hatte ihr Haus mit vielen schönen Dingen ausgestattet, doch die Wohnung des roten Vadim protzte nur so vor Reichtum. Schwere, golddurchwirkte Stoffe überall, auf den Sesselbezügen, an den Wänden und natürlich bestand auch seine Kleidung aus Brokat. Ambiela kam sich geradezu underdressed vor, als er sie bat, Platz zu nehmen. Sie drapierte sich gekonnt auf einem eleganten Sofa.

»Nun, wie entwickeln sich die Dinge?«, fragte er entspannt. Um sie dann direkt auf die Palme zu bringen. »Hast du schon alle Männer durchgevögelt? Ich kann dir gern gegen Bezahlung ein paar schöne Exemplare besorgen. Ich bin der einflussreichste Händler am Platz, weißt du?«

Diese höhnisch hervorgebrachte Unverschämtheit erwischte Ambiela eiskalt. Der wild wallende Zorn ließ sie fast die Haltung vergessen. Aber nur fast. »Was geht es dich an, wie ich mir die Zeit vertreibe?« Sie war stolz auf ihre Coolness und hatte sich gefasst.

Er hob arrogant eine Augenbraue. »Nun, da ich dieses Spiel gewinnen will, geht mich alles etwas an, was hier geschieht.« Breit baute sich Vadim vor ihr auf. Der massige Mann schwitzte in seinen teuren Kleidern. Sein Blick war kalt. Berechnend. Ohne Begehren. Tatsächlich? Ambiela verschränkte die Arme im Nacken, legte den Kopf zurück und präsentierte ihm ihre Brüste. Dabei rieb sie leicht ihre Beine aneinander. Der Stoff des teuren Kleides knisterte. Vadim leckte sich über die Lippen.

Na also. Geht doch.

»Ich dachte, dein Domizil ist auf der Insel Albatrasca?«, versuchte sie unbefangen zu plaudern.

»Ich bin da, wohin mich meine Geschäfte führen.«

»So, wie es aussieht, gehen diese Geschäfte gut. Hast du auf jeder Insel eine so fantastische Wohnung?« Ihre Augen wanderten über die kostbaren Gegenstände des Raumes.

»Das hier«, antwortete er lässig, »ist nur so eine Art Showroom. Mein Haus ist am anderen Ende der Stadt. Ach ja«, er kratzte sich wie nachdenklich das Kinn, »die ganze Häuserzeile der Händler gehört mir ja auch noch. Und das eine oder andere nützliche Gebäude.«

Ist es das, worum er spielt? Möglichst viel Besitz an sich zu bringen? Sie stand auf.

»Was hiervon«, Ambiela nahm eine zierliche Vase in die Hand, die auf einer Kommode stand, »gibt es eigentlich auf diesem Planeten? Oder lässt du alles einfliegen?«

Sie brauchte kein Interesse zu heucheln. Ambiela war wirklich neugierig. *Ein bisschen Bewunderung kann nicht schaden. Das zieht eigentlich bei jedem Mann.* Die kleine Vase bestand aus einem porzellanähnlichen Material und trug sehr aufwendige Verzierungen. Je nach Lichteinfall änderte sie die Farbschattierung. Ambiela hielt sie in Richtung Fenster. Ein Sonnenstrahl fiel darauf, die Vase glühte auf, als wäre sie aus flüssigem Glas.

»Die Ichtyos sind auf so manchem Gebiet wahre Künstler. Ich nutze sie nur auf andere Weise als du.« Er lachte dreckig.

Die Vase zerschellte auf einem Stück Steinfußboden, wo gerade kein Teppich lag, in Tausend Splitter.

»Verzeihung! Wie ungeschickt von mir.« Natürlich war die Vase mit voller Absicht gefallen. *Ich werde ihn für jede Unverschämtheit bestrafen.*

Vadim sah sie kalt an. »Nur zu deiner Information. Dieses Stück wäre auf dem extrahumanoiden Kunstmarkt eine sechsstellige Summe Wert gewesen.«

»Tatsächlich?« Sie nahm die nächste Vase in die Hand.

Vadim rührte sich nicht, doch in seinen Augen blitzte Besorgnis.

Reichtum. Es ist Reichtum, der ihn anmacht. Sorgsam stellte sie die Vase wieder auf ihren Platz. Sie konnte seine Erleichterung fast spüren.

»Du musst gute Kontakte zu den Ichtyos haben, wenn sie dir so wertvolle Gegenstände überlassen«, tippte Ambiela ins Blaue.

»Es geht. Ich bin Händler. Sie bekommen etwas dafür.«

»Glasperlen etwa?«, lachte Ambiela auf. »Womit handelst du?«

»Sie interessieren sich sehr für unsere Alltagsgegenstände. Also versorge ich sie damit. Wir tauschen sozusagen.«

»Und damit wirst du so reich?« Ihre Hand wies auf die exklusive Ausstattung des Raumes.«

»Wie du siehst, ist das eines meiner Geschäftsmodelle.«

»Und die anderen?«

Er musterte sie mit zusammengekniffenen Augen.

»Sagen wir mal Forschung.« Er klatschte in die Hände. Ein sehr junger Mann mit großen, braunen Augen erschien in der Tür. Er trug einen schlichten, aber weich und edel wirkenden Anzug, der sich an seine zierliche Gestalt schmiegte. *Sieh an. Er steht auf Knaben*, dachte Ambiela sofort, als der junge Mann seinen Herren devot und schüchtern anlächelte und sich verneigte.

»Bring uns eine Erfrischung, Kemal«, befahl Vadim. Der Junge verneigte sich erneut, drehte sich um und verschwand mit einem kessen Hüftschwung.

»Auch nicht schlecht«, rutschte Ambiela über die Lippen. Mit einem Schritt war Vadim bei ihr. Seine schwitzenden Hände lagen blitzschnell um ihren Hals. Ambiela erschrak. Mit dieser Heftigkeit hatte er sie überrumpelt. Mit böse zusammengekniffenen Augen flüsterte er:»Du wirst niemanden anrühren, der unter meinem Schutz steht, hast du verstanden? Niemanden!«

Sie ballte die Fäuste, doch sie hielt still. Wut lag in ihrer Stimme.

»Du wirst mich nicht bedrohen. Es gibt Spielregeln. Hast du die vergessen?«

Der Mann stank ekelhaft aus dem Mund. Ambiela musste sich beherrschen, um nicht zu würgen. Bitterböse starrte sie ihn an.

Es dauerte nur einen Augenblick, dann zog Vadim seine Hände zurück. Gerade kam der junge Mann mit einem Tablett herein.

»In diesem Haus gibt es nichts, was ich gern haben wollte. Da kannst du dir absolut sicher sein«, spuckte sie ihm entgegen. Mit einem giftigen »Spiel mit deinesgleichen!«, rauschte Ambiela aus dem Zimmer.

Die kleine Schleppe ihres Kleides wedelte schwungvoll hinter ihr her. Ambiela verließ das Haus des Roten Vadim zorngeladen. *Idiot, Idiot, Idiot,* schimpfte sie vor sich hin. *Das lasse ich mir nicht gefallen. Na warte. Diesem eingebildeten Blödmann werde ich es zeigen. Wo bei allen Himmeln steckt diese Eleni, wenn ich sie brauche?* Zornig eilte sie zurück zum Hafen. Sie musste nachdenken. In Gedanken ging sie noch einmal durch, was sie heute erfahren hatte. Cliff war beim Roten Vadim offenbar hoch verschuldet, was niemand wissen durfte. Jedenfalls nicht in der Flotte. Und der Rote Vadim selbst - ein widerlicher Gegner, gestand sie sich ein - war geil nach Reichtum und hübschen Knaben. *Wie kann ich diese Infos gewinnbringend einsetzen?* Ambiela achtete kaum auf ihren Weg. Schon war sie an der Clara vorbei, von der ihr wieder wildes Gejohle hinterher wehte. Jemand rief ihren Namen. War das Cliff? Doch ohne sich umzudrehen eilte sie weiter. Sie spürte etwas. Ein leises Pochen, dort, wo sie das Mal ihrer Familie trug. *Vater ist zurück! Er will mit mir Kontakt aufnehmen. Ausgerechnet jetzt!*

»Ambiela, warte doch!«

Ja, das ist der gute Cliff. Jetzt nicht, mein Lieber. Ambiela blieb keine Sekunde stehen, sie drehte sich noch nicht einmal zu ihm um und eilte nach Hause. Aus einer Gasse kam Eleni angerannt.

»Herrin, ist alles in Ordnung?«

»Halt Captain Cliff auf. Ich will ihn jetzt nicht sprechen! Bleib hier und lass ihn nicht ins Haus«, zischte sie ihr zu und rannte fast. Das Pochen auf ihrer Haut verkündete nichts Gutes, jedenfalls nicht, solang sie nicht vor aller Augen geschützt war.

»Ja, Herrin.« Eleni blieb stehen. Ambiela beeilte sich, ins Haus zu kommen und schlug heftig die Tür hinter sich zu.

Der Admiral

Percy Parker ließ sich von seinem Adjutanten in den schweren Uniformmantel helfen. Er hustete.

»Sir, soll ich den General lieber von Bord lotsen und Sie ruhen sich noch eine Weile aus?«

»Ach was«, blaffte der alte Admiral. »Mir geht´s gut. Holen Sie unseren Gast. Und sorgen Sie lieber dafür, dass heute Mittag ein schönes Glas Wein auf dem Tisch steht. Ist die Clara schon eingelaufen?«

»Ja, Sir. Der Bote zu Captain Cliff ist längst unterwegs.«

»Was meinen Sie, Evans? Sie haben doch bestimmt irgendwo so ein kleines Zigarillo?«

»Ich bedaure, Sir. Sie wissen doch, dass Ihnen das Rauchen gar nicht guttut.«

Der Admiral verzog säuerlich das Gesicht.

»Ich habe Sie zu meinem Adjutanten gemacht, damit Sie mir in allen Situationen zur Hand gehen, mein lieber Evans. Nicht, damit Sie auf meine alten Tage meine Mutter spielen.«

»Das würde ich mir auch nie anmaßen, Admiral, Sir. Ich sorge lediglich für Ihr Wohlbefinden.«

Das sagt dieser junge Bengel ohne die Miene zu verziehen. Innerlich musste Percy Parker schmunzeln. Er hatte seinen Adjutanten mit Bedacht gewählt. Schon an der Universität hatte er den jungen Evans in seiner steifen, sehr höflichen Art gemocht. Der junge Mann achtete auf Etikette und beherrschte sie, als hätte er nie in der modernen Zeit gelebt, aus der sie beide und der Rest der Teilnehmer des Planspieles stammten. Er war immer wie aus dem Ei gepellt gekleidet und frisiert. Und er nahm den Dienst sehr ernst, obwohl er zu Beginn des Planspiels mit seinen Anfang zwanzig nur knapp über dem Mindestalter der Planspielteilnehmer lag. Evans war Student am Institut für angewandte Völkerverhaltensforschung, an dem der Wissenschaftler Percy Parker mit seinen Kollegen die ursprünglich rein theoretische Idee des Planspiels »Friendly Colonisation« erarbeitet hatte. Die akribische Recherchearbeit über die Kapitänsuniformen und Verhaltensnormen bei der britischen Seemacht des 17. bis 19. Jahrhunderts war damals die Abschlussarbeit von Evans, die mit der Bestnote mit Auszeichnung bewertet worden war. Dieser Arbeit war es beispielsweise zu verdanken, dass die Uniformen so detailgetreu waren, dass man sie kaum von den Originalen unterschieden hätte, wenn man denn noch Originale hätte auftreiben können. Evans hatte dem Wissenschaftler Professor Parker Respekt abgenötigt, was etwas hieß, denn kaum jemand konnte dem Professor etwas recht machen. Evans jedoch war eine Ausnahme. Er war ein Student mit dem größten Enthusiasmus, der ausgeprägtesten Lerndisziplin und der höchsten Loyalität dem Projekt gegenüber, den Percy Parker kannte. Evans war so enttäuscht gewesen, weil er das Mindestalter für die Teilnahme am Planspiel noch nicht erreicht hatte, um von Anfang an dabei zu sein, dass ihm Percy Parker eigenhändig eine Ausnahmegenehmigung erteilte. Seitdem diente ihm der junge Mann mit aller Hingabe. *Mein Sohn ist mir nicht so zugetan.* Dieser Gedanke versetzte dem Admiral einen Stich. Schon öfter hatte er sich bei dem Gedanken ertappt, dass er den jungen Evans verdammt gern hatte.

Der Admiral besann sich wieder auf seine Aufgabe.

»Dann wollen wir mal das Mittagessen in Angriff nehmen. Wir kommen ja nicht drum herum. Aber lassen Sie sich ruhig noch ein wenig Zeit.«

Evans ging, um General Sylvius Beard zum Lunch in die Offiziersmesse zu bitten, nicht ohne dem Admiral noch fürsorglich ein Stäubchen von der goldenen Schulterlitze zu schnippen.

In der Offiziersmesse des Flaggschiffs hatte Evans längst für drei Personen gedeckt. Die Tür war angelehnt. Der Admiral hörte ein Glas klingen und trat ein.

»Cliff! Du bist schon da! Das freut mich.«

Der Sohn des Admirals stand neben der Anrichte und war dabei, sich Wein einzuschenken. Cliffs Hand zitterte deutlich, als er das Glas an den Mund setzte und es in einem Zug leerte. Erst dann drehte er sich zu seinem Vater um.

»Ist was passiert?«

Cliff hatte ihm in den vergangenen Wochen einen selbstbewussten und entspannten Eindruck gemacht. Die Blässe und das verkniffene Gesicht passten nicht zu ihm. Zumindest nicht in letzter Zeit, als Percy Parker nach langen Jahren endlich das Gefühl hatte, einen Draht zu Cliff gefunden zu haben. Der alte Herr trat auf seinen Sohn zu und wollte ihn umarmen. Doch Cliff wehrte vehement ab.

»Seit wann legst du keinen Wert mehr auf die Spieletikette? Sollte ich nicht erst mal vor dem Admiral salutieren und Meldung zu meiner letzten erfolglosen Operation machen?«

Höhnischer hätte Cliffs Stimme nicht klingen können. Der Admiral zog seine Arme zurück.

»Wir sind unter uns. Also sag schon, was dich bedrückt. Es muss ja wohl etwas Bemerkenswertes passiert sein, dass du dir mittags schon das zweite Glas Wein hinter die Binde gießt und reichlich unfreundlich bist.«

»Ach.« Unwirsch winkte Cliff ab.

»Die Matrosen reden über dich und die schöne Ambiela. Ich hoffe, du bist nicht ihretwegen in so einem Zustand?« Als Vater versuchte Percy Parker diese Frage so neutral und mitfühlend wie möglich zu stellen. Cliffs wütende Reaktion sprach Bände.

»Die sollen bloß alle ihre Klappe halten. Die amüsieren sich doch prächtig auf meine Kosten. Und was weißt du schon von Liebe?«

»Mein Junge, ich weiß auf jeden Fall, was die Liebe aus einem Mann machen kann. Den einen macht sie unbesiegbar, den anderen macht sie schwach.«

»Sehr schlau. Und wieder mal völlig unemotional hervorgebracht, deine Lebensweisheiten. Ich frage mich, was meine Mutter an einem trockenen Wissenschaftler wie dir gefunden hat.«

Der Admiral versuchte es mit einem Augenzwinkern. »Glaub mir, mein Sohn, das habe ich mich auch ab und zu gefragt.« Er registrierte Cliffs Erstaunen und nutzte die Chance. »Deine Mutter war stets etwas ganz Besonderes für mich. Ich bin froh, dass du ihr so ähnlich bist. Und nicht nur für deine äußerliche Gestalt, die du ja offensichtlich nicht von mir hast.«

Cliff hatte sich das nächste Glas Wein eingegossen.

»Sie ist vor meinen Augen verschwunden«, entfuhr es ihm.

»Wer?«

»Ambiela.«

»Wann?«

»Vor ein paar Minuten. Ich bin ihr nachgegangen. Wollte mit ihr reden, weil sie mich links liegen lässt. Sie ist rein ins Haus. Bin ihr gefolgt, doch das Haus war leer.«

»Vielleicht ist sie durch einen Hintereingang raus. Oder sie hat sich versteckt und wollte einfach nicht mit dir sprechen. Es gibt Frauen, die sind so. Und diese ist ohnehin ein durchtriebenes Stück.«

»Sprich nicht so von ihr!« Wütend war Cliff vor seinen Vater getreten.

»Cliff! Mit dieser Ambiela stimmt irgendwas nicht. Am Anfang dachte ich sogar, sie ist eine Art Androide. Ein Roboter, viel zu perfekt für eine Frau aus Fleisch und Blut. Dir hat sie ja offensichtlich das Gegenteil bewiesen. Das heißt aber noch lange nicht, dass sie es ehrlich mit dir meint. Ich fürchte eher, sie ist eine Spionin für den General.« Seine Stimme war zu einem Flüstern geworden.

Cliff starrte seinen Vater ungläubig an. »Was soll sie sein?«

»Lass es uns herausfinden. General B greift gerade mehr in unser Planspiel ein, als uns lieb sein kann. Er setzt Regeln außer Kraft. Versucht es zumindest. Und ich bin sicher, diese von ihm eingeschleppte Ambiela spielt dabei eine größere Rolle, als sie uns vorgaukelt. Cliff«, er legte seinem Sohn bittend die Hand auf dessen Arm. »Sie ist sehr schön. Und klug. Und hat dir ordentlich den Kopf verdreht. Lass dich bitte nicht so gehen und sei vorsichtiger!«

Zornig schlug Cliff die Hand seines Vaters weg. »Misch dich nicht in meine Angelegenheiten.«

Der Admiral verzog verdrießlich das Gesicht. »Mach, was Frauen angeht, was immer du willst. Aber denk daran: Du bist Kapitän in der Föderationsflotte. Reiß dich zusammen, sonst fliegst du raus wie jeder andere, der die Spielregeln bricht. Gegen Beard werde nicht mal ich dich nicht schützen können.«

Cliff zuckte mit den Schultern. Es schien, als hätte er sich etwas beruhigt. Der Admiral blickte auf eine antike Taschenuhr. »Der General wird gleich hier sein. Ich hoffe, du hast dich vor ihm besser in der Gewalt.«

»Oh, der werte Sylvius Beard. Kriechst du ihm immer noch in den Arsch?«

»Cliff!«
»Ach, stimmt doch! Was will dieser Fatzke eigentlich hier?«
»Hast du mir gerade nicht zugehört? Er greift in das Plan-spiel ein. Er hat einen neuen Sponsor aufgetrieben. Ambielas Vater nämlich. Du erinnerst dich vielleicht, dass unser Aufent-halt hier jede Menge Geld kostet.«
Cliff lachte bitter.
»Aber seit wann will er denn selber mitspielen? Der hat doch von der Seefahrt keinen blassen Schimmer.«
»Genau das ist es ja, was wir herausfinden müssen. Warum ist er plötzlich hier. Welche Absicht verfolgt er? Und jetzt hilf mir, Cliff. Der General kann jeden Moment hier sein. Ich habe schon genug zu tun, um ihn im Zaum zu halten. Es ist klar, wer in einem Streit mit ihm den Kürzeren ziehen wird. Sei froh, dass Beard Captain Collins im Visier hat und nicht dich. Ich weiß nicht, was in dich gefahren ist. Wir bringen dieses Mittagessen hinter uns, danach will er an Land und mit dem Gouverneur der Ichtyos sprechen. Weiß der Geier, was das soll. Ich hätte dich gern als Eskorte mitgeschickt. Ich will die Emerald nicht verlas-sen.« Der Admiral hustete und kramte nach einem Taschentuch. Cliff gab ihm seins.
»Dir geht es schlechter?« Nun war seine Stimme ernst und ohne Hohn.
Der Admiral winkte ab. »Geht einigermaßen. Evans sorgt gut für mich, ist mir fast zu gluckenhaft. Nicht mal ein Zigarillo gönnt er mir.«
Nun schlich sich endlich ein Lächeln auf Cliffs Mundwinkel.
»Vater, ich ...«
Die Tür wurde aufgestoßen. Ohne anzuklopfen stand Gene-ral Sylvius Beard im Raum. »Admiral Parker, wir ändern unsere Pläne. Lassen Sie uns gleich darüber sprechen!«

Eine Stunde später war Admiral Percy Parker klar, dass Ge-neral Beard - aus welchen Beweggründen auch immer - dabei war, die Krönung seines Lebenswerks zu zerstören.

Skye

Entgegen jeder Vernunft hatte Skye nicht den von der Admiralität empfohlenen Kurs angelegt. Sein Schiff sollte laut Befehl zuerst zu der Insel segeln, die am weitesten entfernt lag, um von dort aus dann auf den beiden anderen Inseln den Telepathen zu suchen. Nein, Skye entschied sich für die umgekehrte Reihenfolge und begründete dies mit den günstigen Winden. So würde ihn der Kurs wenigsten in die Nähe von Belilla Bay führen. Obwohl es einfach aussichtslos schien einen Grund zu finden, um dort anzulegen. Skye schimpfte sich selbst einen kompletten Idioten. Er konnte auf Höhe des 34. Längengrades gerade einmal in die Richtung von Belilla Bay winken, das immer noch einige Stunden von seiner Route entfernt liegen würde.

Jason hielt Skyes Entscheidung für gefährlich, das sagte ihm dessen Räuspern, als er den Kurs an Deck befahl. Doch der Freund hielt seinen Mund und ertrug Skyes eigenartige Launen mit stoischer Ruhe. So vergingen die ersten Segeltage für die Crew in der üblichen Bordroutine.

Die Piratenflagge lag gut versteckt im Inneren von Skyes Seekiste. Skye war jedoch, als sendete das schwarze Stück Stoff ständige Signale an sein Gehirn, damit er nur keine Sekunde seine herausfordernde Anwesenheit vergaß. Er zerbrach sich stundenlang den Kopf darüber, was der alte Admiral wohl von ihm wollte. *Nach seinem Brief bin ich der Einzige, der eine Piratenflagge führt. Mit der scharfen Munition haben die mich im Handumdrehen versenkt, wenn sie's darauf anlegen. Wie soll das gehen, 15 Schiffe gegen eines?* Skye hatte bisher noch nicht einmal Jason in seine Überlegungen eingeweiht.

Die Unsicherheit über seinen Auftrag quälte Skye sehr. Noch schlimmer allerdings war eine andere Tatsache. Die erotischen Träume von Juniya waren wieder da. Die Bilder von ihr suchten ihn nicht mehr nur nachts in seiner Kajüte heim, sie schoben sich jetzt auch schon in seinen Tagesablauf. Berührte Skye eine glatte Oberfläche, träumte er davon, über Juniyas goldfarbene Haut zu streicheln. Schlug eines der Segel im Wind, vermeinte er, ihr helles Haar flattern zu sehen. Skye zwang sich, den angelegten Kurs zu kontrollieren und begab sich gerade auf seinen Schiffsrundgang, als der Mann im Ausguck Alarm schlug.

»Segel in Sicht! Steuerbord voraus.«

Dankbar für die Unterbrechung der Routine war Skye mit zwei schnellen Schritten an der Reling und hatte sein Fernglas am Auge. Er konnte außer einer seltsam schräg stehenden Mastspitze nichts erkennen.

»Was sehen Sie, Mr Hubbard?«, rief er in den Topp.

»Einen Mast und ein verkleinertes Marssegel, Sir. Das Schiff macht wenig Fahrt, wenn überhaupt. Es scheint mir havariert zu sein. Ich würde darauf wetten, dass wir die Fortune von Kapitän Spenser vor uns haben. Das letzte Mal, als ich sie sah, hatte sie allerdings noch drei Masten.«

»Kurs ändern und direkt auf die Fortune zuhalten, Mr Bonney«, befahl Skye.

Die Fairbanks drehte und zügig kamen sie dem verunglückten Schiff näher. Der Mann im Ausguck hatte recht. Es war die Fortune, und sie war havariert. Einer der Masten war umgeknickt und hing samt Takelage seitlich ins Wasser, was dem Schiff eine schwere Schlagseite verpasste. Die Männer der Fortune arbeiteten in wilder Hektik auf dem Deck daran, den gebrochenen Mast zu kappen. Der Wind stand günstig und der Winddruck auf dem verbliebenen Segel hielt die Fortune knapp in der Balance, der Besanmast fehlte völlig. Die Besatzung der Fortune hatte die Fairbanks entdeckt und ein Matrose signalisierte wild von der Heckreling aus.

»Die Fortune zieht Signalflaggen auf, Sir!«

Das hatte Skye auch schon gesehen. Langsam las der Mann im Ausguck die Signalwimpel ab, die die Fortune aufzog.

»Fortune havariert, bitten um Hilfe, sind manövrierunfähig.«

Da bewegte sich etwas auf dem beschädigten Schiff. Die Männer der Fairbanks sahen, wie der gebrochene Mast plötzlich hochschnellte und dann im Meer versank. Der Rumpf der Fortune richtete sich auf.

»Die unmittelbare Gefahr ist gebannt. Sie haben es geschafft, die Taue zu kappen, die den gebrochenen Mast festgehalten haben. Der Ballast ist weg«, kommentierte Jason.

Skye nickte nur kurz. Mit einer heftigen Bewegung klappte er zornig sein Fernglas zusammen. In weniger als einer Stunde würden sie die Fortune erreicht haben. Der Umweg und der Rest der Reise würden ihn immer weiter von Juniya entfernen.

Die Fortune war ein Dreimaster mit zwei Kanonendecks. Eigentlich schnell und wendig, aber aufgrund der deutlich kleineren Segelfläche bei Weitem langsamer als die Fairbanks. »Wo ist Kapitän Spenser?«, fragte Skye durch das Megafon, als sie auf Rufweite heran waren. Statt des Kapitäns stand der erste Offizier der Fortune an der Reling und winkte hektisch zu ihnen hinüber.

Er hielt ebenfalls ein Megafon in der Hand. »Sie schickt der Himmel, Captain Collins!«, brüllte er erleichtert herüber. »Bitte kommen Sie zur Lagebesprechung an Bord!«

Skye gab seine Befehle und die Männer der Fairbanks holten Segel ein, sodass das schöne Schiff unter dem Ruder elegant herumschwang und langsam längsseits ging. Die Matrosen setzten geschickt ein paar Fender und vertäuten die beiden Schiffe. Geschickt sprang Skye von der Reling der Fairbanks an die verbliebenen Wanten der Fortune. Leutnant Perez, der erste Offizier der Fortune, begrüßte ihn blass und übermüdet, aber doch mit sichtbarer Erleichterung auf dem wettergegerbten Gesicht.

Eine Stunde später war Skye zurück auf seinem Schiff. Die Geschichte der Fortune klang für niemanden auf der Fairbanks unglaublich. Ein Giganto hatte das Schiff attackiert. Mit seildicken Tentakeln soll das Untier aus der Tiefe den Großmast der Fortune umschlungen und wie ein Streichholz abgeknickt haben, nachdem Kapitän Spenser befohlen hatte, das Tier zur Strecke zu bringen und die ersten Harpunenspitzen das Wasser berührten. Spenser selbst war durch einen der herumfliegenden Holzsplitter schwer verwundet worden und lag bewusstlos in seiner Kajüte.

Manchmal scheint das Schicksal ein Einsehen zu haben, so leid es mir um Captain Spenser tut. Skye musste achtgeben, dass er nicht breit und glücklich grinste, als er befahl: »Wir nehmen die Fortune in Schlepp und direkten Kurs auf Belilla Bay. Das war das Ziel der Fortune und im dortigen Ichtyohospital können sie Captain Spenser vielleicht retten.«

Skye spürte den langen Seitenblick, den Jason auf ihn warf, doch er beachtete ihn nicht. Seine Sinne überprüften bereits Windrichtung und -stärke und er beeilte sich, um in seiner Kajüte den direkten Kurs auf Belilla Bay zu errechnen.

Obwohl der Wind günstig war, segelte die Fairbanks mit der Last der Fortune im Schlepptau fast vier Tage, bis sie ihr Ziel erreichte. Diese Zeit trug nicht dazu bei, Skyes Laune zu verbessern, obwohl er sich gleichzeitig irrsinnig auf Belilla Bay freute. Er zermarterte sich das Gehirn, mit welcher Finte er zumindest für ein paar Stunden das Schiff verlassen konnte, ohne Argwohn zu erwecken und irgendeine Spur auf Juniya zu lenken. Auch wenn er für die Hilfeleistung an der havarierten Fortune im Normalfall Sonderpunkte einheimsen würde, die Ansage der Gräte war deutlich. Wer sich nicht an die Order hielt, risierte, aus dem Spiel zu fliegen.

Wenn Skye nicht sofort wieder aus dem Hafen von Belilla Bay auslief, sobald die Fortune und ihr verletzter Kapitän abgeliefert waren, könnte man ihm das bestenfalls als Verzögerung ankreiden, schlimmstenfalls als Befehlsverweigerung. *Und zum Teufel, ich habe keine Ahnung, wie mir die Piratenflagge dabei weiterhelfen soll.* Wie so häufig stand Skye auf dem Achterdeck und überwachte den Wachwechsel, als Jason auf ihn zutrat.

»Wir laufen heute spät abends in Belilla Bay ein.«

Skye nickte. Jason blieb stocksteif neben ihm stehen. Der Rudergänger konnte jedes Wort der beiden verstehen.

»Gibt es noch etwas, Mr Bonney?«, fragte Skye seinen ersten Offizier förmlich, denn irgendetwas schien Jason unter Zeugen sagen zu wollen.

»Es ist Freitag, Sir. Wäre es Ihnen recht, wenn wir den Männern einige Freistunden Landgang ermöglichten, Sir? Es wäre eine gute Gelegenheit, bevor wir weitersegeln, und bei einigen unserer Männer ist der letzte Landgang schon eine Weile her.«

»Mr Bonney, ein Landgang kommt nicht infrage.« Innerlich knirschte Skye mit den Zähnen. Aber es ging einfach nicht.

»Wir verstoßen gegen unsere Order, wenn wir nicht unverzüglich wieder auslaufen, sobald wir die Fortune abgeliefert haben.«

Jason nickte bedächtig, meinte lang gezogen »Aye, Sir.«, doch er trat nicht ab.

»Was gibt es noch, Mr Bonney?«

»Sir, bei allem Respekt, es steht mir nicht zu, Sie zu korrigieren: Wenn ich unsere Ankunftszeit richtig berechnet habe, dann erreichen wir den Hafen von Belilla Bay bei einsetzender Ebbe. Möglich, dass wir beim Auslaufen Schwierigkeiten wegen der Untiefen bekommen. Damit könnten wir Schiff und Crew in Gefahr bringen. Die nächste Flut setzt erst bei Sonnenaufgang ein. Dann wäre auch schon Samstag, Sir.«

Jason betonte den Wochentag eigenartig. Da ging Skye ein Licht auf! *Der gute Jason! Natürlich!* Die Männer waren abergläubisch. Freitags lief ein Schiff nicht aus, das brachte den alten Sagen nach, die sich die Männer erzählten, Unglück. Und die Gefahr eines Unfalls bei Niedrigwasser bestand tatsächlich. *Die Fairbanks kann bis zum Morgen bleiben. Wir kommen erst mit der Flut sicher aus dem Hafen!* Skye brachte es vor Freude nicht fertig, sein Pokerface zu bewahren und lächelte Jason an.

»Gut, dass Sie mich daran erinnert haben, Mr Bonney. Ich denke, unter diesen Umständen können wir den Männern doch einige Stunden Landgang ermöglichen. Sorgen Sie mir nur dafür, dass vor Sonnenaufgang alle bis auf den letzten Mann wieder an Bord sind.«

Mit einem zackigen »Selbstverständlich, Sir!« grüßte Jason seinen Captain und verließ das Achterdeck.

Ich habe ein paar Stunden Zeit! Ich kann Juniya suchen und warnen! Skye wäre am liebsten über das Achterdeck gehüpft. Doch offiziell konnte er in seiner Uniform nicht nach Juniya suchen, das wäre viel zu auffällig. *Wie soll ich nur von Bord, ohne dass es jemand mitbekommt?* Wichtiger war jedoch: Er musste dafür sorgen, dass niemand, auch nicht die Männer der Fortune, Juniya bei Manateka zu Gesicht bekamen, wenn sie den verletzten Captain Spenser im Ichtyohospital ablieferten.

Wieder begann Skye, sich das Gehirn zu zermartern. Sein Blick wanderte zu Jason, der wie unbeteiligt ein Stück von ihm weg an der Reling stand. Plötzlich zwinkerte Jason mit einem Auge. Jetzt war Skye sicher. *Jason hat das ganze Gespräch nur geführt, um mir vor der Mannschaft eine Ausrede zu verschaffen. Er weiß, worüber ich nachdenke. Er wird mir helfen.*

Die Nacht, in der die Fairbanks im Hafen von Belilla Bay ankam, war glühend heiß. Das Schiff war sicher mithilfe der wenigen Positionsfeuer und der schummrigen Hafenbeleuchtung bei wenig Wind kurz vor Mitternacht eingelaufen und nun regte sich kein Lüftchen mehr. Auch bei bestem Willen hätte Skyes Schiff den Hafen nicht mehr verlassen können, die Ebbe tat ihr Übriges. Wolkengebilde verhinderten den Blick auf die Sterne und machten aus der Insel einen Brutkasten.

Nachdem Jason seinem Captain geholfen hatte, über das Fenster seiner Kajüte an einem Seil ins Wasser zu tauchen und an einer kleinen Bucht an Land zu gehen, hatte Skye es noch vor dem Krankentransport von Kapitän Spenser bis zu Manatekas Hospital geschafft. Die dunkle Nacht schützte ihn, in einem Kaff wie Belilla Bay waren nur noch die Straßenköter um diese Uhrzeit unterwegs. In der einfachen Hose und dem dunklen Troyer eines Seemanns war er nicht der Kapitän eines der besten Föderationsschiffe, sondern nichts anderes als ein abgerissener Matrose auf Landgang. *Würde mich jemand so aufgreifen, hätte ich jede Menge zu erklären.* Skye stand an einen der Bäume im Garten von Manatekas Hospital gelehnt und schalt sich einen Narren.

Wie konnte ich so bescheuert sein zu denken, dass sie mir so einfach über den Weg läuft? Sie wird schlafen und ich muss ins Haus. Wann wird hier endlich das Licht gelöscht? Skye musste unbedingt dafür sorgen, nicht gesehen zu werden. Jason gab ihm sein Alibi und würde behaupten, mit seinem Captain in dessen Kajüte zu Abend gegessen und Karten gespielt zu haben. *Mit etwas Glück wird es keinen Vorfall an Bord geben, bei dem sie mich brauchen,* dachte Skye zum hundertsten Mal.

Vorn im Hospital war plötzlich Lärm zu hören. *Sie sind also doch schon da.* Nun gingen noch mehr Lichter an. Skye hörte an den Stimmen, dass die Männer der Fortune mit ihrem schwer verletzten Captain um Einlass baten.

Skye zischte einen Fluch. *Verdammt. Jetzt muss ich warten, bis sie weg sind.* Da spürte er einen plötzlichen, schmerzhaften Druck in seinem Kopf, gefolgt vom Knacken einer sich spannenden Pistole.

»Warum treibst du dich hier nachts herum?«

Sie war es! Schwungvoll und ohne die Pistole zu beachten, drehte Skye sich herum.

»Juniya! Gut ...«

Ein heftiger Schlag beendete alle seine Gedanken. Bewusstlos sackte Skye zu Boden.

***

Skye träumte. Er hörte ihre Stimme. Ganz nah, und doch irgendwie undeutlich. Wie durch Watte in seinen Ohren. Etwas summte unangenehm. Dann patschte etwas in sein Gesicht.

»Oh Skye, es tut mir leid! Skye, wach doch auf!«

Skye öffnete die Augen. Juniyas besorgtes Gesicht war direkt über ihm. Auch wenn ihm gerade der Schädel zu platzen drohte; sich ihr entgegenzustemmen und sie zu küssen war eine fließende, zwingende, unvermeidbare Bewegung.

Sie hielt still. Doch sie beantwortete seinen Kuss nicht. Mit einem Schlag war Skye wieder hellwach.

»Du hast mich k.o. geschlagen.« Diese nüchterne Feststellung brachte ihn unromantisch auf den Boden der Tatsachen zurück. Im wahrsten Sinne des Wortes. *Sie reagiert nicht auf meinen Kuss.* In jeder Beziehung niedergeschlagener als in diesem Moment hatte Skye sich noch nie in seinem Leben gefühlt. Außer vielleicht bei seiner Diagnose.

»Es tut mir leid. Ich bin so erschrocken, als du dich plötzlich umgedreht hast. Ich hatte doch nicht mit dir gerechnet! Viverrin meinte, ich soll zuerst zuschlagen. Bevor es ein Feind tut.«

Wieder dieser Name. Viverrin. Skye hasste den Mann schon jetzt, ohne ihn zu kennen.

»Schon gut.« Er setzte sich auf und fasste nach der Beule, die über seiner Schläfe entstand. »Es ist ja in Ordnung, dass du gelernt hast, dich zu wehren.« Dann konzentrierte sich Skye wieder auf seine Mission. *Auch wenn Juniya für mich verloren ist.*

Ich werde alles tun, um sie zu schützen. Juniyas große, silberglänzende Augen waren direkt vor ihm. Warum starrt sie mich so entgeistert an?

»Warst du im Haus, als die Männer den Verwundeten brachten? Wie lange war ich weggetreten?«

Sie schüttelte den Kopf. »Ich war nicht im Haus. Du warst auch nur ganz kurz bewusstlos. Ich wollte gerade Hilfe holen.« Die Wolken rissen auf und ließen das Mondlicht hindurch. Juniyas weißblondes Haar war gewachsen. Ein paar Locken ringelten sich um ihr Gesicht. *Sie ist so schön. Reiß dich zusammen, Mann.* Skye atmete tief ein und schüttelte den Rest der Benommenheit ab.

»Ich musste dich sehen. Können wir irgendwo ungestört reden? Dieser Garten ist mir zu nah am Haus«, flüsterte Skye ihr zu.

Juniya nickte wieder. »Komm mit.«

Er folgte ihr aus dem Garten in den Dschungel. Skye merkte plötzlich, dass ihm nicht nur der Schweiß über das Gesicht lief. Die Haut über der Schläfe war aufgeplatzt. Er fühlte mit der Hand die kleine Wunde.

Obwohl Juniya das nicht sehen konnte, weil sie vor ihm ging, drehte sie sich zu Skye um.

»Es tut mir so leid.«

Ihr besorgter Gesichtsausdruck, als sie ernst die kleine Wunde betrachtete, ließ Skye nun doch lächeln.

»Ist nicht schlimm. Wohin gehen wir?«

»Es ist ein kleiner Platz im Wald. Wir können deine Wunde dort waschen. Und niemand wird uns belauschen.«

Das bisschen Mondlicht reichte aus, um den Pfad zu finden. Juniya stoppte erst, als sie an einem kleinen Teich angekommen war.

»Komm hierher!«

Sie winkte ihn zum Ufer.

»Das ist nicht der Teich vom letzten Mal«, stellte Skye fest.

»Nein. Dieses Wasser hier hat keine Verbindung zum Meer. Dieses kann ich gefahrlos berühren.«

Skye kniete sich ans Ufer. Er zog sich den verschwitzten Troyer über den Kopf, schöpfte etwas Wasser mit den Händen und spritzte es sich ins Gesicht.

»Wieso darfst du das Wasser nicht berühren? Was ist damit?«, fragte er erstaunt.

»Ich kann es dir nicht beantworten.«

Skye hielt inne und sah sie an.

»Weißt du denn immer noch nicht, dass du mir vertrauen kannst?« Er hörte selbst, wie deprimiert seine Stimme gerade klang. Und sofort kam eine Reaktion.

»Nein, es ist anders, als du denkst. Ich würde deine Frage gern beantworten. Aber ich weiß nicht, wie! Es klingt doch völlig abgefahren, wenn ich behaupte, dass das Meer mich kennt. Ich bin mir sicher, dass das Meerwasser Informationen weiterträgt. Es erkennt mich. Erinnerst du dich an den Giganto? Es war, als hätte ich ihn gerufen. Ich habe Angst, das Meer zu berühren, weil ich nicht weiß, was dann geschieht! Dieser See hier hat keine Verbindung zum Meer. Er ist für mich sicher! Ich komme hierher, um zu baden.«

»Das Meerwasser trägt Informationen, sagst du?«

Sie nickte. »Klingt bescheuert, oder?«

Doch Skye blieb ernst. »Nein. Wir haben nur über einen derartigen Ansatz noch nicht nachgedacht«, meinte er nachdenklich. »Ich kenne Experimente, die beweisen, dass das Wasser durchaus Informationen speichern und auch transportieren kann. Allerdings bewegen sich diese Experimente im Millimeterbereich. Aber da fällt mir ein«, er zog dabei gedankenverloren den Pullover ein paar Mal durch das Wasser, um das Blut auszuwaschen und schöpfte sich die kühlende Flüssigkeit über Hals und seinen nackten Oberkörper, »ich habe einmal etwas darüber gelesen, dass es auf einem anderen Planeten Kontakte mit dem Wasser gegeben hat. Als Wesen sozusagen.« Ernst drehte sich Skye zu Juniya. »Zwischen Telepathen und diesem Wasserwesen.« Seine Augen ließen Juniya nicht los. »Du bist eine Telepathin, nicht wahr?«

Keine Reaktion. Nur ihre großen Augen schauten vielleicht eine Spur erschrocken.

»Juniya, wenn du eine Telepathin bist, bist du in Gefahr! Deshalb bin ich hier. Um dich zu warnen. Ich riskiere eine ganze Menge für dich. Es wäre sehr hilfreich, wenn ich mehr über dich wüsste. Gib mir irgendeinen Grund, dass auch ich dir vertrauen kann. Ich bewege mich gerade weit über die Grenzen meines Auftrags hinaus. Wenn irgendwer von der Flotte das mitbekommt, entfernen sie mich schneller von diesem Planeten, als du mit den schönen Augen blinzelst. Wir haben eine Menge Zeit miteinander verbracht. Warum willst du nicht mit mir reden?«

Juniya ließ sich neben Skye in das weiche Gras sinken. Sie zog die Stiefel aus und streckte ihre langen, hübschen Beine, sodass die Füße ins Wasser tauchten.

»Du hast mir in Albatrasca das Leben gerettet. Und mich aus dem grünen See gezogen. Ich will nicht, dass du noch mehr für mich riskierst.«

»Aber ich will es. Du bist mir wichtig. Juniya, mit meinem Kuss vorhin sind wir quitt. Ich hab schon verstanden, dass du nichts von mir wissen willst und dein Kuss am grünen See neulich eine Verwechslung war. Lass uns wenigstens Freunde sein, die sich vertrauen.«

Du liebe Zeit. Das war ja fast eine Liebeserklärung. Skye wurde immer nervöser. Sein Pulli landete mit einer schwungvollen Bewegung neben Juniya im Gras, er streifte die dünnen Segeltuchschuhe von den Füßen und watete ein paar Schritte ins Wasser.

»Herrlich kühl. Es ist ungewöhnlich heiß heute«, versuchte er das Gespräch etwas zu entspannen. »Kommst du öfter hierher zum Baden? Ist das Wasser tief? Ich hätte Lust, eine Runde zu schwimmen.«

Der Mond hatte sich ein Stück wolkenfreien Himmel erobert und tauchte den kleinen See in ein milchiges Licht. Juniya zuckte mit den Achseln.

»Ich weiß nicht, ob es tief ist. Ich gehe nur am Rand hinein. Ich kann doch nicht schwimmen.«

»Was? Hat dein Viverrin es dir noch nicht beigebracht? Los, komm. Es ist eine herrliche Abkühlung. Ich zeige dir etwas. Und wenn es dir gefällt, erzählst du mir etwas von dir.« Er streckte ihr beide Hände entgegen. »Deal?«

Unsicher stand Juniya auf und knöpfte die knappe Jacke auf, die sie trotz der Hitze trug. Darunter trug sie eine weite, grüne Bluse. Sie legte das Kleidungsstück ins Gras und watete auf

Skye zu. Der bewegte sich rückwärts weiter in den kleinen See. Er hätte einen Freudensprung hinlegen wollen dafür, dass sie ihm folgte.

»Und wenn ich untergehe? Oder du?«, fragte sie.

Skye lachte sie an. »Ich kann schwimmen, im Gegensatz zu dir. Komm, nimm meine Hand!«

Tatsächlich legte Juniya ihre Hand in seine. Schritt für Schritt führte Skye sie ins tiefere Wasser, dessen silbrige Oberfläche wie Juniyas Augen im Mondlicht glitzerte.

»Vielleicht wird dich deine Kleidung stören. Es schwimmt sich leichter ohne«, sagte er unbedacht. Und bekam rote Ohren. *Oh. Was denkt sie jetzt von mir?* Skye hätte sich am liebsten geohrfeigt. Aber wider Erwarten sah er Juniya lächeln.

»Diese Kleidung stört nicht. Sieh her!«

Sie war nun bis über die Hüften im Wasser, ihre Bluse wurde nass. Fasziniert sah Skye zu, wie sich der Stoff ihrer Kleidung veränderte. Er schrumpfte geradezu vor seinen Augen auf Juniyas Haut zusammen und bildete eine dünne Schicht um ihren Körper. So dünn, dass sich jeder einzelne Muskel und jede Rundung mehr als deutlich abzeichneten.

Um sich vom Inhalt abzulenken, versuchte Skye, eine unverfängliche Stelle an Juniyas Körper zu fixieren.

»Woher hast du dieses fantastische Material? Nimmt es nach dem Trocknen die alte Form wieder an?«

»Woher soll ich es schon haben? Das sind Kleider der Ichtyos. Sag bloß, ihr schlauen Föderationseinheiten habt noch nicht herausgefunden, dass sie weit mehr sind als ein harmloses Naturvolk.«

Tatsächlich sah das Material nach einer komplexen Technologie aus. Aber im Moment wollte Skye bei Juniyas Anblick alles andere als eine Diskussion über die Ichtyos vom Zaun brechen.

»Komm«, sagte er deshalb mit einem eigenartigen Kratzen in der Stimme. »Ich muss vor Sonnenaufgang zurück auf dem Schiff sein. Wir haben nicht mehr viel Zeit.« Er zog Juniya an sich. »Jetzt leg dich aufs Wasser. Mach dich ganz lang, atme tief und gleichmäßig. Ich halte dich. Du brauchst nichts zu tun.«

Juniya tat, was er sagte.

»Drück den Rücken durch und atme langsam und tief. Die Hände kannst du zur Seite strecken. Genau so. Die Beine ganz lang machen. Hab keine Angst, dass du untergehst. Und jetzt ganz ruhig atmen.«

»Ich dachte, du bringst mir bei, wie man schwimmt?« Juniya starrte fasziniert in den Sternenhimmel. Skye bemerkte, wie sie vergaß, dass sie auf dem Wasser lag. Ganz langsam nahm er seine Hände unter ihrem Rücken weg.

»Du lernst jetzt erst mal, dass dich das Wasser trägt. Du gehst nicht unter, auch wenn du dich nicht bewegst. Siehst du? Ich halte dich nicht mehr.«

Sie begann zu zappeln. Schnell waren Skyes Hände wieder an ihrem Rücken und stützten sie. Sofort wurde Juniya wieder ruhig.

»Es ist schön hier. Du hast recht. Das Wasser trägt mich.«

Und ich bin der größte Idiot aller Zeiten. Skye starrte auf Juniyas Brustwarzen, die sich deutlich aufgerichtet unter ihrer dünnen Textilhaut abzeichneten. *Hölle, was für eine Frau.* Skye war längst erregt. *Ich stehe hier mit einem Riesenständer im Wasser und halte die schönste Frau der Welt in meinen Armen. Wie zum Teufel komme ich aus der Nummer wieder raus, ohne sie zu erschrecken?*

Sie war es, die ihn ablenkte. Ihre Augen wanderten zu seinem Gesicht und der Verletzung. »Verrätst du mir, was das ist?«, fragte sie ihn offen. »Deckt dieses Metall alte Narben ab? Ich habe so etwas noch nie gesehen.«

Für einen Moment starrte Skye auf seinen Oberarm, um den sich einer der silbernen Streifen wand. »Das ist auch nicht allzu häufig, schätze ich.«

Hätte sie jetzt neugierig nachgehakt, Skye hätte eine Ausrede gefunden und nichts mehr gesagt. Aber sie lag still auf dem Wasser und sah ihn nur fragend an.

Er gab sich einen Ruck. »Es ist eine Art Infektion. Ich wurde aus einer Waffe mit diesem in der Föderation unbekannten Flüssigmetall beschossen. Es ätzt sich in die Haut und verbindet sich dann mit ihr.«

»Es ist sehr schmerzhaft.«

Ihre traurige Feststellung machte Skye glücklich, denn ihre

Stimme war voller Anteilnahme. Beim Blick in ihre Augen geschah etwas mit ihm. *Sie sind so wunderschön. Ihre Augen und ihre Worte trösten.* Glasklar stand ihm vor Augen, wie sehr er dieses Wesen liebte, ihr verfallen war. Sein Herz krampfte sich zusammen. *Und doch wäre alles einfach sinnlos.* Im gleichen Moment loderte der Schmerz seiner Verletzung wieder auf und Skye zuckte zusammen. Juniya begann, wild mit den Armen zu rudern. Ihr Gesicht tauchte kurz unter und sie schluckte etwas Wasser. Blitzschnell packte Skye zu und stellte sie auf die Beine. Seine Hände hielt er etwas länger auf ihren schlanken Hüften, als es notwendig war. Er ignorierte das Brennen auf seiner Haut, das immer dann auftauchte, wenn sich eine Stelle des Metalls wieder über ein Stück seiner gesunden Haut stülpte. Er konzentrierte sich nur auf Juniya. *Was für eine Versuchung.* Sie hustete kurz und richtete sich auf. Offen blickte sie in seine Augen, mit ihren Händen hielt sie sich an Skyes Oberarmen fest und ließ nicht los, obwohl sie wieder sicher auf ihren Füßen stand. Skye hatte seine Schmerzen einfach vergessen. Viel intensiver und alles andere als schmerzhaft war das warme Kribbeln, das ihre Handflächen auf seiner Haut auslösten. *Wenn sie mich noch länger so ansieht, vergesse ich mich und küsse sie.* Der Moment dauerte an. *Kommt sie mir etwa entgegen?* Skyes Herz schlug heftig. *Sie muss es hören. Sie muss das Donnern meines Herzens hören.* Er nahm nichts mehr wahr als Juniyas glitzernde Augen, die ihn in ihren Bann zogen und immer näherkamen.

Die beiden waren viel zu sehr abgelenkt, um die lauernden Augen in ihrer unmittelbaren Nähe zu bemerken.

Juniya

Juniya war drauf und dran, dieser unglaublichen Anziehungskraft zu erliegen, die Skyes Nähe auf sie ausübte. Schon vom Seeufer aus fixierten ihre Augen die silbernen Wassertropfen auf seinem muskulösen Oberkörper. Jeder Muskel trat hervor und schrie danach, von ihr gestreichelt zu werden. Sie bewegte sich wie fremdgesteuert auf ihn zu, als er seine Hände nach ihr ausstreckte. Obwohl sie sich ein wenig vor dem schwarzen Wasser fürchtete, vertraute sie sich ihm voll und ganz an. Sie spürte ein erregendes Kribbeln, überall dort, wo sie seine Berührung spürte. Als er sie schließlich an den Hüften festhielt, glaubte Juniya, an dieser Stelle zu schmelzen. Noch einen Augenblick länger, und sie wäre zu allem bereit gewesen. Doch plötzlich übertönte eine wütende Stimme ihr Herzklopfen.

»Rausss auss dem Wasssser! Bring sie sssofort rausss!« Eine zischelnde Stimme durchschnitt die laue Nacht.

»Viverrin?« *Was macht er hier? Spioniert er mir nach?* Juniya hatte keine Zeit, darüber nachzudenken. Ein silberner Pfeil schoss an Skye und Juniya vorbei. Das Wasser hinter ihnen fing an zu brodeln. Juniya starrte erschrocken zu der Stelle im See, die plötzlich anfing zu schäumen. Ein graugrünes Geschöpf mit kleinen, gelben Augen und einem Fischmaul mit scharfen, spitzen Zähnen schälte sich mit wütendem Prusten aus der Tiefe.

Juniya wusste kaum, wie ihr geschah. Noch vor wenigen Augenblicken hatten Skyes Nähe und seine Hände auf ihren Hüften ein Beben in ihr ausgelöst. All ihre Vernunft war ausgeschaltet, ihr ganzes logisches Denken setzte aus. Ihr Vorsatz, sich nach der Demütigung durch die brutale Vergewaltigung nie wieder von einem Mann anfassen zu lassen, hatte sich in Luft aufgelöst. *Deshalb habe ich auch weder dieses Wesen im Wasser noch Viverrins Anwesenheit gespürt.* Und jetzt war der Frieden der schönen Nacht dahin.

Bevor Juniya reagieren konnte, hatte Skye sie schon mit Leichtigkeit auf seine starken Arme genommen und trug sie ans Ufer. Mit einem schnellen Griff ans Hosenbein lag ein Messer in seiner Hand. Er fragte sie kurz:»Das ist Viverrin?«Und warf sich nach ihrem Nicken zurück ins Wasser, um sich in einen wilden Kampf mit dem Wasserungeheuer zu stürzen.

Wieder war es das Gefühl der Angst, das Juniya verspürte. Ihr Magen verkrampfte sich, die Hände wurden kalt. Um nicht panisch loszuschreien, bemühte sie sich, mit ihrem analytischen Verstand diese Angst zu erforschen und stellte fest: Es war nicht die Angst um das eigene Leben. Es war die Angst um Skye. *Oder um Viverrin? Oder um beide?* Zitternd vor Aufregung stand Juniya am Ufer und beobachtete den Kampf mit dem Untier im See. Viverrin war mit einer Art kurzen Spieß bewaffnet, schwamm an der Wasseroberfläche blitzschnell um das Tier herum und versuchte, hinter seinen Rücken zu kommen. Wohl um den Spieß an einer bestimmte Stelle anzusetzen. Skye klammerte sich an einer Flosse fest und stieß wieder und wieder mit seinem Messer nach den gelben Augen des Monsters, das sich vehement wehrte und mit den gefährlichen Kiefern um sich schnappte. Juniya konzentrierte sich auf das Tier und versuchte, es mental zu lähmen. Doch es war ihr nicht möglich, sie konnte diese Kreatur nicht beeinflussen, genauso wenig wie die Ichtyos oder Skye. Juniya musste hilflos mit ansehen, wie das Monster mit seinen verkümmerten Flossenärmchen versuchte, die Angreifer zu packen. *Da, es ist ihm gelungen! Es hat Viverrin eingeklemmt! Das Untier taucht mit Viverrin ab!* Juniya beobachtete vor Schreck wie gelähmt, wie Skye sich suchend umsah, tief Luft holte und hinterhertauchte. Plötzlich war die Seeoberfläche so still wie zuvor.

Juniya sank entsetzt am Ufer auf die Knie. *Jetzt habe ich sie beide verloren.*

Skye

Skye fühlte sich unsanft am Hosenbund gepackt, durchs Wasser geschleift und ans Ufer gestoßen. So viel Kraft hätte er diesem Viverrin gar nicht zugetraut. Er hustete und spuckte. Noch vor wenigen Augenblicken waren seine Lungen kurz vor dem Platzen gewesen. Er hatte in der Dunkelheit des Sees kaum die Hand vor Augen gesehen und mit seinem Messer wieder und wieder auf die Kreatur eingestochen. Das Einzige, was Skye einigermaßen erkennen konnte, waren die silbernen Haare Viverrins, der mit dem Untier rang und nicht weit genug freikam, um den Spieß gut einzusetzen. Der Druck auf Skyes Ohren war unerträglich und das Bedürfnis, nach Luft zu schnappen, übermächtig geworden. Der Gedanke an Juniya ließ Skye durchhalten. Endlich hatte er mit seinem Messer den Arm des Monsters so gut wie abgetrennt und Viverrin kam frei. Dann verlor Skye die Orientierung im schwarzen Wasser und fürchtete schon, er würde elend ersaufen. Im letzten Moment zog Viverrin ihn an die Wasseroberfläche und brachte ihn schließlich ans Ufer.

Skye atmete keuchend. Er schüttelte sich das Wasser aus den Haaren und sah sich nach Juniya um. Dieser Viverrin redete wütend auf sie ein und gestikulierte in Richtung des Sees. Der Ichtyo war ungefähr so groß wie Skye und gertenschlank. *Wo hat der nur die Kraft her, mich da rauszuziehen wie einen nassen Hund?*

Viverrin wandte sich zu ihm um und giftete zornig. »Was ist dir eingefallen, Menschenmann, mir hinterherzuschwimmen? Reicht es nicht, dass ich wegen deines Geplansches ein Wesen meiner Welt töten musste? Ich hätte deine Hilfe nicht gebraucht!«

Na, der ist ja ganz schön in Fahrt.

»Nun ja, zwei Kämpfer gegen eine Bestie hielt ich für besser als einen. Immerhin hab ich, soviel ich mich erinnere, den Arm abgetrennt, der dich unter Wasser gehalten hat«, entgegnete ihm Skye und versuchte, ruhig zu bleiben.

»Es tat nichts zur Sache. Vielleicht hast du schon gehört, dass wir Ichtyos kein Problem damit haben, unter Wasser zu atmen, im Gegensatz zu euch Menschen?«

Skyes Augenbrauen zogen sich zusammen. Dieser Viverrin hatte einen höhnischen Ton drauf, der ihn langsam wütend machte. *Der Typ hatte bei Weitem weniger gute Karten in diesem Kampf, als er gerade vorgibt.* Er stand auf und war drauf und dran, dem Ichtyo eine deftige Antwort zu geben, als Juniya dazwischen ging.

»Stopp. Viverrin, danke, dass du uns geholfen hast. Aber ich würde gern wissen, warum du hier bist.«

Skye hatte sich das auch gefragt. Eigentlich wähnte er sich mit Juniya allein. Der Ichtyo musste ihnen gefolgt sein, hatte sie vielleicht die ganze Zeit beobachtet. Bei diesem Gedanken wurde ihm schlecht.

Juniya hatte diese Feststellung ruhig und klar ausgesprochen. Das schien Viverrin trotzdem ganz aus der Fassung zu bringen. Der Ichtyo bebte vor unterdrücktem Zorn. Je wütender er war, desto mehr zischte offenbar seine Stimme.

»Diesss isssst meine Welt. Die unsere, nicht die der Menschen. Nicht die von euch. Ich darf sssein, wo immer ich wünsche zu sein. Du darfst hier sein, Juniya, weil Manateka dich aufgenommen hat und ich über dich wache. Doch was will ER hier?« Seinen Zorn konnte er nur mühsam im Zaum halten. »Er ssssollte nicht hier sssein. Er bricht die Regeln. Und ich habe deshalb sssoeben die heiligen Regeln meiner Welt gebrochen.«

Skye machte eine beschwichtigende Handbewegung. »Wenn du die Aufgabe hast, auf Juniya aufzupassen, dann hör mir bitte zu. Ich bin gekommen, um sie zu warnen. Juniya ist in Gefahr.«

Das war der richtige Satz. Sofort hatte Skye Viverrins vollste Aufmerksamkeit. Die großen, weit auseinanderstehenden Augen des Ichtyos waren auf Skye gerichtet.

Umgehend kam seine Frage: »Wer bedroht Juniya?«

Juniya schien irritiert und Skye überlegte fieberhaft, wie viel er ihr und dem Ichtyo anvertrauen konnte. *Verdammt. Wir hatten keine Zeit, vernünftig miteinander zu reden. Und es ist alles meine Schuld. Ich musste ja den Schwimmlehrer spielen, anstatt sie zu warnen.* Skye holte tief Luft. Seine Strategie entstand im Bruchteil einer Sekunde.

»Ich breche auch gerade unsere Regeln, Viverrin, da hast du

recht. Ich dürfte gar nicht hier sein. Noch weiß niemand, dass Juniya mit meinem Schiff von Albatrasca hierher nach Blue Island gekommen ist. Und niemand weiß, wer sie ist. Das muss auch so bleiben.«

Skye ließ sich nicht von Viverrin unterbrechen, der einhaken wollte, hob seine Hand, um ihn zu stoppen und fuhr fort. »Unsere Kapitäne haben den Auftrag, in den nächsten zwei Wochen gezielt alle uns bekannten und bewohnten Inseln nach einem menschlichen Telepathen abzusuchen. Die Männer der Fortune sind hierher abkommandiert. Ich konnte nur durch einen Zufall herkommen, weil wir die Fortune auf hoher See havariert gefunden und nach Belilla Bay abgeschleppt haben.«

Skye registrierte beim Wort »Telepathen« den Anflug eines triumphierenden Lächelns auf Viverrins Gesicht, als dessen Blick zu Juniya wanderte.

»Ich wusste von Anfang an, dass du anders bist als sie«, sagte er mit einer eigenartigen Betroffenheit in der Stimme.

Juniyas Miene hatte sich wieder verschlossen, so wie Skye sie schon kannte. Sie fragte nur: »Warum suchen sie einen Telepathen? Es gibt doch einige. Was ist daran besonders? Was hat er denn verbrochen?«

»Ja, warum wird wegen eines einzelnen Menschen ein solcher Aufwand betrieben?«, hakte Viverrin ein.

Skye wanderte im Geiste einen schmalen Grat entlang. Es war unmöglich, Viverrin einzuweihen und ihm von der gesamten Mission der Föderation auf diesem Planeten zu erzählen. Das gesamte Gelingen des Planspiels stand auf einmal auf dem Spiel. Skye hätte Juniya vielleicht einen Teil der Wahrheit erzählt. Aber nur ihr allein. Deshalb wählte er seine Worte mit Bedacht.

»Die genauen Hintergründe kenne ich nicht.«

Das war nicht einmal gelogen.

»Ich komme von einem Treffen der Flottenkapitäne. Dort wurde bekannt gegeben, dass ein Telepath auf die Inseln eingeschleust wurde. Auf unserer Mission sind keine Telepathen zugelassen. Das ist eine Maßnahme zum Schutz der Ichtyos.« Das entsprach nicht ganz der Wahrheit, aber Skye hoffte, Viverrin würde es glauben. »Wir wollen aufrichtig mit den Ichtyos verhandeln und dein Volk kennenlernen, so, wie wir es die letzten

Jahre angefangen haben. Unser Zusammenleben soll nicht durch das Eingreifen von Telepathen gestört oder unbewusst verändert werden. Deshalb sind in diesem Stadium Telepathen nicht zugelassen, das ist gegen die Regeln.«

»WAS? Eine Maßnahme zum Schutz der Ichtyos?« Juniyas konsternierter Blick sprach Bände. *Jetzt habe ich sie ordentlich vor den Kopf gestoßen. Toll gemacht, Skye, du Idiot. Aber irgendetwas halbwegs Plausibles muss ich ihnen doch vorsetzen!* Hastig sprach Skye weiter.

»Ich weiß nicht, ob sie nur deshalb nach dir suchen oder ob noch etwas anderes dahintersteckt. Es wird Zeit, dass du mir mehr über dich erzählst, Juniya. Wurdest du entführt? Suchen sie dich vielleicht, um dich zu retten?« Skye trat auf sie zu und nahm Viverrin so die Sicht auf Juniya. Seine Hand berührte ihre Wange und strich ihr eine feuchte Haarsträhne aus der Stirn. Dann nahm er ihre Hände, fühlte, wie kalt sie waren, und umschloss sie mit seinen.

»Sag nur ein Wort, und ich nehme dich mit und bringe dich zum Flottenstützpunkt. Aber ich hätte kein gutes Gefühl dabei. Dort wurde uns nicht die Sorge um eine entführte Telepathin vermittelt. Sie haben vielmehr die Jagd auf dich freigegeben, auch wenn sie dich nicht töten wollen. Sie wollen dich unbedingt in die Hände bekommen. Bisher wissen sie weder, wo sie suchen müssen, noch, ob sie nach einem Mann oder einer Frau suchen. Ich bin hier, weil ich dich bitte, dich zu verstecken, bis die Männer der Fortune wieder absegeln. Sie werden nur ein paar Tage hier sein, die Insel nach auffälligen Personen durchkämmen und dann zur nächsten Insel aufbrechen. Dann ist die erste Gefahr vorüber und wir können überlegen, wie es weitergeht. Ich werde einen Weg finden, dich fortzubringen. Wohin auch immer du willst!«

Viverrin knurrte ihn von der Seite an. »Wenn nur du weißt, dass Juniya hier ist, wäre es besser, ich versenke dich im See. Niemand wird je deine Leiche finden, und Juniya ist sicher.«

»Ja, das wäre eine Alternative. Doch meine Freunde an Bord werden nach mir suchen. Und einer von ihnen weiß genau, wo ich hinwollte und weshalb. Es wird dir nichts nützen, mich tot zu sehen. Aber wenn ich vor Sonnenaufgang unbemerkt zurück auf mein Schiff komme und dort weiter meinen Dienst tue, dann erfahre ich vielleicht über die Flotte, was es mit dieser Jagd auf Juniya auf sich hat, und ich könnte euch informieren.«

Ein Nachtvogel schrie. Viverrin musterte Skyes Gesicht. Irgendwie war Skye klar, dass soeben ein Urteil über ihn gefällt wurde. Und zwar von dem Mann, der vor ihm stand. Er legte nach.

»Viverrin, ich bitte dich, pass auf Juniya auf und schütze sie vor den Menschen. Egal ob es sich um Soldaten der Flotte oder um die Händler handelt. Sie muss sich von ihnen fernhalten. Zumindest so lange, bis ich herausgefunden habe, was sie mit ihr vorhaben.«

Skye ignorierte den prüfenden Blick des Ichtyos und wendete sich wieder an Juniya. *Das ist jetzt meine letzte Gelegenheit, etwas von ihr zu erfahren. Vielleicht überhaupt mit ihr zu sprechen.*

»Bitte sag mir, warum du hier bist. Wer hat dich hierher gebracht? Hat man dir eine Aufgabe mitgegeben? Irgendeinen Auftrag, bei dem ich dich unterstützen kann? Wurdest du deshalb nach Albatrasca geschickt?« Noch immer hielt er ihre Hände und drückte sie sanft. »Ich will nichts als dir helfen und dich in Sicherheit wissen! Glaubst du mir das?«, fügte er leise und eindrücklich hinzu.

Juniyas silbrige Augen spiegelten die Oberfläche des Sees wider, der nun still und harmlos da lag. Sie nickte.

»Ich glaube dir«, meinte sie kaum hörbar. »Doch ich kann dir nicht viel sagen. Man hat mich verstoßen und gegen meinen Willen hierher gebracht. Ich bin erst in Albatrasca zu mir gekommen. Einer von Vadims Männern sollte mich wohl gefügig machen. Aber ich bin geflohen. Den Rest kennst du. Ja, ich bin eine Telepathin. Verflucht ist dieses Schicksal und das der Menschen, die mir nahestehen. Mehr kann ich dir jetzt nicht sagen!«

Skye lauschte ihren Worten und versank in ihren traurigen Augen. Noch immer hielt er ihre Hände fest in den Seinen. Es schien ihm die natürlichste Verbindung der Welt zu sein. Er meinte, dort, wo sich ihrer beider Haut berührte, ein sanftes Vibrieren zu spüren. *Ich werde durchdrehen, wenn ich ihr nicht helfen kann. Sie nicht beschützen kann. Oder wenn ich sie nicht mehr wiedersehe.*

Der Waldvogel schrie erneut. Viverrin zerstörte diesen Moment der Nähe.

»Die Dämmerung wird bald einsetzen. Du musst dich beeilen, Mensch, wenn du rechtzeitig zurück sein willst.«

Skye drehte sich zu ihm um. »Wirst du Juniya helfen und auf sie aufpassen?«

Der Zorn war aus Viverrins Stimme gewichen, als er irgendwie traurig antwortete: »Das tue ich schon die ganze Zeit. Und jetzt kommt mit.«

Der Hafen von Belilla Bay lag näher als Skye dachte. Viverrin führte sie ungesehen durch die nächtlichen Gassen, weitab von den Hafenkneipen, in denen vielleicht um diese Zeit noch letzte Zecher herumlungern konnten.

Am Kai angekommen, schlichen sie im Schatten der aufgetürmten Lagerware vorsichtig in die Nähe des Schiffs. Die Fairbanks lag im klaren Mondlicht, die Wolken hatten sich verzogen. Die Wasserfläche war spiegelglatt und gut einsehbar.

»Mist. Bei dem ruhigen Wasser und dem Mondlicht werden sie mich entdecken, wenn ich hinüberschwimme«, flüsterte Skye. »Geht jetzt. Ich werde mir schon was einfallen lassen, wie ich aufs Schiff komme.«

»Wozu sind wir dann mitgekommen? Du willst helfen und nimmst selbst keine Hilfe an?« Juniya leiser Spott überraschte Skye. Bevor er noch antworten konnte, sprach sie weiter. »Ich werde an der Kaimauer für einen kleinen Aufruhr sorgen. Dann kannst du hinüberschwimmen, solang die Männer abgelenkt sind.«

»Du darfst dich nicht sehen lassen!«, brauste Skye auf. »Niemand darf dich zu Gesicht kriegen!«

Ihre großen Augen brachten ihn zum Verstummen. »Niemand wird mich sehen, Captain Collins«, sprach sie und zog ein dünnes Tuch aus einer Tasche ihrer Weste. Sie zog es ich wie eine Kapuze über den Kopf, sodass ihr helles Haar bedeckt und das Gesicht geschützt war. »Ich bin Telepathin. Verglichen mit den anderen menschlichen Telepathen bestimmt keine schlechte. Und in dieser Funktion werde ich mich jetzt mal nützlich machen. Niemand wird mich wahrnehmen.« Sie machte eine kleine Handbewegung, und Skye vermeinte, ein kleines Feuer an seinem Fuß zu sehen. Er zuckte zusammen.

»Es ist nur eine Illusion«, flüsterte sie, während Viverrin und Skye noch fasziniert auf die kleine Flamme blickten, die zwar an Skyes Bein züngelte, aber nicht heiß war.»In solchen Dingen bin ich gut. Besser als im Schwimmen. Ich hoffe, wir werden den Unterricht irgendwann nachholen?«

Skye hatte auf einmal einen ganzen Schwarm Schmetterlinge im Magen. Am liebsten hätte er Juniya nach dieser Bitte an sich gezogen und geküsst, doch Viverrin starrte ihn missmutig an. Skye wollte ihr noch so viel sagen. Von ihr wissen, ob er wiederkommen sollte. Durfte. Doch mit einem Seitenblick auf Viverrins finsteres Gesicht brachte Skye keinen Ton über seine Gefühle über die Lippen. *Ein winziger Abschiedskuss. Das wäre jetzt das Richtige.* Aber er nahm nur ihre Hand und hauchte einen Kuss auf ihre Fingerspitzen.»Dir das Schwimmen beizubringen, muss ich wohl Viverrin überlassen. Juniya, ich weiß nicht, wann ich wiederkommen kann. Ich ...«

Sie unterbrach ihn, indem sie den Zeigefinger auf seine Lippen legte.»Danke für deine Warnung, Captain. Du musst zurück an Bord.« Und dann flüsterte sie etwas, das Skyes Knie weich werden ließ.»Ich hoffe, wir sehen uns bald wieder!«

Juniya zog ihre Hand zurück, drehte sich um und war nach wenigen Schritten in den Schatten der Nacht verschwunden.

Viverrin richtete seinen Blick auf einen kleinen Sandstrand ein paar Schritte entfernt.»Von dort können wir ins Wasser.«

»Wieso wir? Du musst nicht mitkommen. Das Stück schaffe ich schon allein.« Es kostete Skye alle Anstrengung, Juniya nicht mehr hinterherzublicken.

»Auch wenn Juniyas Ablenkung gut wird, es ist doch besser, wenn absolut niemand dich an Bord gehen sieht, oder, Menschenmann?«

Skye nickte. *Ich hasse es, dass er hier bei ihr bleiben kann - aber es ist besser, wir vertragen uns.* Skye streckte Viverrin seine offene Hand entgegen.

»Mein Name ist Skye. Es liegt mir viel an Juniya, doch offensichtlich liegt ihr eine Menge mehr an dir. Danke, dass du mich aus dem See gezogen hast. War eine reife Leistung mit dem Ungeheuer.«

Zögernd schlug Viverrin ein. »Nun ja. Es hat vielleicht doch geholfen, dass du da warst.«

»Viverrin, ich habe keine Ahnung, wann ich zurückkommen kann. Ob ich es überhaupt schaffe. Ich will Juniya unbedingt helfen, egal, was sie braucht. Aber ich habe keine Idee, wie ich euch von unterwegs erreichen kann. Oder ihr mich.«

Nachdenklich schweifte Viverrins Augen über das dunkle Wasser. Dann wanderte sein Blick zurück zu Skye.

»Ich bewege mich auf einem dunklen Pfad, Menschenmann. Mein Volk wird es sicher nicht gutheißen, aber ich glaube an deine Aufrichtigkeit. Es gibt eine Möglichkeit mich zu rufen.«

»Egal, wo ich mich befinde? Besitzt ihr Kommunikationsgeräte?« Hoffnung keimte in Skye auf.

Viverrin betrachtete ihn mit einer Mischung aus Verachtung und Spott.

»Kommunikationsgeräte? Nun ja, so könnte man es nennen.« Viverrin starrte wieder auf das Wasser. Dann schien er sich zu etwas entschlossen zu haben. »Komm mit.«

Im Schatten der Nacht schlichen die beiden an den kleinen Sandstrand am Ende des Kais. Die Flut hatte eingesetzt, das Wasser stieg. Viverrin kniete nieder und berührte mit einer Hand das Meer. »Hast du dein Messer noch? Gib es mir.«

Skye tat, was Viverrin verlangte. Der Ichtyo fügte sich an der Handinnenfläche einen kleinen Schnitt zu und schöpfte mit dieser Verletzung ein wenig Wasser. Sogar im Mondlicht konnte Skye erkennen, dass das Blut des Ichtyos fast schwarz sein musste.

»Gib mir ein paar Tropfen von deinem Blut«, hörte er ihn sagen.

»Was ist das für ein Ritual? Was soll ich dir damit beweisen?« Skye konnte die Ungeduld in seiner Stimme nicht verbergen.

»Willsst du, dassss ich dir helfe, oder nicht?« Viverrins Stimme war wieder so zornig, dass er die s-Laute wie vorhin zischte.

»Ihr Menschen habt wenig Vorstellungskraft. Ja, noch schlimmer. Ihr habt keine Ahnung, was ihr um euch herum seht. Und jetzt mach schon, bevor ich die Geduld verliere!«

Skye nahm das Messer und schnitt sich in den Finger. Etwas Blut tropfte in die kleine Lache auf Viverrins Hand.

»Und jetzt komm ein paar Schritte mit hinein ins Wasser.« Viverrin ging vor und Skye konnte wie vorhin bei Juniya erkennen, dass sich seine Kleidung veränderte, sobald sie mit Wasser in Berührung kam. Im Bruchteil einer Sekunde stand Viverrin in einer Art Schwimmanzug vor ihm, der - das musste Skye neidvoll anerkennen - seinen überschlanken Körper mit den schmalen Hüften und den langen Beinen hervorragend zur Geltung brachte. Skye stieg ebenfalls ins Wasser. Mit einer eleganten, ja demütigen Verbeugung ließ Viverrin die Mischung aus seinem und Skyes Blut hineintropfen. Dabei sprach er in einer für Skyes Ohren unverständlichen, stakkatoartigen Sprache. Nur wenige Augenblicke später richtete er sich wieder auf.

»Das Wasser kennt dich jetzt, Skye Collins. Wann immer du mich brauchst, sende ein paar Blutstropfen ins Meer. Ich werde dich finden!«

In diesem Moment brach ein Radau auf der Kaimauer aus. Laute Rufe waren zu hören und Holz zersplitterte. Jemand rief: »Feuer!«

Die beiden Männer am Strand lächelten gleichzeitig. »Das ist Juniyas Werk.«

Viverrin nickte.

»Komm jetzt und hänge dich an meine Schultern. Hol tief Luft und lass mich nicht los. Ich bringe dich jetzt hinüber. Fertig?«

Skye nickte, lief hinter Viverrin ein paar Schritte tiefer ins Wasser und der bis dahin seltsamste Tauchgang seines Lebens begann.

***

Bei Tagesanbruch stieg Skye hinauf auf die Brücke. »Klar zum Auslaufen, Mr Bonney?«

»Aye, Sir!«

Jason verschluckte sich fast vor Schreck, als Skye so plötzlich hinter ihm auf dem Achterdeck auftauchte.

»Bin ich froh, dich zu sehen!« Jasons leisem Räuspern war die Erleichterung deutlich anzuhören, als er Skye unversehrt und in seiner Kapitänsuniform vor sich sah, um dem Wachwechsel vor Sonnenaufgang beizuwohnen.

»Irgendwelche Vorfälle, während ich unten geschlafen habe?«, schob Skye hinterher, sodass der Steuermann ihn gut verstehen konnte.

»Keine Vorfälle, Sir. Es war eine ruhige Nacht. Bis auf eine kleine Unruhe vorhin unten am Kai. Es war keiner unserer Männer involviert.«

»Was ist passiert? Der Lärm hat mich geweckt.« Skye tat interessiert und trat an die Reling, um auf den dunklen Kai zu blicken. Das erste Licht des Tages ließ den Horizont in einem Streifen graublauer Farbe aufschimmern.

»Nur eine Schlägerei betrunkener Seeleute, Sir. Jemand gab Feueralarm. War aber nichts dahinter. Der Wind frischt auf und die Flut hat uns wieder ausreichend Wasser unter den Kiel gespült. Alle Mann sind an Bord. Wir können auslaufen, Sir, sobald Sie den Befehl dazu geben.«

Skye spazierte in aller Seelenruhe über das Deck und tat so, als inspizierte er die Wanten.

»Dann lassen Sie uns auslaufen, Mr Bonney. Bringen Sie unsere schöne Fairbanks aus dem Hafen. Kurs Südsüdwest. Unser erstes Ziel heißt Helios Bay. Wir haben ein paar Tage aufzuholen.«

Juniya

Die Fairbanks war nur noch ein kleiner, weißer Punkt in der dunkelblauen See. Juniya starrte auf das Meer, seit sie mit Viverrin hier oben in den Hügeln angekommen war, sie fixierte das Schiff, das sich immer weiter entfernte, als könnte sie es allein mit ihren Gedanken zum Umkehren bewegen. *Ich will nicht, dass er fort ist,* gestand sie sich ein. Die Vorstellung, nun vielleicht für immer von Skye getrennt zu sein, verursachte ein fürchterliches Ziehen in ihrem Magen. Die Kontur der Fairbanks verschwamm am Horizont. Oder waren es Tränen, die Juniya die Sicht nahmen? *Heule ich etwa? Quatsch. Das ist sicher die Anstrengung und das helle Sonnenlicht,* schalt sie sich und wischte sich über die Augen. Auch wenn Juniya mit der Hand ihre Augen beschattete, sie konnte das Schiff kaum mehr erkennen. Hinter sich hörte sie Blätter rascheln.

»Er ist weg.« Viverrins Stimme klang genervt. »Willst du jetzt endlich ein bisschen helfen?«

Viverrin hatte wie sie den ganzen Weg hierher geschwiegen. Nachdem sie Skye zu seinem Schiff begleitet hatten, brachte er Juniya auf einem versteckten Pfad tief in den Wald. Der Dschungel hinter Belilla Bay wand sich ein paar Hügel hinauf. Erst auf dieser Anhöhe, von der aus sich ein fantastischer Blick auf den kleinen Ort an der Küste auftat, hielt Viverrin an. Juniya hatte keine Mühe, seinem schnellen Schritt zu folgen. Sie fragte nichts. Dazu war sie viel zu sehr mit ihren Gefühlen und den Szenen dieser Nacht beschäftigt. Skye ging ihr nicht mehr aus dem Kopf. Seine fürsorgliche Art. Sein Wille, sich um sie zu kümmern. Und seine Hände auf ihren Hüften im Wasser. Schon wieder überlief Juniya ein Kribbeln, als sie daran dachte. Die Stellen, an denen Skyes Hände sie gehalten hatten, schienen heiß zu werden. *Was ist nur mit mir los?*

»Das kann ich dir sagen. Mir scheint, dieser Skye hat dir ganz schön den Kopf verdreht«, giftete Viverrin und schlug mit seiner Machete mit einem einzigen, wütenden Schlag einen dicken Ast von einem Baum.

»Hab ich gerade laut gedacht?« Juniya schrak zusammen. *Kann Viverrin doch meine Gedanken hören? Bin ich so verwirrt,*

dass ich nicht mehr weiß, ob ich rede oder träume?
Er lachte. Es klang traurig.

»Keine Sorge. Du hast tatsächlich vor dich hingemurmelt. Denk daran, wir Ichtyos hören sehr viel besser als ihr Menschen. Aber jetzt komm endlich. Skye ist weg, und ich hab versprochen, dich in Sicherheit zu bringen. Schau her, ich zeig dir was.«

Juniya staunte über die Kunstfertigkeit, mit der Viverrin aus den abgeschlagenen Ästen und großen Blättern einen Unterstand gebaut hatte. Wie ein Zeltdach hingen ineinander verflochtene Zweige zwischen den Bäumen. Mit einer Machete, die er aus dem Garten des Hospitals mitgenommen hatte, ritzte er die Rinde eines Stammes ein und band einige Blätter zu einer Art Körbchen, das er unterhalb des Schnittes befestigte.

Tropfen für Tropfen sammelte sich Wasser in der Schnittwunde des Baumes und rann in das Körbchen. Wider Erwarten war es dicht und fing das Wasser auf.

»Hier hast du zu trinken. Du kennst die Bäume, die Früchte tragen. Hol dir dort etwas zu essen und bleib einfach hier. Ich gehe jetzt nach unten und hole dir ein paar Sachen. Wenn es stimmt, was Skye sagte, dann ist es sicherer, wenn du die nächsten Tage niemandem von der Schiffsmannschaft über den Weg läufst. Wir machen es so, wie er vorgeschlagen hat. Ich höre mich unten um und hole dich sofort, wenn das Schiff der Soldaten wieder ausgelaufen ist.«

Juniya blickte die hohen Bäume hinauf. »Lässt du mir deine Machete hier?«

Endlich sah sie wieder das nette Lächeln, das sie so für Viverrin eingenommen hatte.

»Kann ich machen. Aber keine Sorge. Es gibt hier im Wald nichts, was dir gefährlich werden könnte. Wenn es dunkel wird, schützt dich dieser Unterstand vor dem Abendwind.« Er blickte hoch zum Himmel. Ein paar Schleierwolken waren zu sehen. »Vielleicht wird es ein bisschen regnen. Du kannst das Dach näher über dich ziehen. Siehst du, so!«

Er nahm ein Ende des Zeltdaches, es war elastisch, ließ sich leicht bis zum Boden bewegen.

»Das Dach schützt dich vor dem Regen und der Kälte der Nacht.«

»Aber es ist ganz löcherig«, musste Juniya einwenden. »Wie soll es Wind oder Regentropfen abhalten?«

Viverrin deutete auf eine kleine Stelle des Blätterdaches. »Sieh her!«

»Oh, es verschließt sich!« Fasziniert sah Juniya zu, wie winzige Äste näher aneinander rückten, sich verschoben, wuchsen, und die Lücken schlossen.

»Es wird bis heute Abend dicht sein. Aber keine Sorge, ich komme bis zum Einbruch der Nacht noch einmal herauf und bring dir ein paar Sachen. Und Licht. Bleib einfach hier.«

Viverrin wandte sich zum Gehen. Mit wenigen Schritten war Juniya bei ihm und hielt ihn auf. Ihre Hand lag leicht auf seiner Schulter.

»Danke.«

Sie sah, wie seine Augen stumm ihr Gesicht musterten. Er lächelte nicht, nickte nur knapp, dann drehte er sich um und verschwand auf dem Weg, auf dem er sie hergebracht hatte.

Juniya wendete sich wieder dem Meer zu. Die Fairbanks war längst im Dunst des Horizonts verschwunden. Der ziehende Schmerz jedoch wollte gar nicht mehr vergehen. *Das nennt man wohl Sehnsucht*, gestand sie sich ein.

Ein paar Stunden saß Juniya auf einem Felsen in der Nähe ihres Lagerplatzes und starrte wie hypnotisierend auf das Wasser, als könne sie Skyes Schiff zur Umkehr bewegen. Das Meer war bewegter als heute Morgen, kleine weiße Schaumkrönchen tanzten auf den blauen Wogen.

Immer wieder gingen ihr Skyes Worte durch den Kopf. *Was hat er nur gemeint, mit »wir sind quitt«? Ich habe ihm nicht das Leben gerettet, so wie er mir. Hat er das auf den Kuss bezogen? Aber wann soll ich ihn geküsst haben?*

Juniya erinnerte sich an alles, was auf der Fairbanks geschehen war. Skye hatte sie gepflegt. Sehr vorsichtig, umsichtig, ja geradezu liebevoll. *Aber ich habe ihn nicht geküsst. Was meint er nur?* Im Geiste ging sie jede Begegnung mit ihm hier auf der Insel durch. Da fiel es ihr wie Schuppen von den Augen. *Er war es! Er hat mich aus dem Teich gezogen. Ich dachte, ich träume. Ich habe mir eingebildet, Viverrin im Wasser zu sehen. Und ich*

habe geträumt, ihn zu küssen. Dann war das gar kein Traum!
Juniya wurde es sehr heiß. *Es war Skye, den ich küsste, ganz real, dort am Ufer!* Alle feinen Härchen auf ihrer Haut stellten sich auf, ein Beben rollte durch ihren Körper. Sie dachte an den Kuss, an Skyes Hände heute Nacht im Teich, seinen Duft nach Holz und Tabak, seine Nähe. *Was macht dieser Mann mit mir? Und warum ist er jetzt nicht hier?* Sie wusste selbst, wie unlogisch diese letzte Frage klang. *Was ist nur mit mir los? Ich dachte, ich wäre in Themian verliebt. Was empfinde ich für Skye? Und was für Viverrin?* Bei Viverrin spürte sie jedenfalls kein Kribbeln auf der Haut, wenn sie ihn berührte. Das hatte Juniya vorhin extra getestet, als sie ihm die Hand auf die Schulter legte. Da war nichts. Obwohl sie ihn verdammt gern mochte.

Juniya hätte wer weiß, was, dafür gegeben, mit irgendjemandem über ihre Gefühle zu sprechen. Doch sie war allein. Viverrin war der Falsche. *Viverrin ist nur ein guter Freund. Jedenfalls für mich. Ob er das anders sieht und auf Skye eifersüchtig ist? Aber weshalb? Er ist doch ein Ichtyo.* Juniya dachte eine Weile darüber nach, ob eine Verbindung zwischen einem Menschen und einem Ichtyo mit allen Konsequenzen überhaupt denkbar wäre. Sie wusste es nicht. Während ihres Aufenthalts bei diesem Naturvolk war ihr vieles aufgefallen. Die Seeleute hatten Sex mit einigen Ichtyofrauen in den Hafenkneipen. Und so, wie sich das anhörte, hatten sie wohl gegenseitig Spaß daran. Aber ob die Fortpflanzung tatsächlich genetisch möglich war? Juniya hatte auf dem Internat der Thon-Rhe eine Menge gelernt und geforscht. Zwei derart unterschiedliche Spezies konnten nicht kompatibel sein. Theoretisch. Mit ihren geschulten Forscheraugen beobachtete sie ihr Umfeld stets wie durch ein Mikroskop. Und diese scharfe Beobachtungsgabe hatte ihr viel mehr über die Ichtyos gesagt, als Viverrin es getan hatte. Es gab eine Menge bei den Ichtyos zu entdecken, weit über die körperlichen Ähnlichkeiten zu den Menschen hinaus. Die ausgeklügelte Biotechnologie. Die ungewöhnlichen pflanzlichen Baustoffe. Die Heilmittel. Und besonders war Juniya das emotionale Verhalten aufgefallen, die Art, wie achtsam die Ichtyos miteinander sprachen. Die große Naturverbundenheit.

Das unterscheidet sie von den Menschen. Sie scheinen auch eine viel engere Beziehung zueinander zu haben. Und dann natürlich die Fähigkeit der Ichtyos, im Wasser zu atmen. *Was noch? Die körperliche Kraft, die Augen, mit der glasartigen Schutzschicht, Haarsträhnen, die sich bewegten und streicheln konnten wie Hände.* Juniya wurde klar, dass sie noch längst nicht alles über Viverrin und sein Volk wusste. Sie war sicher, es gab da noch viel mehr. *Ich habe wirklich das Gefühl, als würden die Ichtyos vor den Menschen nur so tun, als wären sie ein einfaches Volk. Sie spielen uns vielleicht nur etwas vor. Erforschen uns. Aber bin ich denn ein Mensch?,* fragte sie sich. *Interessiert sich Viverrin für mich, wie ein Mann sich für eine Frau interessiert? Oder bin ich ein Forschungsobjekt?* Zorn wallte in ihr auf. *Auch hier gehöre ich nicht dazu. Wie zu Hause. Ich bin anders. Eine Außenseiterin. Ein Objekt, mit dem man spielt, bis man dessen überdrüssig ist.*

Aber wo war eigentlich ihr Zuhause? Juniya vermisste plötzlich schmerzlich ihren Großvater. Er war der Einzige unter den Thon-Rhe, der immer eine Lanze für mehr Emotionen in den Beziehungen der Wesen seines Volks gebrochen hatte. Oft hatte er ihr von seiner wunderbaren großen Liebe erzählt. Diese währte zwar nur sehr kurz und endete tragisch, doch gefragt, ob er ohne sie nicht viel weniger gelitten hätte, meinte ihr Großvater mit tiefster Überzeugung: »Keine Sekunde möchte ich missen. Verliebt zu sein mit all seinen Höhen und Tiefen ist eine besondere Erfahrung. Für uns Thon-Rhe noch weit mehr, als für die Menschen. Und auch für sie gilt: Ohne die Liebe zu einem Gefährten ist das Leben zwar schön, doch es ist, als fehlte ihm der Glanz. Betrachte es so, Juniya: Eine Nacht ohne Mondlicht vergeht wie jede andere Nacht, denn das ist die Normalität. Doch kennst du erst das schillernde Mondlicht auf einem stillen See, bleibt dir dieses Bild ewig im Gedächtnis.«

Wie vorhin. Das Mondlicht auf dem Wasser. Die Wassertropfen auf Skyes muskulöser Brust, in seinen Haaren. Sein Gesicht war entspannt gewesen, schön. Die Verletzung machte ihn interessant, nicht hässlich. Juniya träumte plötzlich davon, die Wassertropfen von seiner Haut zu küssen. Sie mit der Zunge auf-

zufangen, jeden einzeln. In ihrem Unterleib bebte eine ungeahnte Energie. Wie von selbst spreizte sie die Beine ein wenig,
legte ihre Hand in den Schoß, bewegte ihre Finger. Und träumte, es wäre Skye, der sie so berührte.

Der Schatten wanderte über den Felsen, irgendwann war Juniya
eingeschlafen. Als sie erwachte, war es später Nachmittag, die
Sonne stand schon tief, Wind kam auf. Und Viverrin war noch
immer nicht zurück. Sie machte sich keine Gedanken darüber,
war noch viel zu sehr gefangen beim Gedanken an ihre kleine
Spielerei vorhin, und welchen Sturm an Gefühlen die Berührungen in ihr ausgelöst hatten. *Wenn ich schon so reagiere, wenn
ich alleine bin, wie wäre es dann, ...* Ein Lächeln stahl sich auf
ihre Lippen. *Wenn das diese unglaublichen Empfindungen sind,
von denen Großvater immer sprach, dann werde ich die Gewalt
vielleicht vergessen, die Jacks mir angetan hat.*

Juniyas Magen meldete sich. Sie hatte seit gestern Nachmittag nichts mehr gegessen und machte sich auf, ein paar Früchte
zu sammeln. Dabei hing sie wieder ihren Gedanken nach. Sie
wanderten zurück zu ihrem Heimatplaneten. Ursprünglich kam
Juniya vom Regierungsplaneten der Menschen. Sie war dort im
Rahmen eines Projekts für die künstliche Erzeugung von Menschen geboren worden. Es schien reiner Zufall zu sein, dass ihre
genetisch biologischen Eltern sie gefunden und aufgenommen
hatten. Derovant, der Heimatplanet der Thon-Rhe sollte ihre
neue Heimat werden. *Da habe ich mich getäuscht. Für die Thon-Rhe war ich nie
reinblütig und werde es nie sein. Deshalb haben sie mich hierher
entsorgt. Aber wo soll ich hin?* Juniya konnte sich nach ihrem
Leben auf Derovant nicht vorstellen, ewig auf den Inseln der
Ichtyos zu leben. Sie stammte aus einer Welt der Wissenschaft
und Forschung. Einer Welt mit herausragenden Technologien,
die denen der Menschen bei Weitem überlegen waren. Und denen der Ichtyos erst recht. Im wahrsten Sinne des Wortes waren
es Welten, die den Ichtyoplaneten von Derovant trennten. *Nein.
Hier kann ich nicht ewig bleiben. Doch wohin soll ich dann?*
Skye war ihr einziger Kontakt zu den Menschen der Föderation.
Er muss mir mehr über sich erzählen. Wohin er geht, wenn er

von hier fortmuss. Und Juniya war mittlerweile sicher: *Skye wird mir helfen.* Der Gedanke an ihn ließ sie Hoffnung schöpfen. Auf einmal fühlte sie sich frei. Und fröhlich. *Irgendwo wird es in diesen Welten einen Platz für mich geben. Vielleicht sogar in seiner Nähe.* Juniya fasste wieder ein bisschen Mut und aß die gesammelten Früchte.

Bei Anbruch der Dunkelheit war sie zurück in ihrem Unterschlupf. Viverrin war noch immer nicht zurück. Langsam machte sich Juniya Sorgen. *Nun ja, er kommt sicher morgen.* Sie zog das Dach ihres Schlafplatzes tief zu Boden, wie Viverrin es ihr gezeigt hatte. Es hielt tatsächlich den Wind ab. Juniya rollte sich zwischen den Blättern zusammen.

Bevor der Schlaf sie übermannte, murmelte sie: »Skye wird mir helfen, ganz sicher. Doch dazu muss ich ihn wiederfinden. Ich will ihn wiederfinden.«

Viverrin

Das Wasser der Wandlung brodelte. Viverrin kämpfte verbissen, doch er würde nicht mehr lange durchhalten. Immer wieder griff der weiße Hai ihn an, rammte ihn mit seiner spitzen Nase, schleuderte ihn herum wie ein Spielzeug. Die Schwanzflosse peitschte Viverrin durch das Wasser. Wieder war es ihm nur mit Mühe gelungen, den spitzen Zähnen auszuweichen. Viverrin schwamm auf den Grund des Sees, der Hai musste sich erst drehen. Nun hatte Viverrin ein paar Felsen im Rücken. *Verflucht. Ich hab mich ausmanövriert.* Der Hai schoss mit weit geöffnetem Maul auf ihn zu. *Diesmal werde ich nicht mehr entkommen. Er wird mich zerreißen.*

Eine donnernde Stimme drang an Viverrins Ohren.
»Ich befehle dir, halte ein, Shaka! Wandle dich!«
Nur Momente, bevor die schweren Kiefer des weißen Hais um Viverrins Körper zuschnappten, löste sich der Hai in Milliarden von Luftbläschen auf. Sie wirbelten eine Sekunde wie ein Tornado im Wasser der Wandlung, dann schwebte Shaka in seiner Menschengestalt vor Viverrin. Sein Gesicht war vor Wut zu einer bösen Fratze verzogen. Viverrin starrte zurück.

»Was zum Teufel ist in dich gefahren, Shaka? Was habe ich dir getan?«

»Schweigt! Kommt in den Versammlungsraum. Dort werde ich euch befragen.«

Selten hatte Viverrin die Stimme des großen Genkor so zornig gehört. *Eigentlich noch nie. Aber ich bin auch noch nie von einem meiner Art so angegriffen worden. Shaka verstößt gegen unser Gesetz.* Viverrin war aufgebracht. Der ungleiche Kampf hatte ihn viel Kraft gekostet. Er fühlte sich von Shaka gedemütigt, war ihm ohne Waffen weitgehend hilflos ausgeliefert gewesen. *Um ein Haar hätte ich diesen Kampf verloren. Was ist nur los mit Shaka?* Shaka und Viverrin waren noch nie die besten Freunde, aber es war undenkbar, dass ein Ichtyo den anderen angriff.

Viverrin war im Versammlungsraum angekommen. Neben Genkor schwebten die Ältesten der Ratsgemeinschaft in ihrer menschlichen Gestalt. Viverrin hatte ein ziemlich ungutes Gefühl. *Ob sie von meiner Blutverbindung mit Captain Skye wissen? Hoffentlich hat niemand etwas von Juniya mitbekommen. Was hat nur Shaka mit den beiden zu tun? Warum nur greift er mich so wütend an?* Er war erleichtert, als er Manateka zwischen den anderen entdeckte. Sie war es, die ihn aufgehalten hatte, als er gerade mit den Sachen für Juniya aus dem Hospital aufbrechen wollte. Viverrin durfte sich ihrem Befehl nicht widersetzen und war auf direktem Weg mit ihr zum Wasser der Wandlung geschwommen. Er wusste nicht, worum es ging. Doch er hoffte, die Angelegenheit schnell hinter sich zu bringen. Juniya wartete sicher schon auf seine Rückkehr. Jetzt näherte sich auch Shaka und blieb mit einigem Abstand zu Viverrin stehen. Viverrin konnte Shakas Zorn fühlen. *Warum sieht er mich mit so viel Hass an? Als wäre ich ein Verbrecher. Was ist nur geschehen?*

Genkor hielt sich nicht wie üblich mit einigen einleitenden Worten auf. »Sprich, Shaka. Was rechtfertigt deinen Angriff auf ein Wesen deiner Art?«

»Kerrali ist tot!«

Viverrin zuckte zusammen. Shaka schoss auf ihn zu. Doch zwei Männer von Genkors Garde waren mit ihrem Dreizack blitzschnell an seiner Seite und drängten ihn von Viverrin fort.

»Was ist geschehen?«, fragte Genkor bei dem vor Wut und Trauer bebenden Shaka nach. Viverrins Gedanken überschlugen sich. *Kerrali tot? Warum?* »Sie ist diesem Verräter gefolgt! Sie wollte mit eigenen Augen sehen, wovon er sprach. Sie wollte wissen, für wen er sie abserviert hatte.« Entrüstet stellte sich Viverrin Shaka entgegen. »Ich habe Kerrali doch nicht abserviert!«

»Schweig!«, donnerte Genkors Stimme und auch Viverrin war plötzlich von zwei Gardewächtern flankiert wie ein Verbrecher.

Shaka ließ sich von den Wächtern nicht beeindrucken. »Kerrali war auserwählt, deine Gefährtin zu sein«, spuckte er Viverrin entgegen. »Du warst einverstanden, erinnerst du dich dunkel? Du hast sie erwählt!« Shakas Stimme troff vor Ironie. »Doch dann kommt dieses blonde Experiment, und von Viverrin ward nichts mehr gesehen! Kerrali wollte sich beweisen! Sie wollte bei dir Eindruck machen. Und jetzt ist meine Schwester tot! Abgeschlachtet von dieser minderwertigen Rasse, denen ihr alle so unbedarft das Gastrecht bietet!«

»Gemach!«, donnerte Genkors Stimme dazwischen. »Berichte uns, was vorgefallen ist, Shaka. Was du gesehen hast. Dann werden wir urteilen, ob Viverrin eine Schuld trifft.«

Kerrali ist tot?

Viverrin versuchte, diese unglaubliche Nachricht zu verarbeiten. Er stellte mit Erschrecken fest, dass es ihn weitaus weniger mitnahm, als es unter zukünftigen Gefährten eigentlich sein sollte. Nur mühsam konnte er sich auf Shakas Ausführungen und Anklagen konzentrieren. Viverrin war sich bewusst, dass er hier unter der schwersten Anklage des Gesetzes der Tkitamea stand. Angeklagt, den Tod eines Wesens seiner Art verursacht zu haben.

Zischend ergriff Shaka das Wort. »Kerrali war schon eine ganze Weile unglücklich. Woche um Woche wartete sie auf Viverrin. Umsonst. Er kam nicht zu ihren Verabredungen. Sie wollte die Vereinigungszeremonie besprechen, doch er tauchte nicht mehr auf. Vor ein paar Wochen kam sie zu mir und heulte sich die Augen aus. Viverrin hatte den Bund mit ihr gelöst.«

Ein missbilligendes Raunen ging durch die Ratsversammlung. Die Auflösung eines Bundes - auch wenn die Vereinigungszeremonie noch nicht stattgefunden hatte - war eine ernste Sache.

»Ich hab doch ...«

»Du redest erst, wenn du gefragt wirst!«, fuhr Genkor Viverrin über den Mund.

Shaka fuhr fort. »Meine Schwester wollte Viverrin beeindrucken. Sie hörte seinen Bericht über die schwimmende Insel und wollte beweisen, dass die Menschen nichts Gutes im Schilde führen. Sie ist alleine losgeschwommen, um die Insel zu erkunden und Beweise zu sammeln. Mein eigener Auftrag lautete, Viverrins Bericht zu bestätigen. Ich kam zu spät dort an, um sie zu retten. Ich musste mit ansehen, wie sie Kerrali in ihrer Haigestalt aus dem Wasser zogen. Meine Schwester starb grausam durch die Hand dieser Mörder. Sie haben ihr bei lebendigem Leib den Bauch aufgeschlitzt!«

Viverrin wurde schlecht. Entsetzt sackte er auf die Knie.

»Steh auf, du Feigling! Was ...«

»Schweig, Shaka! Wir alle können deine Trauer um Kerrali verstehen. Doch beherrsche deinen Zorn!«

Die Wachen mussten Shaka mit ihren Waffen einkreisen, damit er sich von Viverrin fernhielt. Viverrin zitterte bei der Vorstellung von Kerralis grausamem Tod. Mühsam rappelte er sich auf. Viel Zeit, über seine hübsche Freundin nachzudenken, blieb ihm nicht.

»Stimmt es, Viverrin, dass du deinen Bund mit Kerrali gelöst hast?« Genkors Stimme hatte ein wenig von seiner Strenge verloren. Viverrin schüttelte den Kopf.

»Wir haben uns in den letzten Wochen nicht oft gesehen. Aber ich habe unseren Bund nicht gelöst!«

»Lügner!«

Fast zuckte Viverrin zusammen, so heftig reagierte Shaka.

»Warum glaubt Shaka, dass es anders ist?«, fragte Genkor.

Viverrin zuckte hilflos mit den Schultern. »Ich weiß es nicht! Ich war in den letzten Wochen als Wächter der Menschenfrau abgestellt, und diese Aufgabe habe ich erfüllt. Einer der

Muschelleute gab mir einen Tipp und ich bin hinausgeschwommen, um festzustellen, was an der Sache mit der schwimmenden Insel der Menschen dran wäre. Als ich zurückkam, habe ich euch hier alles berichtet. An diesem Tag habe ich Kerrali zum letzten Mal gesehen. Es war nur kurz und wir haben uns gestritten. Doch das hatte nichts mit einer Auflösung unseres Bundes zu tun!«

Diesmal hielt sich Shaka zurück, doch er gestikulierte wild, sodass sich Genkor nun an ihn wandte.

»Was hast du dazu zu sagen?«

»Kerrali kam aufgebracht zu mir. Sie hatte den Verdacht, Viverrin würde sie mit dieser Menschenfrau hintergehen. Sie hat die beiden heimlich beobachtet. Viverrin hat die Menschenfrau berührt.« Ein Murmeln ging durch die Reihen des Rates.

»Sprich, Viverrin. Ist das wahr?«

»Ich habe mich mit ihr beschäftigt. Gekämpft. Geredet. Versucht, herauszufinden, warum sie hier ist. Bei den Menschen gehören Berührungen zum Leben. Sie musste doch glauben, dass sie uns vertrauen kann!«

Fieberhaft dachte Viverrin darüber nach, was Kerrali wohl gesehen haben könnte, um zu glauben, er hätte Juniya berührt, wie er nur eine Gefährtin berühren durfte. Da fiel es ihm ein. Ein Übungskampf mit Juniya endete in einem spielerischen Ringkampf am Boden. Ja. Er war Juniya zu nahe gekommen. Und er hatte es genossen, auch wenn die Menschenfrau nicht wie eine Gefährtin auf ihn reagiert hatte. Wenn Kerrali diese eine Szene am Strand gesehen hatte, als seine Haarsträhnen ...

»Nun, Viverrin?«

Viverrins Gedanken rasten. Er hatte keine Zeit zu überlegen.

»Nein«, log er. »Es gab keine ernsthafte Berührung zwischen uns. Kerrali muss etwas missverstanden haben.« Er schluckte. »Das tut mir unendlich leid.« Das jedenfalls war keine Lüge.

»Das macht meine Schwester auch nicht wieder lebendig!«

Shaka war etwas ruhiger geworden.

Genkor nickte bedächtig. »Nun«, sagte er, »wir haben keinen Grund, Viverrin nicht zu glauben. Kerrali war nicht befugt, allein hinauszuschwimmen. Sie war für solche Einsätze zu unerfahren. Leider musste sie ihre Entscheidung mit dem Leben bezahlen. Doch Viverrin trifft keine Schuld.«

Shaka sah böse zu Viverrin. *Er wird mir das nie verzeihen. Und er glaubt mir nicht.*

Genkor wandte sich nun an Kerralis Bruder.

»Shaka, wir können deinen Angriff auf ein Wesen deiner Art verstehen, aber wir akzeptieren ihn nicht. Die Trauer hat deine Urteilskraft beeinträchtigt. Wir werden eine angemessene Abschiedszeremonie für Kerrali abhalten. Es ist grausam, wie sie umgekommen ist. Aber niemand von uns hätte es verhindern können. Die Menschen haben ein Tier getötet. Und nicht wissentlich ein Wesen unserer Art.«

Shaka richtete sich hoch auf. »Hätten wir die Menschen von Anfang an vertrieben, wäre sie noch am Leben. Die Menschen würden nicht so viele Meereslebewesen abschlachten. Sie sollten zurück auf die Landmassen, von denen sie gekommen sind. Sie sind keine Bereicherung für unsere Kultur.«

»Deine Meinung steht dir zu, Shaka. Doch der weise Rat hat anders entschieden und bleibt noch immer dabei, wir werden diese Menschen erforschen, bis wir ihre Lebensweise ausreichend kennen und sehen, wo sie uns Fortschritt bringen können. Du hast recht, sie haben schlechte Seiten, sind fordernd und ihr Auftreten ist oftmals überheblich. Doch noch sind unsere Forschungen nicht abgeschlossen und das letzte Urteil vor der großen Entscheidung steht noch aus, ob wir diese Rasse in unserer Welt dulden oder nicht. Du, Shaka, hast das nicht zu entscheiden. Trauere um deine Schwester und sei dann wieder ein Fels in unserer Gemeinschaft der Wasserwesen, wie du es seit jeher gewesen bist! Wir zählen auf dich und deine Stärke, Hauptmann der Jäger und Schützer.«

Es war nur minimal, aber immerhin beugte Shaka erkennbar sein Haupt vor dem Rat, und erkannte Genkors Urteil damit an.

»Und nun zu dir, Viverrin.«

Wie wird es jetzt weitergehen? Viverrin ahnte, dass ihm Genkors Spruch nicht besonders gefallen würde. Denn er war sich gerade darüber klar geworden, dass Kerrali recht gehabt hatte. Ihm lag viel mehr an Juniya, als alle Anwesenden hier auch nur ahnten.

»Du wirst dich anderen Aufgaben zuwenden und uns deine

Loyalität beweisen. Du wirst dich Markolo anschließen und in deiner Meeresgestalt die schwimmende Insel der Menschen überwachen. Eure Aufgabe ist, dafür zu sorgen, dass unsere Unterwasserstädte vor den Menschen geheim bleiben. Markolo wird entscheiden, wann du hierher zurückkehrst.«

Um ein Haar hätte Viverrin gefragt, was nun aus Juniya werden würde. Doch Genkor sprach bereits weiter.

»Die Menschenfrau, von der du dir so viel Informationen versprochen hast, ist für uns nicht weiter von Wert. Manateka wird dafür sorgen, dass sie wieder zu den Menschen zurückkehrt. Wir übergeben sie den Händlern, dort wird sich ein Platz für sie finden.«

Noch ehe er nachgedacht hatte, rutschte Viverrin heraus:

»Das geht nicht!«

Genkor zog missbilligend eine seiner buschigen Augenbrauen hoch. Sein mächtiger Schnauzbart zuckte. »Du hast nicht das Recht, unseren Spruch infrage zu stellen. Treib es nicht auf die Spitze, Viverrin.«

Das habe ich schon.

»Es geht nicht, weil sie nicht mehr hier ist.« Erstaunt hörte Viverrin sich selbst reden, die Worte verließen ohne sein Zutun seinen Mund. »Captain Collins kam heute Nacht, um sie zu holen. Ich habe ihm geholfen und sie auf die Fairbanks gebracht. Die Menschenfrau hat die Insel heute Morgen verlassen.«

Was hat mich bloß geritten? Ich habe mein Volk belogen. Wenn Viverrin ehrlich war, und das war er gnadenlos, dann hatte er auch Kerrali belogen. So weit hergeholt war die Geschichte mit der Auflösung ihres Bundes gar nicht. Viverrin erinnerte sich nur allzu gut an seinen letzten Streit mit ihr. Natürlich hatte er alles abgestritten, was Kerrali ihm bezüglich Juniya vorgeworfen hatte. Doch im Grunde war das Meiste wahr. Viverrin hatte sich von Kerrali zurückgezogen, weil er seine Zeit mit Juniya verbringen wollte. Wollte, nicht musste. Juniya faszinierte ihn. Tatsächlich empfand er jede zugegebenermaßen seltene Berührung ihrer Haut als ausgesprochen erotisch. Sie war klug, schnell, sportlich und hatte etwas Außergewöhnliches an sich, was Viverrin bis zur letzten Nacht nicht greifen konnte. Nun wusste er, was es war. Sie war eine Telepathin der Menschen und damit eine Perle unter ihnen. Viverrin hatte gestaunt und sie bewundert, wie sie am Kai ihre Fähigkeiten einsetzte. Ja, sein Herz war für diese Menschenfrau entbrannt, die ihre inneren und äußeren Wunden mit so viel Tapferkeit ertrug. *Ich kann sie doch nicht den Händlern zurückgeben! Es wird nicht lange dauern, und sie fällt wieder dem Roten Vadim in die Hände. Und was dann? Und jetzt ist Kerrali tot und ich setze für diese Menschenfrau alles aufs Spiel, wofür ich je gelebt habe.*

Der große Genkor hatte Viverrin den unmissverständlichen Auftrag gegeben, hinaus zu der künstlichen Insel der Menschen zu schwimmen und sich Markolo und seiner Truppe anzuschließen. Doch Viverrin war mit klopfendem Herzen auf dem Weg zu Juniya.

Ethleticon - Ambiela

»Das ist nicht fair!« Ambiela schlug mit der Faust so stark auf die Spielkonsole, dass sich das Spielfeld kurzzeitig abschaltete. Wenige Augenblicke später hatte sich das komplexe Bild wieder aufgebaut, aber das Treffen mit ihrem Vater, dem Gamemaster, hatte sich Ambiela ganz anders vorgestellt.

»Wieso sollte das nicht fair sein?«, fragte er höhnisch zurück. »Der Rote Vadim führt in meinen Augen deutlich. Er hat sich einige neue Standorte einverleibt und viele wichtige Kontakte geknüpft.«

»Welche Kontakte?«, fragte Ambiela ungehalten.

»Nun, zum Beispiel hat er es geschafft, mit einem wichtigen Würdenträger der Ichtyos Kontakt aufzunehmen. Unsere kleinen Meeresbewohner scheinen doch nicht ganz so naiv zu sein, wie wir bisher angenommen haben. Und was hast du dagegen vorzuweisen? Du paarst dich mit allem, was einen großen Schwanz hat. Tochter, du weißt, was ich davon halte.«

Ihr Vater musste sehr sauer sein, wenn er so eisig zu ihr sprach wie gerade eben. Ihre Hand fuhr fahrig durch die Luft.

»Du hast mir freie Hand gegeben. Du selbst hast mir empfohlen, Spaß zu haben. Dann bleiben wir auch dabei. Natürlich habe ich

Erfolge vorzuweisen.« Mit einem Mal fiel es ihr wie Schuppen von den Augen. *Er sagte, die Ichtyos sind nicht so naiv, wie wir dachten.* »Weiß dein werter Vadim Smalov auch, wie diese naiven Ichtyos organisiert sind? Dass sie eine Art Geheimpolizei haben und Offiziere, die diese befehligen? Und dass sie diese geschickt als Spione einsetzen?«

Das war zwar größtenteils eine Vermutung, doch das konnte ihr Vater ja nicht wissen. *Gewonnen!* Ambion zog eine Augenbraue hoch. *DAS hat er noch nicht gewusst!*

»Gut. Berichte weiter.«

Ambiela beschrieb ihm Shaka. Sie schilderte seine Uniform, seine Statur, die sich so sehr von den Ichtyos unterschied, die in den Häfen und auf den Inseln arbeiteten.

»Er muss ein ranghoher Offizier sein. Seinem Auftreten nach ist er eine hohe Führungskraft. Ich muss an diesem Shaka dran bleiben, und dazu ist mir jedes Mittel recht. Schließlich will ich gewinnen.«

Ihr Vater wischte mit einem deutlich zufriedeneren Gesichtsausdruck mit der Hand über die Konsole vor ihm. Die drei Punktesäulen erhoben sich dreidimensional in der Mitte des Spieltisches. Das Gefäß von Vadim Smalov war schon halb voll mit winzigen Kugeln, die silbrig-golden schimmerten. Das von Sylvius Beard war nur mit wenigen, blau-schwarz leuchtenden Kugeln gefüllt. Ambielas Gefäß erstrahlte in einem geheimnisvollen Purpur-Violett, einer Farbe wie das Blut der Thon-Rhe. Es war deutlich voller als das von Beard, aber sie lag noch weit hinter Smalov.

»Deine Informationen sind wertvoll, Tochter. Ich gewähre dir einige Punkte.« Scheinbar ohne sein Zutun geriet der Inhalt von Ambielas Säule ins Kochen und stieg langsam an. »Doch viel ist es nicht. Kannst du mir noch einen Grund geben, warum ich dir mehr Punkte zugestehen sollte?«

»Ja«, antwortete sie siegessicher. »Das Saatkorn des Hasses zwischen dem Ichtyoffizier und dem Föderationskapitän Clifford Parker ist gesät. Sie werden bei nächster Gelegenheit aufeinander losgehen.«

Wieder mussten Ambielas Ohren das höhnische Gelächter ihres Vaters ertragen. »Tochter. Eine Prügelei zwischen zwei um

dich rivalisierende Männer werde ich nicht als Fortschritt zählen. Bring mir mehr. Bring mir die ersten Toten.«
Die Säulen mit dem Spielstand verschwanden, das Spielfeld erlosch. »Mach dich nun bereit für den Rücktransport. Du weißt, was ich von dir verlange«, meinte ihr Vater noch kalt. Dann löste sich seine Gestalt in einem flirrenden Flimmern vor ihren Augen auf. Ambiela kochte innerlich. *Ich brauche einen Plan. Ich muss mehr Informationen aus Shaka herausquetschen.* Sie spürte ein Pochen ihres Mals. Es war so weit: Auch ihr Rücktransport stand bevor. Ambiela schloss die Augen und machte sich bereit.

Skye

Die Reise in die kleine Bucht Helios Bay mit dem gleichnamigen Ort dauerte bei gutem Wind nur wenige Tage. Skye stand an der Reling und beobachtete während des Anlegemanövers das bunte Treiben am Kai. Die Händler hatten diesen kleinen Marktflecken errichtet, da der Dschungel auf dieser Insel eine Vielzahl an Früchten bot. Ein paar Siedler hatten Land von den Ichtyos gepachtet und die Früchte kultiviert. Stände und kleine, offene Lagerhallen mit Obst und Gemüse ergaben ein farbenprächtiges Bild, Menschen und Ichtyos liefen quirlig durcheinander, Lachen war zu hören. *So sollte es sein, unser Leben hier,* dachte Skye nachdenklich. *Einfach und friedlich.* Er sah einen dunkel gekleideten Mann auf die Fairbanks zu eilen. *Als was ist der denn verkleidet?* Skye wurde misstrauisch. Geschäftig half der Mann mit, die Leinen des Schiffs an den Pollern festzumachen. Er rief zu ihm hinauf.
»Captain Collins?«
»Aye. Was kann ich für Sie tun?«
»Ich habe eine persönliche Depesche für Sie. Darf ich an Bord kommen?«
Jason war neben Skye getreten.
»Woher hat er eine persönliche Depesche? Außer uns wusste niemand, dass wir zuerst hierher segeln?«, flüstere Jason.

235

Skye fragte sich dasselbe. Er hatte die vorgegebene Segelroute des Admirals geändert und moderne Kommunikationsmittel waren nicht erlaubt. Das Ortungsmodul im Bauch der Fairbanks wurde nur in Notfällen aktiviert. Woher also wusste der Mann, dass die Fairbanks diese Insel anlaufen würde?

»Sie haben die Erlaubnis, an Bord zu kommen, Sir«, antwortete Skye vollendet höflich.

Die Männer brachten eine Planke aus, über die der Gast aufentern konnte. Er stellte sich nicht besonders geschickt an und wäre fast abgestürzt. *Landratte eben.* Skye kannte ihn nicht. Er trug nicht die typische Kleidung der Händler. Ein Zugehöriger der Flottenbesatzung war er allerdings auch nicht. Er trug vielmehr eine Art auf alt getrimmte schwarze Flottenuniform. *Die sind doch hier verboten?* Skyes Magen machte sich bemerkbar und mit ihm eine dunkle Vorahnung.

»Mein Name ist Mason«, stellte sich der Mann vor, als er endlich vor Skye auf dem Achterdeck stand. »Können wir unter Deck reden? Mein Befehl lautet, mit Ihnen und Ihrem ersten Offizier vertraulich Out-Time zu sprechen, Captain Collins.«

Skye führte den Mann in seine Kajüte.

»Woher wussten Sie, dass wir kommen?« Diese Frage brannte ihm unter den Nägeln. Doch dieser Mason ging nicht darauf ein.

»Ich bin Sonderbeauftragter von General Beard und habe den Auftrag, Ihnen mitzuteilen, dass Sie mit der Fairbanks hier bleiben, bis General Beard eintrifft. Er wird das Schiff von Ihnen übernehmen.«

Skye wurde blass. »Was heißt das? Bekomme ich ein anderes Kommando?«

Auch Jason entfuhr ein entsetztes »Was?«

Mason zuckte mit den Schultern.

»Sie sind als Kapitän zunächst abgesetzt und müssen das Schiff an mich übergeben. Ich bin nicht befugt, weitere Auskunft zu geben. Ich habe nur dafür zu sorgen, dass die Fairbanks nicht mehr ausläuft, bis General Beard hier eintrifft. Alles Weitere regeln Sie mit dem General und dem Admiral persönlich. Eine Nachricht an das Flaggschiff ist bereits auf dem Weg.«

»Wie denn?«, fragte Jason, der noch verblüffter war als

Skye. »Wir dürfen keinen Funk benutzen. Wie wollen Sie denn den General benachrichtigen? Abgesehen davon, dass wir gar nicht wissen, wo er sich aufhält.«

»Ich habe eine Sondererlaubnis. Der General hat in bestimmten Ausnahmesituationen befohlen, die Funkpeilung der Notsignale zu aktivieren und Nachrichtendrohnen einzusetzen. Sie sehen von Weitem aus wie Vögel. Eine Drohne ist gerade gestartet, um ihn über Ihre Ankunft hier zu informieren.«

Nachrichtendrohnen - die Fairbanks festgesetzt - er selbst abgesetzt. In Skyes Kopf schwirrte es. Er konnte keinen klaren Gedanken fassen. Die Befürchtungen der Gräte waren schneller eingetreten, als der alte Admiral vermutet hatte. Schwer stützte sich Skye auf den Tisch mit den Seekarten. Er war wie vor den Kopf geschlagen.

»Wann ist denn mit dem Eintreffen des Generals zu rechnen?«, fragte Jason an seiner Stelle.

Mason grinste schief. »Er erwartet Sie eigentlich in Mariners Island. Das sollte ja wohl ihr erstes Ziel sein. Sobald er die Drohne hat, wird sich der General auf den Weg machen. In zwei bis drei Tagen ist er hier, schätze ich.«

WAS?

»Wie ist er überhaupt dort hingekommen?« Sogar der sonst so ruhige Jason regte sich auf.

»Er reist mit Admiral Parker auf der Emerald. Das Flaggschiff hat versucht, die Fairbanks einzuholen, aber von Ihnen war nichts zu sehen.« Er fuhr sich mit dem Zeigefinger über den Hals. »Pech, dass Sie eine andere Route gewählt haben, Collins. Das hat den General garantiert bestätigt. Jetzt hat er den Grund, den er brauchte, um sich ihr Schiff unter den Nagel zu reißen. Sie sind aus dem Spiel, werter Captain. Packen Sie schon mal ihre Sachen. Die Emerald nimmt sie mit auf den nächsten Transport nach Hause.«

Mit einem überheblichen Grinsen deutete Mason einen Gruß an und verließ die Kajüte. Eine eiskalte Hand krampfte sich um Skyes Magen. *Ausgetrickst. Sie haben mich ausgetrickst und stellen mich kalt.*

Juniya

»Wach auf!«

Juniya erschrak gewaltig, als Viverrins Schütteln sie unsanft weckte. Die Nacht war finster, Wolken verdeckten den Mond und Juniya konnte in ihrem Unterschlupf fast die Hand nicht vor Augen sehen. Sie rappelte sich auf. Nach einer unruhigen Nacht hatte sie das Gefühl, gerade erst eingeschlafen zu sein.

»Du bist lange fortgewesen. Was ist passiert?«, murmelte sie, noch ganz verschlafen.

»Erzähl ich dir später. Es wird gleich hell. Wir müssen von der Insel fort. Ich bringe dich woanders hin.«

Juniya war mit einem Schlag hellwach. »Warum? Sind sie hinter mir her?«

Sie hörte Viverrin unterdrückt seufzen. »Hinter dir nicht. Noch nicht. Aber sehr bald hinter mir. Und damit bist du hier nicht mehr sicher. Und jetzt komm.«

Juniya stolperte hinter Viverrin her, der flink wie ein Wiesel durch die Nacht lief.

»Jetzt warte doch mal! Autsch.« Sie war gegen einen tief hängenden Ast geknallt. »Ich kann kaum was sehen. Hast du nicht wenigstens etwas Licht?«

»Damit sie uns sehen können? Ich hätte dich für schlauer gehalten.«

Ohne anzuhalten lief er weiter.

»Aua!« Juniya fiel hin. Ihr Knöchel jagte einen spitzen Schmerz in ihr Gehirn. »Viverrin! Warte!«, rief sie hinter ihm her.

Wie der Blitz war er neben ihr und zog sie hoch.

»Seit wann jammerst du? Du bist doch sonst immer so cool. Jetzt stell dich nicht so an und komm weiter.«

Schon hatte er sich umgedreht und eilte voraus. Viverrins spöttischer Ton brachte Juniya auf die Palme. Sie sprang trotz des stechenden Schmerzes im Fuß ein paar Schritte hinter ihm her und riss ihn herum.

»Bevor ich noch einen Schritt weitergehe, will ich von dir wissen, was los ist. Jetzt.«

Viverrin griff nach ihrer Hand, die sich in sein Hemd gekrallt hatte, und machte sie los. Dabei hielt er sie fest. Juniya sah seine Augen in der Dunkelheit glitzern.

»Willst du zu den Händlern zurück?«, zischte er sie an.

»Du weißt genau, was sie mit mir gemacht haben. Nein, wieso sollte ich zu ihnen zurückgehen?«

»Mein Volk hat beschlossen, dich zurückzusenden. Sie haben deine Anwesenheit als Gefährdung für uns eingestuft. Sei froh, dass sie nicht auf die Idee gekommen sind, dich zu den Seesoldaten zu schicken, die dich ohnehin schon suchen.«

»Aber warum? Was habe ich getan, dass ihr mich für gefährlich haltet?«

Viverrin riss sich los.

»Komm weiter. Wir müssen uns beeilen.«

»Ich gehe mit diesem Knöchel keinen Schritt mehr, bevor du mir nicht sagst, was eigentlich los ist. Ich habe nichts getan!«

Kaum merklich wurde es heller, Juniya konnte Viverrins Konturen nun besser erkennen. Sie sah, wie seine Schultern nach unten sanken.

»Nicht du hast etwas getan. Ich war es«, presste er zwischen den Lippen hervor.

Er beugte sich hinunter zu ihrem Fuß. »Lass sehen!«

Mit einem schnellen Handgriff streifte er ihren Stiefel vom anschwellenden Knöchel und untersuchte tastend Juniyas Fuß. Sie zuckte zusammen. Bevor sie noch etwas sagen konnte, hatte Viverrin sie aufgehoben.

»Ich trag dich bis zum Strand.«

Juniya spürte, dass seine Verfassung keine Widerrede zuließ. Was war nur geschehen? Trotz ihres Gewichtes verminderte Viverrin sein Tempo kaum, sie kamen gut voran. Juniya kannte ihn als durchtrainiert und ausdauernd, doch so viel Kraft hatte sie ihrem schlanken Ichtyofreund nicht zugetraut. Sie spürte, wie ihr Knöchel sich beruhigte.

»Lass mich bitte wieder runter. Es ist nicht so schlimm, ich kann selber gehen.«

Er ignorierte sie. Juniya klammerte sich an seine Schultern und rüttelte an ihm. »Lass mich jetzt sofort runter und rede mit mir! Es ist mein Leben! Ihr könnt mich nicht einfach von hier nach dort herumreichen, als ob ich eine Spielfigur wäre! Lass mich runter und sag mir jetzt endlich, was dich so aus der Spur geworfen hat.«

Abrupt landete Juniya auf ihren Füßen. *Aua. Tut doch noch weh.* Instinktiv klammerte sie sich an Viverrin fest, um nicht zu stürzen. Er legte sofort seine Arme um ihre Taille und hielt sie fest. *So nah war ich ihm noch nie.* Seine silbernen Haare kitzelten Juniyas Hals. Wie schon damals am Strand begannen einzelne Haarsträhnen, Juniya sanft zu streicheln. Die großen Augen Viverrins veränderten sich und überzogen sich wieder mit dieser glasähnlichen Schicht. Juniya konnte sein Herz an ihrer Brust flatternd schlagen spüren. Sie erschrak, als er sich plötzlich vorbeugte und sie küsste. Steif lag sie in seinen Armen und ließ es geschehen, doch sie erwiderte seinen Kuss nicht. Als hätte sich Viverrin verbrannt, ließ er Juniya los und sie fiel nun doch auf den steinigen Boden. Er starrte auf sie hinunter.

Sie sagte nichts, wartete ab, sah ihn nur an. Das erste Morgenlicht drang durch die lichten Bäume, Juniya konnte die ungute Spannung zwischen ihnen fast mit den Händen greifen. Heftig drehte sich Viverrin von ihr fort und ging ein paar Schritte. *Zucken seine Schultern? Weint er etwa?*

Juniya sprang auf, ignorierte das Pochen in ihrem Knöchel und fasste ihn sanft an den Schultern.

»Bitte, Viverrin. Wir müssen reden. Du bist doch mein Freund. Oder etwa nicht? Bitte sag mir, was sich zwischen uns verändert hat! Sag mir endlich, was geschehen ist!«

Er sank auf den Boden, wo er gerade stand, und schlug die Hände verzweifelt vor sein Gesicht.

»Kerrali ist tot!«

Viverrin weinte tatsächlich. Seine tiefe Traurigkeit berührte Juniya zutiefst. Sie setzte sich zu ihm und umfasste seine Schultern.

Schon wieder eine große Ähnlichkeit zu den Menschen. Auch Ichtyos trauern und weinen bittere Tränen, stellte Juniya fest.

»Wer ist Kerrali?«, fragte sie leise. »Du hast mir nie von ihm erzählt.«

»Ihr.«

Viverrin versuchte, sich zu fassen. »Ich habe dir nie von ihr erzählt. Kerrali war meine Verlobte, wie ihr Menschen es wohl nennen würdet.«

Juniyas Herz wurde von Mitleid überflutet.»Was ist passiert? Und was hat ihr Tod mit mir zu tun?« Sie flüsterte in sein Ohr und hielt ihn sanft umarmt.

Da brach es aus Viverrin heraus.»Die Ältesten haben recht! Ich habe mich nicht mehr um Kerrali gekümmert, seit ich dich kenne. Ich habe Ausreden erfunden, um sie nicht zu treffen. Ich war lieber mit dir zusammen, obwohl es gar nicht notwendig gewesen wäre. Einmal hat uns Kerrali nachspioniert und uns zusammen am Strand gesehen. Sie hat die falschen Schlüsse gezogen und ist davongelaufen, um eine Dummheit zu begehen.«

»Aber da war doch nie etwas zwischen uns«, entfuhr es Juniya.

»Das ist es ja.«

Juniya hätte sich am liebsten geohrfeigt. *Er hat sich in mich verliebt. Und ich hab es nicht bemerkt.*

»Was ist mit ihr geschehen?«, fragte sie Viverrin sanft, um von ihrem Schnitzer abzulenken.

Unverwandt starrte er sie an.

»Ihr Menschen habt sie getötet.«

Juniya zuckte zusammen. Vorsichtig fragte sie weiter:»Willst du mir nicht sagen, wie es passiert ist? Wer ist schuld?«

Verzweifelt sank Viverrins Kopf zwischen seine Knie.

»Die Ignoranz der Menschen?«, flüsterte er.»Eurer ewiger Jagdinstinkt? Eure Furcht vor dem Fremden, dem Anderssein? Aber all das ist nur Nebensache.« Er hob den Kopf. Niemals zuvor hatte Juniya ihren Freund so niedergeschlagen gesehen.»Sie starb, weil ich die Regeln meines Volks gebrochen habe.«

»Viverrin!«, Juniya strich vorsichtig über seinen Arm.»Kannst du mir nicht mehr über eure Regeln erzählen? Wie kann ich dir helfen, sie einzuhalten?«

Er zog seinen Arm zurück.

»Eine davon ist, keinen körperlichen Kontakt mit einem Menschen aufzunehmen, es sei denn, es ist unser ausdrücklicher Auftrag. Es ist besser, wenn du mich nicht mehr berührst. Jedenfalls nicht an Land.«

Juniya nahm ihre Hand von seinem Arm. »Auftrag?«

»Jeder von uns Ichtyos auf den Inseln, der Kontakt zu euch Menschen hat, hat einen bestimmten Auftrag. Ich bin Heiler, ich arbeite mit Manateka im Hospital und wir untersuchen eure Körperstrukturen anhand eurer Erkrankungen. Wir erforschen euch Menschen. Deshalb suchten wir den friedlichen Kontakt. Wir lernen eure Lebensweise, indem wir sie uns zeigen lassen. Wir tun so, als wären wir eine unterlegene Rasse. Wir tun so, als würden uns die Dinge und Rituale, sogar euer Sexualverhalten, interessieren, um alles über eure Denk- und Funktionsweise zu erfahren.«

»Aber warum? Das hört sich kompliziert an. Warum nähert ihr Rassen euch einander nicht einfach, indem ihr offen aufeinander zugeht?«

Viverrins Gesichtsausdruck war eigenartig starr.

»Die ersten offenen Kontakte zu einigen wenigen von euch haben uns vorsichtig werden lassen. Die Reaktionen auf unser Wesen reichten von Gier bis Wahnsinn. Deshalb haben die Ältesten beschlossen, euch nur das zu zeigen, was ihr sehen wollt. Eine Art von menschenähnlichen Lebewesen, die unter Wasser atmen können.«

»Und ihr seid viel mehr als das, nicht wahr?«, setzte sie nach.

Juniya spürte, wie Viverrin mit sich rang. *Wird er mir mehr erzählen?*

Schließlich seufzte er. »Ich bin schon viel zu weit gegangen. Ich habe dir gerade vieles erzählt, was du nicht wissen darfst. Ich habe unsere Regeln schon mehrmals für dich gebrochen und die Ältesten angelogen. Sie denken, ich habe dich zu Captain Skye auf das Schiff gebracht und du bist längst fort von der Insel. Juniya, ich fühle mich so hilflos, aber ich vertraue dir, obwohl du ein Mensch bist. Du bist anders als die anderen. Deshalb wollte ich dir nahe sein. Ich dachte, wir könnten ein Beispiel geben ...« deprimiert sanken seine Schultern nach unten.

Als ein Paar? Viverrin tat Juniya auf einmal unendlich leid. Er hatte sich in sie verliebt, doch sie konnte diese Liebe nicht erwidern. Bei ihrem Kuss vorhin hatte Juniya rein gar nichts empfunden. Im Gegensatz zu Skyes Kuss und Berührung. Schon bei dem Gedanken an Skye durchfuhr sie ein Schauer. Kein Vergleich zu Viverrins Annäherungsversuchen. Gleichzeitig wusste sie, dass sie Viverrin diese Empfindung im Moment auf keinen Fall spüren lassen durfte.

»Viverrin! Es tut mir so leid. Ich bin nicht bereit für eine Verbindung. Ich kam hierher, ohne meinen Willen. Ich habe keine Ahnung, wie es mit mir weitergehen soll. Ich bin so froh, dass du mein Freund bist und dich um mich gekümmert hast. Wie hätte ich die Wochen mit meinen Verletzungen ohne dich überstanden? Ich brauche dich als meinen Freund, doch ich kann dich nicht lieben wie einen Mann! Nicht jetzt. Nicht, solang ich so wenig von euch weiß.«

Ich würde etwas dafür geben, jetzt seine Gedanken hören zu können. Wie schwer ist es, jemanden richtig einzuschätzen, sei es nun ein Mensch oder ein Ichtyo. Was wird er jetzt tun?

Resigniert nickte Viverrin mit dem Kopf.

»Das weiß ich. Ich kann dich nicht zwingen. Das ist bei den Wesen meiner Art auch nicht üblich. Für mich ist es ohnehin zu spät. Ich habe meinen Rang bei meinem Volk verspielt. Sie können mich verstoßen, ja sogar die Todesstrafe ist möglich. Mein Verrat an meinem Volk geht schon zu weit. Und wenn ich dich von dieser Insel fortschaffe, muss ich dich ohnehin in viel mehr einweihen, sonst kann ich dich nicht in Sicherheit bringen.«

Niemals zuvor hatte Juniya in so bittende Augen gesehen.

»Wirst du das, was ich dir über mein Volk offenbare, für dich behalten und niemals preisgeben? Schwörst du es?«

Juniya nickte, ohne zu ahnen, was dieser Schwur eines Tages für sie bedeuten würde.

Skye

Skye war wie gelähmt. *Alles aus. Ich bin draußen. Ich werde Juniya nie wiedersehen,* spukte ihm in einer Endlosschleife durch den Kopf. Nur noch ein paar Tage, vielleicht auch nur Stunden, durfte er sich noch auf der Fairbanks aufhalten, dann würde er von Bord gehen und das war es dann mit der guten Zeit. Jason war Mason nachgegangen und würde dafür sorgen, dass er auch wirklich das Schiff verließ. Skye stieß das Kajütenfenster auf und starrte auf das Wasser. *Ich will hier nicht weg! Ich werde nicht gehen. Nicht ohne Juniya.* Doch wie zum Teufel sollte er das anstellen? *Wenn sie mich hier wegbringen, dann kann ich mich gleich erschießen.* Und schon war er da, der brennende Schmerz. Skye hatte schon länger damit gerechnet, das wieder mal ein Schub kam. Aber die Schmerzen setzten natürlich immer dann ein, wenn er sie am wenigsten gebrauchen konnte. Seine Hand umklammerte den Fensterrahmen der Kajüte, er krümmte sich zusammen, stöhnte, hoffte, dass niemand ihn hörte. Es war die Infektion. Das virale Metall dehnte sich von Zeit zu Zeit aus, vergrößerte seine Oberfläche, fraß sich über Skyes Haut. Er schaffte es bis zu seiner Koje, warf sich auf den Bauch, verbiss sich in das Kopfkissen, um nicht vor Schmerzen zu brüllen wie ein Stier. Er wusste nie, wann sich die Viren weiter ausbreiteten, und auch nicht, an welcher Stelle. Diesmal war es der Rücken. Skye spreizte sich gegen die Wand, versuchte, gegen den Schmerz zu atmen, dachte an Juniya. *Gott sei Dank hatte ich in ihrer Nähe nie einen Anfall,* dachte er. Außer damals nachts im See. Skyes Gedanken richteten sich auf diese Erinnerung. *Ich war im Wasser gestanden. Und in der Aufregung des Kampfes mit diesem Seewesen hab ich die Schmerzen verdrängt. Oder Juniyas Nähe hat es mich leichter ertragen lassen.* Heute brannte seine Haut wieder wie Feuer. *Es kann nicht mehr lange dauern. Es ist gleich vorbei.*

Es klopfte an der Kajütentür. Ohne seine Antwort abzuwarten, stand Jason im Raum.

»Du wirst dir das doch nicht gefallen lassen? Was soll das eigentlich?«, regte sich der sonst so besonnene Jason auf. »Du musst was unternehmen!«

Dann sah er, was los war.»Scheiße. Du hast wieder einen Anfall? Kann ich dir helfen?«

Mühsam stemmte Skye sich auf.»Eis wäre nicht schlecht«, stöhnte er. Auf dem Schiff gab es nicht einmal einen Kühlschrank, geschweige denn Eis.»Aber ein Eimer kaltes Wasser ist auch in Ordnung. Kein Salzwasser«, krächzte er Jason noch nach, der schon unterwegs war. Wenige Minuten später lag ein klatschnasses Handtuch auf Skyes Rücken. Langsam ließen die Schmerzen nach.

»Geht's besser? Bleib bloß noch liegen.« Jason beträufelte das Handtuch mit frischem Wasser.

Gegen Jasons Rat setzte Skye sich ächzend auf, ließ aber zu, dass sein Freund ihm das nasse Tuch erneut auf den Rücken legte. Als er das Tuch erneut befeuchtete, pfiff sein Freund anerkennend durch die Zähne.

»Hey, das sieht jetzt wie eine mächtige Schlange aus, deren Ende sich um deinen Oberarm ringelt. Da wäre so mancher neidisch, der sich so was für teures Geld machen lässt. Aber kann der Doc dir nicht wenigstens ein Schmerzmittel geben, wenn es losgeht? Wie hältst du das aus? Das Wasser verdampft sofort, so heiß sind die Stellen noch.«

Jason wusste, was es mit dem Metallspuren auf Skyes Körper auf sich hatte. Vor ihm brauchte er sich nicht zu verstellen.

»Wenn es losgeht, ist es für die Schmerzmittel zu spät. Du könntest mich das nächste Mal bewusstlos schlagen. Das könnte helfen.«

Jason rollte mit den Augen.

»Ist Mason weg?« Skye hatte in seinem Schmerz den Boten des Generals fast vergessen.

»Ja. Der hatte es sehr eilig. Was machen wir jetzt? Wir können denen doch nicht einfach so das Schiff übergeben?«

»Verflucht, ich denke schon die ganze Zeit darüber nach.«

Skyes Herz pochte, als er sich hochstemmte und mit einem Ruck seine Seekiste öffnete. Es war Zeit, Jason einzuweihen. Mit einem heftigen Knall warf er das schwarze Päckchen auf den Tisch.»Mach auf!«

Jason sah neugierig hinein.»Beim heiligen Klabautermann.

Ein echter Jolly Roger. Woher zum Teufel hast du denn den?« Mit leuchtenden Augen wie ein kleiner Junge ließ Jason das schwarze Stück Stoff durch seine Finger gleiten. »Die Gräte hat mir sozusagen einen Kaperbrief ausgestellt. Weiß der Himmel, wo uns das hinführt. Er hat geahnt, dass Beard mich absägen will und die Fairbanks für sich beansprucht. Wenn ich im Spiel bleiben will, dann als Einzelkämpfer. Ich will das Spiel nicht verlassen, ohne Juniya zu holen und mitzunehmen. Entweder ich haue jetzt sofort ab und bitte die Ichtyos, mir zu helfen, nach Belilla Bay zurückzukommen ...« Skye wendete sich wieder um und starrte über das Wasser. Er gab Jason Zeit, die Zeilen, die der alte Admiral Parker Skye mitgegeben hatte, zu lesen. »Oder ...«

»Oder wir kapern das Schiff und machen uns auf eigene Faust auf die Suche nach deiner Meerjungfrau!« Jason war Feuer und Flamme. »Hör zu! Ich hole Small und ein paar Leute zusammen. Wir stellen unsere Mannschaft neu auf. Alle, die jetzt raus wollen, bleiben hier und warten auf die Emerald. Mit den anderen laufen wir aus und sehen zu, dass sie uns solang wie möglich nicht erwischen. Wir segeln zurück nach Belilla Bay und holen dein Mädchen. Und dann werden wir schon sehen, wie es weitergeht!«

Jason lachte aus vollem Hals. »Was für ein Spaß! Ab jetzt sind wir Piraten!«

Skye war völlig geplättet. Dass Jason sein bester Freund hier auf Beta Atlantis war, hatte er gewusst. Doch dieser Sinneswandel, sich vom disziplinierten Flottenoffizier zum ausgestoßenen Piraten zu verändern, kam für Skye völlig überraschend. Erleichtert und mit neuer Hoffnung fiel er in Jasons Lachen ein. »Dann haben wir jetzt jede Menge zu tun!«

Small war genauso begeistert wie Jason. Small, Jason, der Doktor und Skye gingen die Mannschaftslisten durch. Ein Kreuz für die, die vielleicht mitmachen würden. Ein Strich für die, die sicher aussteigen würden. Und ein Kreis für die Unentschiedenen. »Wie kriegen wir raus, wer mitmacht, ohne zu viel über unsere Pläne zu verraten?«

Skye lief immer drei Schritte auf und ab. »Alle, bei denen

wir sicher sind, dass sie nicht mitmachen, bekommen Landgang. Sobald sie von Bord sind, legen wir ab. Den anderen werde ich Bescheid sagen, sobald wir von Land aus nicht mehr zu sehen sind. Wer dann von Bord will, den setzen wir bei der nächsten Gelegenheit ab.«

Jason und Small grinsten sich an. »Endlich riecht das hier mal richtig nach Abenteuer!« Mr Small fügte noch an: »Es war schon fast ein bisschen langweilig in letzter Zeit!«

Jemand polterte den Niedergang herunter und hämmerte an die Kajütentür.

»Captain, bitte kommen Sie an Deck! Die legen uns an die Kette!«

WAS?

Bevor Jason sich von seiner Verblüffung erholt hatte, stürmte Skye schon an Deck und beugte sich über die Reling. Schon waren Jason und Small an seiner Seite.

»Tatsächlich. Dieses Aas will uns am Auslaufen hindern.«

Mr Small sprang trotz seiner Masse sehr behände an der Reling entlang und verfolgte das Treiben an der Wasserlinie. Der erste Maat brüllte zu den Männern hinunter, doch diese ignorierten ihn nur.

Skye beobachtete mit Jason, wie ein Boot mit einer großen Seilrolle zum Heckruder der Fairbanks pullte. Am Kai beaufsichtigte Mason ein paar Männer, die eine schwere Kette um einen der Poller legten.

»Die wollen die Kette zum Schiff ziehen und ums Ruder legen. So eine verdammte Scheiße!«, knurrte Skye.

»Warum tun die das?« Dr. Kingsley wusste nicht, was das Ganze sollte. Skye klärte ihn auf.

»Im Seerecht bedeutet das, dass unser Schiff am Auslaufen gehindert wird. Man sagt tatsächlich, sie legen uns an die Kette und beanspruchen das Schiff für sich. Eigentlich reicht es, wenn eine Kette als symbolische Handlung um den Poller gelegt wird. Wenn sie die Kette um das Rudergestänge schlingen, dann hindern sie uns auch ganz praktisch am Auslaufen. Wenn wir es trotzdem versuchen, wird die Kette dem Ruder großen Schaden zufügen und wir wären manövrierunfähig.«

»Verdammt, verdammt!«, zischte Jason durch die Zähne.

»Wir müssen auf die Dunkelheit warten und versuchen, die Kette loszubekommen, bevor Beard hier auftaucht!«
»Ja. Im Moment können wir es nicht auf einen Kampf ankommen lassen. Wir müssen erst die Mannschaft geregelt kriegen. Passendes Werkzeug haben wir auch nicht. Und kein Tauchequipment, um unter Wasser an die Kette ranzukommen.«
Skyes Laune sank auf einen Tiefpunkt. Was auch immer hinter der Absicht steckte, ihm das Kommando über die Fairbanks zu entziehen - es wurde gründlich erledigt.
Immer mehr Männer versammelten sich auf Deck und beobachteten aufgeregt das Treiben. Die ersten Fragen drangen an Skyes Ohren.
»Was tun die da?«
»Captain, was ist los?«
»Was soll das? Was haben wir denn verbrochen?«
Immer lauter schimpften und schrien sie durcheinander. Skye schwang sich auf die Reling. Eine knappe Handbewegung von ihm und die Männer wurden still. »Männer der Fairbanks! Mir wurde soeben ein Befehl von General Sylvius Beard übermittelt. Er will unser Schiff als Kapitän übernehmen. Deshalb legen sie uns an die Kette. Sobald der General eintrifft, werdet ihr euren Dienst unter dem ehrenwerten General Sylvius Beard verrichten.« Seine Stimme troff beim Aussprechen des Namens vor Hohn und Skye deutete einen Kratzfuß an.
Die Männer murrten. Skye gebot ihnen zu schweigen.
»Ich kann mich nicht erinnern, etwas verbrochen zu haben. Außer vielleicht, dass wir ein havariertes Schiff samt Mannschaft abgeschleppt und dem Kapitän dadurch voraussichtlich das Leben gerettet haben. Oder, dass wir, leckgeschlagen von einem Giganto, wie ihn noch kein Mitglied unserer Flotte gesichtet hat, den Kurs geändert haben, damit wir nicht alle miteinander jämmerlich ersaufen.«
Die Männer nickten zustimmend.
»Oder, dass wir unsere bisherigen Seegefechte alle mit Bravour und dank unserer hervorragenden Richtkanoniere und einer entschlossenen, mutigen Mannschaft gewonnen haben, was keiner der anderen Schiffsbesatzungen gelungen ist!«
Die Männer johlten. Skye wartete einen Augenblick, dann

setzte er seine Ansprache fort.

»Wenn das Verbrechen sind, für die mir der ehrenwerte General Sylvius Beard«, wieder verbeugte sich Skye übertrieben vor einem imaginären Gegenüber, »dieses bisher sehr erfolgreiche Kommando aberkennt, dann sitzt da jemand einfach nur am längeren Hebel.«

»Ja!«»Riesenschweinerei!«»Das ist unfair!«, schallte es, garniert von heftigen Flüchen und miesen Schimpfwörtern, über das Deck.

Skye spürte, dass viele der Männer auf seiner Seite waren. Aufrecht und stolz stand er auf der schmalen Reling. Entschlossen deutete er auf die Kette, die sich langsam zwischen Poller und Schiffsruder im Wasser spannte. »Ich bin nicht bereit, eine derartige Degradierung ohne Gegenwehr zu akzeptieren. Ich arbeite an einer Lösung. Jeder, der mir dabei helfen will, kann sich bei Mr Bonney und Mr Small melden. Ab sofort und als letzter Befehl im Amt als Kapitän zur See Skye Collins der Flottenfregatte Fairbanks genehmige ich der gesamten Schiffsbesatzung eine Extraration Rum und Landgang. Nur die Notwache bleibt an Bord. Ihr meldet euch bei Mr Small persönlich ab, bevor ihr das Schiff verlasst.«

Sein »Wegtreten!« kam etwas kratzig aus seinem Hals.

Manche Männer blickten betreten zu Boden. Andere freuten sich über den Rum und den Landgang. Einige standen in Grüppchen zusammen und diskutierten. Mr Small zwinkerte Skye mit einem Auge zu und wedelte mit einem Stück Papier. *Die Mannschaftsliste. Auf Small kann ich mich verlassen.* Er nickte zurück. »Mr Bonney, begleiten Sie mich in meine Kajüte«, befahl er knapp und verschwand zorngeladen im Bauch des Schiffs.

»Was hast du jetzt vor?«, fragte Jason unter Deck.

»Du und Small, ihr müsst hier in Helios Bay versuchen, Werkzeug aufzutreiben. Wir können die Kette nicht am Ruder kappen, weil wir nicht drankommen. Aber wir könnten sie am Poller lösen und mit schleifender Kette auslaufen. Wenn wir außer Sicht sind, können wir versuchen, die Kette vom Ruder zu lösen.«

»Wenn wir mitsamt der Kette um die Rudermechanik in einen Sturm geraten, werden wir sinken.«

Jasons Bedenken waren durchaus gerechtfertigt. Wütend hieb Skye mit der Faust auf den Tisch. Ein kleiner Holzsplitter spießte sich in seine Hand und zwei Tropfen Blut traten aus der Wunde. Das lenkte seine Gedanken in eine andere Richtung.

»Jason, sobald ich das Schiff verlasse, wird Mason mich nicht mehr an Bord lassen. Du musst dich an Land darum kümmern, die Mannschaft auszuwählen. Small soll zusätzlichen Proviant beschaffen. Bringt an Bord, was immer ihr findet. Wenn wir Glück haben, schlägt Beard erst in zwei Tagen hier auf. Bis dahin hat die Fairbanks mit mir als Kapitän Helios Bay verlassen oder ich bin aus dem Spiel.«

»Und was machst du in der Zwischenzeit?«

»Ich werde für die Männer, die an Bord bleiben und mit uns kommen, einen Kodex aufsetzen.«

Jason grinste. »Hab ich mir gedacht! Wenn schon Pirat, dann auch richtig. Wir sollten der alten Lady vielleicht auch einen neuen Namen verpassen.«

Nun musste auch Skye lächeln. Doch wieder ernst antwortete er: »Das Ganze hier ist jetzt kein Spiel mehr. Wir sind scharf bewaffnet, und alle anderen Schiffe auch. Es ist für jeden legitim, das Planspiel jetzt zu verlassen. Niemand muss sein Leben riskieren. Sag das den Männern.«

»Ach komm schon. Jetzt wird es doch erst richtig spannend. Ich bin sicher, dass genug Männer bei dir anheuern, Captain Scar! Aber ich seh´ doch, dass dir noch was im Kopf rumspukt.«

Skye nickte. »Ich werde mir schon mal die Notfallkammer vornehmen. Wir müssen alle möglichen Funkverbindungen einstweilen kappen, damit sie uns nicht aufspüren können. Und wir werden das gesamte Schiff nach Sendern absuchen. Ich habe da so einen Verdacht.« Jason machte sich auf den Weg, die Aufträge seines Captains zu erfüllen.

Da war noch etwas, was Skye sich vorgenommen hatte, doch dazu musste er allein sein. Er ging hinunter auf das untere Kanonendeck und öffnete eine der Stückpforten zur Seeseite. Niemand konnte Skye hier sehen. Die paar Blutstropfen vorhin hatten ihn an etwas erinnert.

Was sagte Viverrin? Ich könnte ihn rufen? Skye fügte sich

am Handgelenk einen kleinen Schnitt zu. *Wenn das wahr ist, Viverrin, dann rufe ich jetzt nach dir.* Ein paar Tropfen hellroten Blutes tropften hinunter in das Wasser. *Ich könnte deine Hilfe jetzt verdammt gut gebrauchen, Ichtyo. Und wenn möglich ziemlich schnell.*

Juniya

Juniya wartete im Schatten zwischen ein paar Palmen am Strand. Ihr war alles andere als wohl. Viverrin war verschwunden und hatte sie ratlos zurückgelassen. Einen Boten wollte er senden, einen großen Delfin, dessen Rücken sie besteigen und der sie zu einer kleinen Insel bringen sollte. *Du liebe Zeit. Wie soll das denn funktionieren?*

»Du erkennst ihn an einem weißen Fleck auf der Rückenflosse. Auf der linken Seite«, hatte Viverrin gesagt. »Vertrau ihm. Ich bin immer in deiner Nähe. Dir kann nichts passieren.«

Juniya hatte einen Heidenrespekt vor dem Meer und der Tiefe. Nicht nur, weil sie immer noch nicht schwimmen konnte. Es war nur eine Ahnung, ein Gefühl, dass dort unten in der Tiefe noch viel mehr war, als sie sich vorstellen konnte. Als Viverrin mit der Idee des Transports per Fisch herüberkam, rückte Juniya mit ihren Bedenken heraus.

»Warum können wir kein Boot nehmen? Dieses Meer kennt mich. Ich habe das Gefühl, dass jeder wissen wird, wo ich bin, sobald ich meinen Fuß hineinsetze.«

Viverrin hielt mitten in der Bewegung staunend inne.

»Ist dein Blut schon einmal mit dem Wasser in Berührung gekommen? Hattest du schon einmal Kontakt mit einem der Seewesen?« Er schien aufgeregt.

Juniya erzählte ihm von ihrer Begegnung mit dem Giganto auf Skyes Schiff.

»Ich wusste es!« Viverrins Emotionen entluden sich in einem lauten Jubelschrei. »Du BIST anders als die anderen Menschen.« Einen Moment schweifte sein Blick über das Meer. »Blutest du gerade?«, fragte er dann wie aus heiterem Himmel.

Sie musste ihn nach dieser Frage ratlos angesehen haben, denn er fragte nach: »Hast du eine Verletzung irgendwo oder die

Monatsblutung der Menschenfrauen?«

Juniya schüttelte den Kopf.

»Dann kannst du ruhig ins Wasser gehen. Sie können uns nicht orten. Nur wenn du blutest, können sie dich finden. Und eigentlich auch nur, wenn du einen von uns rufst.«

»Euch?«

Doch Viverrin ging nicht auf ihren Einwand ein. Er hatte ihr noch einmal erklärt, was sie tun sollte, wenn der Delfin auftauchte, und war mit einem eleganten Sprung im Wasser verschwunden. Mit gemischten Gefühlen wartete Juniya am Strand, ein Bündel Sachen lag zu ihren Füßen, das Viverrin dort bereits hinterlegt hatte, als sie hier ankamen. Die Stunden vergingen, Juniya wurde schläfrig. Durch ein Klatschen auf dem Wasser fuhr sie auf. *Er ist tatsächlich da!* Ein großer, grauer Schatten bewegte sich im Wasser. Das Tier kam an die Oberfläche und zeigte zuerst eine Brustflosse, als würde es Juniya winken. Die Flosse klatschte auf die Wasseroberfläche und verursachte das Geräusch, das Juniya geweckt hatte. Dann sah Juniya die Rückenflosse. Sie trug hinten eine kleine Kerbe, und auf der Juniya zugewandten linken Seite sah sie einen deutlichen weißen Fleck. *Sieht aus wie eine Wolke.* Ihr Herz begann schneller zu klopfen, als sie das Bündel aufhob und es sich nach Viverrins Anweisung auf den Rücken schnallte. Juniya machte die ersten Schritte ins Wasser. Mit der Wasserberührung verwandelte sich ihre Kleidung wieder in den eng anliegenden, aber federleichten Schwimmanzug. Das Bündel schien sich an ihrem Rücken festzusaugen. Es pendelte nicht mehr hin und her. Mit langsamen Schritten ging Juniya auf den Delfin zu. Er streckte ihr seinen Kopf entgegen und nickte, wie zur Begrüßung. *Und dass ich schneller machen soll.*

Das Ufer war die ersten Schritte flach, doch der Grund fiel schnell ab, so konnte das große Tier nahe genug heranschwimmen. Still lag es im Wasser und schien auf Juniya zu warten. Juniya staunte. *Es ist genauso, wie Viverrin sagte. Fantastisch! Aber wo bleibt er? Er sagte doch, er wäre auch da?* Vorsichtig streckte Juniya eine Hand aus und berührte den Delfin am Rücken. *Weich wie Seide fasst sich seine Haut an.* Das Tier senkte seinen Rücken, der in einer kräftigen Schwanzflosse endete. *Und da soll ich jetzt raufklettern?* Juniya holte tief Luft und fasste sich ein Herz. Sie schwang ein Bein über den Rücken des Delfins, legte ihre Hände um die Rückenflosse und klammerte sich mit den Beinen fest. Der Delfin war so groß, dass Juniya bequem auf seinem Rücken liegen konnte. *Hoffentlich weißt du, wo du hin musst.* Und dass ich nicht schwimmen kann, dachte Juniya, als sich das Tier in Bewegung setzte. Es machte erste, langsame Schwimmbewegung.

»Keine Sorge, ich weiß schon, wohin ich dich bringe. Und wenn du dich nicht so festklammern würdest, könnte ich schneller schwimmen.«

»Dieser Fisch spricht mit mir!« Vor Schreck ließ Juniya die Rückenflosse des Delfins los und rutschte von seinem Rücken. Zappelnd ging sie mitsamt ihrem Bündel unter.

Das Gewicht auf ihrem Rücken zog Juniya auf den Grund. Das Meer war hier noch nicht sehr tief, doch tief genug, um nicht mehr stehen zu können. In ihrer Panik schlug Juniya wild um sich. Da war der Delfin schon unter ihr und drückte sie an die Wasseroberfläche. Prustend und zappelnd schnappte Juniya nach Luft. Das Tier schob sie ein paar Meter in Richtung Strand. Schnell hatte Juniya wieder Boden unter den Füßen. Sie atmete heftig.

Hat dieses Tier mit mir geredet? Kann ich telepathisch verstehen, was es sagt? Oder vielmehr denkt?

Der Delfin schwebte genau vor ihr im Wasser und legte den Kopf schräg. Er schwamm einmal um sie herum, kam dann näher heran. Automatisch streckte Juniya die Hand aus und berührte seine Nase.

»Glaub mir, ich bin genauso erstaunt wie du. Damit hatte ich wirklich nicht gerechnet.«

»Viverrin? Ich höre deine Stimme. Wo bist du?« Genau. Es war Viverrins Stimme, die Juniya laut und deutlich in ihrem Kopf vernahm.

»Sieh dich um. Siehst du außer uns beiden hier noch jemanden?«

Juniya war viel zu geplättet, um den Spott in Viverrins Stimme persönlich zu nehmen. »Du beherrschst dieses Tier mit deinen Gedanken? Wo steckst du?« Sie nahm ihre Hand vom Kopf des Delfins und richtete das Bündel auf ihrem Rücken. Das Tier klatschte ungeduldig mit der Flosse auf das Wasser. Juniya berührte es erneut.

»Scheinbar verstehst du mich nur, wenn wir in Kontakt sind.«

Juniya lachte. *»Das ist wunderbar! Wie machst du das, Viverrin? Wie kommunizierst du mit diesem Fisch?«*

Der Delfin gab ihr einen Schubs. *»Juniya, ich beherrsche dieses Tier nicht. Ich bin dieses Tier.«*

Perplex streichelte Juniya vom Kopf über die Rückenflosse. *»Wie ist das möglich? Du kannst deine Gestalt wandeln?«*

»So ist es.«

Juniya musste das erst einmal verdauen. Viele Fragen gingen ihr durch den Kopf.

»Komm jetzt und steig wieder auf. Wenn irgend möglich, dann klammere bitte nicht so fest mit den Beinen, du willst mir ja wohl nicht die Schwanzflosse abwürgen. Leg dich einfach flach auf meinen Rücken. Wir müssen aufbrechen. Unterhalten können wir uns ja scheinbar problemlos unterwegs.«

Nun lag Juniya auf Viverrins Rücken und in Gestalt eines riesigen Delfins durchpflügte er das Meer, immer an der Oberfläche schwimmend, sodass Juniya fast oberhalb der Wasseroberfläche lag. Sie gewöhnte sich schnell an die sanften Bewegungen des Fischs.

»Wehe, du sagst noch einmal Fisch zu mir. Wir sind Säuger. Meine Familie gehört zur Gattung der großen Tümmler. Fisch. Juniya, du enttäuschst mich.«

Sie kicherte. »Entschuldigung. Ich finde das gerade so unglaublich. Ich habe über Gestaltwandler gelesen, aber noch keine solche Spezies kennengelernt.«

»Wobei wir wieder bei der Frage wären, woher du kommst. Woher ihr Menschen kommt.«

Juniya überging Viverrins Einwand.

»Sind alle Ichtyos wie du? Könnt ihr euch alle in Delfine verwandeln?«

Die Telepathin spürte, wie sehr Viverrin mit sich rang.

»Viverrin«, versuchte sie es vorsichtig, »ich weiß nun schon so viel. Lass mich euch doch besser verstehen. Ich bitte dich, erzähl mir mehr von euch.«

Sollte ein Delfin seufzen können, dann spürte Juniya genau das. Viverrin hatte sich dazu entschlossen, ihr Auskunft zu geben.

»*Es ist umgekehrt. Wir Meereswesen können uns in eine menschenähnliche Gestalt verwandeln.*«

»Kannst du es mir zeigen?«

»*Nicht hier. Du möchtest doch nicht noch mal untergehen, oder?*«

Nun lächelte Juniya über seinen Spott. Gespannt lauschte sie seinen Worten.

»*Unser Ozean hat einige Stellen, an denen das Wasser eine andere Beschaffenheit aufweist. Wir nennen diese Orte das Wasser der Wandlung. Dort können wir unsere Gestalt ändern.*«

»Und ihr seid alle Delfine?«

»*Nein. Wir sind alle Meereswesen, die ihre Jungen lebend gebären. Oder die einen hohen Intelligenzquotienten besitzen. Das unterscheidet uns von den Fischen, die niedere Wesen sind und zu unserer Beute gehören.*«

»Welche Art Meereswesen gibt es?«

»*Die Mächtigsten unter uns kennst du bereits.*«

»Die Gigantos.«

»*Ja. Der Sage nach wandeln sie sich nie in eine menschenähnliche Form. Sie sind das Wissen unserer Welt. Ihrer Weisheit ist alles Leben unterworfen.*«

»Das heißt, sie sind so eine Art Richter?«

»*Nein. Dazu haben wir die Räte der Ältesten. Die Gigantos sind das Gesetz und unser Gedächtnis.*«

»Und die anderen? Welches Wesen ist Manateka?«

»*Sie ist eine weiße Seekuh. Unser Herrscher im Ältestenrat ist ein See-Elefant. Kerrali war ein Hai.*«

Juniya spürte die große Trauer, die Viverrin überfiel.

»Ist sie denn als Hai gestorben?«

Juniya musste sich fester anklammern, Viverrin war aufgewühlt und erhöhte das Tempo.

»*Ich hasse es, das zu sagen. Doch ich kann euch Menschen*

noch nicht einmal verurteilen. Sie haben einen Hai gefangen. Ein Tier, das ihnen gefährlich erscheint. Ihr habt nicht Kerrali getötet, sondern in euren Augen nur einen Fisch.«

Juniya versuchte, sich enger an Viverrins Rücken anzuschmiegen. »Es tut mir sehr leid.«

Eine Weile schwiegen beide. Erst, als Viverrin sein Tempo wieder etwas verlangsamte, wagte Juniya zu fragen:

»Wenn sie ein Hai war, und du ein Delfin - wie passt das zusammen, wenn ihr Gefährten wart?«

Es dauerte eine Weile, bis Viverrin ihr antwortete.

»Wenn sich zwei Meereswesen unterschiedlicher Art vereinen, dann tun sie das in der Menschengestalt. Die Kinder dieser Paare werden in der Menschengestalt geboren. Erst, wenn sie sich das erste Mal wandeln, sehen die Eltern, ob bei dem Kind die Gene der Mutter oder die des Vaters überwiegen. Die erste Wandlung ist ein großes Ereignis. Bei den gleichartigen Meereswesen ist es genauso.«

Juniya dachte an ihre Begegnungen mit Ichtyos und Menschen in Belilla Bay. »Lebt ihr hauptsächlich im Meer oder auf den Inseln? Wie kommt es, dass die Menschen eure Besonderheit noch nicht entdeckt haben?«

»Ihr seht nur, was ihr sehen wollt. Insofern ist es einfach, mit euch umzugehen.«

Juniya schwieg. Sie konnte Viverrin nicht widersprechen.

Stunde um Stunde schwamm Viverrin unermüdlich weiter. Er gönnte Juniya nur kurze Pausen, um ihre Arme auszuruhen.

Irgendwann wurde es dunkel. Juniya hatte es aufgegeben zu fragen, wann sie ihr Ziel erreichen würden.

»Ist dir kalt?«, fragte er schließlich.

Juniya konnte nur noch nicken. Ihre Arme waren längst taub. Obwohl sie der Anzug wunderbar vor dem Wasser schützte, fühlte sie sich doch ausgekühlt und müde. Sie hob nicht einmal ihren Kopf, sie war viel zu erschöpft. Viverrins Delfinkörper lag nun still im Wasser, sie schmiegte sich an ihn, spürte dem sanften Schaukeln nach, und bevor sie ihm noch antworten konnte, war sie auf seinem Rücken eingeschlafen.

Juniya konnte nicht sagen, was sie geweckt hatte. *Ich habe geträumt, ich schwebe mit Viverrin über das Wasser*, dachte sie und blinzelte. *So ein Quatsch. Ich bin sicher am Strand einge-schlafen.* Juniya fühlte sich trocken und warm, ein sanftes Leuchten hüllte sie ein. Sie wollte sich orientieren und nahm einen überwältigend leuchtenden Sternenhimmel wahr. Sie starrte in die Sterne, bis ihre Augen sich an die Dunkelheit gewöhnt hatten, dann schaute sie sich um. Hinter dem Glimmen dieser eigenartigen Decke unter ihr war nichts zu erkennen als die schwarze Nacht. Und nun merkte Juniya auch, dass ihr trockenes Bett schwankte. Bei dem Versuch, aufzustehen, geriet der Untergrund in starke Schwingungen. Juniya setzte sich wieder und untersuchte ihre Matratze genauer. *Es sind Tiere! Ich hab nicht geträumt! Ich bin auf dem Meer!* Fluoreszierende Wesen, nicht größer als ein Handteller, bildeten um sie herum einen dichten, glimmenden Teppich - auf dem Wasser. *Hat er mich hier drau-ßen allein gelassen?* »Viverrin! Wo bist du?«

Ein leises Summen hob an. Kaum wahrzunehmen, doch klang es in Juniyas Ohren beruhigend. Ihr Herz pochte. Sie hatte keine Angst vor der Dunkelheit. Aber vor der unendlichen Tiefe unter ihr. Vorsichtig legte sie sich wieder hin. Nun empfand sie das Summen wie eine Zustimmung. Sie streichelte mit den Händen über die Oberfläche der Quallen, die dicht an dicht unter ihr schwammen.

Ihr beschützt mich, nicht wahr? Ihr haltet mich sogar tro-cken und warm. Ich danke euch.

Das Summen nahm einen fröhlichen Klang an.

Wie eigenartig. Sogar mit diesen Wesen kann ich kommuni-zieren.

Wisst ihr, wo Viverrin ist?

Das Summen nahm wieder den beruhigenden Ton an. Die leise Vibration lullte Juniyas Gedanken ein. Nach wenigen Augenblicken war sie wieder eingeschlafen und dachte nicht mehr daran, dass von Viverrin weit und breit nichts zu sehen und zu spüren war.

Juniya erwachte, weil ihr Magen so laut knurrte. Es war noch immer finstere Nacht. *Ich habe nicht geträumt. Ich liege auf ei-nem Floß von leuchtenden Meereswesen. Und Viverrin ist noch immer nicht zurück.* Juniya tastete nach dem Rucksack. Sie konnte kaum etwas erkennen. Sie erspürte ein Stück Brot, schnupperte daran und biss einmal ab. Sofort spuckte sie den Bissen aus. *Puh. Schmeckt total vergammelt. Was hat er da bloß eingepackt?* Juniyas Augen starrten in die schwarze Nacht. *Sind das dort Lichter?* Wie elektrisiert richtete sie sich auf, um mehr zu erkennen. Ihr graziles Floß kam gewaltig ins Schwanken. Ein lautes Platschen folgte. *Oh nein. Der Rucksack ist über Bord gegangen. Nichts zu essen, nichts zu trinken und kein Viverrin.* Juniya starrte in Richtung der Lichter. *Ist das eine Insel? Oder ein Schiff?* Sie überlegte fieberhaft. *Was, wenn Viverrin nicht zurückkommt? Diese Quallentiere werden mich nicht ewig tragen. Kommen die Lichter nicht näher? Es ist ein Schiff! Wie kann ich sie auf mich aufmerksam machen?*

Doch wer immer dort war, Juniya wollte eigentlich nicht zu den Menschen. *Aber wer weiß, wohin Viverrin mich bringt. Er verhält sich so eigenartig.* Zum ersten Mal kamen Juniya Zweifel, ob sie ihrem bisherigen Freund Viverrin weiter trauen konnte. Jetzt zeigte sich der erste zarte Dämmerungsschimmer am Horizont. Juniya veränderte vorsichtiger als vorhin ihre Position. Die Meereswesen, die in der Nacht so wunderbar geleuchtet hatten, verblassten. Und mit Schrecken bemerkte Juniya, dass sie weniger wurden! *Hey, ihr könnt doch nicht einfach abhauen!* Sie streckte eine Hand ins Wasser und versuchte eine Kommunikation. Die Antwort war undeutlich, das Summen klang ängstlich und nervös.

Ich werde ertrinken! Ich muss dieses Schiff erreichen! Juniya versuchte einen zaghaften Schrei. Doch die Lichter waren noch viel zu weit entfernt, um sie zu hören. Panik ergriff von ihrem Körper Besitz und ließ sie zittern. Das erste Rot tauchte am Horizont auf, und Juniya konnte zusehen, wie immer mehr Quallen in der Tiefe verschwanden. *Reiß dich zusammen, oder du bist tot!*, schalt sie sich. Zitternd besann sie sich auf ihre Fähigkeiten. Und auf das, was Skye ihr gesagt hatte.

Juniya legte sich auf den verbliebenen Quallen flach auf den Rücken, schloss die Augen und konzentrierte sich auf die Menschen auf dem Schiff.

Viverrin

Als wäre der Teufel hinter ihm her, war Viverrin von Juniya fortgeschwommen. Die Emonias, Quallenwesen, die mit den Tkitamea in Symbiose lebten, hatten ihm seine Last glücklicherweise gerade noch rechtzeitig abgenommen und ihm versprochen, bis zum Sonnenaufgang auf die Menschenfrau aufzupassen. Für Juniya kamen sie im richtigen Augenblick. Sie war unterkühlt, erschöpft und wäre Viverrin fast entglitten. Er hasste sich dafür, dass er die Reisezeit bis zur Insel Menta so sehr unterschätzt hatte. Und dass er nicht bedacht hatte, dass Juniyas Körper trotz des Schwimmanzugs mit der Zeit so auskühlen würde. *Ich habe ihr Leben riskiert!* Mit Juniya auf dem Rücken war er deutlich langsamer unterwegs, als er gerechnet hatte. Und dann das. Sie schmiegte sich so vertrauensvoll an seine Haut, ihre Hände streichelten seine Flanken, der Kontakt im Wasser erregte Viverrin über alle Maßen. Sie konnte nicht wissen, dass die Wasserwesen die höchste sexuelle Befriedigung darin fanden, sich gegenseitig zu berühren und zu streicheln. Sie konnte nicht wissen, dass er kurz davor war zu explodieren. Schon seit ein paar Stunden dachte Viverrin an nichts anderes mehr, als sich mit dieser Menschenfrau zu vereinigen. Egal, ob in seiner Delfingestalt oder nicht. Doch das wäre tödlich für Juniya gewesen. Nicht nur, dass seine Geschlechtsorgane die schlanke Frau zerreißen würden. Sie wäre in wenigen Minuten ertrunken. Deshalb musste Viverrin vor ihr fliehen. Zumindest für eine Zeit lang. Bei den Emoniaquallen war sie gut aufgehoben. Aber eben nur bis zum Sonnenaufgang. Die Quallen mussten in die Tiefe zurück, bevor die Sonne auf ihre Oberflächen traf, sonst würden sie verbrennen und sterben.

Viverrin jagte in einem Heringsschwarm und füllte seine Energiereserven wieder auf. Das lenkte ihn zumindest im Augenblick von seiner sexuellen Erregung ab. Er hatte es sich längst eingestanden. Kerralis Vorwürfe waren keine Erfindung. Er hatte sich in sein Forschungsobjekt verliebt. Längst wusste er, dass diese Liebe aussichtslos war, denn Juniya empfand nichts bei seinen Berührungen. *Bei diesem Captain Skye ist das anders!* Wütend peitschte Viverrins Schwanzflosse das Wasser.

Aber sie war überrascht und erstaunt, als sie mich als Wasserwesen kennenlernte. Sie streichelt mich andauern. Hat meine Wandlungsfähigkeit sie so beeindruckt, dass sie ihre Meinung ändert? Kerrali ist tot. Ich bin an niemanden gebunden. Und Juniyas wegen habe ich unsere Gesetze gebrochen. Jetzt ist alles egal. Ich werde ihr helfen. Und ich werde versuchen, sie für mich zu gewinnen.

Viverrin traf auf eine Herde kleiner Delfine, die keine Wandlungswesen waren. Brutal trennte er eines der Weibchen von ihrer Gruppe und paarte sich heftig mit ihr. Mit diesem rüden Verhalten hatte Viverrin ein weiteres Tabu seines Volks gebrochen. Niemand paarte sich mit einem anderen Lebewesen gegen dessen Willen. Dieser Fehler trug nicht dazu bei, Viverrins Laune zu verbessern. Die sexuelle Anspannung war weg. *Aber jetzt fühle ich mich noch mieser. Wie bescheuert kann ich noch sein?* Er schwamm sich die Seele aus dem Leib, um sich zur Ruhe zu zwingen. Endlich nahmen seine Sensoren das erste Dämmerlicht wahr. *Ich muss zurück. Ich muss Juniya den Emonias abnehmen, bevor sich die Quallen in die Tiefe zurückziehen und Juniya ertrinkt.*

Viverrin machte sich auf den Weg. Seine Sinnesorgane führten ihn genau zu der Stelle im Meer, an der er Juniya zurückgelassen hatte. Sie war nicht zu finden. Verflucht! Systematisch schwamm er ein Quadrat in Richtung der Strömung ab, die Juniya und die Emonias eventuell abgetrieben haben konnte. Er witterte, doch er konnte keine Spur von ihr aufnehmen. Längst war Viverrin unruhig, machte sich Vorwürfe. Da witterte er endlich eine schwache Spur. Angst pulsierte durch seinen Körper. Die Spur kam vom Meeresgrund. Schnell wie ein Pfeil stürzte er sich in die Tiefe und folgte der schwachen Witterung. Das erste Dämmerlicht des Tages kam nicht mehr bis in diese dunklen Gefilde, doch Viverrins Augen nahmen jede Erhebung des Meeresbodens wahr, auf den er gerade zuschoss. Da! Sein Herz pochte heftig. Es war der Rucksack mit dem wenigen Proviant, den er Juniya gegeben hatte. Von ihr selbst fehlte jede Spur. Systematisch schwamm Viverrin das Meer ab und beachtete dabei die Strömung, die Juniya davongetragen haben musste. Er fand nicht das geringste Anzeichen von ihr. Immer wieder hielt er an und ließ sich ein Stück treiben, lauschte mit seinen sensiblen Hörorganen ins Wasser und suchte nach Juniyas Witterung. *Sie muss da sein, sie muss! Wenigstens ist sie nicht tot, dann hätte ich sie gefunden.* Verzweifelt schwebte er knapp unter der Wasseroberfläche, hielt die Augen geschlossen und konzentrierte sich auf ein Lebenszeichen von ihr.

Der Schmerz in die Seite traf ihn wie ein Hammerschlag und warf ihn aus dem Wasser. Viverrins Tiergestalt krümmte sich vor Schmerz. Er klatschte zurück auf die Wasseroberfläche. *Was hat mich angegriffen?* Kein Lebewesen wagte es normalerweise, ein Wandelwesen anzugreifen. Ein zweiter Schlag aus dem Nichts warf seinen Körper herum.

»Keines von den gewöhnlichen Wesen vielleicht«, hörte Viverrin in einer Stimme, die er nur zu gut kannte.

»Shaka!« Kerralis Bruder in seiner Haigestalt war nicht allein. Eine kleine Einheit seiner Jägertruppe begleitete ihn. Die Haie hatten sich hinter ihrem Anführer formiert. Mit lauernden Blicken schwebten sie vor Viverrin.

»Was treibst du hier?«, grollte ihm Shakas Stimme drohend entgegen. Er gehörte mit seinen Jägern zu einer hoch angesehenen Einheit der Jäger und Schützer, die die Wandelwesen zu verteidigen hatten und die Aufträge des Regierungsrates erfüllten.

Fieberhaft dachte Viverrin nach. *Ich darf ihn nicht belügen. Was soll ich ihm nur sagen?*

»Ich war auf der Jagd.«

Unwirsch schlug Shaka mit der Schwanzflosse.

»Spar dir irgendwelche Ausflüchte«, knurrte der riesenhafte Hai. »Wir wissen beide, dass du nicht in diesem Gebiet sein solltest. Das hier ist nicht der Weg zu Markolos Truppe. Du wirst dich verantworten müssen. Folge mir. Ich werde dich vor der Fremdenkommission abliefern. Du weißt, was geschieht, wenn du dich weigerst oder versuchst zu fliehen.«

Sein Maul verzog sich zu einem widerlichen Grinsen und legte eine Reihe der messerscharfen Zähne frei. Diese Drohung war wirklich eindeutig.

Ja. Shaka würde mich mit Lust zerreißen. Und seine Bande wird mit keiner Flosse zucken, um mir zu helfen. Es bleibt mir nichts anderes übrig, ich muss ihm folgen.

Viverrin blieb nichts anderes übrig, als hinter Shaka herzu-schwimmen, wenn er nicht sofort sterben wollte. *Die Fremden-kommission. Shaka wählt die Richtung zur Hauptstadt.* Viverrin ahnte, dass ihm ziemlich schwierige Zeiten bevorstanden.

***

Als die ersten Lichter der gewaltigen Unterwasserstadt Tkana Tkita in Sicht kamen, hatte Viverrin zum ersten Mal in seinem Leben nicht dieses stolze Kribbeln im Magen, das er sonst ver-spürte, wenn er nach Hause kam. Eigentlich liebte er es, hierher zu kommen. Schon die Außenbezirke waren beeindruckend. Seit vielen Meilen schwammen sie an den Nahrungsmittelarealen vorbei, die von der Gilde der Pflanzer und Züchter, den Meli-ando, gehegt und gepflegt wurden. In gewaltigen Zuchtanlagen wuchsen Gemüsesorten und Algen, feine, fast unsichtbare Netze umspannten Käfige für die Aufzucht der niedrigen Fische und Krabben und in riesigen durchsichtigen Tanks verdichtete sich Plankton, das in verschiedensten Zubereitungsarten das Grund-nahrungsmittel der Wandelwesen darstellte. Dann folgten die Wohnbereiche. Sie lagen innerhalb riesiger, kunstvoll gezüchte-ter Korallenriffe, die die Aufgabe hatten, Strömung abzuhalten und zu kanalisieren.

Millionen von Emoniaquallen sorgten in langen, sich von Wohnbereich zu Wohnbereich schwingenden, leuchtenden Gir-landen für Licht und ließen bei Tag und besonders bei Nacht das Wasser schimmern. Um diese Tageszeit, es war früher Abend, herrschte in allen Transportkanälen reges Treiben. In der Haupt-stadt waren die Wandelwesen meistens in ihrer menschenähnli-chen Gestalt unterwegs. Nur ganz bestimmte Transportwege wa-ren den Wesen in ihrer Tiergestalt vorbehalten, wie dieser Ka-nal, den Shaka nun wählte, um schnell in die Innenstadt und das Regierungsviertel zu gelangen. Sie kamen gut voran. Die ande-ren Wandelwesen sahen zu, dass sie dem kleinen, aber aggressi-ven Trupp der Jäger und Schützer, der Kikrokka, zu denen Shaka und seine Leute gehörten, aus dem Weg gingen.

Viverrin verdrängte die Gedanken an Juniya. Sein sonst so gesundes Selbstbewusstsein war verschwunden und einem Ge-fühl der Verlorenheit gewichen.

Hoffentlich sieht mich keiner von meiner Familie. Sie würden denken, ich bin verhaftet. Verdammt. Genau das ist es ja auch. Viverrin versuchte, nicht nach links und rechts zu sehen, sondern folgte Shaka, wie wenn es das Selbstverständlichste der Welt wäre, innerhalb eines Trupps der Jäger und Schützer zu schwimmen. Große Gebäude mit hohen Fenstern kamen in Sicht, gebaut aus Muscheln und Kalk, verziert mit wunderbaren Mustern. *Er bringt mich direkt zum großen Ratsgebäude.* Viverrin wusste nicht, was ihm lieber wäre. Im großen Ratsgebäude wartete sicher eine strenge Befragung auf ihn. Fast wäre ihm das Gefängnis lieber gewesen, um erst einmal Ruhe zum Nachdenken zu haben. Schon auf dem Weg hierher hatte er sich den Kopf zerbrochen, wie er sich vor der Fremdenkommission aus der Affäre ziehen sollte. Denn eines wusste Viverrin genau. *Ich habe meine Grenzen überschritten.*

Am Eingang des Gebäudes, das hellgrün schimmerte, salutierten die Wachen vor Shaka und seinem Team und ließen ihn sofort ein. Die riesige, kreisrunde Vorhalle war beeindruckend. Die Wände schmückten Darstellungen aus der Geschichte der Wandelwesen. Ihr wahrer Name war Tkitamea. Als Ichtyos wurden die Wandelwesen nur von diesen Eindringlingen bezeichnet, die sich Menschen nannten. Muscheln in allen Farben und Größen webten gewaltige Bilder mit den großen Taten und Errungenschaften des uralten Volks der Tkitamea. In der Mitte der Halle öffnete sich die Decke. Das Wasser unterschied sich hier in seiner Farbe deutlich von seinem Umfeld. Es leuchtete hellgrün und stieg in einer endlosen Säule in Richtung der Wasseroberfläche auf. Zielstrebig schwammen Shaka und seine Truppe darauf zu und tauchten hinein.

Myriaden von Luftbläschen bildeten einen wilden Strudel und stiegen aufwärts, als sich Viverrin, Shaka und seine Jäger in der Säule des Wandelwassers in ihre menschenähnliche Gestalt verwandelten.

Die Gebäudewachen waren bereits herangekommen. Sie übergaben Shaka und seinen Männern Speere mit gespaltenen Spitzen, mit denen alle Kikrokka innerhalb des Gebäudes bewaffnet sein durften. Shakas Leute gaben Viverrin keine Gelegenheit, auch nur an Flucht zu denken.

Auch Viverrin wandelte seine Gestalt. Er hörte einen der Hauptleute sagen:»Sie haben schon angefangen. Gut, dass ihr kommt, Hauptmann Shaka. Ihr sollt sofort rein.« Genkor gab den Befehl, die Sitzung jederzeit für euch zu unterbrechen.« Viverrin bekam weiche Knie. *Ich habe unser Gesetz gebrochen. Ich habe Juniya mehr verraten, als sie wissen darf. Und nun werde ich dafür büßen.*

Ambiela

Der Schrei einer Frau gellte in Ambielas Ohren. Sie blinzelte. Die Transformationstechnik ihres Volks schaffte sie über Tausende von Meilen von einem Ort zum anderen. Das besondere Blut der Thon-Rhe und ihre außergewöhnliche Zellstruktur machten diese Transfers möglich. Doch leider war sie dort, wo sie ankam, splitterfasernackt. Und das war in ihrem Schlafzimmer im Haus in Numinala, wo Eleni gerade sauber machte.

Im wahrsten Sinne des Wortes *wie eine Erscheinung* starrte die Zofe die nackte Ambiela an und schrie wie am Spieß. Magisch wurden ihre Augen von dem noch immer durch den Transport pulsierenden Mal auf Ambielas Brust angezogen. Blitzschnell stieß Ambiela sie zur Seite.»Geh mir aus dem Weg!«

»Wo ... Wo ... Wie kommen Sie in das Zimmer, Mylady? Es war doch gerade noch leer?«, stammelte sie.

»Du meine Güte«, Ambiela riss einen Hausmantel aus dem Schrank und warf ihn sich über, darauf bedacht, dass Eleni das Mal auf keinen Fall mehr sehen konnte,»ich kann in meinem Haus doch rumlaufen, wo und wie es mir passt! Du hast geträumt und mich nicht gehört. Das ist alles«, giftete sie das Mädchen an.

Sie wirkte sehr erschrocken, versuchte sich aber zu sammeln.»Captain Cliff hat Sie überall gesucht. Er hat mich zur Seite gedrängt und ist einfach ins Haus gegangen. Aber Sie waren verschwunden, Mylady.«

Ambiela drehte sich zu ihrer Zofe um und packte sie mit einer Hand grob am Hals.»Du hast ihn also schon wieder ins Haus gelassen, obwohl ich es dir verboten habe?« Sie weidete sich an den angstvoll aufgerissenen Augen Elenis, die röchelte und nicht antworten konnte. Genüsslich drückte Ambiela fester zu. »Ich sag es dir nur noch einmal. Wenn ich dir einen Auftrag gebe, dann führst du ihn aus. Koste es, was es wolle. Ansonsten fliegst du raus. Und zwar umgehend. Glaub mir, mein Einfluss reicht viel weiter, als du es dir vorstellen kannst.« *Sie wehrt sich gar nicht. Wie langweilig.* Ambiela stieß Eleni von sich. »Stell mir was zu essen hin und verschwinde. Du hast heute Abend frei. Und jetzt mach, dass du rauskommst.« Eleni fasste sich an den Hals und stürzte hustend und in Panik aus dem Zimmer. *Das hat mir gerade noch gefehlt. Niemand sollte das Mal sehen. Was hat sie wohl von meinem Transfer mitbekommen? Ob sie sich täuschen lässt? Verdammt, verdammt, verdammt! Ich muss nachdenken.* Ambiela ging in das Badezimmer. Sie spritzte sich aus der hölzernen Waschschüssel etwas Wasser ins Gesicht und starrte in den Spiegel. *Auch das noch. Sie hat meine Augen gesehen. Und das Mal. Eleni muss verschwinden.* Mit schnellen Handgriffen holte sie aus ihrem Geheimversteck die Kontaktlinsen, die ihre schwarzen Iriden überdeckten, und setzte sie ein. Mit einer neuen Folie überklebte sie das verräterische Zeichen ihrer Familie. *Ich muss das nächste Mal daran denken. Der Transfer bringt mich ohne Kleidung zurück. Auch das Pflaster über dem Mal und die Kontaktlinsen werden nicht transferiert. Vater muss den Transferpunkt sorgfältiger wählen. Oder bringt er mich mit Absicht in Schwierigkeiten?* Als sie sich fertig angezogen hatte, war Eleni aus dem Haus. Ambiela hatte keinen Hunger, das von der Zofe schnell angerichtete Abendbrot ignorierte sie einfach. Im kleinen Flur vor dem Eingang überprüfte sie ihr Aussehen. Das diesmal züchtig hochgeschlossene, dunkle Kleid saß perfekt und ließ doch genug Bewegungsfreiheit, ihre Augen hatten wieder die richtige Farbe. Die Haare flocht sie geschwind zu einem dicken Zopf und steckte ihn am Hinterkopf auf. *Das muss genügen. Ich will heute ohnehin niemanden mehr begegnen. Und von niemandem gesehen werden. Ich muss nur hier raus, um nachzudenken.* Ambiela schnappte sich ein schwarzes Tuch und verließ das Grundstück durch den Garten. Es war schon dunkel und kaum jemand war unterwegs. Wenige Fackeln warfen nur spärlich etwas Licht. Zunächst ließ Ambiela sich treiben. Dann entwickelte sie eine Idee. Wie von selbst fanden ihre Schritte den Weg zum Gouverneurssitz der Hauptstadt. *Gouverneurssitz! Dass ich nicht lache!* Das Haus war eingeschossig und lag in einem großen Garten. Als Dekoration standen ein paar Säulen rund um das Grundstück, aber es gab weder einen Zaun noch Wächter. Ambiela schlich einmal außen herum und suchte dabei den schwarzen Schatten der Bäume, die das Areal nach hinten umschlossen, als Deckung. Ihre feinen Ohren hörten etwas. Ein nicht zu identifizierendes Klappern, Zischen und Schnattern. Sie prallte zurück, nur wenige Schritte vor sich bemerkte sie eine Bewegung. Ichtyos! Ambiela hielt die Luft an und schmiegte sich dicht an die Baumrinde. Ihr schwarzes Schultertuch zog sie dabei langsam vor das Gesicht, so verschmolz sie gänzlich mit der Dunkelheit.

Es ist der Gouverneur. Und Shaka ist auch da! Der darf mich hier auf keinen Fall erwischen. Ambiela überlegte schon, sich vorsichtig zurückzuziehen. Doch die Szene war einfach zu spannend, obwohl sie kein Wort von dem verstand, was die Ichtyos miteinander redeten. Shaka schien aufgebracht. Mit wütendem Gesicht schimpfte er auf den spindeldürren Gouverneur der Hauptstadt ein. Dabei fuchtelte er tatsächlich mit einer Art Messer vor dessen Augen herum. Einer der beiden anderen Ichtyos versuchte Shaka zu beruhigen und legte ihm die Hand auf den Arm. Doch Shaka schüttelte ihn unwirsch ab. Der Gouverneur sagte etwas. Trotz Shakas wütendem Gehabe blieb der viel kleinere Mann gelassen und ruhig. Als er geendet hatte, starrte Shaka ihn für einen Moment völlig entgeistert an. Dann stürmte er auf den Gouverneur zu und schubste ihn brutal, sodass der zierliche Ichtyo nach hinten umfiel. Die anderen beiden griffen ein und rissen Shaka zurück, bevor er auf den Gouverneur einschlagen konnte.

Ich möchte zu gern wissen, was Shaka so in Rage gebracht hat, dass er seine eigenen Leute angreift. Ambiela sah zu, wie sich der Gouverneur aufrappelte, bewundernswerterweise noch immer ruhig blieb und von Shakas Verhalten nicht im Geringsten eingeschüchtert wirkte. Böse giftete Shaka etwas, dann drehte er sich um und ging. *Puh, er geht in die andere Richtung.* *Glück gehabt.* Die beiden Ichtyos, die dieselbe Art Uniform wie Shaka trugen, folgten ihm. Der Gouverneur seufzte und sah den Männern noch einen Moment nach. Dann ging er zurück zum Haus. Vorsichtig spitzte Ambiela ihm hinterher. Da blinkte etwas im Gras vor ihr auf. Sie schlich zu der Stelle, an der soeben das Gerangel stattgefunden hatte. *Shaka hat seinen Dolch verloren!* Sie hob die Waffe auf, die eigenartig funkelte und aus keinem Material gemacht war, das Ambiela kannte. *Shakas Dolch!*, dachte sie triumphierend. *Ungeahnte Möglichkeiten tun sich auf.* *Jetzt aber nichts wie weg hier, bevor Shaka wiederkommt und seine Waffe sucht.* Sie steckte den Dolch in ihr Mieder und schlich zufrieden zurück.

Juniya

»Wenn ich es doch nicht weiß!«

Juniya musterte den gut aussehenden blonden Kapitän, der sich als Captain Clifford Parker vorgestellt und sie in seine Kajüte geführt hatte. Jetzt reichte er ihr gerade eine große Decke, damit sie sich abtrocknen konnte. Sie zitterte mehr vor Nervosität als vor Kälte und wickelte sich in das Tuch. Er wies auf eine Bank und Juniya sank erschöpft nieder. *Das war wirklich im letzten Moment.* Mit einem abschätzenden Blick sah er auf sie hinunter.

Ihr war es gelungen, mit ihren telepathischen Fähigkeiten einen Matrosen auf dem Schiff zu erreichen. Sie hatte ihn dazu gebracht, seinen Kapitän auf eine Schiffbrüchige aufmerksam zu machen, indem er behauptete, Rufe gehört zu haben. Nur noch wenige Quallen hatten sie gestützt, alle anderen waren mittlerweile in der Tiefe verschwunden, und von Viverrin war weit und breit nichts zu sehen gewesen. Juniya lag mit klopfendem Herzen flach auf dem Wasser, wie Skye es ihr gezeigt hatte, und hoffte darauf, dass dieses Schiff sie aufnahm. *Bei der nächsten größeren Welle hätte ich die Selbstbeherrschung verloren und angefangen zu zappeln. Dann wäre dieses Meer jetzt mein Grab.* Und dann war da noch dieses Tier, eine große gefleckte Robbe oder so etwas, das neugierig um sie herumgeschwommen war.

Doch es war gerade so eben noch einmal gut gegangen und die Männer in dem kleinen Beiboot hatten Juniya aus dem Wasser gezogen. *Jetzt hat mir Skye schon wieder das Leben gerettet. Ohne die Übung mit ihm im Teich wäre ich heute ertrunken. Ich stehe tief in seiner Schuld.* Das war Juniya keinesfalls unangenehm. Der Gedanke an Skyes Fürsorge löste ein warmes Gefühl in ihr aus.

Um ein Haar hätte Juniya gelächelt, doch sie bemerkte, dass der Kapitän sie immer noch musterte. *Er glaubt mir nicht.* Gebetsmühlenartig wiederholte sie, was sie ihm schon erzählt hatte. »Es ist genauso, wie ich es gesagt habe, Captain Parker. Ich lebe bei den Ichtyos in Belilla Bay. Ich helfe dort in dem kleinen Hospital von Manateka, der Ichtyoheilerin. Ich wollte mit Freunden einen Ausflug machen. Mit diesen kleinen Booten. Ich weiß nicht, was passiert ist und wo die anderen geblieben sind. Ich kann mich nicht erinnern!« Juniya fasste sich an die Stirn. Ein wenig theatralisch. *Ich muss ihn mit irgendetwas überzeugen!* Gestern Nacht war sie gegen einen Ast gelaufen und hatte sich tüchtig gestoßen. Sie hoffte, der Kapitän würde vielleicht noch einen Kratzer oder eine Beule sehen und ihr glauben. »Ich habe Kopfschmerzen! Bitte, das ist die Wahrheit!«

Sehr vorsichtig versuchte Juniya, den Mann mit ihren telepathischen Fähigkeiten abzuchecken. *Er ist kein Unlesbarer!* Um ein Haar wäre ihr ein Seufzer der Erleichterung entfahren. Bei den Thon-Rhe war ein telepathischer Gedankenaustausch völlig normal. Doch hier? Juniya hatte seit ihrer Kindheit nur noch mit den Thon-Rhe zu tun gehabt, und keine Erfahrungen mit Menschen ihrer Art sammeln können. Sie spürte den Unglauben des Manns, ja fast einen Widerwillen, sich mit ihr zu beschäftigen.

Während das Beiboot schon zu ihr unterwegs gewesen war, hatte sie sich die Geschichte mit dem Gedächtnisverlust zurechtgelegt. Sie wollte einfach darauf beharren, irgendwo ins Wasser gefallen zu sein und jetzt unter einer Gedächtnisstörung zu leiden. Juniya schloss die Augen und rubbelte sich trocken, um den Kapitän etwas abzulenken.

»Bitte, ich habe großen Durst und bin sehr müde«, sagte sie leise. Sofort drehte er sich von ihr fort und schenkte ihr etwas zu trinken ein. *Er ist hilfsbereit. Das ist schon mal gut.* Als er mit dem Rücken zu ihr stand, pflanzte sie ihm den Gedanken in sein Gedächtnis, dass sie wohl bei einem Unfall von einem der Ichtyoboote über Bord gegangen sein musste. Er vergaß vorläufig, was er sie alles fragen wollte.

Es klopfte an der Tür.

»Captain, die Kursänderung steht an. Der erste Offizier bittet Sie, an Deck zu kommen.«

Captain Parker warf Juniya einen kurzen Blick zu.

Ich bin ihm lästig. Eine unwillkommene Störung in seinen Plänen. Doch immerhin ist er höflich.

»Sie können sich hier ausruhen. Einer meiner Männer wird Ihnen später ihr Quartier zeigen. Wenn Sie etwas brauchen«, er wies auf einen kleinen Tisch mit Obst und Getränken, »bedienen Sie sich.«

Mit einem kurzen Kopfnicken verabschiedete er sich und ging hinaus.

Puh. Jetzt hab ich wenigstens kurz Zeit, um nachzudenken. Warum ist Viverrin nur verschwunden? Hätte er mich tatsächlich ertrinken lassen? Juniya sann diesem Gedanken traurig nach. Doch dann kam sie zu einem Schluss. *Nein, niemals. Ich glaube einfach nicht, dass er mich aufs Meer bringt, um mich dann im Stich zu lassen. Wer weiß, was ihm zugestoßen ist!* Ihre Gedanken wanderten weiter. *Jetzt bin ich auf einem Schiff der Föderation. Diesmal ganz offiziell. Ich muss rausfinden, wohin sie mich bringen. Captain Parker wird irgendwann Fragen stellen. Und wenn nicht er, dann andere. Ich weiß viel zu wenig von dieser Welt. Hätte ich nur mehr mit Skye geredet! Wie soll ich mich bloß hier zurechtfinden? Was werden sie mit mir machen, wenn sie rausfinden, dass ich gar nicht hierher gehöre?* Juniya trug in Gedanken noch einmal zusammen, was sie von diesem Planeten wusste.

Sie kommen hierher, um mit diesem gigantischen Rollenspiel Geld zu verdienen. Sie erforschen die Inselwelt und die Ichtyos. Niemand außer den Spielteilnehmern kann auf diesem Planeten landen. Irgendwo muss also ein Raumhafen sein. Alle sind registriert und tragen ihr Identimplantat. Nur ich nicht. Das ist Problem Nummer eins. Wenn ich ihnen nicht sage, wer ich bin, werden sie versuchen, mein Identimplantat zu lesen. Also muss ich eine Geschichte erfinden. Meine Geschichte. Da ich nicht zu dieser Flotte gehören kann, weil sie rückständigerweise nur Männer nehmen, muss ich zur Gruppe der Händler gehören. Dorthin, wo mich die Thon-Rhe hingesteckt haben. In die Gruppe des Roten Vadim. Ob sie es schlucken, dass ich bei den Ichtyos lebe?

Mitten in Juniyas Gedanken hinein klopfte jemand an die Tür. Ein kleiner, stämmiger Matrose öffnete sie und schaute neugierig herein.

»Miss, ich hab den Befehl, Sie in Ihre Kajüte zu bringen. Kommen Sie bitte mit?«

»Natürlich.« Juniya sprang auf. Sie konnte nicht widerstehen und stopfte ein wenig Obst in eine Falte der Decke. Dann öffnete sie die Tür.

»Hier entlang, Miss!«

Der Mann grinste sie ein bisschen dämlich an. Eine schöne, große Perle glänzte an seinem rechten Ohrläppchen. Haare hatte er kaum, die wenigen verbliebenen waren rappelkurz geschoren und schon grau. Sein Alter war schwer zu schätzen, aber als jung hätte ihn Juniya nicht bezeichnet. Er drehte sich um und ging voran. Juniya zählte nur zwei niedrige Türen, dann stieß der kleine Mann die dritte Tür auf.

»Die letzte Miss, die unser Gast war, hat ein paar Kleider dagelassen. Der Captain lässt ausrichten, Sie können sich nehmen, was Sie brauchen.«

»Ich dachte, auf den Schiffen dieser Flotte dürfen keine Frauen mitreisen?«

»Da haben Sie ganz richtig gedacht. Aber diesmal hat die Gräte eine Ausnahme gemacht.« Seine Sprache garnierte er mit einem eigentümlichen Slang, den Juniya noch nie gehört hatte.

»Die Gräte?«

»Fishbone Parker natürlich. Der werte Papa von unserem schönen Captain Cliff ist der Admiral der Föderationsflotte. Der hat seinem Sohnemann mit diesem Auftrag wahrscheinlich einen Gefallen tun wollen. Wir durften die schöne Lady nach Numinala bringen.« Er kicherte. »Die hat ihm ganz schön den Kopf

verdreht. Und jetzt kriegt er gleich noch das Kontrastprogramm.
So ein Glück wie unser Captain möcht ich auch mal haben!«
»Was meinst du mit Kontrastprogramm?« Juniya wurde aus
den Worten des Matrosen nicht schlau. Vertraulich hatte sie zum
Du gewechselt. *Vielleicht erzählt er mir ja ein bisschen was.*
»Na, du bist eine schmale Blonde. Chic, aber nicht viel dran
an dir, wenn ich das so sagen darf.«
Er kicherte so lustig, dass Juniya ihm diese Einschätzung
nicht übel nahm. Sie selbst verglich sich nie mit anderen Frauen.
Sie grinste zurück. »Na und? Wie sieht denn die andere so aus?«
»Die Lady ist ein Hammerweib mit nachtschwarzen Haaren.
Voll die Kurven. Auf so was stehen die Männer.«
Mit den Händen zeichnete der kleine Matrose diese »Kur-
ven« nach und leckte sich unbewusst über die Lippen. Juniya
gab das nun doch einen kleinen Stich der Eifersucht auf diese
unbekannte Schöne. Noch mehr, als er fortfuhr.
»Unser Captain ist schon ein charmanter Kerl und lässt si-
cher nichts anbrennen. Stil hat der. Im Gegensatz zu mir.«
Langsam fand Juniya sein Kichern ziemlich nervig, und ein
Plappermaul war Pearly außerdem. Er ließ sich gar nicht stoppen.
»Die hatte den Captain in ihrem Bett, bevor der bis drei ...«
»Pearly, halt deine vorlaute Klappe und komm nach oben«,
dröhnte es durch den niedrigen Gang. »Es gibt Sturm. All hands
on deck!«
»Oh, da rein, Miss, und gut festhalten. Ich seh dann schon
nach dir. Ich muss los. Aber keine Sorge. So ein bisschen Wind
macht uns nichts aus!«
Der schrille Ton einer Glocke gellte durch das Schiff und
drang noch in den hintersten Winkel. Die Sturmlampe hatte der
Matrose mitgenommen. Durch ein kleines Fenster der Kajüte
kam nur wenig Licht, der Himmel hatte sich bleigrau bezogen.
Juniya spähte nach draußen. Sie befand sich ein gutes Stück über
der Wasseroberfläche. Die Schiffsbewegungen verstärkten sich
unangenehm, hohe Wolkentürme bauten sich auf und verfinster-
ten den Himmel. *Nicht schon wieder*, dachte Juniya und schloss
das kleine Fenster. Sicherheitshalber schob sie einen Riegel vor.
Die Wellenbewegungen wurden heftiger. Die ersten Brecher

donnerten an den Schiffsrumpf und ließen ihn ächzen. Regen setzte ein. Juniya hörte das Prasseln des Wassers auf dem Deck über sich. Solang noch etwas zu sehen war, untersuchte sie die kleine Kajüte. Das Schiff schaukelte schon so stark, dass sie sich bereits festhalten musste, um die Koje mit der sauber bezogenen Matratze zu erreichen. Die Ichtyokleidung war längst getrocknet, es bestand kein Anlass, sie auszuziehen. So, wie sie war, schwang sich Juniya in die Koje. Das Heulen des Windes steigerte sich zum Brüllen eines Orkans. *Dieser Sturm macht mir Angst. Bei Skye verspürte ich keine Angst. Aber hier ist es anders.* Es gab keine Regelmäßigkeit. Das Wasser krachte gegen die Bordwand, als versuchte es, die Planken einzuschlagen. Das Schiff neigte sich so weit zur Seite, dass sich Juniya mit Händen und Füßen an die Kojenbegrenzung stemmen musste, um nicht herauszufallen. Alles bewegte sich, sämtliche Gegenstände, die nicht festgezurrt waren, flogen längst durch die Kajüte und schlitterten über den Boden.

Juniya verlor das Gefühl für die Zeit. Sie glaubte, es wären schon mehrere Stunden vergangen, als sich das Schiff in eine extreme Schräglage bewegte und ein grässliches Splittern von Holz zu hören war. Gleichzeitig hörte Juniya die Männer an Deck entsetzt aufschreien.»Großmast gebrochen!« Das Schiff wollte sich gar nicht mehr aufrichten. Juniya hatte Angst.

Plötzlich flog die Tür zu ihrer Kajüte auf. Captain Parker selbst stand bleich und tropfnass vor ihr. Er atmete schwer.

»Miss, ich kann nicht garantieren, dass die Clara diesen Sturm überlebt. Kommen Sie mit an Deck. Wir sichern uns am Hauptmast. Sollten wir untergehen, klammern Sie sich an irgendein Stück Holz und lassen sich treiben. Kommen Sie!«

All seine anfängliche Arroganz war verflogen. Juniya kletterte aus der Koje. Captain Parker hatte ein Seil dabei, das er ihr um den Leib schlang. Sie half ihm es festzuknoten und hangelte sich hinter ihm auf das Oberdeck. Juniya konnte kaum erkennen, ob es der Regen oder die Gischt war, was so heftig auf sie einprasselte. Das Wasser war eiskalt. Captain Parker musste schreien, um sich gegen den brausenden Wind verständlich zu machen.

»Hier rüber!«

Er zeigte auf ein paar Holzbohlen, die sonst wohl für die Ladung gedacht waren. Einige Männer hatten sich daran festgezurrt. Es war Pearly, der Juniya die Hand entgegenstreckte, um sie zu sich zu holen. Captain Parker wollte ihm gerade das Seilende übergeben, damit der Matrose Juniya sichern konnte. Die Clara wurde von einer riesigen Welle so heftig herumgerissen, dass Captain Parker sich nicht mehr auf den Beinen halten konnte. Im Stürzen riss er Juniya mit sich. Stöhnend versuchte er Halt zu finden. Juniya fiel auf ihn, sie versuchte, sich schnell wieder aufzustemmen, doch das Schiff kippte zur Seite. Captain Parker verlor den letzten Halt. Er schlitterte das Deck entlang und zog Juniya mit sich. Immer steiler neigte sich das Schiff, das Deck wurde zur tödlichen Rutsche in den gähnenden Abgrund aus Wasserstrudeln.

Das Letzte, was Juniya sah, bevor sie gegen splitterndes Holz krachte, war das entsetzte Gesicht von Pearly. Er hatte das Seilende nicht erwischt.

Juniya und der Captain rutschten haltlos auf ein offenes Stück der Bordwand zu. *Wir haben keine Chance! Wir werden ins Wasser stürzen!* Juniya tastete panisch um sich, doch ihre Hände fanden auf dem glitschig-nassen Holz keinen Halt. Unter ihr krachte Captain Parker mit Wucht gegen ein Stück der Reling, das letzte kleine Bollwerk, das die beiden vor der brüllenden See bewahrte, und kippte im Zeitlupentempo darüber hinweg. Juniya rutschte unaufhaltsam in die gleiche Richtung. Ihre Hände ertasteten etwas Haariges. Sie krallte die Finger hinein, um ihren Sturz zu stoppen, und zog sie im nächsten Moment mit Entsetzen zurück. Ihre Hand steckte im Haarschopf eines toten Seemanns. Doch dieser Moment des Erschreckens reichte aus, um richtig zu reagieren. Juniya zögerte nicht mehr. Sie klammerte sich an die Kleider des Toten und ihr Sturz fand vorläufig ein Ende.

Der Mann hatte sich an der Reling festgebunden und war ertrunken. Er hing noch im Seil, das ihm Halt geben sollte, seine toten Augen starrten in die Ferne. Juniya versuchte, sich zu orientieren. *Das Schiff sackt weiter in die Tiefe. Wo ist der Captain?* Um ihre Taille hing noch immer das Seil, mit dem Captain Parker sie sichern wollte. Sie fingerte hektisch nach dem Ende und zog es unter das Tau, das den toten Seemann hielt. Vorsichtig beugte sich Juniya über die Bordkante und spähte in die Tiefe nach Captain Parker. *Da ist er! Noch ist er nicht abgestürzt!* Er hing ein Stück unter ihr, tauchte schon fast ins Wasser. Der nächste Brecher würde den Captain von der Bordwand reißen. *Ich muss was tun!* Es war sinnlos zu schreien. Der Orkan brauste, Juniyas Ohren waren wie betäubt. *»Captain Parker! Nehmen Sie das Seil!«* Juniya blieb nichts anderes übrig, als telepathisch zu im Kontakt aufzunehmen. *Da, er bewegt sich. Er kann mich verstehen! »Captain Parker! Ich schwinge das Seilende an ihre linke Seite! Wickeln Sie es sich einfach ein paar Mal um den Arm. Achtung!«* Juniya krallte sich mit einer Hand in das Hemd des Toten, mit der anderen schwang sie das verbliebene Seilende hinunter zu Captain Parker. *Mist, der erste Versuch war zu weit links. »Achtung, ich versuche es noch mal! JETZT!«*

Da! Captain Parker öffnete im richtigen Moment die Augen, sah das Seil und schnappte es mit der freien Hand. Soweit es die Seillänge zuließ, wickelte er sich das Tau um den Arm.

Im nächsten Moment krachte ein wütender Brecher gegen das Schiff und riss den Teil der Reling fort, an dem Captain Parker soeben noch festgehangen hatte.

Einen Augenblick später wurde es still. Der Wind legte sich. Wie in Zeitlupe richtete sich der Rumpf der Clara wieder ein Stück auf. Kein Regentropfen kam mehr vom Himmel, kein Brecher schlug mehr mit seiner gnadenlosen Gewalt auf das Schiffsdeck. Die See rollte noch schwer, doch der Sturm war vorbei. Die Männer der Clara fanden Juniya an den toten Seemann gebunden. Das Seilende, das sie Captain Parker zugeworfen hatte, verschwand über der abgebrochenen Reling in der Tiefe.

»Miss! Missy! Komm, ich hol dich in Sicherheit!«

Pearly und ein paar Männer stürzten auf Juniya zu. Die Gesichter waren noch von der Todesangst gezeichnet. Die letzten Stunden hatten jedem an Bord alles abverlangt. Der kleine Matrose robbte an Juniya heran und wollte mit einem Messer das Seil durchtrennen, das Juniya an den toten Seemann fesselte.

»Halt!« Ihre Stimme war heiser vor Anstrengung. »Nicht abschneiden. Da unten hängt Captain Cliff. Seid vorsichtig. Er kann sich nicht mehr lange halten.«

Die Männer zogen mit vereinten Kräften. Einer ließ sich an einem Tau über die Schiffswand hinunter. Juniya schrie vor Schmerz, als sich das Seil noch einmal spannte, denn der Körper des Kapitäns hing noch immer mit seinem vollen Gewicht an ihrer Taille. Endlich ließ die Spannung des Seils nach.

»Ich hab ihn! Er lebt!«, brüllte eine Stimme von unten. Endlich hatten die Männer ihren Kapitän geborgen.

»Er lebt! Captain Cliff ist noch am Leben!«, schrie Pearly begeistert, als Captain Cliff stöhnend und spuckend an Deck lag. Die anderen Überlebenden fielen in den Jubel mit ein. Juniya war endlich befreit. Zitternd und erleichtert sank sie auf die Planken. Nach ein paar Minuten hob Juniya den Kopf und sah sich um. Vom schönen Schiff Clara war nicht mehr viel übrig. An Deck herrschte Chaos. Holzsplitter, Rahen, Masten und Taue bildeten einen wilden, undurchdringlichen Wust an Material. Männer hingen leblos in den Wanten. Die hinteren Aufbauten der Clara waren größtenteils zerstört, die Reling fehlte auf einer Seite fast durchgehend.

Juniya befand sich auf einem Wrack.

Viverrin

Viverrin saß wie auf Kohlen. Der große Genkor, Vorsitzender des Rates aller Gilden, unterbrach die Sitzung nicht. Er sah nur kurz auf, als die Neuankömmlinge hereinkamen. Viverrin und Shaka waren in einer Nische geleitet worden, von der aus sie der Debatte der Abgeordneten gut folgen konnten. Viverrin war erleichtert. *Dort ist Manateka. Wenigstens eine Hilfe, sollte es hart auf hart kommen.* Er sah sich um und hörte gespannt zu.

In der heutigen Sitzung waren alle Gilden vertreten. Die Kikrokka mit dem Abzeichen der schwarzen Wasserschlangen, zu denen Shaka gehörte. Sie waren die Schützer und Jäger des Wasserreichs der Tkitamea und kümmerten sich darum, Recht und Ordnung innerhalb der Gesellschaft zu wahren. Die Gilde der Akkanabo trug als Erkennungszeichen ein dunkelgrünes

Dreieck auf der Brust. Sie waren die Ordner und Beamten, die alle Aufgaben der Verwaltung übernahmen. *Sogar einige Vertreter der Meliando sind hier. Sie kümmern sich doch sonst kaum um eine Vertretung im Rat. Genkor muss wichtige Themen für heute angesetzt haben.* Die Meliando waren Pflanzer und Züchter, eine überaus bedeutsame Gilde, denn sie versorgten die Tkitamea mit Lebensmitteln. Eine große Gruppe der Anwesenden waren die Helifa, die Gilde der Wissenschaftler, Forscher und Heiler, zu denen Viverrin und Manateka gehörten. Ein aus stilisierten Heilpflanzen gewundener Kranz zierte ihr Gewand über der Brust. Eine Frau aus Viverrins Gilde der Helifa sprach soeben vor dem Rat.

»Die Stürme, die unsere Städte bedrohen, haben im letzten Messquartal deutlich an Stärke zugenommen. Unsere Forscher konnten noch immer keine Ursache ausfindig machen. Nur eines ist sicher. Die Wellen beginnen in den meisten Fällen in der Nähe des Eiskontinents. Sie bewegen sich sternförmig und nicht wie üblich ringförmig in einer Tiefe von 30 Fuß von dort weg. Wir messen in diesen Strömen unnatürlich hohe Wassertemperaturen. Diese wiederum lassen große Wolkenfelder entstehen. Dort, wo sich die Wolken schließlich entladen, entfachen sie eine enorme Energie, die unsere Ozeane bis auf den Grund aufwühlt. Beim letzten Sturm hat einer dieser Strahlen unsere Stadt Keklini nur knapp verfehlt. Obwohl die Stadt nicht direkt in der Wellenlinie lag, hat dieser Ausläufer schwere Schäden angerichtet.«

»Konntet ihr aus der Häufigkeit dieser Stürme eine Regelmäßigkeit feststellen?« Diese Frage kam von Genkor persönlich.

»Nein.« Hilflos schüttelte die Forscherin ihren Kopf. »Wir haben erst vor einem halben Jahr mit den Untersuchungen begonnen. Vor dieser Zeit haben wir zwei große Stürme im ganzen Jahr registriert, diese aber nicht als neues Phänomen, sondern nur als besonders heftigen Sturm gewertet. In den letzten sechs Monaten jedoch gab es vier Stürme. Wir wissen also schon jetzt, dass die Häufigkeit zunimmt. Ausgangspunkt ist immer der Eiskontinent. Die Ursache kann jedoch nicht aus der Tiefe unseres Planeten kommen. Wir messen keinerlei Erdbebentätigkeit. Etwas muss auf der Oberfläche des Eiskontinents passieren, das diese Energiewellen auslöst.«

Ein alter Mann mit dem Gewand der Akkanabo stand auf. »Wie weit sind denn die Forschungsarbeiten an diesen Menschenwesen vorangekommen? Kann das Sturmphänomen auf das zurückzuführen sein, was sie Technik nennen?«

Wieder musste die Forscherin gestehen: »Wir wissen es nicht. Die Stadt auf dem großen Kontinent stellt für uns keine Gefahr dar. Von dort gehen weder bedeutsame Erschütterungen aus, noch entstehen dadurch diese tief liegenden Strömungen. Auch von der Versorgungsplattform, die vor Kurzem zwei Schwimmtage vor unserer Inselwelt gebaut wurde, scheint keine Gefahr auszugehen. Im Gegenteil. Der letzte Sturm hat auch hier große Schäden angerichtet. Und zwei ihrer Schiffe sind gesunken.«

»Keine Gefahr? Diese Wesen sind an sich eine Gefahr! Sie töten zum Spaß!« Shaka war aufgesprungen und wollte nach vorn. Zwei Wachen hielten ihn in Schach.

Manateka griff ein. »Shaka, geschätzter Hauptmann unserer Kikrokka, wir alle betrauern mit dir den Verlust deiner Schwester Kerrali, einer jungen und mutigen Kikrokka. Ihr Tod war grausam und sinnlos. Doch wir wissen auch, dass sich die Menschen von großen Meereswesen bedroht fühlen. Und wichtiger als das: Wir haben geschworen, uns ihnen gegenüber nicht zu offenbaren. Wüssten sie, dass viele der Lebewesen im Ozean Wandelwesen sind wie wir, ich bin sicher, sie würden sich respektvoller verhalten.«

»Diese Menschen haben keinen Respekt. Vor nichts und niemandem«, spuckte Shaka aufgebracht in die Runde. »Wir sollten sie endlich verjagen. Dieses Spiel, das sie mit uns spielen, ist unser nicht würdig! Gebt mir die Erlaubnis und ich jage sie dahin, woher sie gekommen sind.«

Viverrin blickte verwundert auf Genkor. *Unser Anführer lässt Shaka gewähren. Niemand auf den Besucherrängen darf eine Sitzung unterbrechen oder einfach hineinkommentieren.* Einen Wimpernschlag später wunderte sich Viverrin noch mehr.

»Tritt vor den Rat, Hauptmann Shaka, und berichte uns, was du herausgefunden hast.«

Shaka schien nur darauf gewartet zu haben. Sofort stand er

neben der Forscherin. »Diese Menschen sind nicht das, wofür sie sich ausgeben. Sie spielen mit uns. Sie geben vor, ein friedliches Volk zu sein, das von einem der großen Kontinente stammt. Aber sie kommen von den Sternen. Die Plattformen, die sie im Meer bauen, rücken immer näher an uns heran. Wir haben herausgefunden, dass sie unsere Meere und Inseln vermessen. Wozu, frage ich? Sie besitzen auf den künstlichen Inseln, die sie aufbauen, eine uns unbekannte Technik, die in nichts mit dem zu vergleichen ist, was sie uns mit ihren Holzschiffchen zeigen. Diese Lebensform will uns hintergehen. Die Menschen sind es nicht wert, dass wir uns weiterhin so intensiv mit ihnen beschäftigen!«

»Aus deinen Worten spricht viel Bitterkeit, Shaka. Wir haben dafür Verständnis. Bisher waren sie keine Gefahr. Und ihre Spezies ist der unseren weit unterlegen. Wir konnten mit ihren Ertrunkenen der letzten Stürme einige unserer Vermutungen bestätigen. Ihre Körper sind schwach, altern schnell und brauchen zwingend Atemluft. Unter Wasser sterben sie nach drei, höchstens vier ihrer Zeiteinheitsminuten. Sie können uns nicht gefährlich werden.«

»Sie haben Waffen aus Materialien, die wir nicht kennen. Und sie spielen uns etwas vor. Sie haben keine ehrenhaften Absichten!«

Manateka versuchte noch einmal, Shaka zu einem sachlichen Dialog zurückzuführen. »Sag uns, Hauptmann Shaka, wodurch kannst du deine Vermutungen belegen?«

Viverrin beobachtete, wie Genkor bedächtig zu Manatekas Frage nickte und auf Shakas Antwort wartete.

»Kerrali arbeitete bei einer dieser Menschenfrauen in Numinala. Die Berichte meiner Schwester waren sehr detailliert. Kerrali hat bei dieser Frau erfahren, wie schlecht und hinterhältig die Menschen übereinander reden. Diese Frau warnte Kerrali im Geheimen vor den falschen Absichten der Männer der Seefahrerflotte. Sie würden bald ihr wahres Gesicht zeigen, hieß es. Kerrali wollte mit eigenen Augen sehen, wovon diese Frau sprach. Und was ihr versprochener Gefährte ihr verheimlichte.« Shaka deutete vor allen Anwesenden auf Viverrin. »Deshalb tappte sie in die Falle der Menschen. Und sie zeigten ihr wahres

Gesicht. Das Gesicht von Mördern.«

»Ich habe Kerrali nichts verheimlicht!«, rief Viverrin wütend dazwischen. »Ich habe wie wir alle meine Aufgabe erledigt und die Menschenfrau beobachtet. Ich ...«

»Schweig, Viverrin!«, donnerte ihm die Stimme eines der ältesten Ratsmitglieder entgegen. »Du sprichst, wenn wir dich rufen!«

Viverrin sah, dass sich Genkor zu Manateka beugte und sie ihm etwas zuflüsterte. Sein Herz klopfte nervös, er hielt die Spannung kaum mehr aus. Dann winkte der große Ratsvorsitzende ihm endlich zu.

»Wir werden Viverrin befragen. Jetzt. Trete vor!«

Mit einem ziemlich flauen Gefühl im Magen befolgte Viverrin den Befehl und verneigte sich vor dem Ratsgremium.

»Berichte uns vom Stand deines Forschungsauftrags.«

Wenigstens Manateka klingt freundlich.

Viverrins Herz schlug schneller, als er anfing zu erzählen.

»Die Menschenfrau namens Juniya wurde von einem der Seefahrerschiffe zu Manatekas Hospital in Belilla Bay gebracht. Unsere Diagnose waren schwere Verletzungen durch äußerliche Gewaltanwendung. Sie trug Merkmale von Schlägen mit stumpfen Gegenständen, hatte eine von einer Peitsche aufgerissenen Rücken und war auch ein Opfer von sexuell motivierter Gewalt. Manateka gab mir den Auftrag, sie zu pflegen und mich um sie zu kümmern.«

»Was du scheinbar gründlicher getan hast, als es dein Auftrag verlangte«, warf Shaka giftig ein.

»Stimmt das?«, fragte Genkor kalt.

»Ich habe die Frau Tag und Nacht beobachtet. Ihr Name ist Juniya. Wir hatten noch nicht viele Frauen im Hospital. Sie war deshalb ein wichtiges Forschungsobjekt. Bisher hatte ich mich ja überwiegend mit den Verletzungen von Männern und nebenbei mit der Kampfkunst und den Waffen der Menschen beschäftigt. Wir beobachteten, wie Juniyas äußerliche Verletzungen auf unsere Heilmittel reagierten. Außerdem sollte ich bei diesem Forschungsobjekt mehr über ihre Persönlichkeit herausfinden, ihre Motivation, hier zu sein. Ziel unserer Arbeit ist es ja, Gesetzmäßigkeiten über die Menschen herauszufinden. Welche

Werte stehen für ihre Rasse, wie steuern sie ihr Zusammenleben, welche Verhaltensweisen sind innerhalb ihrer Gemeinschaft erlaubt und welche nicht.«

»Erzähl uns nichts, was nicht jeder hier im Saal schon weiß!«, schnappte Shaka.

Mit einer unwirschen Gebärde gebot Genkor ihm jedoch Einhalt.

»Nun, wie lauten deine Forschungsergebnisse?«

Manatekas sanfte Stimme gab Viverrin neuen Mut.

»Ich habe mich so viel mit ihr beschäftigt, weil ich wollte, dass sie zu mir Vertrauen fasst und mir schließlich mehr von ihrer Welt berichtet. Es fiel mir auf, dass sie im Gegensatz zu anderen Menschen sehr in sich zurückgezogen ist. Sie zeigt nahezu keine Emotion. Sie beobachtet genau. Lebt eher passiv. Sie verhält sich so, als wäre alles neu, was ihr hier begegnet. Doch sie bewertet nichts. Sie freut sich nicht oder ärgert sich nicht. Über das, was mit ihr geschehen war, beklagte sie sich bei mir mit keinem Wort. Sie war sehr verschlossen und traumatisiert. Ich fand aber heraus, dass Rache ein starkes Motiv für sie war, weiterzuleben. Ihr Ziel war es, an sich zu arbeiten, um sich besser verteidigen zu können. Sie akzeptierte die Gewalt nicht, mit der sie konfrontiert wurde. Obwohl es bei den Menschen ja nicht selten ist, durch Gewaltanwendung Aggressionen abzubauen. Nachdem sie mir auch nach Wochen nichts über ihre persönliche Geschichte berichten wollte und ich nicht weiterkam, beschloss ich, ihr ein wenig von unseren Fähigkeiten und unserer Sprache zu erzählen und hoffte, sie würde dann zugänglicher werden.«

Ein entrüstetes Murmeln ging durch den Saal, das Genkor mit einer harschen Handbewegung stoppte.

»Du hast dich über unsere Bestimmungen hinweggesetzt und die Geheimnisse der Tkitamea verraten?«

Bedrohlich grollte Genkors Stimme an Viverrins Ohr. *Wenn er mir jetzt nicht glaubt, bin ich tot.*

Er hörte Shakas Einwurf:»Ein Befehl von dir, großer Genkor, und ich zerreiße diesen Verräter.«

Hektisch schüttelte Viverrin mit dem Kopf.»Nein! Sie dürfen wissen, dass wir eine eigene Sprache sprechen, so ist es vereinbart. Und sie dürfen wissen, dass wir unter Wasser schwimmen und atmen. Mehr habe ich ihr nicht erzählt.«

Und bis hierhin ist das noch nicht einmal gelogen. Viverrin wusste, dass er sich auf einem sehr schmalen Grat bewegte.

»Es gab eine Zusammenkunft mit dem Seefahrer, der Juniya zu uns gebracht hat. Du und Manateka, ihr wart selbst bei dem Vorfall beim Wasser des Wandels nahe Belilla Bay dabei.«

Genkor und Manateka nickten.

»Wir hatten uns gefragt, warum sie sich so seltsam verhalten hat und in das Wasser des Wandels gesprungen ist. Ich weiß jetzt, dass sie tatsächlich anders ist als die anderen Menschen. Sie ist eine Telepathin. Sie scheint zum Wasser eine Verbindung zu spüren.«

Nun ging ein aufgeregtes, interessiertes Raunen durch die Reihen. Sogar Genkor beugte sich vor und sah Viverrin interessiert an.

»Und warum hast du das nicht längst gemeldet?«

»Ich wollte zuerst sicher sein, ob es stimmt. Und herausfinden, ob ihre Fähigkeit für uns von Nutzen ist.«

»Und, ist sie?«, zischte Shaka von der Seite.

Viverrin zuckte mit den Schultern und kam sich vor wie ein schlechter Schauspieler, als er bei seiner Lüge blieb.

»Ich weiß es nicht. Ihr habt damals selbst die Anweisung gegeben, sie zu den Menschen zurückzuschicken. Doch da hatte ich sie auf ihren Wunsch bereits dem Seefahrer namens Skye Collins übergeben. Aber ich weiß nun etwas anderes über sie. Anders als die Frauen, die die Seefahrer und die Händler sonst in ihrer Gefolgschaft haben, ist diese Frau gegen ihren Willen hierher gebracht worden. Sie spricht nicht darüber, woher sie stammt. Doch sie wurde entführt, betäubt und in der Gemeinschaft der Händler ausgesetzt. Sie sprach davon, dass sie aufgefordert worden war, mit ihren telepathischen Fähigkeiten für die Händler zu spionieren. Weil sie sich weigerte, hat man ihr Gewalt angetan.«

Über die Jagd der Menschen auf Juniya berichtete Viverrin nicht.

Manatekas Stimme klang betroffen, ihr Gesicht zeigte Bekümmerung.

»Großer Genkor, auch ich habe die Frau namens Juniya behandelt und beobachtet. Zum größten Teil teile ich Viverrins Einschätzung.«

Genkor grollte. »Du bist in diesem Fall befangen, werte Manateka. Wir wissen, wie viel dir dein Lieblingsschüler bedeutet.« Er wendete sich direkt an Viverrin: »Kann irgendein Wesen unserer Art außer Manateka noch bestätigen, was du behauptest?«

Shaka lachte hämisch. »Wer sollte wohl einen Lügner decken?«

Doch dann spiegelte sich in seinem Blick die blanke Verwunderung, als Viverrin demütig vor dem Rat das Knie beugte, die linke Hand auf sein Herz legte und sagte: Es ist die ehrenwerte Mimoorii selbst, die Juniya erkannte.«

»Du lügst!« Shaka war schneller als die Wachen des Rates. Seine Hände schlossen sich um Viverrins Hals.

Juniya

Seit zwei Tagen war der Sturm nun schon vorüber, der aus der hübschen Galeone Clara einen Haufen schwimmendes Brennholz gemacht hatte. Der Himmel strahlte, das Meer schimmerte dunkelblau. Bei der leichten Brise von Südost hätte die Clara unter Segeln einen fantastischen Anblick geboten und mit dreizehn oder vierzehn Knoten gute Fahrt gemacht, wie Pearly erzählte. Hätte. Aber es rührte sich kein Lüftchen.

Juniya war erschöpft. Unablässig half sie dem Schiffsarzt, die verletzten Männer zu versorgen. Gebrochene Arme und Beine mussten geschient, gequetschte Gliedmaßen versorgt, manchmal sogar abgenommen werden. Diejenigen, die keine oder nur wenige Blessuren davongetragen hatten, arbeiteten bis zum Umfallen, um das Wrack der Clara halbwegs seetüchtig zu erhalten.

Groß- und Besanmast der stolzen Galeone waren gebrochen. Die Takelage, die auf das Oberdeck gestürzt war, musste gekappt, die gebrochenen Masten über Bord gehievt werden. Die Besatzung der Clara hatte 34 Mann verloren. Achtzehn Männer starben in den Rahen, als sie versuchten, die restlichen Segel zu bergen. Die Masten waren wie Streichhölzer umgeknickt und hatten die Männer unter sich begraben. Fünf Seeleute wurden von wild gewordenen Tauenden und umherfliegenden Holzteilen erschlagen. Drei starben dort, wo sie sich festgebunden hatten - an Kälte, vor Angst oder sie waren ertrunken, wie der tote Seemann, der Juniya noch im Tod mit seinem Körper das Leben gerettet hatte. Von acht Männern fehlte jede Spur. Die Brecher hatten sie einfach über Bord gespült oder sie waren von den Rahen ins Meer gestürzt, die See wurde ihr Grab. Ein paar der Männer befassten sich mit einer traurigen Aufgabe. Sie nähten die Toten in ihre Hängematten ein.

***

Juniya saß auf den nackten Holzplanken und löffelte ein wenig Suppe aus einem Blechnapf, den ihr ein älterer Matrose gerade gebracht hatte. Die Männer behandelten sie mit großem Respekt. Keiner wusste so recht, wie es diese junge Frau geschafft hatte, aber dass ihr Captain noch am Leben war, hatten sie ihr zu verdanken.

Pearly kam heran.»Missy, der Captain will dich sehen.«

Juniya nickte. Sie wusste längst, ein Gespräch mit Captain Clifford Parker über ihre telepathischen Fähigkeiten war unvermeidlich. Die letzten beiden Tage hatte sich nur der Schiffsarzt um Captain Cliff gekümmert. *Er wollte wohl erst wieder ein bisschen zu sich kommen, bevor er mir begegnet.* Sie folgte dem kleinen Mann unter Deck. Hier war es einigermaßen aufgeräumt. Sogar ihre Kajüte war weiterhin bewohnbar. Nur an Deck war die Clara völlig verwüstet.

Pearly klopfte an die Tür der Kapitänskajüte und öffnete sie. »Geh rein. Er wartet schon auf dich.«

Auch die Kajüte des Kapitäns war ordentlich. Es standen keine Prunkgegenstände mehr herum wie bei ihrer Ankunft, doch das schöne Mobiliar versprühte noch immer einen antiken Charme. Captain Parker saß in einem hölzernen Sessel mit geschnitzten Armlehnen. Einen Arm trug er in einer Schlinge, bei dem Sturz über die Reling hatte er sich die Schulter verletzt, um seinen Kopf war ein Stück blutgetränktes Tuch gewickelt.

Er musterte sie stumm.

»Wir sollten ihren Kopfverband wechseln, Captain«, ergriff Juniya das Wort. »Er ist durchgeblutet.«

Er lächelte müde. »Ich sollte mich zuerst bedanken, dass du mir das Leben gerettet hast. Der Verband ist nicht wichtig. Es geht mir einigermaßen. Ich erlaube mir jetzt einfach eine vertrauliche Anrede. Denn wer sich schon in meinem Kopf umgesehen hat, kennt mich wohl ziemlich gut.«

Er weiß es. Er hat es gemerkt, dass ich ihm nur telepathisch helfen konnte. Juniya blieb erstarrt stehen. »Ich habe nur versucht zu helfen.«

Er nickte. »Komm, setz dich.« Er wies auf eine kleine Bank an der Bordwand. »Ein paar von den Äpfeln haben wir retten können. Nimm dir, was du willst.« Er versuchte, sich bequemer hinzusetzen und griff nach einem der Äpfel, die neben ihm auf dem Tisch lagen. Sein Arm versagte und der Apfel fiel ihm aus der Hand. Instinktiv wollte er sich bücken und das Obst aufheben. Doch er stöhnte. Blass sank er in sich zusammen.

Er hat starke Schmerzen. Mit einem Schritt war Juniya heran und hatte den Apfel aufgehoben. Sie legte ihn in seinen Schoß, dabei berührten sich ihre Hände.

»Was machst du?« Seine Stimme zitterte.

Juniya war selbst völlig perplex. Sie empfand seine Schmerzen als wären es ihre eigenen! Als hätte sie sich verbrannt, zog sie ihre Hand zurück.

»Was immer das gerade war, danke dafür, dass der Schmerz für einen Moment weg war.« Clifford Parker starrte Juniya an, als wäre sie eine Erscheinung.

Sie schwiegen. Schließlich setzte sich Juniya doch auf den angewiesenen Platz.

»Willst du mir nicht endlich sagen, wer du bist?«

»Mein Name ist Juniya.«

Spontan hatte Juniya beschlossen, keinen fremden Namen zu erfinden. Es fühlte sich gut an, sie selbst zu sein.

»Und wie noch? Woher kommst du?«

»Einfach Juniya. Wenn du fragst, woher ich komme, dann meinst du nicht den Ort auf diesem Planeten, über den ihr alle hier ankommt, nicht wahr?«

Clifford Parker nickte.

»Alpha 3«, antwortete Juniya wahrheitsgemäß. »Unser Regierungsplanet. Und du bist eine Telepathin.« Es war Juniya unangenehm, wie intensiv Cliffs blaue Augen auf ihr lagen, als versuchte er, direkt in ihre Seele zu sehen. Sie unternahm keinen Versuch, ihn zu scannen. Das kam ihr schäbig vor. »Du weißt jetzt, dass ich eine Telepathin bin. Was bedeutet das für mich?«

»Das weiß ich noch nicht. Es wird darauf ankommen, wie du dich verhältst. Unsere gesamte Flotte hat den Befehl, einen Telepathen aufzuspüren, der eigentlich nicht hier auf diesem Planeten sein sollte, denn das verstößt gegen die Regeln. Bisher hatte ich gar nicht auf dem Radar, dass es sich um eine Frau handeln könnte. Sie haben ein ordentlich fieses Feindbild aufgebaut. Wir suchen einen Eindringling. Jemanden, der über Leichen geht und unsere Mission torpediert. Dieser Telepath ist festzunehmen und in Sicherungsverwahrung zu nehmen. Wir müssen ihn - oder sie - auf unserem Stützpunkt abliefern.« Wieder stöhnte er leise.

»Das viele Sprechen strengt dich zu sehr an«, stellte Juniya fest.

Er lächelte, diesmal freundlich. »Du hast mir das Leben gerettet. Und kümmerst dich um die Männer. Wie mir scheint, bist du nicht das Monster, das wir suchen.«

»Würdest du das glauben, dürftest du als Lesbarer nicht mit mir reden. Noch nicht einmal im gleichen Raum sein. Ich könnte jederzeit wieder in dein Gedächtnis. Ich könnte dich vielleicht sogar manipulieren. Du weißt das und bist doch hier mit mir allein.«

»Wie dort unten am Seil. Du hast mich gezwungen, meinen Halt aufzugeben und nach dem Seil zu greifen. Du hast mir geholfen, durchzuhalten und nicht loszulassen, obwohl du selber Schmerzen hattest. Ich sitze hier, weil du all deine Kraft eingesetzt hast. Genau das habe ich gespürt. Und dafür bin ich dir dankbar, statt Angst vor dir zu haben.«

Er stützte sich mit dem gesunden Arm auf die Tischplatte und wollte aufstehen. Juniya sprang auf und stützte ihn.

Ich spüre seine Schmerzen. Kann ich sie ihm wohl erleichtern?

Captain Cliff seufzte.»Es ist tatsächlich besser. Bist du auch noch eine Wunderheilerin?«

»Ich wusste noch nicht, dass ich Schmerzen nehmen kann. Es gibt Empathietelepathen, die das können. Doch bisher habe ich diese Fähigkeit an mir noch nicht entdeckt.« *Und nicht gebraucht*, fügte sie in Gedanken hinzu.»Man sagt, dass diese Empathie bei meiner biologischen Mutter sehr ausgeprägt war. Es war mir bisher nicht klar, dass ich auch diese Fähigkeit von ihr geerbt habe.«

»Ich würde dich gern noch viel mehr fragen. Aber eine traurige Pflicht ruft. Willst du mir einen Gefallen tun?«

»Wenn ich kann.«

»Ich muss an Deck. Die Toten müssen der See übergeben werden. Es wäre schön, wenn du mir dabei hilfst. Die Toten haben Respekt verdient. Keinen halb toten Captain, der sich nicht auf den Beinen halten kann.«

Juniya nickte. Er stützte sich auf sie. Juniya spürte, wie sehr er ihre mentale Kraft brauchte, um sich gerade zu halten. Mit ihr an seiner Seite konnte Clifford Parker seine Pflicht als Kapitän erfüllen. Er läutete eine kleine Tischglocke. Pearly kam rein.

»Wir können anfangen, Pearly. Ruf die Männer zusammen. Miss Juniya wird mich nach oben begleiten.«

Pearly stürzte davon.

»Captain Cliff?« Er war etwas größer als Juniya und sah ihr in die Augen. *Er hat keine Angst vor mir. Ich will ihn nicht enttäuschen und werde ihn nicht mehr scannen.* Aber eines musste Juniya wissen.»Wirst du den anderen sagen, was ich bin?«

Er war ein außerordentlich gut aussehender Mann, umso mehr, wenn er lächelte, so wie jetzt.

»Vorläufig wird es unser Geheimnis bleiben. Aber ich würde mich gern irgendwann später weiter mit dir unterhalten.«

Er ist klug. Ich darf ihn nicht unterschätzen, auch wenn er freundlich zu mir ist.

Oben an Deck begann die Schiffsglocke zu läuten. In gleichmäßigem Abstand ertönte jeweils ein trauriger Ton. Es waren genau 34 Schläge. Oben an Deck stand Juniya dicht hinter Captain Cliff. Er fand schöne und anrührende Worte, um seine Männer zu verabschieden. Zu jedem wusste er etwas Persönliches, er kannte alle Namen und Dienstgrade. Niemand beachtete ihre Hand, die leicht auf seiner Schulter ruhte. Die letzten Sätze galten dem Matrosen, dessen Leiche sie vor dem Absturz ins tosende Wasser gerettet hatte. »Powell Grady kam vom Planeten Erde. Er war ein Mann, auf dessen Wort jeder von uns zählen konnte. Er hatte seine Kanten und war kein Mann der großen Worte. Doch noch im Tod konnten wir uns auf ihn verlassen.« Juniya unterbrach den Kontakt zu Captain Cliff. Ein innerer Impuls zwang sie, hinter ihm hervorzutreten und die wenigen Schritte zu dem verschnürten Tuch zu gehen, in dem Gradys Leiche eingenäht lag. Ein paar der Männer murrten. Juniya spürte, sie wurden zornig, weil sie eine Zeremonie unterbrach, die ihnen heilig war. Doch Juniya konnte nicht anders. Es war ihr ein Herzensbedürfnis, sich bei Grady zu bedanken. Sie kniete sich vor dem Toten hin, ihre Hände auf ihr Herz gelegt, und verneigte sich tief. Nach einigen Augenblicken der Meditation richtete sie sich wieder auf. Sie ging zurück zu Captain Cliff und nahm ihren Platz wieder ein. An Deck war es totenstill. Der Unmut der Männer schien verflogen.

Warum starren mich nur alle so an? Sie wollte keinem der Männer in die Augen sehen. Irgendwie war ihr nicht gut. Ihre Hände kribbelten, ihr Herz schlug schneller, sie fühlte sich etwas benommen. *Wegen der paar Schritte. Es macht mir doch sonst nichts aus, wenn die Männer mich ansehen.* Sie sah kurz in Captain Cliffs Gesicht und zuckte zusammen. *Auch er starrt mich an. Nicht wütend. Nein. Er starrt mich an, als hätte ich Hörner auf dem Kopf.* Sie holte tief Luft und legte ihm wieder die Hand auf den Arm. Sein Schmerz war noch da, Juniya spürte gleichzeitig seinen Kummer über den Abschied von seinen Männern - und ein eigenartiges, fast kindliches Staunen. *Worüber denn? Ich hab mich doch nur kurz verneigt?*

Endlich gab der Captain ein Zeichen. Die Männer erwachten aus ihrer Starre. Das letzte Opfer rutschte über die Holzplanke und fiel mit einem lauten Klatschen auf die Oberfläche des Meeres. Wie kleine, weiße Kanus trieben die toten Männer noch eine Weile an der Oberfläche des Meeres, dann machten sie sich wegen der an den Füßen eingenähten Kanonenkugeln auf zu ihrer letzten Reise in eine unbekannte Tiefe.

Juniya half Pearly, Captain Cliff zurück in seine Kajüte zu bringen. Trotz ihrer Unterstützung hatte ihn das lange Stehen sehr mitgenommen. Sie wollte gehen, als er endlich stöhnend in seiner Koje lag.

»Bleib«, befahl er. »Du musst mir zuerst noch erklären, was wir da gerade gesehen haben.«

Juniya drehte sich zu ihm um.

»Ich habe ein kurzes Gebet für die Toten gesprochen. Ich wollte die Zeremonie nicht stören.«

»Ein kurzes Gebet? Das nennst du ein kurzes Gebet? Und in welcher Sprache hast du da gesungen?«

»Gesungen? Ich?«

Pearly kicherte. »Du hast ab jetzt deinen Spitznamen weg, kleine Meerjungfrau. Da singt sie schön wie eine Sirene und behauptet, sie spricht nur ein Gebet.«

»Pearly, raus! Lass uns allein.«

»Aye, Captain.«

»Was habe ich?« Juniya konnte nicht glauben, was Pearly da erzählt hatte.

»Sag bloß, du weißt nicht, was da gerade passiert ist?«

Juniya schüttelte den Kopf. »Ich bin doch nur hin und habe mich verneigt. Mehr war doch nicht!« Sie fasste sich an die Schläfen. »Was ist denn passiert, dass ihr mich alle so anstarrt?«

Irgendwas musste geschehen sein, nur was?

»Du kannst dich wirklich nicht erinnern, was du gerade da oben veranstaltet hast?«

Verzweifelt schüttelte sie den Kopf.

»Bitte sag es mir. Ich weiß nur, dass ich mich nicht gut fühle. Wie ausgelaugt. Völlig kraftlos.«

Cliff nickte bedächtig.

»Dann will ich dir mal sagen, was ich und all die anderen Männer gerade gesehen haben.« Er berichtete, wie Juniya nach der kurzen Meditation ihre Arme weit geöffnet und heilige, uralte Worte gesprochen hatte, die zwar keiner von ihnen verstand, die den Männern aber Trost und Würde schenkten. Sie hätte zuerst sehr leise, zögerlich, wie um zu prüfen, ob sie die richtigen Töne traf, angefangen zu singen. Dann fand sie hinein in den

Gesang. Ihre Stimme schwoll an, erschallte klar und hell über das Deck. Sie sang mit weit geöffneten Armen und verneigte sich noch einmal mit einer eleganten Bewegung, als ihr Lied geendet hatte. Dabei spannte sich ein Lichtbogen aus Energie zwischen ihren Händen, der trotz der Nachmittagssonne von allen Männern gut zu sehen war.

»Du hast mir einiges über deine Herkunft zu erklären«, endete Cliff. »Du bist nicht nur eine Telepathin, sondern ein Energiemedium. Wer weiß, was du noch alles kannst. Ich werde dich doch in Gewahrsam nehmen und schätze, wir suchen dich zu recht.«

Sein hübsches Lächeln hatte einen deutlich verschlagenen Zug angenommen. Juniya erfasste die Tragweite seiner Worte und schlug betroffen die Hände vor ihr Gesicht. Captain Cliff hatte haargenau beschrieben, wie es die Art der Thon-Rhe war, von ihren Toten Abschied zu nehmen. Juniya hatte wie ferngesteuert die Zeremonie der Totenverabschiedung durchgeführt und das Lied der ewigen Energie angestimmt. Sie nahm die Hände von ihren Augen und starrte in die noch immer kribbelnden Handflächen. *Scheinbar bin ich sogar in der Lage, einen Energiebogen zu erzeugen.* Sie wusste, was das für sie bedeutete. Doch viel schwerer wog, dass Juniya - ohne es zu wollen oder es steuern zu können - ein Geheimnis der Thon-Rhe an die Menschen verraten hatte. Darauf stand eine schwere Strafe. *Doch wer könnte hier schon davon erfahren? Derjenige, der mich mit so viel Aufwand hierher geschafft hat.* Juniyas Herz zog sich in einen eisigen Panzer zurück. *Man hat mich hierher gebracht, um mich zu zerstören. Was für ein perfides Spiel.* Sie fand in Captain Cliffs Gesicht keine Spur von Mitleid, als er ihr verkündete:

»Juniya, du bist festgenommen. Da du von unserem Schiff nicht flüchten kannst, darfst du dich frei bewegen, solang ich keine Klagen über dein Verhalten höre. Ansonsten landest du im ungemütlichsten Gefängnis, das dieses Schiff zu bieten hat. Wenn wir es bis Numinala schaffen, wirst du der Admiralität übergeben.«

Juniya erfasste die Tragweite seiner Ankündigung und hatte nur einen einzigen Gedanken. *Ich werde Skye nie wieder sehen.*

Viverrin

»Du musst vorsichtiger sein. Das nächste Mal kann ich dich vielleicht nicht mehr schützen. Und ich will es auch nicht, wenn du mich belügst.«

Viverrin zitterte noch immer vor Aufregung. Sein Hals schmerzte von Shakas Angriff. Die Wachen des Rates mussten den Rasenden betäuben, damit er von Viverrin abließ. Die auf diesen Zwischenfall folgende Befragung durch den großen Rat hatte lange gedauert, häufig unterbrochen durch die vielen Zwischenfragen und die persönlichen Angriffe Shakas, der schnell wieder zu sich gekommen war. Genkor hat Shaka fast nie zur Ordnung gerufen, was er normalerweise hätte tun müssen, um den Frieden der Versammlung zu wahren. Viverrin fühlte sich durch Shakas Angriffe vor allen Anwesenden bloßgestellt und verdächtigt. *Und sie hatten ja recht.* Viverrin war schließlich entlassen worden. Bis der Bote die ehrwürdige Gigantin Mimoorii aufgesucht und Viverrins Behauptung überprüft worden war, solang war Viverrin frei.

»Shaka scheint bei Genkor einen großen Stein im Brett zu haben.« Mit Mühe wahrte Viverrin die Fassung vor seiner Mentorin und Freundin Manateka. Sie war es, die am Ende der Sitzung zu ihm geeilt war, als Viverrin nicht mehr wusste, wohin er sich wenden sollte. Nun saßen sie in Manatekas Apartment im Regierungsviertel. Manateka stellte ihm einen Behälter mit gegartem und zu einem festen Kuchen gebackenem Plankton hin.

»Du bist völlig erschöpft und entkräftet.« Eindringlich ruhten ihre Augen auf ihm, »Viverrin, du magst den großen Rat täuschen, und du hast es sogar fertiggebracht, Shaka standzuhalten. Aber bei mir gelingt dir das nicht. Willst du mir nicht sagen, was tatsächlich passiert ist? Wo ist Juniya?«

Viverrin war irrsinnig erleichtert, dass er Manateka nicht belügen musste.

»Ich weiß es nicht. Ich habe sie verloren. Sie ist einfach verschwunden.« Bei diesen Worten spielte er nicht nur Verzweiflung. Er war verzweifelt. So sehr, dass ihm Manateka sanft die Hand auf die Schulter legte.

»Du weiß schon, dass unsere Rassen nicht kompatibel sind.

In keiner Weise?«, sagte sie sanft und goss dadurch nur noch mehr Öl ins Feuer, das in seinem Herzen wütete. Er stand auf und streifte ihre Hand ab. »Wir haben noch so viele Fragen. Juniya ist ein Schlüssel zu mehr Wissen. Und dieser Mann, Captain Collins, könnte auch einer sein. Wenn ich nur an ihnen dranbleiben könnte, würde ich es herausfinden.«

Fest blickte er Manateka in die Augen, bis sie ernst sagte: »Geh jetzt. Aber erinnere dich an unsere Gesetze. Du weißt, es gibt für keinen Tkitamea eine Ausnahme. Wir sind ...«

»... eins«, beendete Viverrin mit einer demütigen Verbeugung ihren Satz.

Manateka war nicht weiter auf ihn eingedrungen. Doch Viverrin spürte genau, dass sie wusste, er hatte ihr nicht alles erzählt. In seinem Inneren herrschte blankes Chaos. Wut auf Shaka und auf sich selbst, weil sich die Trauer um Kerrali tatsächlich in Grenzen hielt. Angst vor dem Rat. Wenn sie herausbekamen, dass er sich Juniya in seiner Tiergestalt gezeigt hatte, käme er vor das Tribunal. Da war keine Gnade zu erwarten. Doch das Schlimmste war die Sorge um Juniya. Jeder Tkitamea konnte nur einen Blutspakt in seinem Leben eingehen und dazu brauchte es einen guten Grund. Juniya hatte eine Bindung zur ehrwürdigen Mimoorii, aus welchen Gründen auch immer. Viverrin war die Bindung zu Captain Collins eigentlich nur eingegangen, weil er nahe an Juniya dran sein wollte.

Er verließ Manateka und schwamm zu einem einfachen Gästehaus, wo er sich einfach nur eine Weile ausruhen wollte, um nachzudenken. Er war noch ganz benommen von den Vorfällen der letzten Stunden. Vor Sorge um Juniya fühlte er sich ganz krank. *Warum hab ich Idiot sie auch allein gelassen? Wo ist sie nur geblieben?* Dass Juniya nicht ertrunken war, dessen war sich Viverrin sicher. Er hätte die Witterung ihrer Leiche – oder ihres Blutes – über viele Meilen hinweg aufgespürt.

»Pass doch auf!«

Autsch. Viverrin hatte ganz in Gedanken einen zierlichen Tkitameamann übersehen und war mit ihm zusammengestoßen.

»Hey, du bist es, Viverrin! Hab dich eine ganze Weile nicht

gesehen!« Zur Begrüßung erhielt Viverrin einen kräftigen Schlag auf die Schulter.

»Keelo! Wo kommst du denn her. Ich dachte, du bist in Numinala?«

»Ich hab auch mal frei. Los komm, so ein unverhofftes Wiedersehen müssen wir feiern. Hast du Lust auf eine Schüssel Pea?«

Das Nationalgericht der Tkitamea, dicke, dunkelbraune Algen mit einem hohen Alkoholgehalt, sagten Viverrin normalerweise gar nicht zu. Aber ihm kam da eine Idee. »Klar komm ich mit.« Viverrins langjähriger Kumpel wusste genau, wo es die besten Algen der Stadt gab und zog Viverrin zielstrebig mit sich. Dabei plauderte er wie immer wie ein Wasserfall über seine Aufgabe in Numinala. Er arbeitete am Hafen, half dabei, Händlerschiffe zu beladen oder deren Ladung zu löschen und war ein begnadeter Zeichner, wenn es darum ging, Grundrisse und Pläne der Schiffe zu zeichnen, auf denen er sich aufhalten durfte, und somit die Technik der Menschen auszuspionieren. »Ich wäre ja zu gern mal auf einem ihrer sogenannten Kriegsschiffe«, schwärmte er gerade, dabei verloren sich Keelos Augen gerade in seinen Fantasien. »Klar kann uns unter Wasser keiner schlagen und die Schiffe sind im Verhältnis zu uns langsam. Aber sie sind unvergleichlich elegant! Das Flaggschiff von Admiral Parker zum Beispiel. Wenn wir es nicht besser wüssten, könnte es wirklich bedrohlich wirken, wenn es so in einen Hafen einläuft. Aber am tollsten finde ich die Fairbanks. Hast du die schon mal gesehen?« Viverrin hatte Keelos Plauderei bisher so über sich wegplätschern lassen, nun wurde er hellhörig. Er nickte nur. Unbeirrt plauderte sein Freund weiter. »Neulich haben sie so eine Art Turnier ausgetragen und sich mit Farbkugeln beschossen. War voll spannend, sag ich dir. Leider konnte ich ja nicht so weit aus dem Wasser. Ich hab mich in meiner Wandelgestalt an die Galionsfigur der Emerald geklemmt und hatte gar keine so schlechte Sicht. Der Captain der Fairbanks hat sein Schiff hammermäßig gut gesegelt.«

»Sag mal, spinnst du? Wenn dich die Menschen über Wasser erwischen, grillen sie dich!«

Keelo winkte großspurig ab. »Ach was. Ich pass doch auf.«

Er nahm einen weiteren Bissen seiner Algen.»Und was ist mit dir? Wie gehen die Forschungen bei Manateka voran?«

Viverrin zuckte die Achseln. Er wusste nicht recht, was er Keelo anvertrauen sollte.

Der Freund merkte, was mit ihm los war.»Hey Kumpel, du trauerst noch um Kerrali, oder? Das war, wie es scheint, ein saublöder Unfall. Tut mir sehr leid.«

»Ja«, nickte Viverrin und war ehrlich geknickt bei der Erinnerung an seine Verlobte.»Aber es ist noch viel mehr geschehen«, druckste er herum.

»Los, rück schon raus damit. Was bedrückt dich so? Dass wir diese Menschen in ein paar Monaten vielleicht fortjagen? Ja, fände ich auch schade. Irgendwie finde ich sie sehr unterhaltsam. Vielleicht geht die Abstimmung im großen Tribunal ja doch gut aus.«

»Im Moment sieht es nicht danach aus. Und für mich persönlich sieht es sogar ziemlich schlecht aus.« Viverrin blickte sich kurz um, damit auch niemand lauschte, und senkte die Stimme.»Ich habe einen Menschen gefunden, vielmehr eine junge Frau, die etwas Besonderes ist. Kannst du dichthalten, Keelo? Auch unseren eigenen Leuten gegenüber?«

Die beiden kannten sich seit ihrer Kindheit, Keelo war schon immer ein besonders loyaler Freund gewesen. Viverrin musste es einfach wagen und sich ihm anvertrauen. Er konnte Hilfe verdammt gut gebrauchen.

Die Haarsträhnen seines Freundes tanzten aufgeregt um dessen Ohren.»Oh, Viverrin dreht mal wieder sein eigenes Ding!«, kicherte er und zwinkerte mit einem Auge.»Du weißt doch, dass du immer auf mich zählen kannst. Genau wie auf den Rest unserer alten Gang. Nun sprich endlich. Was hast du herausgefunden? Und warum bedrückt dich das so?«

Noch einmal sah sich Viverrin um. Dann begann er zu erzählen.

Keelo, der eigentlich immer redete, blieb ungläubig stumm, nachdem Viverrin geendet hatte. Dann brach es aus ihm heraus.»Du bringst dich um Kopf und Kragen. Erst recht, wenn Shaka dich auf dem Kieker hat. Muss eine tolle Menschenfrau sein, diese Juniya, dass du dein Leben für sie riskierst.«

Wütend antwortete Viverrin: »Sie ist ein besonderes Forschungsobjekt, mehr nicht. Sie muss am Leben bleiben und am liebsten würde ich sie unserer Ratsversammlung vorstellen. Sie ist anders als die anderen. Und sie könnte uns so viel mehr erzählen über die anderen Welten, da bin ich mir sicher! Ja, für sie riskiere ich gerade mein Leben! Ich muss es schaffen, dass die Ratsversammlung sie anhört, wo und wie auch immer. Wenn sie mich dann immer noch wegen Verrat zum Tod verurteilen, dann soll es so sein. Aber hilfst du mir jetzt, sie zu finden?«

Keelo rieb sich die Hände, die an etwas längeren Armen saßen wie bei den meisten Tkitamea. »Keine Frage!«, gluckste er. »Natürlich! Du kannst dich auf mich verlassen. Und auf die anderen Kumpels auch. Auf in das Abenteuer!«

Sie saßen noch eine Weile und machten Schlachtpläne. Viverrin war es dank Keelo endlich wieder ein bisschen wohler in seiner Haut, sogar das Pea schmeckte gar nicht mal so übel und seine Laune besserte sich. Da stellten sich plötzlich einige von Viverrins Haarsträhnen in Richtung Süden und seine Haut begann zu kribbeln.

Der Ruf des Blutspakts hatte ihn erreicht.

Skye

Skye saß wie auf Kohlen. Die Nacht in Helios Bay ging vorbei und der neue Tag brach an. In dem kleinen Ort erwachte das Leben. Nach Sonnenaufgang kamen ein paar Händler und auch Ichtyos mit verschiedenen Waren zum Schiff, um mit Mr Small den Preis zu verhandeln. Jason und Small hatten die ganze Nacht so getan, als würden sie mit den Männern in den Hafenkneipen trinken. Jetzt wussten sie, mehr als die Hälfte der Matrosen und Offiziere würden sich Skye anschließen. Der Doktor hatte einen genialen Einfall. Als Skye ihnen am Vorabend ein Blatt mit dem Kodex der Freibeuter gezeigt hatte, nahm der Doktor das Blatt mit. In der Kneipe, in der Small und Jason die Crew anheuerten, ließ er die Männer den Kodex unterzeichnen. Ein Pieks in den Finger genügte, und die Matrosen unterschrieben den Freibeuterkodex mit ihrem blutigen Fingerabdruck.

Zum Kodex gehörte, dass sie Skye als Kapitän anerkannten und sie sich ihm freiwillig anschlossen. Sollten sie Beute machen - Skye selbst war noch gar nicht klar, von wem und was das sein sollte, doch die Männer waren sofort begeistert - würde ein Drittel dem Kapitän gehören, ein Drittel seinen Stellvertretern, das waren der erste Offizier, der erste Maat und die Leutnants, und ein Drittel wurde an die Mannschaft verteilt.

Jason hatte ein paar Fässer Teer an Bord bringen lassen und alles Segeltuch aufgekauft, das er in dem kleinen Örtchen auftreiben konnte.

»Was willst du damit?« Skye begutachtete die Teerfässer.

»Wir müssen irgendwie die Kette anheben. Das wird mit Luftkissen oder mit luftgefüllten Schläuchen vielleicht funktionieren.«

»Keine schlechte Idee. Aber ich fürchte, uns reicht die Zeit nicht aus, die Schläuche zu nähen, zu teeren und dann mit Luft zu befüllen.«

»Mir wird schon was einfallen.« Jason war in seiner Unerschütterlichkeit wirklich eine gute Unterstützung. »Gib mir mal dein Fernrohr!« Er suchte die Küste ab. »Da! Sieh mal. Ich hab an der Küste entlang ein paar Posten aufgestellt. Wenn der erste die Emerald sichtet, gibt er ein Signal.«

Skye grinste.»Klug. Vom Horizont bis hierher schätze ich mal, braucht das Flaggschiff einen halben Tag. Das wäre die Zeit, die uns für die Flucht bleibt.«

»Genau. Und jetzt lass ich die Männer mal ein bisschen nähen.«

Doch die Arbeiten an den Schläuchen, die Jason bei den Männern in Auftrag gab, zogen sich hin. Skye suchte in der Zwischenzeit jeden Zentimeter des Schiffs auf versteckte Sender ab. Er enterte selbst die Masten auf, kontrollierte alle Bauteile, besonders die aus Metall. Gerade stand er auf dem Ausleger des Kreuzmastes, als er eine Bewegung am Kai wahrnahm. Ein Ichtyo stand regungslos da und beobachtete das Schiff.

Viverrin! Es hat funktioniert!

Er winkte dem Ichtyo zu und bedeutete ihm, an Bord zu kommen. Schon war Skye auf dem Weg nach unten. Den Kreuzmast würde er später bis ans Ende untersuchen. In einer affenartigen Geschwindigkeit hangelte er sich den Kreuzstengestag Hand unter Hand an Deck. Irgendeiner der Kerle pfiff anerkennend, was Skye nur nebenbei wahrnahm. In seinen Gedanken war er längst bei Viverrin. *Ich muss ihm reinen Wein einschenken. Verdammt noch mal, doch wie weit?*

Die Schiffswache wollte den Ichtyo schon zurückscheuchen. Mit arrogantem Blick blieb Viverrin auf der schmalen Planke stehen, die die Bordwand mit dem Kai verband. Nicht viele Seeleute hätten die Schwankung so gut ausgeglichen. Viverrin schienen sie nicht das Geringste auszumachen.

»Sir, wir dürfen Ichtyos doch nicht an Bord lassen?«, fragte der Wachmann seinen Captain.

»Das ist ein Notfall. Dieser Mann hat jederzeit meine Erlaubnis, an Bord zu kommen«, antwortete Skye sicher und laut genug, dass es auch die anderen Matrosen mitbekamen. Der Wachmann trat zurück.

Elegant und sicher sprang Viverrin über die Reling an Deck.

Einen Moment standen sich die beiden Männer stumm gegenüber.

»Ich kann auch wieder gehen.« Die Augenbrauen des Ichtyo hoben sich.

Dieser Viverrin kann verdammt überheblich sein. Was findet

Juniya nur an dem? Skye wollte schon das Gesicht verziehen, beherrschte sich aber im letzten Moment und schluckte seinen Stolz hinunter. »Nein, bitte geh nicht! Ich bin nur so erstaunt, dass es funktioniert hat. Ja, ich habe nach dir gerufen. Ich brauche deine Hilfe.«

Skye versuchte, sich zu gedulden. Viverrin begann, sich auf Deck in aller Ruhe alles genau anzusehen. »Nun, womit kann ich behilflich sein?«

Er legte seinen Kopf ein wenig schräg und fasste Skye genau ins Auge.

Der Typ weiß ganz genau, welche Frage mir unter den Nägeln brennt. Doch dann sah Skye, das Viverrin fast unmerklich den Kopf schüttelte.

»Ich war noch nie auf einem eurer Schiffe. Willst du es mir nicht zeigen?« Und kaum hörbar fügte er hinzu: »Reden wir, wenn wir allein sind.«

Endlich riss sich Skye von seinen Gedanken an Juniya los. Es half, dass vom Achterdeck her Jasons ärgerliches Schimpfen zu ihm schallte.

»Verflucht und zugenäht! So ein verdammter Mist!«

Skye drehte sich zu seinem Freund um. Ganz gegen dessen Gewohnheit war dem sonst so ruhigen Jason der Ärger richtig anzusehen.

»Komm mit. Ich erkläre dir da hinten, worum es geht.«

Skye führte Viverrin zu Jason und den Männern, die sich mit dem Luftschlauch zur Bergung der Kette beschäftigten.

»Was ist los? Geht es voran?« Skyes Frage brachte Jason geradezu aus der Fassung.

»Ich bin ein Idiot«, schimpfte er. »Wie blöd kann man denn sein. Wie sollen wir denn die Kissen in aufgeblasenem Zustand ins Wasser bekommen?«

»Was wollt ihr denn damit machen?« Interessiert musterte Viverrin das Material. Jasons fragender Blick wanderte zwischen Skye und dem Ichtyo hin und her.

Skye klärte Viverrin kurz über die Situation auf. »Ich muss das Schiff so schnell wie möglich aus dem Hafen bringen. Aber jemand will mich am Auslaufen hindern. Sie haben uns eine Eisenkette ums Ruder gelegt. Wir haben kein Tauchequipment und kein geeignetes Werkzeug. Wie kriegen wir die Kette los? Ich hoffte, du kannst uns dabei helfen. Immerhin ist tauchen für dich kein Problem.«

Viverrin lehnte sich über die Reling und sah nach unten. »Ich kann die Kette sehen. Sie ist ums Ruder geschlungen, sagst du?« Skye bestätigte durch ein kurzes Nicken. Am Kai bemerkte er Mason. Er stand mit ein paar Männern da und starrte zu Skye und dem Ichtyo herauf.

»Verdammt. Sie beobachten uns.«

Viverrins Blick wanderte von Skye zu den Männern am Kai und zurück. »Ich schätze, du musst mir ein bisschen mehr erklären.«

»Sobald wir von hier weg sind! Die da unten müssen wir loswerden. Und mein Schiff muss außer Sicht sein, wenn die Emerald hier ankommt.«

»Euer Flaggschiff des Admirals? Was hast du bloß angestellt, Skye Collins?« Viverrin grinste und nickte in Richtung Kai. »Die da unten sollten nicht sehen, was wir tun, oder?«

»Genau.«

»Dann zeig mir, wo ich vom Schiff ungesehen«, er zeigte auf die Landseite, »ins Wasser und wieder zurückkomme.«

Auf einen Wink von Skye schloss sich Jason ihnen an und sie verschwanden unter Deck.

»Viverrin ist ein Freund. Ich habe ihn in Belilla Bay kennengelernt«, informierte Skye den erstaunten Jason nur knapp, als Viverrin durch eine der hinteren Stückpforten im Wasser verschwunden war.

»Wie kommt er von Belilla Bay hierher?«

»Die Ichtyos schwimmen verdammt schnell. Haben wir nur noch nicht beachtet«, sagte Skye knapp und beugte sich aus der Stückpforte, um zu sehen, ob von Viverrin schon etwas zu sehen war. Tatsächlich!

Viverrins silberfarbenes Haar war zuerst in der Tiefe auszumachen. Er tauchte auf.

»Was hattet ihr vor?«, fragte er, als er behände wieder an Bord geklettert war.

»Die luftgefüllten Kissen sollten die Kette so weit nach oben drücken, dass wir sie über das Rudergestänge schieben können und damit freikommen«, klärte ihn Jason auf.

Viverrin grinste. »Und wie kriegt ihr unter Wasser genug Luft in die Dinger? Wo ihr doch selber keine Luft kriegt!« Er kicherte.

»Dafür habe ich dich gerufen. Wir brauchen deine Hilfe. Bitte. Ich muss zurück zu Juniya. Eigentlich bin ich abkommandiert. Ich soll das Schiff an den General übergeben und sie wollen mich aus dem Spiel raushaben.«

Jason räusperte sich. Schnell korrigierte sich Skye und schob hinterher: »Also aus der Flotte entfernen. Jason und ein paar Männer werden mir helfen, das Schiff zu übernehmen und von hier abzuhauen. Wir haben wahrscheinlich nur noch ein paar Stunden, dann ist die Emerald hier und ich werde fortgeschickt. Hilf mir, hierzubleiben. Ich bitte dich. Hast du eine Idee, wie wir die Kette loswerden?«

Viverrin war ernst geworden. »Du verstößt gegen die Regeln deiner Rasse? Weshalb?«

»Nicht jede Regel ist richtig. Und es gibt darüber hinaus bei unserer Rasse, wie du so schön sagst, auch Ausnahmen. Es gibt Vorfälle, die gefallen mir nicht. Und die können nicht nur für uns, sondern auch für euch Ichtyos gefährlich werden.«

Skye sah, dass er auf der richtigen Spur war. »Ich bitte dich sehr«, setzte er eindringlich nach. »Hilf mir, hierzubleiben. Und ich schwöre, ich werde helfen, alle bisherigen Ungerechtigkeiten gegen die Ichtyos aufzuklären.«

Viverrin stand mit nachdenklichem Gesicht auf und beugte sich über die Stückpforte. Nachdenklich blickte er ins Wasser. Dann ging ein Ruck durch seine schlanke Gestalt.

»Das mit euren Luftkissen könnt ihr lassen. Macht euch bereit zum Auslaufen. Ich denke, ich brauche eine gute Stunde, vielleicht zwei«, teilte er dem verblüfften Skye mit.

»Wie willst du das denn alleine schaffen?« Jason wollte Viverrin zurückhalten.

Der grinste. »Das müsst ihr schon mir überlassen.« Er nahm Jasons Hand mit Eleganz und Leichtigkeit von seinem Körper. »Soll ich jetzt helfen oder nicht.«

Skye nickte.

»Na dann werde ich jetzt Hilfe holen.«

Viverrin verschwand elegant im Wasser.

»Glaubst du ihm? Woher kennst du ihn?« Jason starrte perplex hinunter auf die Wasseroberfläche. Im Gegensatz zu Skye hatte er zum ersten Mal einen Ichtyo schwimmen sehen. Viverrin war längst nicht mehr zu erkennen und im blauen Wasser verschwunden.

»Viverrin arbeitet im Hospital auf Belilla Bay. Er hat sich um Juniya gekümmert. Ich vertraue ihm. Ich muss. Denn er ist die einzige Person, die mir hier helfen kann, wenn mich die Flotte aus dem Spiel haben will. Bitte ruf unsere Leute zusammen. Wir machen uns bereit zum Auslaufen. Du hast es gehört. Entweder, er sagt die Wahrheit und schafft es in zwei Stunden, unser Schiff von der Kette zu lösen, oder wir haben verloren.« *Vielmehr ich habe dann alles verloren*, dachte Skye schwermütig.

Vom Kai her war Lärm zu hören. Skye und Jason stürmten an Deck. Auf dem Kai war eine Schlägerei in Gang. Mason und seine Leute hielten einen der Matrosen fest, ein paar andere versuchten, ihn zu befreien. Der Festgehaltene winkte verzweifelt in Richtung Schiff.

»Das ist der Letzte aus unserer Meldekette«, flüsterte Jason. »Es ist so weit. Sie kommen.«

Der Kanonenschuss grollte über die Insel hinweg. Das vereinbarte Zeichen, dass die Männer, die weiter auf der Fairbanks segeln wollten, an Bord kommen sollten. Skye beobachtete, wie Mason ein paar bewaffnete Männer anwies, den Poller mit der Kette zu bewachen. Mit unscheinbaren, aber sehr effektiven Schnellfeuergewehren.

»Jason, sieh mal. Sie läuten ein neues Zeitalter ein. Woher haben die diese Gewehre?«

Jason pfiff durch die Zähne. »Junge, Junge. Entweder, du bist jemandem ganz gehörig auf die Füße getreten, oder dieser General spielt sein eigenes kleines Spiel. Möchte mal wissen, was die Gräte dazu sagt.«

»Eines ist sicher. Von dieser Seite kommen wir nicht an die Kette ran. Ich muss Viverrin warnen. Er darf sich nicht blicken lassen, sonst knallen die ihn ab. Und dann gibt es ordentlichen Ärger mit den Ichtyos, schätze ich.«

In diesem Augenblick hätte Skye viel dafür gegeben, mit dem alten Admiral Parker ein paar Worte unter vier Augen wechseln zu können. *Aber ich kann es mir nicht erlauben, hier auf ihn zu warten. Wir müssen schleunigst hier weg!* Skye fasste einen Entschluss.

»Jason, geh runter und hole Mason und seine Leute an Bord. Wir tun so, als wollten wir mit ihnen verhandeln. Führ ihn durchs Schiff. Um seine Leibwache kümmere ich mich. Wir nehmen Mason mit.«

»Aye, Captain.« Jason zwinkerte mit dem linken Auge. »Ich weiß auch schon, wo ich ihn einquartiere.«

Jason zog sich seinen Uniformrock und den Offiziersdreispitz zurecht und machte sich mit entschlossener Miene auf den Weg. Skye beobachtete ihn, wie er sich formvollendet vor Mason verbeugte. Was Jason da unten sagte, konnte Skye nicht verstehen. Aber der Tumult hatte sofort ein Ende. Die Matrosen der Fairbanks salutierten vor ihrem ersten Offizier und sahen zu, dass sie an Bord kamen. Mason palaverte noch etwas mit Jason, machte dann aber doch Anstalten, ihm an Bord zu folgen.

Skye eilte hinunter zur Stückpforte, an der Viverrin ins Wasser gesprungen war. Er suchte verzweifelt das Wasser ab, aber von Viverrin war nichts zu sehen. Skye rannte zurück an Deck, gerade noch rechtzeitig, um Mason über die Reling klettern zu sehen.

»Nun, Kapitän Collins? Schon in zivil? Sie wollen doch nicht noch mehr Punkte verlieren und die Gräte samt General so nachlässig, wie Sie sind, empfangen?«, ätzte er.

»Mr Mason, so wie ich das sehe, sind Sie Zivilist. Willkommen auf der Flottenfregatte Fairbanks. Meine Uniform wäre für Ihre Begrüßung ein wenig überzogen, meinen Sie nicht auch? Der General wird sich über seinen Empfang nicht beklagen können, sobald er hier auftaucht.« Skye gratulierte sich insgeheim zu seinem freundlichen Ton und sah Jason in Masons Rücken feixen. »Sicher haben Sie bemerkt, dass wir bereits die Kanonen für einen Salut klarmachen.«

»Ja, ich habe vor ein paar Minuten einen Probeschuss gehört. Fein, fein.«

Masons lauernder Gesichtsausdruck sagte Skye, dass der

Mann wohl einige Punkte verdienen würde, wenn er es schaffte, Skye im Hafen zu halten, damit der General das Schiff schnellstmöglich übernehmen konnte. So waren die Regeln. Für einen korrekt ausgeführten Befehl winkten Punkte - und damit Kohle. Und Mason war sicher klar, dass Skye nicht unbedingt sofort klein beigeben würde. Nun kam es darauf an, ihn von seinen Leuten zu trennen.

»Wie wäre es mit einer kleinen Schiffsführung, Mr Mason? Mein erster Offizier zeigt Ihnen gern dieses Prachtstück, auf das der General sein Auge geworfen hat. Besonders unsere Bewaffnung ist außergewöhnlich. Die Ihrer Männer auch, wie ich bemerkt habe. Seit wann gab es in unserer Planspielzeit eigentlich Schnellfeuerwaffen? Sollte mir ein Spielzug entgangen sein?«

Mason grinste verschlagen. »Nun ja, der General sitzt bekanntlich am längsten aller Hebel. Er hat nun einmal die Mittel und Wege, in das Geschehen einzugreifen, wie es ihm beliebt.«

»Nun ja, so sei es. Hier an Bord wird sich der General sicher wohlfühlen, während er seine Spielchen spielt. Der Spaß sei ihm gegönnt.«

Skyes Gelassenheit Mason und der Situation gegenüber zeigte Wirkung. Mason fühlte sich geschmeichelt und sein anfängliches Misstrauen ließ nach. Jason übernahm.

»Kommen Sie, Mr Mason. Wir fangen unten bei den Kanonendecks an. Sehr interessant, sage ich Ihnen. Besonders, seit wir scharf bewaffnet sind. Hier entlang.«

»Sie kommen nicht mit, Captain Collins?« Wieder der lauernde Gesichtsausdruck.

Skye hob bedauernd die Arme und zeigte auf seine Kleidung.

»Ich sollte zusehen, mich für die feierliche Übergabe entsprechend vorzubereiten.« Sein grimmiges Lächeln musste überzeugend gewesen sein. Mason folgte Jason ohne ein weiteres Wort.

Auf Jason kann ich mich verlassen. Ich wette, er führt ihn über das zweite Kanonendeck und über den mittleren Niedergang hinunter zum Kabelgatt. Sehr schön. Sobald Mason außer Sichtweite war, gab Skye Mr Small ein Zeichen. Masons Begleiter bekamen nichts mit. Mit einem schnellen Schlag mit den Belegnägeln waren sie außer Gefecht gesetzt und gefesselt. Skye achtete darauf, dass die Kettenwachen nichts davon mitbekamen.

»Mr Small, wir müssen diese beiden da unten genauso behandeln. Bekommen Sie das hin?«

Small grinste. Er winkte zwei Männer zu sich und nahm sich aus einem Verpflegungsfass einen schweren Steinkrug mit Rum. Seine Männer schulterten die beiden Bewusstlosen.

»Captain, Sie könnten die beiden an Bord rufen, wenn wir unten sind. Das gibt ein bisschen Verwirrung.«

Skye nickte.

»Macht schnell. Bringt sie irgendwo unter, wo sie sich nicht so schnell befreien können und kommt so schnell es geht zurück an Bord. Wir sind bald klar zum Ablegen«, befahl Skye.

Small nickte. »Und die Kette?«, fragte er.

»Wir arbeiten gerade an einer Lösung. Der Ichtyo wird uns helfen.«

»Dieses schmale Bürschlein?« Small verzog das Gesicht. Doch dann drehte er sich um und machte sich an die Arbeit.

Die beiden Kettenwachen standen ein Stück vom Fallreep entfernt. Sie sahen Mr Small mit der Schnapsbuddel auf sich zukommen. Sofort nahmen sie die Gewehre in den Anschlag.

Skye rief in diesem Moment hinunter: »Ankerwache! Mr Mason befiehlt Sie an Bord. Kommen Sie herauf. Schnell!«

Sein Kommandoton zeigte Wirkung, obwohl die beiden noch zögerten. Mr Small alberte mit der Schnapsflasche herum und verwirrte die Wachen zusätzlich. Sie senkten die Waffen und gingen an Small vorbei, um nach ihren Kameraden zu sehen. Die dicke Schnapsflasche aus Steingut tat auf den Köpfen der Männer ihre Wirkung. Skye winkte kurz zu Small hinunter.

»Gut so. Macht schnell und kommt zurück an Bord!«

Er eilte hinunter zur Stückpforte. Erstaunt sah er Viverrin in aller Ruhe neben einer Kanone sitzen. In der Hand hielt er einen dunkelbraunen Schwamm.

»Und? Konntest du Hilfe holen? Sie kommen! Die Emerald wird bald eintreffen. Wie kriegen wir die Kette vom Ruder?« Er blickte auf seine Taschenuhr. »Wir haben schon über eine Stunde verloren!«

Viverrin grinste und machte keine Anstalten zu antworten. Skye hätte ihn am liebsten geschüttelt.

Als hätten sie alle Zeit der Welt, streichelte Viverrin über den Schwamm, als wäre er ein niedliches Haustier. »Welche Kette?«, fragte er scheinbar gelangweilt. »Ich schätze, so in ein paar Minuten könntest du von oben zusehen, wie sich dein Problem in Luft auflöst.«

Skye bekam große Augen. »Na dann los! Komm!«

Er rannte nach oben und Viverrin folgte ihm. Oben wartet Jason.

»Captain, melde gehorsamst, Mr Mason wollte das Kabelgatt von innen besichtigen und sich dort ein wenig ausruhen«, meldete er mit einem breiten Grinsen.

»Jason, Viverrin sagt, wir kommen frei!«, unterbrach er seinen Freund aufgeregt. »Probier das Ruder aus. Lässt es sich ohne Widerstand bewegen?«

Jasons Blick war mehr als skeptisch. Doch er trat schnell ans Ruder und bewegte die großen Steuerräder.

»Ruder gehorcht, Captain!«, rief er laut und klar zu Skye hinüber. Der beugte sich über die Reling und sah hinunter zum Poller, an dem die Kette festgemacht war. Ein paar Männer hatten es auch schon gesehen. Das Wasser im Hafenbecken war glasklar, der Blick fiel ungehindert bis auf den Grund. Auf dem Sandboden waren Taue und die schwere Kette sehr gut zu sehen.

»Die Kette hängt durch!«, rief einer der Männer. »Sie muss vom Schiff los sein! Oder gerissen!« Immer mehr Männer sammelten sich an Deck, alle schauten wie gebannt hinunter zum Poller.

»Klar zum Ablegen!« Skyes Befehlsstimme hallte über das Deck. »Alle Mann an ihre Plätze! Mr Bonney, bringen Sie das Schiff aus dem Hafen!«

Gerade eilte Mr Small zurück an Bord. Auch er konnte noch mit ansehen, wie sich das Kettenende plötzlich aus dem Wasser hob. Dicke, braune Schwämme hingen an den Kettengliedern. Vor den Augen der ungläubig staunenden Männer löste sich

Glied für Glied vor ihren Augen auf, die Schwämme fielen zurück ins Wasser.

Die letzten Männer stiegen über die Reling.

»Mr Bonney, lassen Sie unsere neue Flagge setzen! Kurs Nord-Nord-West.«

Unten am Kai hatte sich mittlerweile ein kleiner Auflauf gebildet. Es waren die Männer, die nicht mitkommen würden. Der brave Dr. Kingsley hatte sie erfolgreich in einer Hafenkneipe aufgehalten und war selbst längst wieder an Bord. Sie, ein paar Händler und einige Ichtyos blickten sprachlos auf die schwarze Flagge mit dem Totenkopf und den gekreuzten Seeschlangen, die sich am Topp des Hauptmasts der Fairbanks entrollte und bei einer heftigen Brise herausfordernd flatterte.

Die Fairbanks war frei und nahm Kurs auf die offene See.

Ende Buch 1

Glossar

Achterdeck: Erhöhtes Deck im hinteren Teil eines Schiffs.

Anthropologie: (Menschenkunde, Lehre vom Menschen) ist die Wissenschaft vom Menschen.

Atlantis: Mythisches Inselreich, das der antike griechische Philosoph Platon (428/427 bis 348/347 v. Chr.) in der Mitte des 4. Jahrhunderts v. Chr. als Erster erwähnte und beschrieb. Laut Platon war Atlantis eine Seemacht, die ausgehend von ihrer „jenseits der Säulen des Herakles" gelegenen Hauptinsel große Teile Europas und Afrikas unterworfen hat. Nach einem gescheiterten Angriff auf Athen sei Atlantis schließlich um 9600 v. Chr. infolge einer Naturkatastrophe innerhalb „eines einzigen Tages und einer unglückseligen Nacht" untergegangen.

Belegnagel: Durch ein Brett gesteckter Holz- oder Metallstift, an dem Leinen befestigt (belegt) werden.

Beta-Atlantis: Fiktiver erdähnlicher Planet in der Nähe des Messier-Clusters 107. Tatsächlich wurden mittlerweile außerhalb unseres Sonnensystems schon mehrere erdähnliche Planeten identifiziert.

Brooktau: Tauwerk, das wie eine Sperre fungiert und verhindert, dass ein beweglicher Gegenstand seinen Platz verändert. Die schweren Kanonen waren mit Brooktauen gesichert.

Con/Convention: Eine Convention (von lateinisch convenire ‚zusammenkommen', meist auch nur Con genannt) ist eine Veranstaltung, auf der sich Menschen mit gleichartigen Interessen treffen, um andere Gleichgesinnte kennenzulernen, sich mit ihnen über ihr Hobby auszutauschen und teilweise diesem auch nachzugehen. Eine Besonderheit sind Liverollenspiele, welche bisweilen ebenfalls als „Con" bezeichnet werden. Diese finden oft – zumindest, sofern das Thema der Fantasy oder Historie entstammt – abseits stark besiedelter Gebiete statt. Im Gegensatz zu allen anderen Formen von Conventions findet hier nur das Spiel selbst statt und kein Austausch über das Hobby. Da es allerdings auch Conventions gibt, die Live-Rollenspiele zum Thema haben, werden diese ebenfalls durch die gebräuchlichen Kurzformen LARP oder Live bezeichnet.

Kontrakt: Jeder Teilnehmer am Planspiel hat einen Vertrag (Kontrakt) unterzeichnet, in dem das Punktesystem und die Entlohnung genauso festgelegt wurden wie die Akzeptanz der Risiken und die Dauer und Rolle des Aufenthalts.

Dreimaster: Schiff mit drei Masten, aber auch Hut mit drei Spitzen.

Dreispitz: Der Dreispitz oder auch Dreimaster, im Volksmund auch teilweise Nebelspalter (aufgrund der nach vorn gerichteten Spitze) genannt, ist eine Hutform mit dreiteilig nach oben geklappter Krempe.

Emonias: Quallenart auf Beta-Atlantis, spezialisiert auf Stoffwechsel und Lichtfilterung.

Fallreep: An die Bordwand gehängte schräge Treppe.

Fender: Schützender Puffer an der Bordwand von Schiffen.

Fluke: Schwanzflosse eines Wals.

Fregatte: Im deutschen Sprachraum wurden etwa im 18. und 19. Jahrhundert Schiffe mit einer Vollschiffs-Takelage (Masten und Rahen) als Fregatten oder Fregattschiff bezeichnet.

Gamemaster/Spielleiter: Der Spielleiter kann verschiedene Spielstränge, sogenannte Plots, anstoßen, aus denen sich die Ziele der Mitspieler ergeben. Admiral Parker ist für das offizielle Planspiel Beta-Atlantis der Spielführer, wohingegen sich Ambion als Gamemaster des verdeckten Spiels bezeichnen lässt.

Gast: Teil einer Bezeichnung für einen Seemann im Mannschaftsdienstgrad mit bestimmter Tätigkeit. Siehe auch Toppsgast.

Giganto: Walähnliches Meerestier, für die Tkitamea von großer Bedeutung.

Gilden der Tkitamea: Jeder Angehörige des Wasservolks gehört einer Gilde an. Akkanabo (Verwalter und Beamte), Kikrokka (Schützer und Jäger), Meliando (Pflanzer und Züchter), Helifa (Wissenschaftler, Forscher und Heiler).

Identimplantat: In den Unterarm implantierter Ausweis.

Ilumia: Stadt der Tkitamea

In-Time und Out-Time: Während des Rollenspiels befinden sich die Spieler für gewöhnlich In Time (IT). Dies bedeutet, dass ihre gesamten Handlungen und Aussagen Teil des Spiels und ihrer jeweiligen Rolle sind und als solche von den anderen Spielern angesehen werden. Wenn ein, mehrere oder sogar alle Spieler kurzzeitig aus dem Spiel herausgehen müssen, so sind diese währenddessen Out Time (OT). Ihre Handlungen und Aussagen sind dann kein Teil des Spiels oder ihrer Rolle. Damit andere Spieler unterscheiden können, ob ein Spieler In Time oder Out Time ist, wird meistens ein OT-Zeichen vereinbart, das ein Spieler aufzeigen muss, während er sich Out Time befindet. Das Codewort für eine Out Time im Planspiel Beta-Atlantis lautet "Parley".

Jolly Roger: Der Jolly Roger oder „die Piratenflagge", häufig auch Totenkopfflagge, ist die schwarze Flagge von Piratenschiffen. Sie wird, in Anlehnung an den britischen Union Jack, auch Black Jack genannt.

Kabelgatt: Stauraum für Schiffsausrüstung im Vorschiff

Keklini: Stadt der Tkitamea

LARP: Live Action Role Playing (LARP) oder Live-Rollenspiel bezeichnet ein Rollenspiel, bei dem die Spieler ihre Spielfigur auch physisch selbst darstellen. Die Spiele finden meist ohne Zuschauer statt. Die Teilnehmenden können im Rahmen einer Rolle, die die eigene Figur und ihre Eigenschaften und Möglichkeiten beschreibt, frei improvisieren. Die Spielfigur wird Charakter genannt. Soweit möglich, finden Liverollenspielveranstaltungen an Spielorten statt, deren Ambiente dem Szenario der Spielhandlung entspricht. Die Spieler tragen den Charakteren entsprechende Gewandung.

Maat: Matrose, Seemann. Der "erste Maat" ist eine Art Unteroffizier, der die Befehle der Offiziere bei der Mannschaft durchsetzen muss.

Messier Cluster 107: Heller Kugelsternhaufen im Sternbild Schlangenträger. Der französische Astronom Charles Messier veröffentlichte erstmals 1771 einen Katalog neuer Himmelsobjekte. Darin waren 45 Objekte enthalten. Nach Vermittlung von Jérôme Lalande kam es zu einer Zusammenarbeit mit Pierre Méchain, mit dessen Hilfe der Katalog bis 1784 in zwei weiteren Veröffentlichungen auf 103 Objekte anwuchs. Später wurde er von Wissenschaftshistorikern auf 110 Objekte „aufgefüllt". Die meisten der Katalogobjekte waren vorher noch nicht bekannt gewesen. Der Messier-Katalog war und ist von großer praktischer Bedeutung. Er war einer der Ausgangspunkte für die systematische Erforschung von Galaxien, Nebeln und Sternhaufen. Die von ihm vergebenen Nummern sind nach wie vor die übliche Bezeichnung vieler wichtiger Himmelsobjekte. Der Planet Beta-Atlantis im Messier-Cluster ist allerdings fiktiv.

Offiziersmesse: Speise- und Aufenthaltsraum für Offiziere

OT-Bereich: Outtime-Rückzugsbereich, siehe auch In-Time und Out-Time

Paintball: Paintball ist ein taktischer Mannschaftssport, bei dem sich Spieler mittels Markierern mit Farbkugeln beschießen. Der getroffene und damit markierte Spieler muss das Spielfeld in der Regel verlassen.

Parley: (Vom französischen parler für „sprechen, reden", seltener auch Parlay) Treffen verfeindeter Parteien, um über das weitere Vorgehen zu verhandeln. Der Begriff wurde bekannt durch den Film Fluch der Karibik, bei der sich Elisabeth Swann auf das „Recht zu Reden" beruft, um dem Tod zu entkommen. Ebenso wird Parley verwendet in Shakespeares Julius Cäsar, sowie den Filmen/Serien The Wire, The Office, Charmed und Django Unchained. Das international anerkannte Symbol, um Parley anzubieten, war die schwarze Flagge.

Piratenkodex: Vertrag oder Verhaltenskodex von und für Piraten. Normalerweise hatte jedes Piratenschiff einen eigenen Kodex, der grundsätzliche Verhaltensregeln, Disziplinarmaßnahmen, Regeln für die Verteilung der Beute und Entschädigungen verletzter Crewmitglieder festschrieb. Es gab allerdings teilweise auch allgemein anerkannte Grundsätze, die von vielen Piraten eingehalten wurden.

Planspiel: Methode zur Simulation komplexer realer soziotechnischer Systeme. Planspiele werden häufig zu Lehr- und Lernzwecken eingesetzt.

Planspiel Beta-Atlantis: Simulation eines Forschungsauftrags unter realen Bedingungen. Die Simulation nutzt die Regeln und Anreize eines Rollenspiels (LARP).

Poller: kurzer Pfahl auf der Hafenpier aus Metall oder Holz zum Festmachen eines Schiffs.

Preparatorys: Schulungszeiträume und -veranstaltungen, die die Teilnehmer mit den Regeln, Bedingungen und Gegebenheiten der Welt auf Beta-Atlantis vertraut machen, bevor die Teilnehmer ins Spiel kommen.

Respawn: (Vom englischen to spawn: hervorbringen) Wiedereinstieg einer (z.b. getöteten) Spielfigur an einem bestimmten oder zufälligen Spawnpunkt in einem Level eines Spiels

Rudergänger: Seemann, der nach den Weisungen des Steuermanns, des nautischen Offiziers oder des Kapitäns, sowie des Lotsen ein Schiff mit dem Ruder steuert.

Schwarze Flagge: Die rein schwarze Flagge kann als Symbol des Todes, aber auch der Revolution und der Freiheit angesehen werden.

Soziologie: Wissenschaft, die sich mit der empirischen und theoretischen Erforschung des sozialen Verhaltens befasst, also die Voraussetzungen, Abläufe und Folgen des Zusammenlebens von Menschen untersucht.

Takelage: Das stehende Gut und Teile des laufenden Guts eines Segelschiffs. (Masten, Rahen, Taue, Beschläge etc.)

Tampen: Ende einer Leine, in der seemännischen Umgangssprache auch ein ca. 80 cm langes Ende, mit dem der Bootsmann die Männer zur Arbeit „anhielt".

Tkana Tkita: Hauptstadt der Tkitamea

Toppsgast/Toppsgäste: Matrose, der am obersten Ende eines Mastes (Topp) z.B. Dienst als Ausguck tut.

Vollzeug: "Unter Vollzeug segeln": alle verfügbaren Segel eines Schiffs nutzend.

Wanten: Bezeichnung im Segelschiffbau für Seile zur Verspannung von Masten. Zwischen den Wanten sind Webleinen zum Besteigen des Mastes befestigt. Optisch entsteht so eine Art Leiter.

Zelltransfer: Transport eines Thon-Rhe-Wesens von einem Ort zum anderen ohne Transportmittel. Vergleichbar mit dem Beamen.

Zweispitz: (auch Zweimaster, Sturmhut oder Napoleonshut) ist ein Hut, bei dem die Krempe so aufgestellt ist, dass sich zwei Spitzen bilden. Er wurde sowohl mit einer Spitze nach vorn und einer nach hinten (Wellingtonhut), als auch quer getragen (Napoleonshut).

Quelle der Begriffe aus Seefahrt und Seemannssprache, sowie sonstige Begriffe, die nicht der Welt von Beta-Atlantis entstammen: www.wikipedia.org

Danksagung

Im Laufe der Entstehung dieser Geschichte gab es viele Rückschläge. Nicht, was die Geschichte selbst betrifft, aber das Leben zeigt immer wieder, wie unberechenbar es sein kann. Umso glücklicher bin ich, dass meine Leser und Fans hierhergefunden haben und endlich Skye und Juniya kennenlernen konnten. In der Endphase der Bucherstellung hatte ich grandiose Unterstützung. Ivonne und Regina, ihr seid wunderbare Testleserinnen. In der entscheidenden Phase wart ihr fast rund um die Uhr für mich da: DANKE!!! Und dir, Papa, natürlich auch vielen Dank! Du bist ja immer der erste, der sich auf die fantastischen Ideen einlässt. Mein Mann war wie immer mein Fels in der Brandung. Er gibt mir den Schubs, den ich brauche, wenn ich am Aufgeben bin, und hilft mir Entscheidungen zu treffen, wenn ich mich - als typischer Zwilling - mal wieder nur schwer entscheiden kann. Die mittlerweile drei Fellnasen unterstützen auf ihre Weise: Ihr beruhigendes Schnurren hilft über so manche Aufregung hinweg, und sie zwingen mich regelmäßig zu Pausen und zeigen mir, wie wichtig das Reallife mit seinen herzlichen Begegnungen und zärtlichen Berührungen ist.
Juniya und Skye sind jetzt auf ihrem abenteuerlichen Weg. Wer mich kennt, der weiß, dass die beiden es nicht leicht haben werden. Aber ich hoffe sehr, ihr wollt alle wissen, wie es weitergeht! An die Arbeit.
Übrigens: Es wäre fantastisch, wenn ihr in einer kurzen (!) Rezension beschreiben würdet, wie euch der erste Teil des Planspiels Beta-Atlantis gefallen hat.

Danke für euer Lesevertrauen und herzliche Grüße

Hedy Loewe

Die Autorin

Hedy Loewe, geboren 1965, ist Diplom-Kauffrau (Univ.) und Schriftstellerin. Seit dem Start ihrer Veröffentlichungen im Jahr 2012 hat sie sieben Buchtitel als Selfpublisherin veröffentlicht. Die Scifi-Fantasy-Serie Dignity Rising erschien zeitweise im Carlsen Verlag, Hamburg. Das Sachbuch „Sieben Dörfer und ihre Menschen – Lebendige Ortsgeschichte der Gemeinde Veitsbronn" entstand in zwei Jahren Recherche mit über 80 Interviewpartnern. Die Lyrik ist – neben den Katzen - ein geliebtes Hobby, das den poetischen Gedichtband „Lila Gedanken" hervorbrachte. Leidenschaft und Herzblut der Autorin gehören jedoch utopischer und dystopischer genreübergreifender Fantasy für anspruchsvolle Leser. Die Autorin lebt mit ihrem Mann in der Metropolregion Nürnberg.

Folgen Sie ihr auch auf Facebook und Twitter oder besuchen Sie sie auf www.hedy-loewe.de .

Bisher erschienen:
Planspiel Beta-Atlantis – Die Jagd beginnt, BoD, 2018, zweite Auflage: BoD, 2020
Planspiel Beta-Atlantis – Quicksilver, BoD, 2020
Planspiel Beta-Atlantis – Ethleticon, voraus. 2021

Science-Fiction:
Dignity Rising 1 - Gefesselte Seelen
Dignity Rising 2 - Schwarze Prophezeiung
Dignity Rising 3 - Geteilter Schmerz
Dignity Rising 4 - Leuchtende Rache

Historische Kriminalgeschichte:
Blutspuren auf Mallorca, Anthologie,
Wellhöfer-Verlag, Mannheim, 2018

Lyrik:
Lila Gedanken, BoD, November 2017